Frank Schulz

– – –

Kolks blonde Bräute

– – –

HAGENER TRILOGIE I

FRANK SCHULZ

Kolks blonde Bräute

ROMAN

HAFFMANS VERLAG
BEI ZWEITAUSENDEINS

Ähnlichkeiten mit tatsächlich lebenden oder
toten Personen sind nicht beabsichtigt.

*Hajo, Jürgen, Andreas
und Fieten gewidmet*

1. Auflage dieser vom Autor
neu durchgesehenen Neuausgabe, April 2004
2. Auflage, Juni 2004
3. Auflage, April 2005
4. Auflage, Juni 2006
5. Auflage, Oktober 2006

Die Erstausgabe erschien 1991 im Haffmans Verlag Zürich.

Umschlagbild von Wolfgang Herrndorf.
Gestaltung und Produktion von Urs Jakob,
Werkstatt im Grünen Winkel, Winterthur.
Satz: Fotosatz Amann, Aichstetten.
Herstellung: Ebner & Spiegel, Ulm.
Printed in Germany.

Dieses Buch gibt es nur bei Zweitausendeins im Versand,
Postfach D-60381 Frankfurt am Main, Telefon 069-4208000,
Fax 069-415003. Internet www.Zweitausendeins.de,
E-Mail info@Zweitausendeins.de.
Oder in den Zweitausendeins-Läden in Berlin, Düsseldorf,
Frankfurt am Main, Freiburg, 2 x in Hamburg, in Hannover, Köln,
Mannheim, München, Nürnberg und Stuttgart.

In der Schweiz über buch 2000, Postfach 89, CH-8910 Affoltern a. A.

ISBN-10: 3-86150-557-6
ISBN-13: 978-3-86150-557-0

Inhalt

0. Guter Vorsatz

Strapse! Schwarze *Strapse!!*

Sein Blick zuckte beinah blitzlichtschnell wieder zurück auf den blaßgescheckten Fliesenboden. Eine dumpfe Schmerzdrohung des Nackenmuskels ließ ihn innehalten. Dann strich sich Kolk entschlossen über die noch regenfeuchte Stirn, stabilisierte seine Hocke mit einem ungelenken Hinternhüpfer auf der anderen Ferse und fuhr vorsichtig fort, weitere Briefe zusammenzufingern, die ihm aus der umgekippten Ledertasche gerutscht waren. Stieß die Kanten der Kuverts zehnmal, und zweimal zusätzlich, und sicherheitshalber nochmal auf die kühlen Bodenfliesen. Der Arterienlärm in seinen Gehörröhren schwoll auf und ab...

Nichts. *Sie* tat gar nichts.

Weshalb hatte er nicht gehört, wie die Tür geöffnet wurde? Wohl wegen des enormen Blutdrucks, den – besonders in dieser Haltung – der hundsgemeine Vormittagskater ausübte. Bloß dieses laszive Hacken-Klackklack hallte noch von den kahlen Wänden des Sexualzentrums seines dunstigen Hirns wider.

Kolk stopfte den papiernen Postkeil zurück in die Tasche, fummelte an einem gesonderten Umschlag herum und wartete, nestelte hier, stopfte und rüttelte dort.

Nichts.

Nur ein wohnungstürgedämpftes Staubsaugerbrummen von weiter oben, wahrscheinlich aus dem ersten Stock.

Aber *sie stand da* in seinem Nackenrückraum, eine

einzige Sekunde hatte ihm das Bild auf die Netzhäute gebrannt: tiefschwarze Lackpumps, mit stilettförmigen Absätzen. Zwei schmale Riemchen über den Spann geschnallt. Die straffen und dann in bauchigen Kurven aufstrebenden Formen hauchdünnschwarz verhüllter Waden. Wohlgestaltete Wölbungen zweier Knie, woran sich das feinsinnliche Gewebe schmiegt wie ein kunstvoll strukturierter Farbauftrag. Und schließlich wachsen unter jener befremdlich vertraulichen, synthetisch dunklen Zweithaut zwei Schenkel empor – und auf halbem Weg plötzlich dieser zutiefst private Beginn der *noch* dunkleren schmalzylindrischen Nylonzone, die das Ende der Bestrumpftheit verkündigt. Aufreizend nachthaftes Niemandsland bis an die wie gebördelten Säume, von silbrig blinkenden Häkchen über warzkleinen Knöpfen zu Golden-Gateähnlichen Spitzwinkeln gerafft, von wo aus endlich samtschwarz gerüschte Bänder parallele Scheitellinien über nunmehr nackte kräftige Oberschenkel ziehen, die mattseidig schimmern. Honigfarben. Zart. Verschwenderisch geschwungen die Bögen, immer runder schwerer üppiger das Fleisch unter der Weichhaut – bis dorthinaus, wo sich der pulsierende Biesenwurf eines schwarzen Dessousröckchens senkt und nur knapp das verwunschene, struppige kleine Nest verbirgt. Ein stoffliches Knistern kitzelt die Membranen des Mittelohrs. Und mit einem herben Luftzug weht in seichten Wellen eine organische Duftbrise herüber, welche Schmeck- und Riechpapillen wie eine aphrodisische Prise bestäuben…

Als ihm eine Gänsehaut wuchs, drehte Kolk den Kopf in den Nacken, die schwere Tasche unter dem Arm. Langsam erhob er sich aus der Hocke – unbeabsichtigt langsam, da ein Stich in der Hüfte ihn zwang, den gescheiterten Aufsprungschwung, der Überraschung vortäuschen sollte, durch Beinmuskelkraft zu kaschieren. »*Ein äh ein ein Einschreibm*«, nuschelte er.

Blond. Langes gewelltes Haar um ein makelloses Gesicht mit vollen Wangen und Stubsnase. Am Ohrläppchen hängt eine bunte Feder. Lange dunkle Wimpern, die wie Fächer eines fremden Lilliputplaneten auf- und niederwedeln. Grüne Augen. Kinngrübchen. Schlanker, kräftiger Hals. Ein goldener Kreuzanhänger an dünner Kette bildet in kleinem Maßstab die Form eines halbverschütteten, sanften Reliefs nach, von dem nur die Schlüsselbeinflügel noch zu sehen sind. Fester, runder Busen mit schattiger Schlucht. Volle Schultern, über deren Kuppen rutschende Spaghettiträger. Vollblutrote, feuchte Lippen öffnen sich. »*Du, ich habb n guhdgekültiß Bier im Kühlschrang, kühl*«, blinzelte sie und lächelte. Sie hatte spitze Eckzähnchen.

Kolk traute seinen Augen nicht. Aber seinen Wünschen.

Uff. Da haben wir's wieder. Werd einfach nicht klug. In meinem hohen Alter noch nichts weiter im Kopf als Saufen, Sex und Schwank. Eigentlich sollte ich mich schämen.

Wenn man nur seinen Wünschen traut... Ja nu, insgesamt gesehen, bin ich vielleicht bloß deshalb doch noch so alt geworden. Fünfundvierzig immerhin, fast. Zwar geht's mir nicht gut, aber dabeisein ist alles, oder? Gar nicht gut geht's mir. Im Grund genommen geradezu schlecht, besonders bei diesem Wetter. Hab wieder das Gefühl, als ob mir jemand Luft zwischen Hirnnuß und Schädelschale pumpt, bis zur scheinbaren Prallheit, perfid kurze Zeit wartet und weiterpumpt. Pump, pump, pump... Pump, pump, pump... Auch das geht nun schon jahrelang so, seit dieser

Hyperfete Anno Neunzehnhundertkommnichtdrauf ... egal. Jedenfalls hab ich mir, wenn's wieder mal meinen Schädel aufbläst, angewöhnt, die Schuld daran einem Schlagersänger, Feuilletonisten oder Politiker in die Schuhe zu schieben. Oder auch mal einem Nachbarn. Je nach dem. Nicht ganz sauber, nicht ganz fair, lindert aber für 'n Weilchen. Das Leben ist schließlich auch nur ein Spiel.

Dennoch, wir Frührentner sind ein zähfideles Völkchen. Wir verstehen zu leben. Savoir-vivre, eh? Der Whiskey hier, Weihnachtsgeschenk von Heiner – »Mit^{hh} den besten Wünschen für 2002!« –, schmeckt exorbitant. Damit kann ich selig-sutje ins neue Jahr und selbiges mir den Buckel runterrutschen. Prosit, Zweitausendzwei! Schluck. Day is grey – the night is Black & White. Manche Sprüche vergißt man auch nach zehn Jahren noch nicht. Bin ein *kulturbewußter* Rentner. Savoir-vivre, eh?

Zweitausendzwei?!? Satschesatsche, fällt mir grad ein, fuhr mal einen schon damals ziemlich alten, eierfarbenen BMW 2002 TI. Der war so geräumig, daß ... ach, egal. Jedenfalls ist das so scheißlange her, da trug er noch die Haare über die Ohren.

Wann fing es eigentlich an, daß wir aufhörten, Silvester gemeinsam zu planen? Muß auch schon länger her sein. Darf man gar nicht drüber nachdenken, *wie* lange.

Was zeigt die Uhr? 21.57. Jetzt tanzt Kolk wahrscheinlich schon nach irgendwelchen Shanties, mit Manu, bei Hinni auf'm Saal, Satschesatsche ist mit Mara und den Kindern sonstwohin – nach Mecklenburg, glaub ich –, und Heiner hat seine inzwischen wohl fünfzigste Gespielin nach Amrum entführt, um dieser barbarischen Silvesterballerei zu entgehen. Weiserweise. Nur ich Hammel hocke hier. Und der Whiskey.

Wo ist der denn eigentlich abgeblieben? Hallo! Whiskey! Hierher! *Whis*key! *Kommst* du mal hierher!?! So ist's brav. Ah.

So. Heizlüfter wieder an, Füße aufs Fensterbrett. So.

Diese Latschen, oder Puschen, sagen wir Hausschuhe, trag ich übrigens bestimmt schon, na, fuffzehn Jahre. Gut gehalten. Sehen vertraut aus, wie sie da auf meinen gekreuzten Quanten wie Hasenlöffel wackeln. Und sich in den dunklen Scheiben spiegeln. Wie die beiden Lampen. Und das Bücherbord. Und die alte IBM. Ich nicht, ich sitz im toten Winkel.

Was ist lauter, der unsichtbar schnürende Regen oder das Gelärm von drüben? Beides jedenfalls überlagert das scheinbare Summen des glasigen, leicht verzerrten Bilds meines eigenen Zimmers, gespiegelt in den alten verzogenen Fensterscheiben. Das Summen kommt in Wahrheit vom Heizlüfter (und aus meinem geplagten Kopf), und der Regen von ziemlich weit oben, wo eine Art Oberflächenspannung geplatzt zu sein scheint. Und das musikübermalte Labergelächter rührt von drüben, von der anderen Seite des düster triefenden Innenhofs, strömt aus drei Fenstern, heute als einzige in der neo-so-und-so-istischen fünfstöckigen Fassade hell erleuchtet – riesige Panoramafenster, mit der protzigen Balkonterrasse davor, wo nachmittags noch dieser dicke dumme Lümmel in seinem SHIMMER-SHIRT ganze Containerladungen von Böllern abschoß –, in der dritten Etage, fast auf gleicher Höhe mit mir, obwohl ich im vierten Stock wohne. Nur hängt bei uns die Decke niedriger. Dies ist ein altes Arbeiterhaus, von 1905.

Mal ähnelt der Anblick der spiegelnden Scheiben einer Doppelbelichtung – die drei Fenster, vollgestellt mit grünen Pflanzen (dahinter schwarzgekleidetes Schickvolk, *da*hinter weiße Wände – Black & White, ha!), und darübergeblendet meine Bücher (jedes einzelne so groß wie einer der Typen da drüben), meine beiden Lampen, meine IBM und meine Hasenlöffellatschen. Mal so, Doppelbelichtung; und dann wieder scheint mein Zimmer holographisch im Dunkel hinter der Scheibe zu schweben, spiegelverkehrt, aber reale zwanzig Meter von den drei hellerleuchteten Fenstern mit den grünen Pflanzen, schwarzen Klamotten und weißen Wänden entfernt. Mal so, mal so. Je nach Pupillenzoom.

Es regnet. Und regnet. Und lärmt. Gegen den graubraunen Himmel geistern ein paar windgeschüttelte verzweigte Schattenrisse vom kahlen Gewirr der Ahornkrone.

Whiskey! Bei Fuß!

»Trinken« und »Trost«. Fangen so ähnlich an und hören so verschieden auf. Ich frage mich Verschiedenes, und es läuft immer auf Ähnliches raus. Was soll das alles, frag ich mich dann und antworte: Was soll's. Frag mich mal, und ich sag dir: Frag mich nicht.

Mit wem red ich eigentlich. Mit meinen Puschen? Ha, sieht wirklich so aus, als ob sie zuhörten, indem sie wie Hasenlöffel wackeln, im Pumprhythmus dieses Jemands. Seit heut nachmittag ist es übrigens diese dicke dumme pubertätsverpickelte Knallcharge vom Balkon drüben, die ich für meine Kopfschmerzen verantwortlich zu machen geruhe. Mein Gott, ist das schön, solche Leute von ganzem Herzen zu verachten – und gleichzeitig handfeste Schuldzuweisungen vorzunehmen. Das ist nämlich der eigentliche Clou an der Sache. Schmerzstillend ist das.

Komm zu mir, Whiskey, Schätzchen, ich bin noch nicht ganz bei Trost. Whiiiskey! Whiskey? Ah, da. Komm ruhig näher. Kuscheln wir 'n bißchen, aber ganz vorsichtig, ihr rotbrünetten Bräute geht doch mitunter 'n bißchen zu scharf ran an so'n alten Freier wie mich, hehehe... Aber nur zu, *wenn* wir was gelernt haben, so ist es Drogen trinken, nein? Muß also vorher was essen: Die beiden schlappen Würstchen vom Sieger des ANUGA-Flönz-Cups (von 1988 schon, ausgerechnet, außerdem leider in der Disziplin Thüringer Blutwurst), Heino Bäcker (der heißt wirklich so), reichen vermutlich kaum. Die Dose Bleifisch? Bäh. Egal, alles hat ein Ende, nur die Wurst hat zwei, wie ein gewisser G. Wendehals† alias Großer Blöder Vollidiot vor gut und gern so-und-so-viel Jahren einem Haufen durchgeknallter Karnevalsdeppen vorzuwinseln sich erdreistete... Das hat er nun davon. Aber wem sag ich das.

Den schwarzen Klamotten da drüben sicherlich nicht. Würden mir auch gar nicht zuhören. Da stehen sie. Niemand kann derart virtuos stehen. Die größten Steher des Jahrtausends. Eine Stehung jagt die nächste. Nur faseln können sie vermutlich noch besser. Von ihren dollen Datschen wahrscheinlich; Genies der Idiotie, ich schwör's. Oder auch von der reichlichen Versicherungsknete, die sie für ihre Amischlitten – grad wieder groß im Kommen – abkassiert haben. Mindestens drei davon hab ich vergangene Woche drüben, auf der anderen Seite, gesehen, von den letzten Bäumen der Willy-Brandt-Allee gekniffte wie Omas Sofakissen. Am Montag war der Sturm vorerst vorbei. Seither regnet es.

O ja, sie, die Verdienenden, drüben, wo ziemlich genau »die Grenze zwischen Ottensen und Ottensen« – wie ausgerechnet die BILD-Zeitung nach den Weihnachtsunruhen schmissig zu texten sich offenbar gezwungen sah –, sie vertreiben die Bösen Geister des alten Jahres. PAFF! PAFF! Hinaus damit, jawoll! Nur zu! Jetzt fangen sie schon an zu johlen. Wie spät ist es denn – noch keine 21.59, ihr Affen. Übertönen gar noch die Bässe ihres QV-Cockpits. Sie *feiern*. Was denn überhaupt. Den Untergang des Abendlandes, oder was.

Whissie, Darling, mach mich ein bißchen feucht von innen. Jawoll, schockartig. Brennend, beißend. Da hilft nur noch Gegenfeuer.

Die sind wirklich so was von... Mannmannmann, guckt sie euch an. Hört mal auf zu wackeln. *Guckt* sie euch an, Puschen. *Ich* weiß nicht mal, woher Briketts für diesen Winter nehmen – die HEW warten mit der Stromrechnung wenigstens bis September –, und *die* entkorken da eine Pulle Schampus nach der anderen.

Guckt euch das an, der fallen da gleich die Titten raus. Unglaubliche Unverfrorenheit. Da will ich doch gleich mal mein Fernglas... Ach, fickt euch doch selbst ins Knie...

Schluck.

Neenee... Nee, diese Sache mit Kolk und dieser Sabrina und so, das war schon n echtes Ding, beinah ne Art moderner Heimatschwank – falsch: Heimat*losigkeits*schwank, ne Schnurre, ne Säufernovelle –, jedenfalls eins von dem, das wir immer wieder mit reichlich Süffisanz aufs Tapet brachten und unser Dasein und Dagewesensein beglaubigen soll. Große Worte. Ha.

Wenn mich nicht alles täuscht – was allerdings offengesagt in letzter Zeit ziemlich häufig vorkommt –, gibt's für solche Legenden sogar nen soziologischen Ausdruck. Ist das nicht schön?

Schluck. Ach Whiskey, ich dich auch...

Nee, als er Sabrina damals diese Postkarte mit dem nackten steifen Schwanz drauf zustellen mußte... Also, so ne Art Fotografie war das, nein, es *war* eine Fotografie, vielleicht zehn mal fünfzehn Zentimeter groß, schwarz-weiß, das glatte Fotopapier wellte sich schon, mit einem steil aufgerichteten Schwanz als Motiv, wie ein knorriger Ast mit dicken Adern, mit gespaltener Kuppe am Ende, gekräuseltem Schamhaar drum herum, fussligem Hautsäckchen mit eierförmigen Hoden undsoweiter, naja, man weiß ja wie sowas aussieht. Jedenfalls adressiert an eine gewisse Sabrina Kommnichtdrauf (– gut, was? Sabrina Kommnichtdrauf, ha!), da muß wohl die Phantasie mit dem guten alten Kolk durchgegangen sein. Von sowas spintisierten sie ja alle. Strapse! Schwarze Strapse! Tiefschwarze Lackpumps, hauchdünnschwarz verhülltes Fleisch etc. etc. Zumal der – vorerst – unbekannte Absender was von *dein weißer Schleim, dein Stöhnen und Schrein... Mach mir auf in deinen schwarzen Strapsen...* (da haben wir's wieder: Black & White) geschrieben hatte. Mieser Stil, klar. Unreine Reime, dreimal »dein« und so. Trotzdem kein Wunder, daß Kolki außer solchen und ähnlichen Karten gern mal ein Einschreiben hatte zustellen wollen, um der Empfängerin die persönliche Unterschrift nicht nur abfordern zu dürfen, sondern von Amts wegen gar regelrecht zu müssen. Und dann...

Schlürpf...

Whis*key!* Ins *Glas!* Nicht in die Zigarrenkiste (Weihnachtsgeschenk von Satsche)! O Mann... Na, der Schädel läßt langsam Luft ab. Hurra.

Nee, davon haben sie alle phantasiert. Bei Lütt un Lütt in einer der bevorzugten Eckkneipen, in der Kantine, beim Postsortieren morgens um sechs, von Mann zu Mann beim Auspuffwechseln... Auch wenn die altgedienten Zusteller spöttisch abwinkten, bestenfalls solidarisch-schelmisch wider besseres Wissen *»Woiß beschoid?«* grienten, sobald wieder mal jemand davon anfing, hielten sich manche dieser Legenden hartnäckig. *»Echd Alder. Die Tühr gehd auf, und sie schdehd da... Mann, Mann, Mann...«* Selbst Satschesatsche erzählte hin und wieder die eine oder andere Schote – allerdings ehrlicherweise aus zweiter Hand.

Wie war doch gleich der soziologische Ausdruck dafür...?

Komm einfach nicht drauf. Einer der begnadetsten Phantasten jedenfalls war übrigens Rudi, der Arsch, wie sich zu besonderer Gelegenheit herausgestellt, obwohl *er* nie Briefträger gewesen war, sondern gerade mal ein paar Monate beim sogenannten Langholzverteilen ausgeholfen hatte. Rudi, der Arsch... Tja.

Tja, war n echtes Ding. Kommt, Puschen, auf euer Wohl. Wir machen jetzt mal Puschenprosa. Satschesatsche würde wahrscheinlich sagen, *»Haß kein Frisöhr dehm daß erzehln kannß?«* Nee, hab ich nicht. Brauch ich auch nicht mehr. *»Ohda ne Puddßfrau?«* hätte er früher vielleicht alsdann gescherzt, kann's sich heutzutage aber auch nicht mehr erlauben.

So war das damals. Kolk lag womöglich im Bett und zimmerte sich aus biologischen Gründen diese Phantasieszene zurecht, war just beim verwunschenen struppigen kleinen Nest zugange – und da klingelte das Telefon. Das konnte nur einer sein. Kolk wälzte sich zur Seite, hob den Hörer ab, und Satschesatsche brüllte ihm ins Ohr:

*»Haß ge**knaggd** ohda waß! Alda? Alda, iß doch **scheiße** äy hier rumzuknaggknnn!! Du brauchß **Geschlechdß**fakehr!! Junge Alda, soll ich dir n Fuffi pummbm? Määänsch **Kolki**, alta Kubbfa'schdecha! Schön ein blahsn lassn? **Wa?** Aw* geil Alda. So **richdich** schön ein luddschn lassn. Wa? Wa?? Aw Mann Junge kommehr, ich leih dir n Fuffi, echdjeddß, ich leih dir n Fuffi und du –«*

Kolk grinste und rieb sich die dicken Augenlider. Brummte was in die Muschel und zog die Bettdecke höher. Satsche verstand ihn nicht. *»Wa? Wadd iß? Wa? **Wa?? WAAA???**«*

»Ich sach iß ja eisch äy. Leihß mir n Fuffi, echd?«

*»**Klaaah! Klah**doch Alda! **Kennß** mich doch! Ich leih dir n **Fuffi** und denn läßdu dir aba so **richdich** schöhn ...«*

Aber Kolk war nur einmal dem maroden Charme eines muffigen Puffs erlegen. *»Nie wieda«*, winkte er ab. *»Wiesohdn?«* hatte ich ihn mal gefragt. *»Die sind mir zu fasaud«*, hatte er gegrinst. Kolk ist Romantiker.

So war das damals. Er hielt gerade sein Mittagsschläfchen nach dem Dienst. Und Satschesatsche weckte ihn, denn es war schon achtzehn Uhr durch. Satsche wußte, wann er ausgeschlafen haben müßte. Er wollte die Bestätigung des Skattermins einholen. Vielleicht würde Heiner noch anrufen – *»Hadd **Wehdl** die blöde*

Sau schohn angeruhfm?« fragte Satschesatsche, und in der Betonung bereits blühte die unverbrüchliche Freude darauf, einen zu dreschen –, und dann würde Kolk noch Bodo anrufen, und sie könnten am Sonnabendabend einen anständigen Skat dreschen. In der »Glucke« natürlich.

Bodo bin ich. Bodo Morten.

Skatdreschen, die dichtgestaffelten Karten eine nach der anderen auf den Tisch geknallt –: »Und den, und den, und den – und den zuletzt^{hh}!«

»Dadd kann meine Oma auch, Wehdl du ***Wiggßa!*** *«*

Und Heiner ungerührt: »Mit^{hh} dreien, Schpiel vier, Schneider fünf^{fff} ...«

Immer wieder qualmverhangene Kneipen. Die »Boile«, die »Glucke«, die »Bürste«, das »Reybach«. Oft genug zum Ausgang getorkelt, und draußen Satsches verzweifeltes Stöhnen, während er an einen Baum pinkelte: *»Daß mann auch* ***dauand*** *ühba Weiba rehdn muß!«*

Und natürlich: Rudi, der Arsch. Rudi-der-Arsch. Rudi Mentzen, das Rudiment. Ruuudi, der alte Quatschkopp. *»Schüüüüßdaw«*, hätte er das kommentiert, *»manche brauchn echdn Waffmschein daw. Hh!«*

Gesoffen, und geredet. Hauptsächlich gesoffen. Aber auch geredet, geredet, geredet.

»Höa auf äy, ich ***kannß*** *echdnich mehr höan.«*

»Yaw. Iß doch imma derselbe ***Scheiß.*** *«*

»Waß giebß nich alleß für ne Scheiße äy, dadd bringd doch niggß da jehdeßma wieda –«

»Ja lohß, fang an.«

»Womidd.«

»Aufzehln.«

»Na imma derselbe Scheiß ehbm. ***Ehdß*** *zum Beischbiel. Zu'alla'ehrßd.«*

»Yaw. Und die gannße ***Umweld***_kagge.«_

»Ohzohnloch.«

»Daß gehöhrd zuhr Umweldkagge du Dobbl'-ihdjohd.«

»Nein nein, da gebe ich Alfred recht[hh]. Das muß man differenzieren.«

»Halldß Maul Wehdl.«

»Na'a Ossdn. Die Haddschibullahß un so.«

»Atohmkriech. Imma noch. Atohmkraffdwergke imma noch.«

»Der ***Mobb!*** *Huhligännß, Neonahzieß un dadd gannße Krobbzeuchß.«*

»Ehdß.«

»Hatten wir schon.«

»Halldß Maul Wehdl. Dadd zehld füa zwei.«

Sie einigten sich auf zwölf. Seither, wenn einer auf einen Spiegelartikel, einen Reportbeitrag, eine Sterngeschichte zu sprechen kam – einer blieb immer stumm dabei, winkte irgendwann ab und sagte: *»Die zwölf Bedro'ungn«*, und damit hatte sich's vorerst (Satschesatsche bevorzugte allerdings die poetische Abweichung *»Planehdtnpiß«*). Heiner und Satsche schmeckte das Bier nicht mehr (*wenn* Heiner mal eins trank), Kolk und Bodo um so besser.

Das war die Zeit, in der sich die Geschichte ereignete, die ich euch jetzt erzähle, liebe Puschen. Man könnte sie »Säufernovelle« nennen. Oder »Das Geheimnis um Alfred Kolks fast taubes linkes Ohr«. Oder »Im Schatten der zwölf Bedrohungen«. Oder »Das Gift der blonden Braut«. Oder so.

Moment, ich schenk mir noch 'nen Whiskey ein, und dann erzähl ich euch die Säufernovelle um Kolks fast taubes linkes Ohr, das er dem Gift der blonden Braut verdankt. Ich weiß nicht warum. Mir liegt daran, sagen wir mal. Ich erzähl sie euch einfach. Und zwar so, wie sie *wirklich* war. Es ist Zeit für gute Vorsätze. Und es wird eh die ganze Nacht lang regnen.

So. Noch ein bißchen die Pumpe des dummen kleinen Dussels ölen, und los. So.

1. Die Symmetrie der Kronkorken

Wer kennt jenes Gefühl, das plötzlich im Zwerchfell kitzelt, wenn man gewahr wird, weshalb jemand, den man lange kennt, sich wieder mal so und nicht anders verhält? Obwohl einem genau dieses gewisse Benehmen oft genug auf die Nerven ging? Ein köstliches Gefühl, dem ich am liebsten durch verknalltes Kichern Ausdruck verleihe...

Ich sollte es jedenfalls wieder einmal haben, lange nachdem Kolk, und zwar mit Manuela, in unser heimatliches Nest auf der Geest zurückgekehrt war und bereits ein Gör nach dem anderen verursacht hatte. Es war letztes Jahr im Mai gewesen, einem dieser schwülen, verregneten Frühsommer, wie sie in fast jedem der letzten Jahre vorgekommen waren. Ich hatte mir einen Wagen geborgt und fuhr – die Autobahn boykottierte ich – gemächlich durchs Alte Land, das immer noch von den Schäden der schlimmen Januarflut gezeichnet war, schließlich durchs Dollerner Moor, und ab hier begann ich, wie üblich, ruhiger zu atmen. Das liegt an den gelbleuchtenden Rapsfeldern, über die man weit hinweg blicken kann. Am Mischwald auf der Südwestseite, einem der wenigen, die noch alte Buchen haben – und Tannen, die ihre grünen Röcke heben –, mit einer lichten Höhe von *mehr* als fünf, sechs Metern. Und an den ehemaligen Kuhweiden, die sich zwei, drei Kilometer später bis an den Beeck hinunter in die Dämmerung erstrecken, wo sie von Knicks, Büschen, niedrigen Birken und verrottenden Zaunpfählen gesäumt werden.

Wenn der Steinbeck durchquert ist und die Hauptchaussee hinter mir liegt, seufze ich meistens. Dann beginnt die etwa tausend Meter lange Gerade auf unser Nest zu. Äcker und Feld, im Norden Weiden mit Knicks. Dahinter, im Schatten der Senke, die riesenhaften knorrigen Eichen, die im Paradies von früher stehen, wo sich der Mittellauf des Beeck hindurchschlängelt, über Steine plätschert, unter höheren Böschungen gurgelt, wo damals noch Kühe soffen. Dann kommt die erste Siedlung, vom Grün versteckt, dann große alte Bauernhäuser, mein Geburtshaus am Bahnübergang. Der Spritzenplatz mit Kühlhaus, die grüne Scheune.

Eine Minute später war ich bei Kolk.

Kolk und Manuela bewohnten ein Einfamilienhaus im »Hypothekenviertel«, das es damals noch gar nicht gab, als wir beide uns vor über dreißig Jahren beim Wettbewerb, wer nach einem Lungendurchschuß am besten sterben kann, kennenlernten. Hier, wo jetzt die »Brandenburger Straße« gut drei Dutzend Häusern Anschluß bot, war früher nichts als Kartoffelacker gewesen; nun Wohnhäuser, bis an den Bahndamm.

Manuela und Kolk wohnten in einem gemütlichen Haus mit ein paar Zimmern, zwei Terrassen und einer Garage (*»Kahpord«* nannte sie Kolk stolz). Anfang der neunziger Jahre hatte er es in Eigenarbeit und mit Nachbarschaftshilfe gebaut – sowie der Unterstützung des Staates, der damals mal wieder für junge Familien alle möglichen Prämien, Gratifikationen und zinsgünstige Kredite zu vergeben hatte. (Seitdem fragte mich Heiner, wenn er sich nach Kolk erkundigen wollte, jeweils nach »Kleiner Biber«. »Waß^{ßßß}, macht^{hhh}, kleiner Biber?« – Kleiner Biber, weil, wie Heiner zu sagen pflegte, Kolk sein Haus »mit^{hh} dem Schwant^{hh}ß^{ßßß}« gebaut habe.*). Ein Rasen mit einigen Blumenrabatten am Rand zog sich bis an den ginster- und buschbewachsenen Bahndamm, genau dort, wo wir als Jungs *»Kauboi un Ihnjahna«* gespielt hatten. Das Haus hatte weiße Sprossenfenster und eine grüne Holztür mit massivem Messingschild, das Satschesatsche und ich ihm zum Richtfest geschenkt hatten.

Ich war abends gegen acht angekommen. Jetzt saßen wir in der Küche. Alle Türen sperrangelweit offen, aber die Luft stand. Die beiden jüngsten Kolks alberten mit ihrem Erzeuger herum. Die drei älteren – so meldete Manu – verwüsteten gerade das Kinderzimmer. Wir schwiegen meistens und lauschten dem kindlichen Lärm.

Mit Kolk und Manu zu schweigen, ist angenehm. Wir tauschten nur hin und wieder ein paar Neuigkeiten aus, im Grunde belanglose, und amüsierten uns über Joe, den Cocker, und die Lütten, die rüpelhaft mit ihm umhertobten, sein Fell zausten, ihn an den langen, flusigen Ohren zogen und am buschigen Schweif festhielten, rapsblond wie sie waren, dreckig von oben bis unten, in Erwartung der drohenden Nachtruhe betont charmant –, und schlürften unsere heißen Getränke (Kolk und Manu ihren steifen schwarzen Kaffee, ich Tee).

Und irgendwann kam's dann.

»Pabbaaa?«

»Wadd iß.«

»Warum höaß du auf eim Ohr schläääächd?«

*»**Wadd** iß?«*

Die Beharrlichkeit, mit der Kolk die Frage seiner Sprößlinge abbügelte, entsprach der Verstocktheit, auf die Manuela stieß, wenn sie dieselbe Auskunft zu erhalten begehrte, indem sie ihm ins unter immer noch verhältnismäßig langen, wenn auch angegrauten blonden Haaren verborgene rechte Hundert-Prozent-Ohr flüsterte: *»Sach doch ma Alfrehd du Ahsch. Wohehr kommd daß.«*

Ein schätzungsweise 125-Dezibel-Schalltrauma ließ ihn nur noch mittlere Frequenzen wahrnehmen –

und ziemlich enervierende Ohrgeräusche, *»Summ'm, Brumm'm, Feifm und Piebpm«*, wie Kolk präzisierte.

Manu hat mir seine Antwort mal erzählt: *»Knallschahdn, vom Bunndt«*, habe er geantwortet.

Das wüßte ich aber.

Knallschaden! Ich kenne ihn länger als Manu, und ich wußte genau, daß er nach seiner Entlassung aus dem »Wehrdienst« an nichts dergleichen zu leiden hatte: Die Schießübungen, die »Bundeswehr« überhaupt, hatten ihm zwar alle möglichen Schäden zugefügt – einen »Knallschaden« jedoch gewiß nicht. Wir haben uns schon gekannt, da nuckelten wir noch Cola durch Strohhalme. Und außerdem hatte er mir seine Version der Geschichte um sein fast taubes linkes Ohr vor ziemlich genau einem Dutzend Jahre erzählt, an diesem denkwürdigen Abend in der »Boile« nämlich.

Wie dem auch sei: Ich mußte also vor mich hin gnikkern, als die beiden kleinen Weizenköppe kurz vorm Schlafengehn auf Kolks handballgroßen Knien rumturnten und quengelten, und Kolk sich zwecks routinierter Kinderabwehr taub stellte.

Grundsätzlich war das kein ungewöhnlicher Zug von ihm. Tausendmal, insbesondere in unserer langen, *zu* langen Sturm- und Drangzeit, hatte er mich mit hinhaltenden, ausweichenden Antworten oder gar nonchalantem Schweigen auf unbequeme (meinethalben auch dumme) Fragen bis zum Weltschmerz gereizt. Oder er setzte sein Liegt-nicht-in-meinem-Zuständigkeitsbereich-Gesicht auf. Dann schimpfte ich ihn zumeist – wahrheitsgemäß, übrigens – einen *»Be'amdtn«*. Es handelte sich um eine Mischung aus Stolz und Trotz, die er an den Tag legte, sozusagen eine Art »Strotz«.

In Fällen wie diesen allerdings, an denen ich nur als Außenstehender beteiligt war, störte es mich überhaupt nicht. Im Gegenteil, jener angenehme Zwerchfellkitzel stellte sich ein.

Als Kolk merkte, wie und worüber – dafür kannten wir uns gut genug – ich mich amüsierte, grinste er. Kurz darauf gab er Heinz (Heinz!) und Herta (Herta!!) je einen Klaps auf die nackten Hintern und nuschelte: *»Sow. Ab jeddß.«* Über das Protestgemaunze hinweg, immer noch grinsend, sah er mich an. Ich wußte, was jetzt kommen würde.

»N Bier?«

Das würde noch mal auf seinem Grabstein stehen, gottweißdas. Allerdings mit Ausrufezeichen.

Manuela griff sich die beiden Gören und verbrachte sie ins Bett, indem sie je eines dieser quietschenden und quakenden Miniaturmonster am Arm packte und die Treppe hinaufzog, Stufe für Stufe, zum Vergnügen der beiden, das freilich kurz vorm oberen Absatz panischem Gewimmer wich. *»Neeeee...«*

»Nich Heia Mamaaaa...«

Kolk und ich wanderten in unausgesprochener Übereinstimmung in die Stube. Joe Cocker* folgte uns hechelnd und ließ sich mit einem kleinen Lärm unter den Tisch fallen. Endlich konnte ich mir eine Zigarre anzünden; Kolk schlurfte zurück in die Küche, nachdem er die Terrassentür weit geöffnet und seine Filterzigaretten auf dem flachen Tisch abgelegt hatte. Die Eisschranktür klappte, es klickerte gläsern; dann klingelten zwei dünnwandige Gläser, und kurz darauf latschte er, immer noch grinsend, auf Puschen wieder ins Wohnzimmer, in den riesigen Pfoten je eine kühl beschlagene schlanke Flasche Warsteiner nebst einem seiner konkaven Lieblingsgläser. Er stellte sie vor mich hin, schlenderte an die Hausbar, kam mit einem Flaschenöffner und vier Filzdeckeln – Untersetzer fand er *»schbießich«* – zurück und ordnete das Getränkeensemble bedächtig zu einer gefälligen Geometrie. Dann drehte er die Gläser mit den Aufdrucken wie auch die Flaschen mit den Etiketten frontal zum

Betrachter. Als er sich schnaufend in den Sessel fallen ließ, beschrieb sein bronzefarbener Schnauzer mit den aschigen Enden immer noch den geraden, buschigen Haarbalken unter seinem gewaltigen Fleischzinken; er grinste und grinste. *»Tscha Bodo, so iß dadd«*, nuschelte er.

»Ow Mann«, brummte ich und zog an meiner Zigarre.

Kolk beugte sich stöhnend vor und wuppte zum zigsten Mal in seinem Leben per Öffner Kronkorken von Bierflaschen, nahm das leise puffende Zischen mit grunzender Genugtuung entgegen und schenkte sich schließlich ein. Ich mir auch. Während der schneeweiße Schaum senkrecht über den Glasrand hinaus aufschnellte, ohne daß auch nur ein Flöckchen überlief, um schließlich unendlich wohltuend langsam und knisternd in sich zusammenzufallen, bis ein genau dosierter Nachguß aus der jetzt feuchter perlenden Flasche eine bildschöne Krone aufs goldfarbige Getränk zauberte –, währenddessen steckte sich Kolk eine leichte Zigarette an und schob die beiden Kronkorken hin und her. Wenn er eine Hand brauchte, um an seiner Zigarette zu saugen, ließ er die Deckel millimetergenau bündig nebeneinander liegen, in einer Flucht mit Bierfilz eins, Bierfilz zwei, Zigarettenschachtel und gleichfarbigem Feuerzeug.

Anschließend hob er vorsichtig das Bierglas an, hielt kurz inne, um mich anzublicken, und goß das glitzernde Elixier alsdann unter Schaum und Schnauzer hindurch in seine Kehle, und wie weißgott so viele Male hüpfte sein Adamsapfel zweimal stärker, einmal schwächer, bis Kolk ächzend das Glas absetzte. Anderthalb Zentimeter Bierpegel verblieben – wie gottweiß wie oft. Er wischte sich die Schaumflocken aus dem Bart, grinste und murmelte eine Oktave tiefer: *»Genau so. Jawoll.«* Dann zog er an seiner Zigarette, die leise rauschte, und sagte: »*Und? Wadd machd Hambuich?*«

Ich meinte zu wissen, was er meinte. Er meinte meine und seine Zeit in Hamburg, insbesondere aber wahrscheinlich diesen Abend vor zwölf Jahren in der »Boile«, unser bisher letztes gemeinsames Großbesäufnis, als er mir die Geschichte von seinem tauben linken Ohr erzählt hatte, und das anschließende Debakel im »Reybach«. Und ich dachte, er wüßte, daß ich es wußte. Ich dachte, er genösse dieses gemeinsame kleine Geheimnis, an das ich vorhin mit meinem Gekicher gerührt hatte und das zu allem Überfluß durch den Umstand bekräftigt und beschworen wurde, daß die Biersorte des heutigen und des damaligen Abends zufällig dieselbe war.*

Nun war es beileibe nicht so, daß wir uns zwölf Jahre nicht gesehen hätten. Nicht einmal war es das erste Mal seitdem, daß diese Sache mit seinem Ohr und Sabrina und Rudi und Werner F. zur Sprache kam. Weshalb sie nun heute eine so »ent[hh], zückend sentimentale Färbung« (wie Heiner sich vielleicht ausgedrückt hätte) erhielt, weiß der Kuckuck. Vielleicht, weil es in stillschweigendem Einvernehmen schon jetzt klar war, daß wir seit langem mal wieder die Gelegenheit wahrnehmen würden, uns gemeinsam gehörig die Lampe zu begießen. Vielleicht, daß zehn Jahre Kindererziehung ihn daran gehindert hatten.

Kolk war bereits ein Jahr linksohrig taub gewesen, als wir uns damals in der »Boile« verabredet hatten. Viel zu früh, um sieben, als es noch hell war. Wir bestellten zwei große Warsteiner vom Faß, und ich fragte Kolk, weshalb er noch in seiner Postjacke rumliefe. Das war doppelt fies von mir. Erstens, weil Kolk wohl einer der letzten Zusteller, jedenfalls der jüngeren Generation, war, die während ihres Dienstes noch diese Postjakketts statt Zivilkleidung trugen; und zweitens, weil ich wußte, weshalb er sie jetzt noch, lange nach Feierabend, anhatte: Ich hatte ihn nachmittags, als ich von der Uni kam, knapp neben dem Kiesweg im Park am Weiher liegen sehen; sternhagelvoll, das erkannte ich auf den ersten Blick daran, daß seine Fahrradklammer noch am Hosenbein klemmte, die er ansonsten nach Dienstschluß verschwinden ließ. Ich stieg hastig vom Rad, weil er von weitem aussah, als läge er im Koma; als ich näher kam, vernahm ich allerdings ein wenngleich rachitisches, so doch beruhigend vitales Schnarchen. Sein Säufermaul klaffte weit, und nicht einmal eine dicke haarige Fliege, die übers rötlich stoppelige, besabberte Kinn lief, vermochte ihm eine Reaktion zu entlocken. Er war weit vom geläufigen Rückweg aus der City Nord abgekommen – normalerweise fuhr er über Winterhuder Marktplatz und dann am UKE vorbei.

Seltsam. Monatelang sieht man sich so gut wie gar nicht, und dann, am Tag der telefonisch vereinbarten Verabredung, gleich zweimal.

Ich überlegte kurz, ob ich ihn wecken sollte – mir gingen die angewiderten Blicke der bummelnden Passanten auf die Nerven –, unterließ es aber. Das gelbe Posthorn-Emblem auf dem Jackenärmel war vom Weg aus nicht zu sehen – nicht, daß noch jemand auf die Idee käme, es würde sich um einen Arbeitsunfall handeln – womöglich in Form eines Volontärs des Eimsbüttler Wochenblatts, ›humor‹- und kamerabewaffnet. Es war warm – wir hatten Mai –; sollte er seinen Rausch ausschlafen. Mit einem schalen Gefühl von Resignation verzog ich mich.

*»Wieso haßdn noch die **Possdklamodde** an«*, hatte ich also gefragt, obwohl ich mir natürlich zusammenreimte, daß er bis vor kurzem noch am Weiher gepennt hatte.

»Possdklamodde?« nuschelte er, und ich wußte, daß es zwecklos war, ihn noch strotziger zu machen. Ich unterdrückte vorläufig das Verlangen, ihn zu veralbern – obwohl ich meinte, mir nach seiner unbotmäßigen Rumsumpferei des letzten Jahres durchaus das Recht dazu anmaßen zu dürfen.

Er trommelte mit den Fingern auf dem Tresen, bestellte, weil's ihm zu lange dauerte mit dem Bier, vorab einen Tequila bei Horst. Er hatte, das weiß ich noch, das Problem, den rechten Daumen ruhig zu strecken, und das Salz krümelte zur Hälfte aus der Mulde zwischen seinen mächtigen Handwurzelknochen und der Daumensehne, bevor er es auflecken konnte.

Später, nach einem weiteren Schnaps und dem zweiten Bier, das er in ausgezeichneter Feinabstimmung so in Auftrag gab, daß es fast gleichzeitig mit dem letzten Schluck des ersten Halben fertiggezapft war –, später wurde er ruhiger. Man könnte fast sagen: gelassen. Noch eine Lage später gar, für seine Verhältnisse, ausgelassen. Und beim vierten Halben (und dritten Tequila) geradezu gesprächig. Irgendwann wechselte er sogar ohne Murren den Barhocker mit meinem, damit er seinen schweren Schädel nicht wie ein Uhu drehen mußte, um meine Einwürfe oder Nachfragen besser hören zu können. Und das, obwohl wir dadurch unsere bequeme Haltung bei jeder Kunstpause aufgeben mußten – denn er trank mit rechts, mit hochgewinkeltem Ellbogen (weil er sich als Kind mal die Schulter gebrochen hatte), und ich gewöhnlich mit links (weshalb, weiß ich nicht); und wenn wir begeistert einen tiefen Schluck aus unseren Gläsern nahmen, mußten wir uns halbwegs einander zuwenden, um Zusammenstöße zu vermeiden. Dies wiederum war Kolk zu intim. Er blickte lieber geradeaus beim Trinken. War er so gewöhnt. Außerdem, könnte ich mir denken, wurden ihm die Unterbrechungen zu bedeutungsschwanger, da wir gewissermaßen uns am laufenden Band zuzuprosten gezwungen waren. Daß er trotzdem den Platz mit mir tauschte, war folglich eindeutiges Zeichen für Bedürfnis nach Publikum. Seine bevorzugte Sauf- zugunsten einer kommoden Erzählhaltung aufzugeben! Und das Kolk!

Allerdings hielt er sich für seine trinkrituellen Einbußen an der prosaischen Detailtreue schadlos. Besonders anfangs beherrschten eher fahle Farben seine Schilderung, und zwar an Stellen, die er – *wenn* er schon mal in Stimmung war – anläßlich manch anderer Anekdote feuerwerksähnlich zu gestalten pflegte. Auch litt sein Erzählfluß noch unter künstlichen Stokkungen; die Dramaturgie verhunzte er bereits im ersten oder zweiten Satz, indem er die Pointe preisgab.* Nachdem die Tequilafrequenz sich der des Biers wie von Geisterhand angeglichen hatte, lieferte er jedoch – schon locker lallend – den größten Teil der fehlenden Mosaiksteinchen nach. Und da ich in der ganzen Angelegenheit auch nicht gerade ahnungslos war – ganz im Gegenteil –, konnte ich mir ein übersichtliches Gesamtbild zusammenpuzzeln (wie ich meinte). Richtig, Kolk hatte, als jener unsägliche Popsong – ***»Hott görl, hott görl«*** – dumpf aus den Boxen der »Boile« brabbelte, mit der Erzählung des Geheimnisses um sein fast taubes linkes Ohr begonnen, das ein Jahr zuvor seinen Ursprung gehabt hatte.

»Fieng daß nich alleß midd diesa Possdkahte da…, ich mein dieseß Fohdo, midd dem ehrigierdtn Schwannß drauf… fieng daß nich alleß damidd an?« fragte ich Kolk zwölf Jahre danach.

»Waß«, nuschelte er, verlegen grinsend, und ordnete die sechs eingedellten Kronkorken zu immer neuen symmetrischen Figuren rund um die Bierfilze. Die

leere Flasche stand nun nicht mehr ganz korrekt im Zentrum des Deckels.

Und dann, ungeachtet Kolks heuchlerischer Nachfrage, rollten wir die ganze Geschichte nochmals auf. Hauptsächlich ich. Dachte ich jedenfalls. Bis dahin hatte noch alles seine Ordnung.

»Doch doch mein Lieba«, drohte ich ihm peinlich neckisch, *»damidd fieng daß an damallß, im holldn Mei...«*

2. Titties and Beer

Schwer schnaufend schob er sein klapperndes Fahrrad in den Korridor, zog die gelbgestrichene Wohnungstür hinter sich zu und stellte es gegen die Wand, so daß der linke Griff der Lenkstange, die Rundung des Gepäckträgers und der Vorderreifen in die abgewetzten Schmutzmulden in der Rauhfasertapete paßten. Er keuchte schwer, wischte sich den Schweiß mit dem Ärmel seiner Dienstjacke von der Stirn, knipste das Licht im dämmrigen Flur an und lief japsend ins Wohnzimmer. Öffnete die Balkontürflügel weit zur Sonne, ging zurück in den Flur und entledigte sich der Jacke. Setzte sich in der Küche an den Tisch und murmelte zischend *»Aw scheise äy«*, rieb sich mit dem Unterarm erneut die Stirn und ließ den Atem in einen ruhigeren Rhythmus gleiten.

Das war eindeutig wieder mal zu spät, zu viel und zu unvernünftig gewesen, gestern abend. Bloß wegen der Indianerfrau. Leck mich am Arsch Marie.

Schließlich hörte er auf zu schnaufen, holte ein letztes Mal tief Luft und atmete ruhiger. Sein durchblutetes Gesicht entspannte sich, nahm einen blöden Ausdruck an – Mund halb offen, Augen halb zu –, und ein brachiales Niesen platzte aus ihm heraus. Noch eins. Und noch eins. Es pfiff ein wenig beim Einatmen. Er atmete ruhiger.

Er starrte auf den Abwasch, der sich auf der Spüle stapelte, und schüttelte den Kopf. *»Siffbuhde«*, nuschelte Kolk. Er gähnte gewaltig.

Kolk erhob sich und öffnete die Kühlschranktür. Eine zerknitterte Senftube und ein einzelnes Ei, ein Tuppertopf mit einem Wurstzipfel darin, eine Flasche Selters und zwei Sechserpack Jever-Pils, ein Plastikpott mit ranziger Margarine und ein angebrochenes Paket Knäckebrot.

»Scheise«, nuschelte Kolk und knallte die Tür zu. Öffnete sie wieder und nahm kopfschüttelnd das Knäckebrot raus. Dann raffte er sich auf, warf einen Blick auf die Armbanduhr, zog eine andere Jacke über und stieg die Stufen des muffigen Treppenhauses hinunter.

Wieder umgarnte ihn die milde, warme Luft. Eine dicke schwarze Drossel pfiff von einem Baum vor der Verwaltungsschule auf der anderen Straßenseite. Aus dem nach altem Fett stinkenden Imbiß drang grölendes Gelächter aus der offenen Tür, und Schlagermusik jammerte. Kolk ging langsam; vereinzelt kamen Leute in Autos oder zu Fuß von ihren Wochenendeinkäufen zurück. Heute keine Grüppchen geschminkter Mädchen in neuester Mode, keine Jungs, die alle einen ähnlichen Gesichtsausdruck zu tragen schienen; die Parkplätze meistenteils frei – die Schule war samstags geschlossen. Kolk ging langsam um die Ecke des Blocks, die eine geräumige Vitrine beherbergte, seit Jahren mit unmodischen Sofas und Sesseln gefüllt. Im Winter waren die Schaufenster mit Reif beschlagen. Handgeschriebene Schildchen mit Texten wie »Es lohnt sich! Polstermöbel aufarbeiten und beziehen« standen auf den Simsen.

Von hier sah er die braun-grüne Markise von FEINKOST RUPPMANN. Der Chef war bereits dabei, die Obst- und Gemüsestiegen abzubauen.

»MAHLZAID ßÖR«, brüllte er Kolk über die Schulter entgegen. Kolk betrat wenig später, nach ihm, den Laden. *»Mahlzeid«*, nuschelte er.

Er war der einzige Kunde. Die alten Damen hatten

für ihren Fernsehsamstag bereits vorgesorgt, und Schüler, die sich gewöhnlich mit belegten Brötchen, Schokoriegeln und Dosenlimonade versorgten, gab es heute keine.

Herr Ruppmann hatte die Kisten im hinteren, mit Flaschen- und Konservenregalen vollgestopften Raum gebückt abgestellt, erhob sich nun ächzend und verschwand, die Hände aneinander reibend und laut *»NAAA?«* rufend vollends, bis er kurz darauf hinter dem Verkaufstresen wieder auftauchte. Seine blitzscharfen, knallblauen Augen stachen in Kolks verkaterten Schädel. Kolk wischte sich die Stirn. Der Krämer knüllte seine Schnabelnase und nestelte an der weißen Jacke.

*»**WADD** KANNICH GEHNG DICH TUHN«*, donnerte er.

Kolk stand unschlüssig da, eine Hand in der Taille, die ausgestreckte Faust auf die Kante der gläsernen Auslage gestützt, und starrte hinein.

»Häß schon maw däß Brawhdhehringsfieleh probiärd?« empfahl Ruppmann, gedämpfter, vertraulich.

»Neh.«

*»**Ainß** aw. Ächd.«*

»...mmm... guhd. Und... äh... Ach näh, gieb mier ma zwei Krahkaua und zwei Rund'schdügge. Und n halbeß Fund Budda. Und n Fierapagg Undaberch.«

*»Ongkl Ehmiel – tring ihn **mehßich** aba **rehglmeh**ßich...«*

»Yaw, hfm, genau...«

Während Ruppmann geschäftig wurde und über die Holzpalettenbühne hinterm Verkaufstresen klapperte, griff sich Kolk einen halben Liter Kakao aus der Kühlbox.

Mit der Rechten hackte der Kaufmann in die Tasten seiner Registrierkasse, mit links rückte er die Waren jeweils ein Stückchen zur Seite. Dabei bezeichnete er jede mit dem Namen. Beim Kakao hielt er inne, den behaarten Zeigefinger drauf. Kolk, die Geldbörse in der Hand, hob den Blick.

»ßör«, sagte Ruppmann verhältnismäßig leise und grinste schelmisch, wobei seine durchsichtigen Augen noch tiefer in der Stirn zu verschwinden schienen, *»dadd iß ohne Algohohl, weiß du nä?«*

Kolk grinste. *»Yaw, yaw…«*

»Yabb –«, hob Ruppmann die Schultern und breitete die Arme aus, *»nich dadd der Körbär dadd nich annimmd…«* Er stieß ein meckerndes Lachen aus.

Kolk schnaufte stoßartig durch die Nase. *»Nehneh, dadd gehd schon klah…«*

Ruppmann stopfte ihm die Sachen in eine Plastiktüte. Dann gab er ihm das Wechselgeld.

»Schühß Grohßär. Schöhneß Wochng'endeh. Bei ***dehn*** *Wedda wa?«*

»Yaw. Auch so. Schühß.«

Kolk verstaute den Underberg im Kühlschrank, nahm den letzten sauberen Blechtopf aus dem Schrank über dem Kühlschrank und füllte ihn mit Wasser. Während es sachte zu sieden begann, schlurfte er auf Socken ins Wohnzimmer und legte eine Platte auf. »Zappa« stand auf der Hülle. Bis die ersten Klänge ertönten, verharrte er, dann stellte er sich auf den Balkon, blickte, sich auf das Geländer, das er gestern abgeschmirgelt hatte, stützend, auf die kleine Nebenstraße hinab, auf die schattenverspiegelten Fenster der gegenüberliegenden Wohnungen und begaffte die große Blonde aus dem dritten Stock, wie sie ihren Campingtisch auf dem Balkon herrichtete. Sie trug einen engen, kniefreien Jeansrock und ein T-Shirt. *»Tiddies änd Bier, tiddies änd Bier«*, murmelte Kolk halbsynchron mit der Musik, schlappte wieder in die Küche, ließ die Würstchen ins kochende Wasser gleiten und stellte die Gasflamme niedriger.

Er lag langausgestreckt auf der Kautsch und starrte auf den Fernseher. Von der Straße drangen Kinderstimmen herauf. Von irgendwoher dröhnte orientalische Musik. Die Balkontür klappte im leichten Wind knarrend gegen den Rahmen und fuhr quietschend wieder zurück. Kolk starrte auf den Fernseher. Zwei Frauen spielten Tennis, in kurzen, weißen Röcken. Auf dem Tisch ein Teller mit Senfflecken und Brötchenkrümeln, inmitten von Flaschen, Aschenbechern, Zeitungen und Zigarettenschachteln. Kolk rauchte.

Er holte tief Atem, hustete und drückte die Kippe mit einem angewiderten Gesichtsausdruck aus. *»Irngwann«*, nuschelte Kolk, *»ma die fümmun'neunßich Kielo in Form bring...«* Lauf am Strand von Loutsa im heißen Sand. Auf der muskulösen Schulter, dunkelbraun gebrannt, prangt ein schwarz-rot-blauer Pantherkopf. Schlank und leicht. Warm. Tauch in die grüne Dünung, schnell hoch wie ein Delphin. Salz. Schaum. Klare Augen.

Kolk hob die Beine, strampelte die Wolldecke von den Füßen und wälzte sich aus dem Sofa. Sein Glied spannte sperrig, klobig, verquer in den Jeans, als er sich eine grüne Flasche aus dem Kühlschrank holte. Er drückte sein Kreuz durch, schob das Becken vor, stöhnte und stand still. Die Flasche in der Hand, in der anderen den Öffner. Er blickte mit starren Augen auf eine bestimmte Kachel und zwirbelte seinen Schnauzer, ohne den Flaschenöffner wegzulegen. Diese Karte heut morgen...

DEIN WEISSER SCHLEIM. DEIN STÖHNEN UND SCHREIN. MACH MIR AUF MIT DEINEN SCHWARZEN STRAPSEN AN... Er war spät dran gewesen. Zu viel gesoffen gestern. Die Indianerfrau.

Ach Scheiße. Kopfweh hatte er gehabt. Fünf nach sechs hatte er die Kennummer für den Fahrstuhl eingegeben. Zassi kuckte schon scheel. Und dann der Kater. Kopfweh. Wie eine dumpf spannende Klammer, festgeklemmt am hinteren Schädelknochen. Die Zunge ein filziger Pelz. Der Gaumen rauh und knochentrocken. Die Nervenspitzen hochempfindlich. Übler Schwindel hinter der Stirn. Die routinierten, flüssigen Bewegungen schmerzhaft. Manchmal schwillt der summende Saal zu einem hallenden Gewölbe, traumwandlerisch schwirren die Langholzverteiler mit ihren riesigen, sperrigen Karren aneinander vorbei.

»Moin Kolki. Wie siehß duhdn auß. Zufiel gewiggßd oda wadd. Oda zuwehnich. Hßß-ßß-ßß...«

»Halldß Maul Paul.«

Viel Post heute. Viel zu viel.

Was soll *das* denn. Bonni der Komiker.

»Bonni du aldeß Saggkgesichd laß mich midd sohm Scheiß zufriehn heud morng.«

»Hßß-ßß-ßß, ßß-ßß-ßß...«

Er hat die Karte oben und unten leicht zusammengedrückt und ins Fach geklemmt. Gewölbt steckt sie dort. Eigentlich eine Fotografie, vielleicht zehn mal fünfzehn Zentimeter groß, schwarzweiß. Das glatte Fotopapier wellt sich schon. Ein steil aufgerichteter Schwanz, wie ein knorriger Ast mit dicken Adern, gespaltener Kuppe am Ende. Gekräuseltes Schamhaar drum herum, das fusslige Hautsäckchen mit den eierförmigen Hoden, und der Teil eines flachen, muskulösen Unterbauchs, auf dem die Behaarung schmaler wird und als dünner Pfad über glatte Haut bis an den Bildrand reicht. Die nackten Beine, dünn behaart, zum anderen Rand hinab.

Kolk dreht die Karte um. Rechts in gut leserlicher Blockschrift die Adresse. FRL. SABRINA HAUSMANN AMSELALLEE 33 2000 HAMBURG 60.

Auch noch aus dem Vögelviertel. Links ein paar Sätze. ICH BIN SO HART UND STEIF UND REIF. ICH GEH SO LEICHT IN DICH REIN. ICH WEISS DASS SICH DEINE LIPPEN SCHON ÖFFNEN WENN DU NUR AN MICH DENKST. ICH SCHMECKE SCHON DEINEN WEISSEN SCHLEIM DEIN STÖHNEN UND SCHREIN MACHEN MICH WAHNSINNIG UM SIEBEN BIN ICH BEI DIR. MACH MIR AUF MIT DEINEN SCHWARZEN STRAPSEN AN. ICH BRINGE CHAMPAGNER UND EINE ROSE MIT. DEIN PHANTOM-F. Mann Mann Mann.

»Äy mach ma dein Fach lehr äy –? … äy Kolki! Du wehrß doch wohl nich schwuhl wa?«

»Haß dir die Kahde nich duichgelehsn oda wadd? Du Hehrn?« Hausmann … Amselallee … Kriegt die nicht immer diese neutralen Kataloge? Das müßte dieses gelbe Haus sein, mit der Druckerei auf dem Hinterhof …

Der Flaschenöffner fiel klingelnd zu Boden. Kolk seufzte und bückte sich, wuppte den Kronkorken, setzte die Flasche an. Rülpsend schlurfte er zurück ins Wohnzimmer. Er schloß die Balkontürflügel, blieb kurze Zeit stehen und starrte auf den gegenüberliegenden Balkon, während er einen Fuß an dem anderen rieb.

Aus dem Fernseher ertönte eine hektische Erkennungsmelodie. Kolk stieß sich vom Rahmen ab, warf sich auf die Kautsch.

Während im Hintergrund, vor absurden Kulissen, ein Zeichentrickhund groteske Sprünge vollführte und aus dem Off bereits Musik spielte, machte ein brav und modisch ausstaffierter Jüngling gutaussehende Bewegungen, mit denen er sein Gerede unterstrich. Kolk steckte sich eine Zigarette an und nahm einen Schluck

Bier. Draußen auf der Straße johlten Kinder, und ein Mofamotor begann im Freilauf zu jammern, begleitet von rasselnden Ritzeln und scheppernden Scheiben. Auf dem Bildschirm blitzten unzusammenhängende Bilder – ein Schlagzeug in einer Regenpfütze, Luftballons an einer Kirchturmspitze, düstere Hinterhöfe mit Mülltonnen, über denen Nebel waberten, zwischendurch eine junge langhaarige Frau, die wegzulaufen schien, die nackten rasenden Beine, ihr furchtsames Gesicht, das Schlagzeug in der Regenpfütze. Kolk blickte knapp am Fernseher vorbei, seine braunen Augen wurden bronzen. Er begann, das linke Ende seines Schnurrbarts um den Finger zu drehen. Diese Indianerfrau...

Sie hatte ihn an jemand erinnert. Er hatte allein am großen Tisch in der »Bürste« gesessen und hätte ihr die ganze Nacht zusehen können. Eigentlich wollte er nur zwei, drei Bier trinken und wieder zurückfahren, ins Bett gehen, schlafen. Er blieb sitzen, und nach dem dritten oder vierten verlor er die Fühlung zum Zwang seines Tagesablaufs. Während das feuchte Gift angenehm die versteiften Muskeln umspülte, bewunderte er die Körperbeherrschung der Indianerfrau. Sie läuft quer durch den Raum, von einer Ecke in die andere, die Treppe hinauf zu den Dartwerfern. Die engen Jeans, wie maßgeschneidert. Gute alte Musik dazu. Das war noch Musik, sowas. Dieses Geächze und kindische Gekreisch von Michael Jackson, nee. Und dies Gezappel dazu, das genauso gut von einem Trickzeichner erledigt werden könnte. Da kommt doch nix mehr rüber. Da war ja Rudi noch der größere Künstler – der konnte wenigstens gut furzen. Kolk grinste.

Er hob den Blick. Eine langhaarige Blondine in bauchnabelkurzem T-Shirt hopste hin und her, auf und nieder, das T-Shirt war durch strapsartige Bänder mit dem Bündchen des kurzen Rocks verbunden, Strapse auch an den Overknees. Eine Handvoll Männer tanzte im selben Rhythmus, sie trugen Hüte, dunkle Brillen. Als Zwischenschnitte eingeblendet, in Nahaufnahme, ein hüpfender tiefer Bauchnabel, jeder Vierteltakt ein anderes Bild, eine andere Perspektive.

Kolk nieste zweimal, und ein drittes Mal. Er hörte die Töne, und er sah die Bilder, er seufzte und drehte an seinem Schnauzer. Wie ein schweres Opiat sank Müdigkeit in seine Glieder. Sie hatte ein bißchen gelächelt, als er am Tresen zahlte, sie hatte einen leichten Bart. Die vögelt bestimmt mit dem Typen aus der Küche, dieser behaarte Arm in der Durchreiche. Er war durch die sanfte Nacht heimwärts geradelt – was heißt heimwärts, in die *Wohnung*. Stur, ohne rechts und links zu gucken, wo Kneipenschilder leuchteten, trat er in die Pedale, hin und wieder weit seitwärts die gerade Linie verlassend, um dann mit unvermittelten Schlenkern in die Bahn zurückzukehren. Der Dynamo jaulte im zyklisch unterbrochenen Gummidiskant, und der Lichtkegel der Lampe schwenkte von links nach rechts nach links. Er hatte gehofft, Rudi zu begegnen, der ihm die »Bürste« einmal gezeigt hatte.

In seiner Wohnung angekommen, hatte er sich auf den Balkon gesetzt, den er nachmittags aufgeräumt hatte, die alte Frühlingszeremonie. Mit ausrangierten Teppichfliesen ausgelegt, das Geländer geschmirgelt und entrostet. Grüne Farbe stand bereit. In einem Schub von Umtriebigkeit hatte er drei Blumenkästen verankert, Stiefmütterchen gekauft und gepflanzt. Den Sonnenschirm vom Boden geholt und den alten Sessel mit dem Aluminiumgestänge. Eine Marmorplatte, die er mal auf dem Sperrmüll gefunden hatte, auf eine alte Apfelkiste gelegt. Eine weitere, die im Winter wieder für Feuerholz verwendet würde, in die Lücke zwischen Sessel und Hauswand gezwängt. Eine alte Decke darübergeworfen. Arschgemütlich.

Kolk hatte den Kopf zurückgelegt gehabt. Er hatte den rechten Ellbogen auf die Kiste gestützt, ein Weinglas in der Hand. In der linken dampfte die Zigarette unter dem wie von aufgeplatzten Eiterblasen übersäten Balkonboden seiner Nachbarn über ihm, im dritten Stock, hinaus bis fast in den Himmel, auf dem leichte Fetzenwolken schwammen, einige wenige Sterne waren zu sehen. Die Linde gegenüber zischelte mit ihren Blättern, ungleichmäßig. Ihre Äste warfen lässig lange Schatten über die gegenüberliegenden Hauswände. Die Bogenlaterne brannte beinahe anheimelnd. Überwiegend Dieselmotorgeräusche, wenn überhaupt welche zu hören waren. Gegenüber kaum erleuchtete Fenster. Es mußte spät sein. Lediglich im Fenster der Blonden brannte noch Licht. Vorgestern hatte sie im Bikini auf dem Balkon gelegen, obwohl erst nach sieben Uhr ein Schimmer der Abendsonne auf die Balkons des gegenüberliegenden Blocks fiel.

Unten in der Straße Stöckelschuhe. Kolk horchte auf. Stöckelschuhe. Klack, klack, klack... Ach so – die Alte mit ihrem fetten Cocker. Ich kauf mir auch einen, wenn ich wieder zurückgehe, und er wird Joe heißen.

Er hatte vorhin Radio Hundertsex gehört, diese eine mit dem schleswigschen Akzent... Thema Gruppensex. Sie mit ihrer Freundin in Paris und so, und am vorletzten Tag ging's mit den beiden Kellnern von diesem Hotelrestaurant ab. Klang ganz nett. So eine müßte man mal kennenlernen. Mann, wenn bloß der Wecker nicht wäre, jeden Morgen 4:30 miepmiepmiep 4:30 miepmiepmiep 4:30 miepmiepmiep... Aber morgen, bis in die Puppen!

Schnaufend hievte sich Kolk aus dem Sessel, schob die Finger in die Taschen. Die Autos unten standen in schrägen Staffeln. Die Lindenherzblättchen um die riesenlakritzstäbchenförmige Lampe waren heller grün als die im Schatten. Jemand hustete, unten, oder um die Ecke, auf einem anderen Balkon. Das Wimmern eines zurücksetzenden Wagens.

Er war ins Schlafzimmer gewankt, im Dunkeln, hatte sich den Kopf am Türrahmen gestoßen. Er hatte sein Hemd mit beiden Händen vom Kragen an aufgerissen. Es gab ein unerwartetes Geräusch, dann eine Serie knipsender Laute. Er hatte sich die Knöpfe abgerissen, vergessen, daß er nicht das Jeanshemd mit den Druckknöpfen trug. Er kicherte vor sich hin, zog sich aus, legte sich ins Bett. Kurz bevor er einschlief, hatte sich der ruhige Hinterhof mit dem lustvollen Stöhnen einer Frau gefüllt.

Kolk gähnte, trank einen Schluck Bier, streckte sich und ächzte, drückte seine Zigarette aus. Er holte Luft, verzog das Gesicht, räusperte sich, hustete, krächzte und holte schweren Schleim aus der Brust, das Blut stieg ihm zu Kopf, er hustete. Irgendwann geb ich's sowieso auf... Er gähnte lange und blickte wieder auf den Fernsehschirm. Die Augen tränten vor Müdigkeit. Er massierte seinen Nacken, knetete den Hals, die Halssehnen und -muskeln zu beiden Seiten des Adamsapfels. Plötzlich hielt er inne, atmete schneller, die rechte Hand absichtslos in der Luft, wurde rot im Gesicht – sank ruhiger atmend wieder ins Sofa zurück. Was ist das bloß, dauernd wird mir schwarz vor den Augen...

Auf dem Bildschirm fuhr ein blonder Fatzke in einem Cadillac durch eine amerikanische Stadt. Er grinste beständig, während er sang, schloß hin und wieder die Augen, wobei er den Kopf, leicht vorgeneigt, hin- und herbewegte, als könnte er's kaum aushalten. Manchmal ballte er eine Faust und stieß sie drei-, viermal nach vorn, im Takt der Töne, zu denen er die Lippen bewegte. Er grinste fortwährend, hatte tiefe Grübchen neben den Mundwinkeln wie eine Kasperpuppe, zeigte starke Pferdezähne, perlweiß, und grinste die ganze Zeit und schüttelte den Kopf. Er konnt's offenbar einfach nicht fassen. Dazu paßte seine Stimme, heiser fistelnd, gepreßt und gewissermaßen lustvoll, als lachte er sich rumpelstilzig ins Fäustchen. Schließlich wurde er von einem police car gestoppt. Eine dunkelhäutige Polizistin stieg aus. Sie war mit einer Mütze, einer Lederjacke, Slip, Strapsen, schwarzen Strümpfen und hochhackigen Schuhen bekleidet und wog einen Gummiknüttel in der Hand, während sie auf den blonden Fatzke zuschlenderte. Mann, das muß ich Satsche erzählen...

Kolk rieb ein bißchen den gebeulten Jeansstoff. DEIN WEISSER SCHLEIM, DEIN STÖHNEN UND SCHREIN... Ob die wohl mal ein Einschreiben kriegt, damit ich sie zu sehen kriege. Möchte wirklich mal wissen, wie die aussieht, was das für eine ist... Obwohl, vielleicht kennt sie den Typen ja gar nicht und wird von ihm terrorisiert. Und doch, irgendwie klang der Tenor des Textes nach gegenseitiger Übereinkunft.

Kolk trank sein Bier aus. Müde bin ich, werd gleich mal 'ne Mütze voll Schlaf nehmen. Den nächsten Clip wart ich noch ab.

Ich werd verrückt...

Sabrina Salerno trat auf. Sie trug das, was man früher hot pants nannte, eine Lederjacke, Lederstiefel, ein rotes Top, auf ihren mächtig schlingernden Brüsten tanzte ein Kreuz an einer Kette. Ihre linke Hand, in der sie das Mikrophon hielt, war mit einem fingerlosen

Handschuh bekleidet. Dunkle lange Haare hatte sie. Zwei blonde Girls, die sie begleiteten, in schwarzen Minikleidern.

Sabrina heißt die, das halt ich nicht aus. Kolk grinste. Vielleicht ist Frau Hausmann ihr ja ähnlich. Mensch, so eine mal vernaschen.

Kolk starrte auf die riesigen Brüste der Italienerin. Vielleicht war ja doch was dran an den Geschichtchen, die Bonni, der Playboy, ihm immer erzählte. Von willigen Hausfrauen, scharfen Töchtern und einsamen Sekretärinnen. Kolk hatte, auch als Eilzusteller, bisher nie solche Erlebnisse gehabt.

Kolk schaltete den Fernseher aus und schlurfte ins Schlafzimmer. Er stellte das Radio ein, kuschelte sich in die Decke und knautschte das Kopfkissen so, daß er bequem lag. Er fühlte, ob er Lust bekam, aber alles was ihm im Kopf herumspukte und ihn in den Schlaf verfolgte und noch summte, als er vom Klingeln des Telefons gegen achtzehn Uhr erwachte, war die Schmakkos-Melodie.

Es war noch nicht viel los in der »Glucke«. Kolk sah auf die Uhr. Erst sieben. Er ging zielstrebig zur Bank in der Nische, dem Tresen direkt gegenüber, nickte Yvonne zu und hob die Hand wie auf einer Auktion.

Er setzte sich an die Stirnseite des vierkantigen Tischs, ärgerte sich wieder einmal darüber, daß die Lehne der Bank zur Ablage der Schulterblätter und Arme zu schmal war, und beugte sich vor.

Wenn noch fahles Abendlicht durch die Scheiben drang, wirkte das Licht der beigebraun bespannten, rautenförmigen Lampen über den Tischen nicht. Das schmutzige Dunkel der Wände, die düstren Motive der alten Stubengemälde verbissen sich in den blaugrauen Dämmer, der als fremde Sphäre von außen in den gelbfleckigen Dunst des Raumes drang. Dann spendeten die Barhocker noch keinen Trost. Das Holz der Theke und Tische war stumpf, getrübt. Die Gesichter der wenigen Männer und noch wenigeren Frauen bläulich blaß, der Widerschein kraftlos. Die Musik vom Band klang fast höhnisch, mindestens störend. Leere Plätze, öde und von klebrigen Lachen bedeckt. Alles war noch schief, kantig, unsauber. Die Leute hockten wartend. Sogen an Zigaretten, blätterten in Zeitungen, sprachen leise.

Kolk seufzte und klopfte den Tabak seiner Reval auf beiden Seiten fest. Räusperte sich und setzte sich gerade hin. Er nahm einen der quadratischen Bierdekkel, legte die Zigarettenpackung parallel daneben und das gleichfarbige Feuerzeug darauf, so daß es bündig mit der Kante abschloß. Er wischte ein paarmal mit der flachen Hand über den Tisch, ordnete verstreute Bierdeckel, zog den noch unbenutzten Aschenbecher heran. Schob die Speisekarte weg. Er warf einen Blick nach rechts, einen nach links. Zündete sich die Zigarette an und inhalierte vorsichtig. Dann lehnte er sich zurück. So.

Yvonne brachte ihm das Bier.

»Dange dier. Briengß mier noch n Tuhnfischsalahd und n Blogg und n Schreiba? Und n ßgahdbladd?«

»Lohgisch.«

Eine Schaumschliere lief über den Rand des Glases. Das Bier war schon vorgeschenkt worden, denn die Blume war nicht so groß, als daß sie langsam und stetig durch einen Schuß nach dem anderen aus dem Hahn hatte aufgebaut worden sein können. Die

Krone wölbte sich knapp über dem Glasrand, rund, kein sahniges Gebirge, kein Gebäude, und das gelbe Bier in dem bauchigen Glas schob sich bereits über den Eichstrich. Hinni wäre sowas nicht passiert.

Kolk setzte mit abgewinkeltem Ellbogen an und trank mit drei Zügen bis zur Hälfte. Er grunzte und setzte ab. Zog an seiner Zigarette.

»Äy Alder. Sama empäsä bollälä ***oddsche****. Kumba.«*

Satschesatsche trat ein, klimperte mit dem Autoschlüssel. Kolk sah auf seine Armbanduhr.

»Wadd willß ***du*** *denn schohn.«*

Satsche antwortete nicht. Er blieb vor dem Tisch stehen, klimperte mit dem Autoschlüssel und ließ einige Blicke aus seinen Henry-Fonda-Augen durch den Raum wandern. Er trug Jeans und einen grüngemusterten Pullover.

Satschesatsche hatte ein schmales Gesicht mit einem energischen scharfen Kinn, das er wie Stan Laurel so lang ziehen konnte. Ein dünnhaariger Schnauzer wuchs unter der leicht schiefen Nase. Modisch kurzgeschnittenes, naturkrauses Haar, dunkelblond, wich an der kantigen Stirn mit den dicken Adern an den Schläfen schon beträchtlich zurück. Er hatte breite Schultern, war fast so groß wie Kolk. Auch Satsches Handballerhände konnten mit Kolks mithalten. Er hatte die Pulloverärmel bis zu den Ellbogen hochgeschoben, das weiße Hemd darübergekrempelt, die Muskelstränge in den Unterarmen wippten.

Indem er fortwährend mit dem klimpernden Schlüsselbund herumfummelte, suchte er Blickkontakt mit Yvonne.

»Machß mir n grohßeß Pillß? Und n Konnjagg?«

Kolk veränderte seine Haltung.

»Seddß dich ***hin*** *Mann. Und höa auf zu klödan.«*

Satsche rutschte mit in die Nische, im rechten Winkel zu Kolk. *»Legg mich«*, sagte er.

»Wadd machß ***du*** *denn schohn hier.«*

»Erga midd Mahra.« Satsche knallte die Schlüssel auf den Tisch, holte tief Luft und legte mit seiner kräftigen, asthmatisch heiseren Stimme los.

»Die gehd mir im Mohmend ***sohwaß*** *fon aufm Geißd daß glaubß du nich. Fieng heude morng schohn an. Ich hab schohn* ***tausndma*** *gesachd Mahra mach die* ***Kaffe****dohse zu. Ich schdeh auf, geh an'n Küchnschrangk, will die Kaffedohse raußnehm – ich faß die nemmlich imma am Deggl an…«*

Kolk grinste.

Satschesatsche war einer der größten Adrenalinproduzenten unter nördlichem Himmel. Wenn Mara, mit der er seit vier Jahren zusammen war, davon eines in gemeinsamer Wohnung, seine durch jahrelanges Junggesellentum gezüchteten Marotten ignorierte – vernünftigerweise, versteht sich –, klinkte er aus. Er hatte etwas von diesen cholerischen Gangsterbossen in amerikanischen Vorabendserien, die ihre unfähigen Auftragskiller gehörig zusammenfalteten, wenn das Attentat auf die Helden in die Hose gegangen war. Kolk liebte solche Gangsterbosse.

»…und heude ahmd essn wir Schniddßl mit Pommfriddß. Ich mach mir Majonehse aufn Tella, Mahra Keddschobb. Und denn gehd se imma midtn Pommfriddß in ***meine*** *Majonehse!!* ***Daß*** *kannich nich ab sohwaß!!* ***Aw****, ich bin faßd ge****pladdßd!*** *Ich sach:* ***Mahraaa*** *–! Ich kann sohwaß nich ab…«*

Kolk grinste. Yvonne kam mit Block, Schreiber, Skatblatt und Cognacschwenker. Der Salat ließ noch auf sich warten. Kolk tippte an sein Glas. *»…machß noch einß…?«*

Yvonne nickte, *»ein Pillß«*, und eilte wieder hinter den Zapfhahn. Satschesatsche wippte mit dem linken Knie, nahm das Glas in eine seiner Pranken und ließ die braune Flüssigkeit rotieren, ziemlich ungeschlacht, so daß ein paar Tröpfchen auf dem Tisch verspritzten.

»Keine geijln Breudte hier?« Er äugte verächtlich in den Raum.

»…noch zu früh…«, nuschelte Kolk und trank sein Bier leer. Er rieb sich die Augenlider, preßte den Daumen unter das schmerzverzerrte Gesicht, auf den Hals, und zündete sich dann eine neue Zigarette an. *»Haß heud namiddach Forml einß gesehn?«*

»Neh. Hab Skwosch geschbiehld. Finnich auch ***scheiße*** *die Sendungk. Iß doch keine* ***Musieg*** *mehr sohwaß.«*

»Wehgne Weiba mein ich. Bluh ßüßdim, diese Alde midde Schdrabbße. Ohda, aw äy, haß schon ma den Klibb midde Bänglß gesehn? Hehsi schehdß of winta? Die geile Gietarißdin mibm kurdßn Kleid und –«

»Gietarißdin? Ich dengk daß sind Benglß! ***Benglß*** *mibm kurdßn* ***Kleid****? Trannsweßtiedtn ohda wadd?!«**

Kolk gab's auf. Satsche war offenbar noch nicht in Stimmung für solche Themen. Statt dessen begann er, die jüngsten Entwicklungen auf dem Hifi-Markt zu referieren.

Eines von Satschesatsches Lebensplanungskapiteln betraf seit eh und je die katalogmäßige Sichtung, presse-info-mäßige Verfolgung und technisch-ideelle Diskussion der Neuerscheinungen von Tuners, Cassettendecks und Plattenspielern – in der ersten Phase. Die zweite bestand in mittel- bis langfristiger Finanzierung durch Sparen, begleitenden Spaziergängen durch einschlägige Elektrokaufhäuser und Hifi-Shops zwecks Vorauswahl. Schließlich, nach Monaten, die feierliche dritte Phase, wo das *»elektlrownische Gelrayd«** den Besitzer wechselte.

»Giebß n neu'n Ihgkweleisa?« grinste Kolk. Satsche reagierte cool. *»Figg in die Mehch Kollg.«*

Der Equalizer! *»Waß ißn daß?«* hatten Bodo und Kolk gleichzeitig gefragt, damals, einige Jahre zuvor, als Satsche noch in seiner eigenen Bude in Hammerbrook wohnte.

»Aw Mann, daß giebd sohn geijln ßaund daw...« Er machte sich noch an den Knöpfen und Schaltern seiner Anlage zu schaffen. Schließlich stellte er seinen Kassettenrekorder ein, eine Aufnahme von Ian Cussick. Die Bässe pumpten. Kristallklarer Klang. Höhen und Tiefen wunderbar.

»Doch, kliengd guhd«, sagte Kolk.

»Määänsch, der iß doch noch gahnich ***fohr****geschallded der Ihgkweleisa du* ***Wigg****ßa!«*

Der Zurechtgewiesene zuckte grinsend mit den Schultern. *»Achsoh.«*

Hochkonzentriert justierte Satsche vor sich hin. Mal nahm er die Höhen ein bißchen raus, dann wieder zog er die Bässe so hoch, daß einem die Luft wegblieb. Schließlich ließ er sich in einer Mischung aus Andacht und Skepsis mit leuchtenden Augen zwischen Bodo und Kolk aufs Sofa nieder, das im optimalen Schallwinkel der beiden Boxen stand. Kolk und Bodo sahen sich an.

»Wadd iß denn nu«, fragte Kolk.

Satsche blieb stumm. Stand wieder auf und legte einen Schalter um.

Jetzt herrschte wieder kristallklarer Klang, nur leiser. Wieder um: dumpfe Dröhnung, verzerrt, dafür lauter als vorher. Verzweifelt wandte sich der operator zu Kolk und Bodo. *»Jeddß issa an«*, quetschte er zwischen den Zähnen hervor.

»Wer.«

»Der ***IHGKWELEISA*** *du* ***AHSCHLOCH!«*** brüllte Satsche entnervt. Kolk und Bodo brachen augenblicklich in hysterisches Gelächter aus. *»****Waß*** *haß du dafür bezahld?«* jammerte Bodo mit Tränen in den Augen. *»Hunnad'achdßich* ***Mahg****?«*

Von Zeit zu Zeit kam dieses Thema wieder auf den Tisch, wenn Satsches Exkurse zu ausgiebig gerieten. Es genügte die Formel »Equalizer«. Wenn er gutgelaunt war, grinste er, schüttelte den umwölkten Kopf und murmelte: *»Daß wah so dehpriemiernd...«*

»Du mid deim Heifiescheiß äy«, nuschelte Kolk.

»Mann Alder daß iß so geijl daw. ***Echdaw.*** *Mensch wennß Tohrenßpladdtnschbiela in* ***Lehda*** *gehm würde könndtich mir noch ein drauf* ***abwiggßn, echd*** *jeddß...«*

Kolk schnaufte durch die Nase und grinste.

Gerade als Yvonne die beiden Biere und den Salat brachte, trafen Bodo und Heiner ein. *»Nahmd die Härn«*, grüßte Bodo aufgeräumt, erntete von Satsche jedoch nur ein *»Fapissd euch ihr Dreggsegge«*, bevor er von seinem Bier schlürfte wie aus 'ner Kaffeetasse mit Sahnehaube.

Das konnte Kolk mitunter rasend machen. Bier zu schlürfen! Heute abend verzichtete er allerdings auf stilistische Erörterungen. Er nuschelte nur grinsend irgendwas zur Begrüßung der beiden Neuankömmlinge.

Zwischen diesen entflammte ein kleiner Spaßstreit, wer mit dem Rücken zum Geschehen in der Kneipe sitzen müsse. Heiner ließ sich nach dünnem Wortwechsel von Bodos Drohung einschüchtern, er werde anderenfalls jedes Spiel mauern, und nahm auf dem Stuhl gegenüber von Kolk Platz. Bodo setzte sich feixend rechts von ihm, Satschesatsche vis-à-vis. *»ACHZENN«*, brüllte er markig und rieb sich die rosigen

Finger. Er grinste von einem zum andern. Offenbar ging's ihm zu gut.

Heiner hielt die schon davonstrebende Yvonne mit einem »Hallo« fest und bestellte »ein, Kännchen Tee hätt^{h}, ich gern.« Bodo orderte »*n grohßeß Pillß*«.

Unterdessen nahm Heiner ein Papiertaschentuch aus seiner Hemdtasche und putzte sich die Nase.

Er war heute – wie fast immer – wieder ganz in blau gekleidet. Blaue Kordhose, blaues Hemd – mit den unvermeidlichen Papiertaschentüchern in blauweißer Plastikhülle in der Brusttasche –, blaue Jacke. Heiner hatte nachweislich etwa sechzig Oberhemden im Schrank, knapp die Hälfte davon in allen möglichen Blau-Schattierungen: indigo und azur, saphir-, marine- und königsblau, tintenblau und taubenblau; blau wie Enzian, wie Pflaumen, wie Rauch, Stahl oder Lavendel – wie auch immer, aber blau. Heute blau und morgen blau und übermorgen wieder. Und die blaue Kordhose war schon ein unverwechselbares Kennzeichen von ihm. Seit seinem vierzehnten Lebensjahr – und jetzt war er dreißig – trug er tagaus tagein, sommers wie winters blaue Kordhosen.

Ferner einen immer korrekt gestutzten Bart. Und zwar brünett wie sein halblanges glattes Haupthaar. Ein Bart, der dicht und borstig bis zu den Wangenknochen hinauf reichte und an den Kiefern kantig geschnitten war. Ein Bart, in dem sich nie – *nie!* – Speisereste verfingen, wenn er seinem Hobby, eine »Kleinigkeit^{hh} zu futtern«, nachging. Ein markanter Kopf mit einer tiefen Kerbe in der unteren Stirngegend, nicht ganz exakt zwischen den beiden Brauen über den Augen (die natürlich blau waren).

Die vier Herren begannen, sich's in ihrer Nische für die nächsten Stunden gemütlich zu machen. Kolk forkte in seinem Salat herum und zermahlte ihn mit zitternden Kaumuskeln; Satschesatsche zog mit seinem Schlüsselbund Bahnen auf dem Tisch, während er Heiner ekstatisch den dramatischen Verlauf des nachmittäglichen Squashmatchs schilderte; Heiner lauschte ihm aufmerksam, die Ellbogen, auf den Tisch gestützt, mit den Händen überkreuz umfassend; und Bodo beugte sich aus der Nische heraus in Richtung Tresen, um bei Yvonne zusätzlich zwei Tequilas zu bestellen, indessen er versuchte, seine abwechslungsreiche Frisur zu ordnen.

Sein eiförmiger Schädel wies nämlich eine von noch zirka vierzig gebogenen Haaren bewachsene flaumige Tonsur auf. In einem hufeisenhaften Kranz hing hell- bis mittelblondes Haar herab, von oberhalb der Schläfen im Schwung hinter die Ohren gekämmt, im Nacken halblang. An den Schläfen kräuselte sich Dunkelblondes, und im Gesicht wuchs ein dichter kupferroter Vollbart, um die *»ohwahle Fresse«* zu bedecken (so Satschesatsche in einem seiner bestechenden Offenheitsanfälle, anläßlich einer Radikalrasur). Eine randlose Brille hockte auf dem Höcker seiner Nase, die Stirn furchten melancholische Falten. Die grau-blauen Augen hatten einen braunen Ring von etwa der Größe dessen, der goldfarben am rechten Ohrläppchen hing. Zwischen Brust und Beinen kauerte ein klobiger Bierbauch.

Kolk hatte schließlich den Skatblock beschriftet, die Karten gegeben – zwei Asse lagen übrigens im Stock, die wie Arsch auf Eimer zu Satsches Grand ohne Vieren paßten, wie Kolk kiebitzte – der Abend schien furios zu beginnen –; die Tequilas waren zu Ehren des Sonnabends bereits geleert (Heiner nippte am Tee, Satsche am Cognac), und der Tisch von überflüssigen und störenden Dingen wie leerem Salatteller, Speisekarte, überzähligen Bierdeckeln geräumt.

»Gehm – höhrn – sahng«, deklamierte Satsche und nickte jeweils gebieterisch die entsprechenden Leute an. Heiner hob seine wohllautende Stimme und artikulierte in der ihm eigenen soignierten Art* ein Gebot von »acht^{h}zinn«.

»Yopp«, bestätigte Bodo unaufmerksam, da sich der Tresenraum langsam füllte. Die Hocker waren mittlerweile alle besetzt, auch die Sitzecken am farbigen Fenster.

»Zwanzig.«

»Wech.«

Satsche bot mehr, ohne wie üblich aufgefordert werden zu müssen.

»Zwo.«

»Ja.«

»Drei.«

»Ja.«

»Fier«, sagte Satsche, ohne zu zögern. Heiner hypnotisierte sein Blatt. Bodo hatte es längst verdeckt zur Seite gelegt und boxte Kolk grinsend auf die Schulter. Der erwiderte mit einer Finte.

Inzwischen arbeitete Heiner offenbar an den Chancen eines Null Ouvert. Was für ein Auftakt. Satsches Geduldsfaden produzierte bereits sirrende Töne, die ihm in Form von leisen Ächzern aus der Brust quollen.

»Waß haß duhdn geßdan ahmd gemachd«, erkundigte sich Bodo unterdessen bei Kolk.

»Och… inna Bürßde pah Bier getrungkn, die Ihnjahnafrau bekuggd und ab in die Kohje…«

»Ich wah geßdan auch schon hier«, grinste Bodo. *»Hab mid* ***Ruhdi*** *dem Ahsch ein gesoffm.«*

»Achdu scheiße.«

*»**Der** hadd mir wieda n Ohr abgeluddschd daß glaubß du nich…«*

»…dochdoch…«

»Ich wolld blohß noch zweidrei Bier schluggn und mir dann midd meina Geliebdn die Tawkschow ankuggkn – wer kommd rein…?«

»Ruhdi der Ahsch.«

»Genau. Aso **der** *Tühb – …Der Tühb gehörd ja nu eindeudich zu der Schbehdßijeß die dir bedingungß, erbahmungß, hemmungß und **gnah**, denn, lohß n Ohr abkaun. Der hadd mich **dermahßn** follgesüllßd –«*

*»Hadda wieda erzehld dassa fonne **Bulln** angeschossn wurde?«* mischte sich Satsche grinsend ein, weil Heiner mit seinen Berechnungen nicht voran kam.

*»Neh – dießma nich. Aba er hadd ne **Frau** kenngelernd –«*

*»Jaja, der lernd imma Fraun kenn – ph! **Der** doch nich! Der siehd doch auß wie ne tohdte **Noad**sehrobbe äy«*, stieß Satsche abschätzig hervor. Kolk gnickerte und zündete sich eine Zigarette an, fuhr sich über die Augenlider. Anschließend nieste er dreimal.

»Nehneh«, beeilte sich Bodo durch dessen Gelärm Gehör zu verschaffen, *»dießma echd! Ich wah ja dabei! **Die** wah auch dabei, midd sohm annan Tühb, sohn **Jubbi** oda wadd, der kahm übahaubd nich mehr zum Zuch weil Ruhdi die Alde sohwaß fon follgekwaddschd hadd –«*, Bodo lachte, *»– der hadd alle Regißda gezohgn, sohwaß hab ich noch nich erlehbd. Ein Bombardemang fon Schbrüchn hadd der abgelassn – und daß Schlimmßde iß: die hadd auch noch darühba gelachd die Alde…«*

»Sah die guhd auß?« fragte Satsche hellhöriger. Wann immer von einer ihm unbekannten Frau die Rede war, kam seine fragebogenhafte Sieht-die-gut-aus-Floskel.

»Schahfeß Weib«, räumte Bodo ein. *»Lehdamienie –*

schwahdße Schdrümfe – tiefausgeschniddneß Tieschörd – Tobbfiguhr…«

»Aw«, nuschelte Kolk. Satsche grinste ihn erregt an, teils auch wegen Kolks guter Laune. *»Guhde Möbbße?«* informierte er sich ungeniert und wackelte mit dem linken Knie hin und her.

»Klein aba fein«, erstattete Bodo Auskunft.

»Und der Tühb – waß ***wah'n*** *daß für ne Aldte – ERZEHL DOCH MA N BISSCHEN* ***SCHNELLA****«*, brüllte er plötzlich, während Heiner gutmütig ebenfalls sein gefächertes Blatt umgekehrt auf den Tisch legte – wie Satsche, der in konzentrierter Erwartung von Bodos Bericht sein Bierglas drehte.

»Die ahbeided bei irngsohm Musiegfalach oda wadd, als Plromowschnmänädscha, und der Tühb –«

»Ach du scheiße, und da hadd Ruhdi se be'schdimmd midd seina Hewwimäddlschiene follgenöhld wa?«, winkte Satsche ab.

»Alladingß«, bestätigte Bodo, *»und daß Geile iß, daß der* ***andre*** *Tühb* ***auch*** *irngwaß in diesa Richtung von der Trulla wollde, und die beidn liengß und rechdß von ihr am Trehsn, die schahwendßldn um die Dahme rumm wie zwei* ***Goggkl*** *– daß wah einfach* ***ab****'schdohßnd«*, schüttelte sich Bodo entzückt.

Inzwischen hatten alle ihre Karten hingelegt, tranken Bier, klimperten mit einem Schlüsselbund oder verschränkten die Arme, während Bodo begeistert die Szenerie des gestrigen Abends schilderte.

Kolk verschob die Abstände zwischen den Bierdekkeln, spielte mit seinem Feuerzeug und hielt den Kopf gesenkt. Hin und wieder grinste er. Er starrte tief in das schaumige Tal seines Köpi-Glases, als suchte er ein Bild, das zu dem des Fotos mit dem erigierten Penis gehörte, welches er heute morgen in einen Türschlitz in der Amselallee geworfen hatte.

*

Kolk, übrigens, war eigentlich eher unsportlich. Er hatte früher mal – und jetzt seit zwei Jahren wieder – zwar Tischtennis gespielt, und das ziemlich klobigen Stils, aber Tennis oder – wie Satsche und Heiner – Handball oder gar Squash nie. Und doch sah er sich ganz gern Damentennis an. Allerdings weniger aus sportiven Gründen, sondern weil er beim Anblick der kurzen Röcke in eine behaglich träumerische Erregung geriet, die nicht zu sehr aufrührte.

Diese knappe Stoff-Umhüllung des weiblichen Körperkerns fesselte ihn, seit er aus der Provinz in die Millionenstadt gekommen war. Damals bummelte er ausgiebig durch die City, um mit seinen bauernbraunen Augen blitzkantige Sekundenbruchteile aus diesem schwülduftigen, intimen Schlupfwinkel unter den Minikleidern der Mädchen zu saugen, die steil vor ihm auf Rolltreppen in die Sonne fuhren. Das dünnfasrige Weiß unter den schwingenden bunten Stoffen, das die weichen Rundheiten zierte, scheuchte seine scheue Lebenslust auf. Jahre später dann – nach der Modephase der Schlabberröcke und Pumphosen –, als der *»fadammdte Mienierogg«* (Kolk) erneut aufkam, liefen die Frauen wiederum gemäß Kolks ältesten Masturbations-Blaupausen in aller Welt herum.

Und eben diese Welt war auch rund ein Jahr nach jenem Skatabend und den Ereignissen der darauffolgenden Woche wieder ganz eklatant der Fall gewesen, als Kolk und ich in die »Boile« gingen, wo er zu späterer Stunde schließlich das Geheimnis um sein fast taubes linkes Ohr lüften sollte. Es war ein Sonnabend, da wir die »Boile« enterten, und wir hatten ziemlich bald entdeckt, daß der übernächste Sonntag das einjährige

Jubiläum jener bacchantischen Spontanfeier in der »Glucke« darstellte, als deren unmittelbare Folge wohl mein Schädel-Hirn-Trauma zu betrachten war, übrigens ca. 36 Stunden vor Kolks Schalltrauma. Eine recht bewegte Woche muß Kolk zuvor... Aber eins nach dem anderen.

Also. Kolk und ich, beide erklärtermaßen Pünktlichkeitsfanatiker, waren nahezu gleichzeitig an den Altglascontainern vor der »Boile« eingetroffen. Ich einige Sekunden nach ihm, aber früh genug, den Abend mit einem flagranten Doppelvergnügen eröffnet zu finden, welches uns das Wiedersehen erleichtern sollte: Ich durfte, momentan noch jenseits des Zebrastreifens, beobachten, wie Kolk erhitzten Haupts sein Rad zu arretieren und gleichzeitig seinerseits eine jener raren Eimsbüttler Originalpflanzen zu beobachten versuchte, welche, angetan mit einem kanariengelben Stretchmini – im Grunde eine breitere Schärpe –, auf langen Beinen und ebensolchen Stiefeln eine Art Schnauzdackel verfolgte, der, leinelos und schweifwedelnd, der Hochhackigen trotz lässigen Trabs entkam, da sie wegen eines Absatzmalheurs erheblich gehandicapt schien. Im Hinketakt wippte ihr gebleichter Pferdeschwanz, als sie das Haustier vor der Vergewaltigungsgefahr, die von einem fiesen Dobermannrüden an der Seite eines um etwa einen Kopf größeren Buttjes drohte, bewahren wollte. *»Thuhthi«*, rief sie, mit diesem entzückenden Vorstadtzungenschlag, die Lederleine schleudernd, in einer panischen Bammel mit angestrengter Autoritätsaura kreuzenden Stimmlage, *»Thuhthi, wo ith die Dthaidung?!«* Nichts unterdessen war Susi wurster als der derzeitige Aufenthaltsort der Zeitung. Pawlow kann mich mal, sagte sie sich vermutlich und trippelte in Erwartung eines guten Ficks auf Rambo zu, der die verzweifelten Bemühungen seines minderjährigen Gassipartners um Herrchencharisma – *»Ruich Rammbo…«* – konsequent ignorierte.

Während ich gebannt vor dem Fußgängerüberweg verharrte und, weil ausgeschlafen und schmerzfrei, in ungetrübter Laune die dreifaltige Szene observierte – Mädel/Bursche, Kolk und Hunde –, stach Kolk in unbewußter Permanenz neben sein Fahrradschloß, um ja nicht eine der Pomuskelkontraktionen der Schnauzdackelbesitzerin zu verpassen. Als diese mit einem ultimativen *»Wo, ith, die, Dthaidung?!!?«* ihr Schoßtier in die nackten braunen Arme nahm, schnoberte Herr Dobermann rüde zwischen ihren Schenkeln. *»Auß Rammbo«*, suchte sein Betreuer die so unkonventionell Angeschmuste – reichlich halbherzig übrigens – zu schützen, welche schockiert einen heftigen Knicks vollzog und rückwärts stolperte. *»Päth maw n büschn bethä auf auf dein'n Köhdä«*, rief sie. *»Gleichfallß«*, murrte der überforderte Jüngling. Kolk pflegte einen dieser Ausdrücke im Gesicht, den ich in meinem nie sehen möchte.

Unbemerkt bei ihm angekommen, ruppte ich ihn mit dem Musikknochen in die Seite. *»Äy«*, sagte ich, *»Rammbo iß zu beneidn, wa?«*

Rambos glatt-glitschiges Glied perpendikelte allerdings fruchtlos hin und her, die Eimsbüttler Pflanze floh mit Susi in entgegengesetzter Richtung, und Kolk schnaufte und traf sein Fahrradschloß. Er riegelte ab, richtete sich auf und sagte: *»Schöhn, ma wieda mibm Inneleggdu'elln zu schnaggkn…«*

Ich haute ihm auf die Schulter, warf einen letzten Blick nach dem unwahrscheinlich großen Hund, dem die Frustration auf den Darm geschlagen war, welcher er nun in devoter Haltung auf zitternden Hinterkeulen zu begegnen versuchte – wobei er geradezu zu schwitzen schien –, während sein Dompteur den Eindruck erweckte, *er* wäre hier derjenige, der angeleint sei –, und dann enterten wir die »Boile«.

Dort, als Kolk mir das Geheimnis seines fast tauben Ohrs erzählte und gleich anfangs den Namen »Sabrina Hausmann« erwähnte, fiel mir sonderbarerweise erst mal jener Abend ein Jahr zuvor in der »Glucke« ein, an dem Rudi-der-Arsch mit diesem Yuppieverschnitt um »Frau Bohner« buhlte. So nämlich hieß die Promotion Managerin des »MusiCom«-Musikverlags, die mit dem Minirock (aus grünem Leder übrigens). Im nachhinein betrachtet freilich war diese Gedankenverknüpfung gar nicht so seltsam, handelte es sich doch – nach meinem Erkenntnisstand einige Stunden später – um eine ähnliche, der Rudi-der-Arsch aufgesessen war und deren Mißverständnis schließlich Kolk sein taubes linkes Ohr verdankte, wie ich meinte.

Nun gut, also: eins nach dem andern.

Während Kolk also damals in der »Boile« die verbliebenen Salzkristalle aus der tremorvibrierenden Mulde zwischen Daumensehne und Handwurzelknochen leckte, um anschließend seinen Tequila in den Schlund zu gießen, wo er verschwand wie der Inhalt eines Fingerhuts, indessen die angewinkelte Linke gefährlich wackelnd die halbe Zitronenscheibe hielt –, währenddessen machte ich Kolk auf einen Dreckfleck gehörigen Umfangs auf der rechten Schulter seiner Postjacke aufmerksam. Vermutlich Hundekacke, in die er sich am Weiher in seinem Brand gelegt hatte. *»Iß ja eisch äy«*, nuschelte er desinteressiert und linste, die Zitrone lutschend, über seine mächtige Schulter, wobei ihm augenscheinlich schwindlig wurde.

»Wo ith die Dthaidung«, drohte ich und sagte ihm, jetzt direkt, nachdem er meine Bemerkung hinsicht-

lich der Postjacke stur mit der damit identischen Gegenfrage gekontert hatte, auf den Kopf zu, daß ich ihn im Verdacht des bereits nachmittäglichen Vollrausches habe. *»Wo und wieso haß du dir denn so tierisch ein geballadt«*, fragte ich ihn. Aber er setzte wieder dieses strotzige Gesicht auf. Als sei er gezwungen, die schwere Verletzung eines stillschweigenden gentlemen's agreement durch Contenance wieder wettzumachen. Diese Miene setzte mich unversehens in das trübe Licht eines neugierigen und folglich klatschsüchtigen Waschweibs. Wir waren seit zwanzig Jahren Freunde, verdammt noch mal.

Nachdem wir teils schweigend, teils über die Musik aus den dumpfen Boxen der »Boile« plaudernd den zweiten Halben geleert hatten, signalisierte ich durch die Bestellung einer Runde Tequila die Anwesenheit eines verläßlichen Trinkkumpans. Denn irgendwas war mit Kolk, oder zumindest mit unserem Verhältnis zueinander, nicht ganz in Ordnung – schon lange, fast ein Jahr, wie gesagt.

Als Horst begann, mit Flaschen und Gläsern zu hantieren, trat eine längere Pause in unserem Plausch ein. Kolk rauchte, und ich betrachtete die Aufkleber auf der Aluminium-Zapfanlage. Klar, wir hatten uns lange nicht gesehen. Kolk war zwölf Monate schwer versumpft, und es war vieles nicht ausgesprochen worden zwischen uns, im vergangenen Jahr.

»Zwischen Leber und Milz / paßt immer noch 'n Pils.« Das Walroß Antje vom NDR prangte da, und »Hagenbeck's Tierpark« mit dem falschen Apostroph.*

Es war warm. Von draußen hörte man manchmal das Dröhnen der Motorräder wie von bösartigen Riesenhummeln.

Auf der Zapfanlage stand eine Staffette mit Papierrosetten. In Regalen an der Tresenrückwand Schnaps –

Gordon's Dry Gin, Wodka, Bacardi, Pernod, Passat Rum-Verschnitt, Martini, Campari... Weibförmige Weißbiergläser, darüber Blue Curaçao, Sambuca, Fernet Branca, Flaschen, die sich in der Wand spiegelten. Kerzenhalter und Blumen, Zierat und Nippes brüteten auf Borden und Tischen des vorderen Raums der »Boile«. Er machte den Eindruck einer etwas schmuddeligen Stube mit zuvielen Tischen, vor allem wegen der mit grünem Stoff gepolsterten tiefen Bänke, einige nachgerade sofaartig. An den Wänden hingen Schiefertafeln mit Speiseangeboten, quasiantike Werbeschilder, Fotos und Bilder von gefüllten Guiness-Gläsern und Strapsfrauen à la Toulouse-Lautrec.

Wir waren allein, es war noch früh.

Eine Konkurrenz der Düfte herrschte.

Wir saßen auf zweien der neun, zehn Barhocker am Bananentresen mit der linoleumartigen, graugesprenkelten Beschichtung, die mit feinem Schweiß bestäubt schien, vor kompliziert geriffelten Kristallaschern unter tiefhängenden Lampen.

In diesem Moment begann einer dieser gräßlichen Discosongs vom Band zu schallen, ohne nennenswerte Tiefen oder Höhen, ein Stück namens »Hot girl« mit dem Refrain »Hot girl, hot girl«. Kolk fing an, die Melodie mitzusummen. Schließlich fragte er mich, nachdem er mich peinlich berührt sah: *»Kennß die? Die Sängarin?«*

»Neh. ***Willich*** *auch nich.«*

»Dadd iß Sabrina. Sabrina Salerno. Ihtalljehnerin. Schahfeß Weib.«

»Blohß ***siengn*** *kann se nich.«*

»Dadd schbiehld in diesm Fall auch keine Rolle«, grinste Kolk und wippte mit dem Knie. Er steckte sich eine neue Reval an und fuhr fort, jene Geräusche zu imitieren. Horst setzte auch mir einen weiteren Filzdeckel vor, und kurz darauf standen zwei Gläser Te-

quila mit je einem Scheibchen Zitrone quer darüber vor uns. Ich reichte Kolk das Salzfäßchen, und wir taten, was wir tun mußten. Gleichzeitig kam der dritte Halbe, so daß wir gut nachspülen konnten. Und dann sagte Kolk: *»Habbich dir schohn fon Sabrina erzehld?«*

»Grahde ehbm.«

»Fon Sabrina ***Haußmann*** *mein ich.«*

»Neh.«

Und das war der Moment, in dem mir sonderbarerweise diese Szenerie ein Jahr zuvor einfiel, mit Rudi-dem-Arsch und dessen erlauchtem Publikum, in der »Glucke«. Vielleicht einfach, daß ich das Bedürfnis hatte, eine von mir nun schlagartig geargwöhnte Weibergeschichte Kolks als Erklärung für das zurückliegende kühle Jahr mit einer eigenen, freilich nur netzhauterschütternden Erfahrung kurzzuschließen. Wie auch immer...

*

Es hatte schon gewaltig gebrummt an jenem Abend, in der eigentlichen Kneipe, wo sich die Theke befand, zumindest. Im rückwärtigen Raum, links von der Garderobe, war es ruhiger. Dort gab es Eckchen mit vier bis sechs Stühlen oder entsprechenden Sitzplätzen auf Bänken sowie in der Mitte einen Tisch von Abendmahlausmaßen. Da verlustierte sich zumeist die Laufkundschaft – dort, wo entlang den Wänden das lokalberühmte Gedicht eines Anonymus' hing, welches der »Glucke« ihren Namen gegeben hatte. In Sütterlinschrift, mit feinen Vignetten, hatte jemand auf magischen sieben Holzschildern je einen Vers skribiert:

Die Glucke

In die Erde eingekauert,
hockt das Huhn und legt ein Ei.
Kurz bevor es leis' erschauert,
ist das Gröbste schon vorbei.

Die Glucke gluckt mit viel Gegacker
im Nest der Küken. Und der Hahn
stolziert im Hof und macht auf Macker.
»Der Habicht kommt!« lautet sein Wahn.

Leicht nervös im Laube scharrend,
sucht die blinde Henne Korn.
Vor der Leiter kühl verharrend,
nagt der Hahn an seinem Sporn.

Unterm warmen Leibgefieder
fühl'n sich Gluckes Küken wohl.
Indes der Hahn fühlt hin und wieder
sich im Innern eher hohl.

Manchmal fängt er an zu denken:
Wann war Huhn und wann war Ei?
Letztlich kann ihn das nicht kränken.
Er war sicherlich dabei.

Abend wird's, der Hahn jagt Mücken,
und ihm schwillt vor Wut der Kamm.
Der frischgeback'nen Glucke Küken
machen nicht so viel Tamtam.

Auf der Stange wird's gemütlich,
langsam kommt der Stall zur Ruh'.
Der Habicht jagt viel weiter südlich.
Der Hahn macht seine Augen zu.

Ich hatte es einmal auswendig gelernt, um etwaige Frauenbekanntschaften oder Saufkumpane damit zu beeindrucken. Besonders im Suff würden sich putzige Rezitationsfehler ergeben, hoffte ich, die zu sinnlosem Gelächter führten. Wunderbare Abende hätten das sein können.

Aber ins Hinterzimmer zog es mich nicht, wenn ich allein in die »Glucke« ging. Denn vorn tobte das Leben.

Obwohl es erst gegen halb neun war, als ich beschloß, hier noch zwei bis drei Halbe zu absorbieren, bevor ich mir mit meiner Geliebten die Talkshow ansah –; obwohl es also noch verhältnismäßig früh am Abend war – besonders angesichts des sommerlichen Wetters –, brummte es schon gewaltig dort. Vergnügungssüchtiges Volk stand bereits in der zweiten Reihe hinter jener ersten der Thekenhocker, die sich teils halb zu hinter ihnen parlierenden Stehtrinkern wandten, teils auf den langen, bogenförmigen Tresen mit der tief gemaserten Eichenholzplatte stützten. Die Strahler in dem entsprechend geschwungenen schweren Aufsatzkörper unter der vergilbten Decke, der von schwarzen, in der Mitte knäuelartig gedrechselten Vierkantstahlstäben getragen wurde, warfen eine blasse Lichtwand, die einem dreidimensionalen Halbmond glich. Unter den befransten Schirmlampen über den Tischen wirbelten erleuchtete Rauchwolken um aufmerksame und geschminkte Gesichter, angespannte und vereinsamte Bärte.

Ich blickte mich um. Unsere Skatnische war stark bevölkert. Auch der Tisch vor der Fassadenimitation, unter dem Goldschnitt-Bild des sinkenden Segelschiffs, besetzt. Selbst auf dem flachen verkleideten Heizkörper neben dem weißen Spielgerät »Disc 2000« saß jemand mit infantilem Gesichtsausdruck, der nicht nur die Kellnerin beim Kellnern störte, indem er den ohnehin schmalen Durchgang zu Telefon, Zigarettenautomaten, Flipper, Küche und Klos noch einschränkte.

Das Beige des Stucks aus Trauben- und Rebenornamenten war kaum erkennbar, der mächtige braune Rotor des Ventilators stand still, das ausgestopfte hellgescheckte braune Huhn, an einer Galgenschlinge von der Decke baumelnd, fiel niemandem mehr auf.

Auch auf den schmalen Bänken vor den Sprossenscheiben der anderen Wand schien kein Platz mehr zu sein. Der Bistrotisch mit den hohen Hockern und der rechteckige waren gleichfalls besetzt. Durch die als Gluckensilhouette gestalteten Durchbrüche in der schmalen Holzverblendung über den bunten Fenstern sah ich gerade die U-Bahn hoch über der Isestraße scheinbar geräuschlos entlanggleiten.

Ich machte einen langen Hals, über den Trubel hinaus. Da. Jawoll. Zufällig war noch der Hocker ganz rechts in der Ecke an der Theke frei – mein Lieblingsplatz sogar. Ich schob mich nach dorthin durch, nachdem ich kurz überlegt hatte, ob ich mich nicht lieber nach draußen vor die Kneipe setzen sollte. Denn es herrschte mir hier eine zu gefährliche Feierstimmung für zwei schnelle Biere. Außerdem mußte ich befürchten, daß ich stank. Besser gesagt, einer meiner Turnschuhe, den ich ebenso notdürftig von der Kacke gereinigt wie der unbekannte Hund sie hatte neben jenen Baum fallen lassen, an den ich mein Fahrrad gekettet. Andererseits hatte ich nicht den Nerv, so lange in der zweiten Reihe zu stehen, bis ich meinen Halben bekäme.

Ich schob mich also blindlings durch, hockte mich in die Ecke, bezähmte mein nervöses Verlangen nach einer Zigarette und verschob den Genuß auf den Zeitpunkt, da das Köpi kommen würde. Inzwischen begann ich, den wimmelnden Gesprächslärm teilweise zu entwirren.

Am Tresen hockte der typische Querschnitt des Gluckenpublikums. Vom Dreher bei Blohm + Voss bis zum Popeldreher vom Finanzamt, vom Setzer bis zum Übersetzer, vom Arbeitslosen bis zum Festen Freien, vom Werbefuzzi bis zum Computerfreak, vom kranken Theoretiker bis zur Heilpraktikerin, von der Tippse bis zum Chef war alles vertreten. Die meisten von ihnen bliesen ihre Gesprächsschnipsel über die laute Untermalung der Rockmusik. Helles Lachen von einer Blondine aus der hohen Sitzecke links, Gegröhle auf der anderen Seite, von dem Infantilen, einem schon jetzt erheblich angesoffenen Stoppelbärtigen mit Panzerknackerfresse, 08/15-Pullover und einer karierten Hose, die modern war, als es Beckenbauer bei der WM in Mexiko gefiel, sich in einer solchen Millionen von Fernsehzuschauern zu präsentieren. 761-617 (nur die schwarze Maske fehlte) benötigte bereits beide Hände, babyhaft in Brusthöhe gehalten, zur Balance des aufrechten Gangs, was ihn jedoch nicht davon zu entbinden schien, lauthals nach einem *»Bierli«* verlangen zu müssen. Der Typ mußte seit dem Isemarkt heut morgen gepichelt haben. Manuela*, die heute Schicht hatte, sprach ihm gut zu und tröstete ihn mit einem Bauchtätscheln über die Wartezeit hinweg.

Im Anschluß daran bekam ich mein Pils.

Ich zündete mir endlich eine Zigarette an, nahm einen großen Schluck Bier – und, erstaunlich genug, gewahrte erst jetzt die außergewöhnliche Erscheinung meiner Thekennachbarin. Es *mußte* daran gelegen haben, daß sie mir bisher den Rücken zugekehrt hatte.

Jedenfalls starrte ich abrupt geradeaus, und es dauerte ziemlich lange, bis ich merkte, daß Manuela etwas irritiert war. Sie sah mich rauchen, mein Glas war fast voll – was zum Kuckuck konnte ich wollen? Schließlich lächelte sie mich achselzuckend an und warf mir igendeine Floskel zu. Ich griff daneben und grinste zurück, als sie schon längst wieder am Zapfen war. Um mein Gesicht zu wahren, beobachtete ich lässig die rechte Wand – etwa fünf Zentimeter von meiner Brille entfernt. Um zu vermeiden, für einen Tapetenvertreter gehalten zu werden, erweiterte ich kurz darauf wieder mein Blickfeld – allerdings zu plötzlich, so daß das Bier in gefährliche Schwankung geriet. Offenbar war ich mit dem Ellbogen dagegen gestoßen. Beim Versuch, eine größere Katastrophe abzuwenden, verbrannte ich mir mit der Zigarette den rechten Unterarm, während die Glut davonsprang und ein rundes Loch in einen Stapel Papierrosetten hinterm Tresen fraß. Gegen mich war Inspektor Clouseau ein begabter Seiltänzer.

Ich weiß, ich benahm mich albern für mein Alter. (In Gedanken entschuldigte ich mich bei 761-617, der mir plötzlich als ein Muster an Würde erschien.)

Frau Bohner indes hatte den unbegreiflichen Takt, nichts von meinen schwach koordinierten Bewegungen zu bemerken. Sie setzte ungerührt ihre Unterhaltung mit dem links neben ihr lauernden Typen fort, und zwar in einem Fachchinesisch, das in irgendeiner Form mit Musik zu tun hatte. Ich setzte mir die Tarnkappe auf.

Da die tizianrote Schönheit zwar ihre splitterfasernackten, bronzebraunen langen Beine* übereinandergeschlagen in meine Richtung streckte, jedoch ihren runden Po fest auf dem Hocker verankerte und ihren Oberkörper von ihrer Taille *Taille* TAILLE an zu ihrem Gesprächspartner drehte, bekam ich von *ihren* Redebeiträgen nicht allzu viel mit. Statt dessen hatte ich die gerne versäumte Gelegenheit, die rotzarrogante Art und Weise ihres Gegenübers zu verfolgen.

Und das war eins jener Subjekte, bei deren Anblick ich augenblicklich Ausschlag kriege. Unter einem sogenannten Blondschopf – an den Schläfen flachfrisiert, auf dem gummihammerförmigen Schädel fülliger und mit neckischen dunklen Strähnchen durchsetzt – stak ein Paar marmelstarrer, taubstummer grauer Augen, bis zu den nichtssagenden Pupillen von vorhautfaltigen Liddeckeln zugezogen. Wenn er mit den blaßroten kleinen Schrumpellippen an einem Bügel seiner pechschwarzen Sonnenbrille nuckelte, glich sein Mund fatal einem Arschloch. Sein langes, leeres Gesicht war braun wie ein halbes Hähnchen, aber glattrasiert. Im Schweigezustand bildete das einzig Lebendige dieser Visage die Strichnase, deren schmale Flügel unentwegt zuckten und flatterten, was dem Menschen das Aussehen eines – wenn auch mühsam gepflegten – Unholds verlieh.

Sobald er zu reden begann, verschlimmerte sich der Gesamteindruck womöglich noch. Die Lippen wurden schmal, wenngleich der Mund nicht viel breiter – doch, das war durchaus möglich –; deplaciert wirkende weiße Zähne blinkten, und es bildete sich ein widerwärtiges Grinsen aus, das ohne Sinn und Verstand nunmehr reflexartig jeweils zur Pause zwischen den Sprechsequenzen freudlos aufblühte wie ein Herpes und mich an Ernst Albrecht* erinnerte. Sein Gerede strotzte vor Anglizismen, wiewohl er sich bemühte, deutsche Ausdrücke möglichst frankophon klingen zu lassen, ebenso sein stereotypes Repertoire an Füllwörtern. Nach jedem halben Nullsatz flocht er ein derart genäseltes *»äh«* oder *»nä?«* ein, daß es wie (frz.) *»un«* beziehungsweise *»nin«* (wie in Verdun) herausnölte – manchmal changierte es gar mehr zu *»en«* oder *»on«* respektive *»nen«/»non«* (wie in chanson). *»Un... bon, nin? –* ***da*** *geh ich mit Ihnen... on... dakohr, awreit, nin? – ...un...* ***aber****, un, on, ich meine, non das... un...* ***muß*** *aber nicht... on,* ***zwangsläufig*** *sein, korrekte...? Nen?«* Kriegte seine Zähne nicht auseinander, der Holzkopf. Zum Knochenkotzen.

Hin und wieder verstieg sich das gelackte Individuum sogar dazu, eine Art Gelächter anzustimmen, was dann in etwa so klang wie *»A*^{h}, *a*^{h}, *a*^{h}, *a*^{h}*-aaaaaaa*^{h},

a^h,a^h« und mir eine Gänsehaut nach der anderen über die geballten Fäuste jagte. Insbesondere pflegte er solchermaßen Vergnügen zu heucheln, wenn es Frau Bohners Einwürfen Aufmerksamkeit angedeihen zu lassen galt, wobei er jeweils mit einem altväterlich-moderatorenhaften *»Herr-äfohr-ärrah-ägendt!«* abschloß – mit dermaßen gekünstelt gerolltem »r«, daß ich mich wieder einmal fragen mußte, ob solche Abziehbilder wie der nicht schon seit Jahrhunderten von einer gottvatermäßigen Imago durch besinnungslose Parodie sich zu befreien suchten, um schließlich doch nur selbst eine zu werden. Unterdessen rauchte er dermaßen affektiert, daß er in ständiger Gefahr schwebte, sich sowohl den Nacken als auch sein mit einer Swatch verziertes Handgelenk zu stauchen, indem er die Zigarette – natürlich eine neue, exklusive Marke – wie eine Kerze mit der Glut nach oben zwischen Daumen und Zeigefinger hielt und beim Inhalieren den albernen Kopf zur Seite drehen mußte. Dabei verwandelte sich das affige Antlitz in eine groteske Fratze – als sei er elf und rauche zum ersten Mal seinem kleinen Bruder was vor. Immerhin setzte er mit dieser Art des Tabakkonsums den blaugeäderten braunen Expanderbizeps unterm kurzen Ärmel seines Balihemds scheußlichschön in Szene. Was für ein armer Idiot.

Wer mag mir verdenken, daß ich zur sinnlichen Linderung ab und an einen Blick auf den tannengrünen Saum des ledernen Rocks der unvergleichlichen Frau Bohner warf. (Diese sanften visuellen Attacken waren ja wohl immer noch vertretbarer, tröstete ich mich, als wenn sie die unfaßlich anmutig gestaffelten Knie wieder in die obszöne Nähe der miamiweißen Hosenbeine dieses Langweilers neben ihr zu bringen genötigt war. Was sie leider aus unerfindlichen Gründen bald darauf tat.)

Ich hatte mich gefangen und schliff gerade schnell und sicher ein paar Sentenzen zurecht, die der grünroten Dame den von ihr zweifellos ersehnten Absprung aus dem Dunstkreis ihres Peinigers erleichtern sollten, als mir jemand meine Tarnkappe vom Kopf riß und schlechterdings um die Ohren schlug.

*»Bodo Ballamann, alta Eianaggkn. Hadd dir dein Seggßuahltehrapoid nich **fabohdtn** Allohohl zu tringkn? Wo ißn dein **Schnugglchen**? Wieda beim Boddibillding?«*

Es war Rudi, der Arsch.

Ein rascher Seitenblick machte mir klar, daß Frau Bohner jedes Wort laut und deutlich vernommen hatte. Mein Begrüßungslächeln unterschied sich daher lediglich durch Trockenheit der Augen von einem Tränenausbruch.

*»**Ruhdiii.** Lasseß **sein** Ruhdiii«**, murmelte ich nach der Schocksekunde in einer Mischung aus behelfsmäßiger Schlagfertigkeit und trauriger Routine. Die zwei weitaus ätzendsten sämtlicher ätzenden Eigenschaften Rudis-des-Arschs waren seine geräuschlose Art der Annäherung und die vollendete Tatsache seiner plötzlichen Präsenz. Ich steckte mir schleunigst eine Zigarette an, damit meine unvermeidlichen Grimassen dem Inhalieren zugeschrieben werden konnten.

Man sah Rudi einfach nicht kommen. Das hing nicht nur mit seiner Körpergröße von einem Meter achtundfünfzig zusammen, sondern auch mit dieser schmidtchenhaften Schleicherei. Außerdem sprach er nicht sonderlich laut, wiewohl das Timbre seiner Stimme sich mit Verzögerung in die Gehörgänge schmuggelte wie ein besonders tückischer Furz ins Riechorgan.** Rudi war allgegenwärtig, und wenn man ihm nicht begegnete, war's schon allein deshalb ein schöner Abend. Aber manchmal war er eben plötzlich da. Er grinste einem ins Gesicht, machte irgendeine kindische Bemerkung, und man überlegte, ob ein wohldosierter Backs in die hohlwangige Ausgabe der Alfred-E.-Neumann-Visage einem ewiges Licht und ewige Ruhe verschaffen würde...

Und genau in solchem Moment brachte die alte Ratte irgend 'nen blöden Spruch, den man noch nicht kannte. (Oder er brachte ihn so, daß man ihn in der bekannten Form augenblicklich vergaß. Oder so, daß die Verve, mit der er das Ausgelutschte vortrug, derart erstaunlich anmutete, daß man unweigerlich grinsen mußte.) Ab dann war man ständig in Versuchung, ihm den Friseur anzuempfehlen und widerwillig die Schuppen von seinem Kragen zu bürsten. Oder ihm imaginäre Ketchupflecken aus dem Mundwinkel zu wischen, Flausen aus der niedrigen Stirn zu schlagen und gesetzte Worte zum fünften Altbier zu servieren.

»Mannuehla«, blökte der Flegel halblaut, *»schengk mir ma n Glaß Alkohohl ein bidde.«*

Nach der üblichen Verzögerung lächelte Manuela erkennend und begann, ihm unverzüglich sein Altbier zu zapfen.

Wie macht der das? Im selben Tonfall könnte *ich* die wüstesten Zoten mit Manuela in der Hauptrolle erzählen, ohne auch nur als Einer-der-Selbstgespräche-führt wahrgenommen zu werden. Wenn *ich* mit noch jemand am Tisch sitze, hat sich der Kellner mit den Bieren verzählt und meins vergessen. Rufe *ich* nach dem Essen »Zahlen!« – eigentlich ein Zauberwort, sollte man meinen –, putzt sich die Bediene die Nase, spielt mit dem Kneipenhund Blindekuh, flirtet mit dem abgerissensten Penner und zieht sich den Lidstrich nach, bevor sie meine Zeche plus 15 Prozent Trinkgeld in Empfang nimmt – undankbar selbstverständlich, weil sie nicht wechseln kann.

Rudi-der-Arsch hingegen bekam einen sauberen Aschenbecher; die schöne Rothaarige – der ich spöttisch zugrinste, wegen des Terriers neben mir – machte bezaubernd lächelnd, was Rudi vorläufig snobistisch übersah, ein Stückchen Platz; und binnen drei Minuten stand schwarzes Bier vor Rudi.

*»Dong, dong, **dong**«*, sagte Rudi und schob sich das Glas über die wulstige Unterlippe. Seine fettigen silberblonden Haare stießen auf den Kragen der braunen Kunstlederjacke, das kleinkarierte Hemd blähte sich hohl über dem gürtellosen Bund der braunen Breitkordhose, die ihm um die Hüften schlotterte. Bei Rudis Anblick fiel mir immer ein Spruch meines Onkels ein: »Kein Arsch in der Hose, aber im Puff drängeln.« Exakt. Wie Rudi überhaupt zu seinem Kosenamen gekommen war, blieb rätselhaft.

Befriedigt keuchte Rudi kurz, aber heftig, nachdem er das Glas zur Hälfte geleert hatte.

*»**Herr** Jehsuß und Mahria Maggdahlehna **daß** iß guhd«*, sagte er und wischte sich die Lippen mit dem Handrücken. *»**Brauchd** ich aba auch. **Mann** Alda hab **ich** mich wieda hingerichded geßdan nachd... **schüüß**daw...«*

Ich tat so, als hätte ich Kopfschmerzen. Hatte ich plötzlich auch. Leider bewahrte mich meine Unpäßlichkeit durchaus nicht vor der haarkleinen Schilderung dieser angeblichen Selbstverstümmelung. Der Lümmel war an jenem Punkt der Entwicklung stehengeblieben, wo man als Jungtrinker akribisch die Anzahl der geleerten Flaschen nebst Angabe der Getränkesorten und, besonders lächerlich, die Ernährungsmodalitäten vor dem Start der Suffrallye protokollierte. Keine Ader für die *Ästhetik* des Betrinkens, kein Sinn für die situativen Bedingungen.

»Wier wahn im Hobbfmkruhch –«

»Wo?«, rutschte es mir heraus.

»Wa?«

»WO?«

»Warum sachßn alleß zweima. Im ***HOBBFM-KRUHCH!!*** *Bei* ***Heidi!*** *Kennß nich?* ***Tierisch*** *gezechd. Schüüüßdaw. Zufellich Gietarre midgehabd...«*

Von wegen zufällig.

»Na jehdnfallß iß der Kobb dicka allß der Hallß und der Ahsch iß so gerehgld dassa nich aussa Hohse kehgld und der Sagg iß so gebaud dassa nich gehng Kandt'-schdein haud. Hh!«

Ich wunderte mich zunächst, daß Rudi so unvermittelt seine Erzählung unterbrach, nur um geistesschwache Lyrik zum besten zu geben. Kurz darauf war mir klar, weshalb. Plötzlich saß ich nämlich inmitten einer Gasblase. Rudi nutzte das gemeinmenschliche Unbehagen, Aufsehen zu erregen, skrupellos als Deckung aus, wenn es darum ging, seiner Blähsucht nachzugeben. Eine frappierende Schwade von Verwesung und komposthafter Fäulnis stieg auf und hüllte mindestens mich ein. Ich warf einen Seitenblick. Rudi grinste souverän. Da ich nicht unbedingt den Verdacht auf mich lenken wollte – insbesondere, da mein Argwohn dem nicht vollständig entsorgten Restrisiko in den Ritzen meiner Sohle galt –, schwieg ich, einer Ohnmacht nahe. Selbst Frau Bohner leistete sich keine äußerliche Regung. Vielleicht ignorierte man so was tatsächlich am besten.

Anschließend laberte Rudi mich voll. Während ich mir ein zweites Bier bestellte und der geradezu chemische Geruchsschemen sich mählich verdünnisierte, schob er sich zwischen meinen Hocker und den der bronzenen Dame und plapperte, vorwiegend im Partizip Perfekt, das ihm was Flottes andichten sollte, von seinen Heldentaten.

»... ich nich faul ich sach ***klah*** *gehb ich ein auß sach ich. Ich sach üba Geld* ***rehdich*** *nich daß gehbich* ***auß*** *sach ich. Ne fier'schdellige Summe dagelassn... – ...zwei fohr, zwei hintam Komma.* ***Hh!*** *Hh! Hh! Sündedaw... na jehdnfallß hahmse nachhehr noch gefrahchd kannß denn auf deine Klammfe da auch* ***schbiehln*** *oda iß daß blohß* ***Fazierungk*** *ich sach* ***lohgo*** *ich sach* ***ihsi*** *sach ich und foll lohßgelehchd... Und* ***die*** *– blohß geschmissn,* ***eine*** *Runde nacha annan –* ***schüüüüüüß****daw... und Heidi hadde glaubich n Auge auf mich geworfm ich gedachd ich krich ne* ***Kriese*** *äy. Sie mich gefrahchd kannß auch Wandafull toneid... ich sach für dich mein Engl alleß obwohl ich einglich sach ich eh'a hewwimäddlmehßich drauf bin in* ***jehda*** *Beziehung sach ich aba ich gleich ihsi inne Saidtn gegriffm–: grohße Liebe ehrßda Teil. Hhhh! Hh! Hh! – ... Naja. Manuela, gieb ma zwei Schbahßmacha dazu, und wadd schbachdln müßdich... gieb ma sohn Frei'schdiel'labbßkauß, na diese aufgewärmde Grüddßwurßd da...«*

»Waß meinß du denn mein Schaddß. Schbageddi Bohlohnehß?«

*»****Ja*** *genau.* ***Sünde****daw.«*

Inzwischen dröhnte der Laden richtig. Der Panzerknacker tanzte mit einem Gesinnungsgenossen. Die Musik – ein früher Eric Clapton – war etwas lauter gestellt. Manuela rödelte wie blöd am Zapfhahn, schenkte planlos vor. An Abnehmern war kein Mangel. Die Leute standen in der dritten Reihe. Mein zweites Bier lief wie Öl. Das dritte war in Arbeit. Rudi forderte mich auf, den Jubi zu leeren. Wir kippten ihn synchron.

»Haß im ***Loddoh*** *gewonn oda wadd«*, raunzte ich und schüttelte mich. Rudi erklomm den Hocker links neben ihm – denn die Schöne bog gerade voll Liebreiz

um die Ecke des anderen Tresenendes, vermutlich um ihre bildhübschen Niere Tribut zu zollen.

»Nehneh – guhdn Diehl gemachd. Pah ßgedsche für Harrald und Eddi geschriebm…«

»Waß führn Harrald und Eddi.«

»Na Harrald und **Eddi** *ehbm.«*

»Piß mich nich an Ruhdi. Diese beknaggde ***ßgedsch****sehrje mid Ahrend und Juhnke?«*

*»***Ääääächd!** *Ich kenn diesn bescheuadtn Kroßpe fonne Prohduggßjohnßfirma, Fohnipohl heiß die glaubich, und …"*

»Ein Bierchen biddschöhn…«

»Dangedier Mannuehla…«

»Zwei Schlüggchn noch Mannuehla und n Schwahdßeß! – …neh, echd. Ich bin damallß…«

Bla, bla, bla.

Die beiden Jubis kamen. Sein Bier. Seine Spaghetti. Und die schöne Frau Bohner zurück – durch eine Gasse verklemmter und frecher Bewunderer.

»Wadd iß jeddß – sachß prohßd oda wolln wir dehn fohdografiern!« pöbelte ich von der Seite.

Rudi aber stand vor* wie ein Teckel. Scheinbar herrenlos dampften die Spaghetti vor sich hin. Denn Rudi… – *»Junga Mann, dahf ich ma mein'n Hocka…«* – … Rudi sammelte die Sequenzen sämtlicher Liebesfilme der Welt, in denen »Die Erste Begegnung« kolportiert wurde, errechnete elektronenhirnschnell deren mimetische Essenz und kopierte sie, ohne rot zu werden.

Frau Bohner *wurde* rot.

»O Sünde«, sagte Rudi und stand unendlich langsam von ihrem Hocker auf. *»Habb ich Ihn'n eddwa* **Un***gelehgnheidtn fa'uhrsachd? Ich bin* **un***tröhßdlich daß heißd nicht* **gannß***. Aba dazu schbehta. Zuhnechßd: Kenn wir unß nich? – Nein sahng Sie jeddß* **niggß***. Ich* **weiß** *waß Sie sahng werdn. Sie werdn sahng:* **Sie***, junga*

guhdaußsehnda schamanta Mann, kenn **sich** *wahscheinlich gannß genau. Und* **ich** *kenne* **mich**, *werdn Sie sahng. Insohfern kenn wir unß in der Tahd. Und dabei mahg eß, werdn Sie sahng, schohn auß* **Selbßdschuddßgründn** *auch bleibm… – Schdimmdß? Daß wolldtn Sie sahng* **schdimmdß**? *Hh! Hh!«*

Frau Bohner kicherte und gnickerte und lachte. *»Selbßdschuddß?«* fragte sie und warf grünschillernde Kaskaden kupferroten Haars über die nackten Schultern zurück.

»Ja…«, hauchte Rudi.

Statt mir an den Kopf zu fassen, langte ich nach meinem Bier. Und damit nahm das Elend seinen Lauf.

3. Kneipenpiranhas

Kolk, übrigens, war – bis diese Sabrina-Geschichte anfing – ein gepflegter, zurückhaltender Trinker. Nicht, daß er sich mit dem *Trinken* zurückgehalten hätte – so wie Satschesatsche oder Heiner –; aber er war ein, sagen wir mal, *verhaltener* Trinker. Einer mit Stil. Schon dieses Süffelarrangement, das er jedesmal zu Anfang einer Trinkerei herstellte, das ganze Brimborium mit den Bierfilzen, dieses zeremonielle Gehabe zum einzigen Zweck, sich systematisch vollaufen zu lassen; dieser formelle Fanatismus schon hob ihn vom gemeinen Saufaus ab. André und er, Kolk, waren damals, in unserem Nest, die Chefideologen ausgiebig gepflogener Schluckkultur gewesen. Eine Verwilderung der Trinksitten war allenfalls in einem späteren Stadium erlaubt; Gläserumstoßen, haltloses Torkeln, grundlos (d.h. nach bereits fünf Halben) labiale Konversation, Apfelsaft oder Perry zum Frühschoppen (dessen sich Satsche etliche Male schuldig gemacht hatte) und ähnliche Vergehen wurden mit gutmütigem, aber entschiedenem Spott geahndet. Insbesondere aber waren Stänkereien und Alleingänge verpönt.

Nein, wenn wir am Wochenende losgingen, handelte es sich um *ars bibendi*, kunstvoll zelebrierte kollektive Rauschinszenierungen, deren es gründlicher Vorbereitung (Sardinenessen etc.), gelassener Durchführung und, am nächsten Tag, kritischer Aufarbeitung bedurfte. Zu letzterer gehörten etwa der gemeinsame Klebeversuch etwaiger Filmrisse, die Erhellung von Blackouts und die Kotzkritik.*

Trinken war integraler Bestandteil unserer Adoleszenz. Mehr als ein Hobby, wenngleich Kolk zum

Beispiel sich im Besitz einer recht umfangreichen Bierflaschensammlung befand, darunter sehr schöne Exemplare – etwa die 33-cl-Flasche aus Belgien (*neun* Vol.% hatte das braune Getränk – *»Neun **Woldt.** Hh!«*, hätte Rudi zweifellos gesagt) mit ovalem Etikett, das eine in lasziver Körpersprache trinkende, mit Feigenblatt bekleidete Eva sowie einen ihr zuprostenden Adam zeigte. Im Hintergrund das Paradies. Das Bier hieß »De Verboden Vrucht« / »Le Fruit Défendu«, hatte allerdings wie *»höllische Haußmahke«* geschmeckt, wie Kolk aus seinen Textunterlagen vorlas.*

André wie auch Kolk führten seinerzeit ein tabellarisches Suffjournal mit folgendem Koordinatensystem: Die Rubriken *besoffen/gekotzt* bildeten vertikale Kolumnen, horizontale setzten sich aus den Veranstaltungsorten wie *Holvede/Klatt/Hinni/Moisburg* (Discos bzw. Kneipen) etc. oder auch *div./Dienst Kaserne/Zuhause* zusammen. Das Ganze monatlich periodisiert und als Strichliste in Fünferkolonnen erfaßt.**

Vielleicht hatte Hinni einen nicht unbeträchtlichen Einfluß auf unseren Trinksport gehabt. Obwohl er, der einzige Kneipenwirt unseres Nests, selbst gerade mal hin und wieder einen Jägermeister zu sich nahm, hatte er uns doch auf seine Art eine Struktur vermittelt; eine Struktur, die das, was man gerade tat, wenn man bei Hinni war – trinken eben –, auch fortan prägte.

»Geflehchde Seufa wahn wir damalß wa?«, sagte ich und formte ein paar wabernde graublaue Rauchringe von meiner Zigarre. Kolk nickte grinsend. Joe zuckte mit seinen Pfoten, vermutlich träumte er von Katzen und Karnickeln. Von oben infernalisches Gebrüll von drei bis vier Gören und Manus ebenso spontan entrüstete Keifstimme: *»Ihr machd mich waaaahnsinnich! Ihr seid keine **Kinda** ihr seid **Außa'irdische!**«* Das eben noch existentiell anmutende Gekreisch verwandelte

sich stufenlos in vergnügtes Quietschen aus fünf Kehlchen. Kolk schüttelte lachend den Kopf, indem er mit dem Daumen über die Schulter zeigte.

»Wie hellß du daß blohß auß«, fragte ich, *»und **Mahnu** fohr alln Dingn...«*

»Der machd daß Schbahß«, sagte Kolk. *»Mier auch.«*

Ich hatte da meine Zweifel, obwohl Kolk, außer »Kleiner Biber« von Heiner auch mitunter »Häuptling Geplatztes Gummi«* von seinen Tischtenniskameraden geheißen, ständig behauptete, in erster Linie Manu habe auf mindestens fünf Kindern bestanden. Ich hingegen konnte mir einfach nicht vorstellen, wie ein Mensch daran Vergnügen finden kann, Jahre des Lebens wie ein springbehindertes Känguruh durch die Gegend zu watscheln, ganz zu schweigen davon, den Wurf zu beaufsichtigen.

Inzwischen dachte ich darüber nach, ob die These von Hinnis Einfluß auf uns wohl Bestand haben könnte. Kolk zwirbelte grübelnd seinen Schnauz. Vielleicht erinnerte auch er sich gerade an einen der typischen Sonnabendnachmittage damals, in unserem Nest, bei Hinni. Vielleicht kamen wir, Kolk und ich, gerade in die Gaststube, vielleicht war es viertel nach drei, vielleicht wollten wir vier, fünf Bier bis zur Sportschau trinken, weil eh Satsche dran war, zum Swutsch in die Disco zu fahren. Vielleicht saß als einziger Gast Alfons auf seinem Stammplatz auf der Bank, die es heute nicht mehr gibt, hinter der schmalen Seite des langgezogenen Tresens. Nur sein dunkler Kopf, eine mächtige rauchblaue Jackettschulter und eine riesige Hand mit einer friedlich qualmenden Zigarette waren von ihm zu sehen.

Alfons war Knecht auf dem größten Hof unseres Nests und kam ausschließlich sonnabends sowie am Schützen- und Erntedankfest oder Feuerwehrball zu Hinni, wo er so lange Bier und Köm schluckte, bis er es mit mittelschwerem Lollimann gerade noch bis nach Hause schaffte.

Vor Alfons standen je eine Flasche Holsten Edel, ein halbvolles Bier- und ein leeres Kömglas und ein Aschenbecher. Daneben die unvermeidlichen Lux und Streichhölzer. Er grinste freundlich, als wir hereinkamen. *»Dach ouk Alfrehd... Bodo...«*

Hinni fehlte mal wieder hinter der Theke.

»Wo ißn die Bewirdtung«, fragte ich Alfons.

»Wehd igg ouk nich. Iß all sied tein Minuhdtn wech. Igg luhr ouk all obbn näign Köhm.«

»Dadd iß viellich n ouln Dröhmlpudtt.«

»Dadd kann ick di seng.«

Wir setzten uns auf die beiden Hocker neben der Stahlsäule, gegenüber der Vitrine voller Gläser, Süßigkeiten und – im obersten Bord – Pokale des Schützen- und frisch gegründeten Sportvereins. In den gläsernen Schiebetüren spiegelten sich zwei der drei gardinenverhangenen Fenster der Wand in unserem Rücken, so daß wir einen Teil dessen, was draußen auf der Straße vor sich ging – sofern überhaupt – bei Bedarf beobachten konnten. Unter anderem diese Mehrdimensionalität erklärte die häufige Stille zwischen den Klönschnacks. Es wurde nie peinlich. Hier konnte man einzeln seinen Gedanken nachhängen. In die Vitrine blicken oder durch sie hindurch nach draußen oder nach innen, in den Kopf, ins Herz, während die alte Wanduhr tackte. Über der Musikbox hingen zwei große gerahmte Fotos. Ein altes aus den frühen sechziger Jahren, als die alte Schmiede noch dort stand, wo jetzt der neue Saal war. Und eines neueren Datums, eine Luftaufnahme der Gastwirtschaft, nach dem Umbau. Die alten Linden waren schon verschwunden.

Kolk, Alfons und ich machten es uns bequem. Wir hatten nichts zu reden, also schwiegen wir. Wir rauchten.

Alfons trank sein Bier aus. »*Ach yaw sou iß dadd*«, brummte er. »*Yaw*«, nuschelte Kolk. Ich nickte.

Die Zeit verging.

Dann kam Hinni.

Er tauchte wie schon seit Jahrzehnten in der gerafften Falt-Abtrennung zwischen Kneipe und privatem Wohnraum auf. Er war etwa siebzig.

Ich grinste Kolk zu.

Grußlos und mit gesenktem Schädel latschte Hinni schnurgeraden Wegs mit zusammengekniffenen Augen, um die herum sich viertausend Fältchen und Falten bildeten, an Alfons und dann an mir und Kolk vorbei, ohne uns auch nur eines Seitenblicks zu würdigen. Vor seinen Zetteln und Blöcken, auf welchen er den Verzehr seiner Gäste notierte, blieb er stehen, beugte sich leise ächzend darüber, setzte seine Lesebrille auf, wobei sich sein Gesicht sehenswert veränderte, und begann, Zahlen zu addieren.

Wir waren natürlich entzückt von dieser Variation seines Auftritts.

Verzögerungen in der Bedienung waren wir gewohnt. Hinni folgte einem Regelwerk, bevor er Bier zu zapfen begann; einem festen Regelwerk, dessen Ablauf jedoch durchaus flexibel bestimmt werden konnte. Manchmal schob er vor den Buchführungsarbeiten drei oder vier durchaus mitunter sich wiederholende Aufenthalte auf der Strecke zwischen Falttür, die immer offen war, und Zettelwirtschaft ein: bei Bierdeckeln, die es aufzutürmen galt; Bierkästen, -flaschen oder -gläsern, die zu wuchten, zu drehen und zu wenden, zu verstellen oder wegzuschaffen waren; bei Wisch-, Wasch- oder Putzlappen, die ihre Tauglichkeit zu beweisen hatten. Oder er sortierte Banknoten, strich sie liebevoll glatt, bekämpfte Eselsohren mit dem Handballen, häufelte und mischte oder transferierte sie von der Kassenlade in die Kassette im Schrank, wobei er zwischendurch versonnen in einem Zwanzigmarkschein schmökerte. Vielleicht auch kam eines der Dorfkinder herein und verlangte *»fümf Sallmieß und… – …«*

»Na? ***Wat!«***

»…und… öhm…«

»Na?!** Nu man **tou!«

»…und zehn Gummitiere und ein Eiß.«

»Wadd förn Ihß.«

»Ein Gesichdß'eiß.«

»Wat?«

»Sohn ***Gesichdß'****eiß.«*

»Wat?«

Und dann mußte jemand von der geduldig wartenden Kundschaft einspringen und dem Wirt verdeutschen, was der junge Kunde wünschte (ein Eis mit einem Bärengesicht nämlich).

Hinni begann jetzt mit Subtrahieren.

»Hinni«, sagte Alfons, *»giffß mi noch n Köhm und n Bäya?«*

»Yow«, murmelte Hinni.

Kolk fing lautlos an zu gnickern. Hinni tüftelte vor sich hin, gestützt auf die von Lederflicken geschützten Ellbogen.

Kolk zündete sich eine neue Reval an, inhalierte und blies den Rauch in Hinnis Richtung, wo er sich wunschgemäß um dessen fast kahlen Schädel herum verteilte. Hinni lugte, von einer Rauchwolke umgeben, über den Brillenrand hinweg in die Richtung, aus welcher der störende Qualm gekommen sein mußte, und fuhr umgehend fort mit seinem Großen Einmaleins.

»Echä'echä, hmkchm, ähä«, sagte er.

»Dach Hinni«, sagte ich.

»Dachdach Herr Doggder«, sagte er. So hieß ich, seit das völlig abwegige Gerücht aufgetaucht war, ich wolle *»Paßder«* werden.

»Giebß unß ma zwei Bier Hinni?« bat Kolk. Er amüsierte sich königlich. Mit einem unüberhörbaren Seufzer nahm Hinni schließlich die Brille ab, legte gleichzeitig den Kugelschreiber beiseite, wobei er drei bis vier verschiedene Ablageplätze versuchte, als ob sein Stift vor unrechtmäßiger Benutzung oder gar Diebstahl geschützt werden müsse, und richtete sich stöhnend auf. Dann lächelte er uns an, begrüßte auch Kolk, indem er mit seinen immer noch kräftigen Fingern eine Attacke auf dessen furchteinflößendes Riechorgan antäuschte, und sagte:

»Na? Büß güßdern duhn wehn?«

»Nee.«

»Wadd denn. Häß figgkd?«

»Yobb«, erwiderte Kolk, *»twäimohl – äimohl midd Muhsieg.«*

»Äimohl midd Musieg sech he«, gluckste Hinni, zu Alfons gewandt, der die Gelegenheit nutzte und mahnend den Finger zwischen Bier- und Kömglas hin- und herpendeln ließ. *»Äimohl midd Muhsieg«*, sagte Hinni in anderer Stimmlage und begann, geistesabwesend die auf dem Tresen liegenden Bierfilze zu ordnen, die bar jeden Zweifels akkurat gestapelt waren, die Kanten aufs Haar bündig abgeschlossen. Er fächerte den Stapel mit dem Daumenpölsterchen Deckel für Deckel auf. Die manchmal kurz und scharf durchs Gebiß eingesogene Luft ließ vermuten, daß er sie durchzählte. Dann schielte er, den Kopf schräg geneigt und leicht in den Knien wippend, auf die blitzblank glasierte Oberfläche der Theke, gegen das Tageslicht, um etwaige Flecken oder womöglich Staub auszumachen. Er arbeitete hart, um etwas zu entdecken, legte achtlos die Bierdeckel beiseite, schlurfte dann zum Putzlappendepot und rückte dem ausgemachten Fleck energisch zu Leibe. Verzerrungen seiner Gesichtszüge und zusammengebissene, gefletschte

Zähne zeigten ungeheure Konzentration an. Wiederum schielte er gegens Licht, den Kopf auf einer gedachten Geraden zwischen zwei unsichtbaren Koordinaten hin und her schwenkend, fuhr noch einmal sanft mit leichter Hand übers Resopal und kratzte sich in seinem Haarkranz, wobei sich die Gesichtszüge wieder glätteten wie Meereswogen nach dem Sturm. Anschließend widmete er sich dem mit Wasser benetzten Abtropf neben dem Schanktisch und wienerte diesen.

Kolk steckte sich die zweite Zigarette an und gab auch mir Feuer.

*»**Hinni**«*, sagte Alfons, *»schall ick di dadd **schriffdlich** gehm?«*

»Yowyow«, brummte Hinni ungehalten. In diesem Augenblick ging die Tür auf. Ein Fremder mit Anzug und Schlips blieb an der Schwelle stehen und fragte: *»Endschulldign Sie – hahbm Sie Mittagßtisch?«*

»Wat?« fragte Hinni aufgescheucht und wrang seinen Putzlappen.

*»Habm Sie, äh, **Mittagßtisch**!...?«*

Hinni wandte sich verwirrt an Alfons und fragte: *»Häß **du** n Taggßi beßdelldt?«* Wir lachten. Wir lachten den Fremden aus.

Ja, so war das damals.

Ich schmunzelte in den Qualm meiner Zigarre, und Kolk erhob sich, um ein neues Bier zu holen. Ich überlegte, wo wir stehengeblieben waren. In unserer gloriosen Rückschau, meine ich. Ich hatte ihn unterbrochen, um ihm nochmals haarklein Rudis-des-Arschs Avancen auf Frau Bohner zu erzählen; daraufhin fiel mir die Panscherei ihrer Begleitung, des Widerlings mit der französischen Fresse, ein – der hatte sich nämlich nicht entblödet, Bier mit Cola zu mixen –, worauf ich an unsere gepflegte Trinkkultur gedacht hatte.

»Wo wahn wir schdehngebliebm?« fragte ich Kolk, als er mit zwei neuen Flaschen wiederkam.

»Hm«, sagte er, während er den Triangel des Öffners handhabte. *»Weißich nich.«*

Ich musterte den wärmflaschenförmigen Bauch unter seiner breiten Brust. *»Aba ich«*, sagte ich plötzlich. *»Waß du nach unsam dahmahliegn ßgahdahmd noch so getriebm haß haßdu noch nie so richdich erzehld.«*

»Iß auch nich so wichdich«, nuschelte Kolk. Er mauerte, um im Skatjargon zu sprechen. Dachte ich jedenfalls zu dem Zeitpunkt. Als er mir dann früh am Morgen, in seinem Garten, von wo aus ich mit pochenden Schläfen orangerosa färbenden stillen Dunst über dem niedrigen Böschungsbewuchs am Bahndamm gewahrte, als er mir da dann bewies, daß es in der Tat nicht wichtig war für seine Geschichte, sondern für meine…

Na egal, also…

*

Yvonne brachte ihm ein frisches Bier. Kolk knüllte die Zettelchen zusammen, auf denen neben Zahlenkolonnen und waagerechten Strichen unter der Rubrik »Spiel« abwechselnd vier Kreuze und vier »R« notiert waren, und drückte Yvonne den Block und den Kugelschreiber in die Hand.

»Achd Halbe und seggß Tekila sind noch offm«, sagte sie und hetzte wieder hinter die Theke.

»Yawyaw«, nuschelte Kolk.

»A… ist hier jetzt… a… frei?« Ein Mann mit Jackett, Jeans und weißem Schal beugte sich zu Kolk und beschrieb eine kreisende Bewegung über der leeren Nische.

Kolk hob den Kopf und rieb sich die Augen, blickte ihn an, schrak leicht zusammen. *»Yawyaw«*, sagte er, *»ja bidde.«* Er erhob sich und steckte seine Zigarettenschachtel ein, bemerkte, daß sie leer war, und knüllte sie zusammen, während der mit dem weißen Schal einem neben der Garderobe sich drängenden Grüppchen winkte.

Kolk nahm sein Bier und schob sich zu einem am Tresen freigewordenen Platz durch.

»Siddßd hier eina?« Vor dem Hocker stand ein schales Bier auf der Theke. Kolk zeigte mit dem Finger drauf. Der Typ mit den karierten Hosen und dem stoppeligen Panzerknackergesicht, links daneben, schwenkte den Oberkörper abrupt zur Seite, als er sich Kolk zuwandte. Er blinzelte auf den Hocker, plierte wieder Kolk an und sagte: *»Ich seh kein. Hachachachachahach, hach, hach...«* Sein Gelächter ging in krachenden Husten über.

Kolk setzte sich, stellte das Bier vor sich hin, nahm eine noch versiegelte Packung Reval aus der Tasche seines karierten Holzfällerhemds und legte sie neben den Bierdeckel. Das Feuerzeug obenauf. Er schob das schale Bier von sich, griff nach seinem Glas und kippte es über die Unterlippe. Er grunzte. Wartete, bis er zu Yvonne Blickkontakt bekam, und bestellte einen Tequila. Er zog den roten Folienstreifen von der Zigarettenpackung und riß ein kleines Quadrat ins Silberpapier, klopfte eine Zigarette heraus und zündete sie sich an. Versuchte, seine Ellbogen auf den Tresen zu stützen, rauchte, trank.

Scheißegal. Was soll's, morgen hab ich frei. Noch 'n Hunni, das muß reichen. Ah, der Tequila. Geil, und jetzt Blues. So muß man singen. Bißchen eng hier. Warm.

Kolk machte den Rücken gerade, räusperte sich. Klebriger Schweißfilm auf der Stirn. Kolk rückte ein Stückchen von dem Typen neben ihm ab, berührte mit der Schulter das Kreuz der braunhaarigen Frau mit goldener Brille, die sich mit einer Blonden unterhielt.

Er zog das Schnapsglas heran. Es hinterließ eine feuchte Spur auf dem Holz, wie von einer großen Schnecke. Hob es an, nahm die Zitrone in die linke, hob das Gläschen – setzt wieder ab, kuckt nach rechts, nimmt den Salzstreuer, streut Salz auf die Mulde zwischen Handwurzelknochen und Daumensehne, leckt, kippt, lutscht, grunzt, setzt ab und trinkt tief tief aus dem Bierglas. Rrrrrmmh. Die andere Frau sitzt mit gespreizten Beinen schräg vor ihrer Freundin. Sie stützt die bestiefelten Unterschenkel auf die Querstreben des Barhockers der Braunhaarigen. Sie ist blond, kurzgeschnittenes blondes Haar, ein großer runder Zigeuner-Ohrring. Schwarzer knielanger Rock, über die Knie hochgerafft, ein Schlitz darin, der rechte Oberschenkel fast völlig entblößt, schwarz bestrumpft. Die Stiefel. Knöpfe am Schlitz.

Sieht aus wie Rieke, die alte Zicke. Warum ist die eigentlich abgehaun. Kam sich wohl als was Besseres vor... Nee nee. Ist schon klar. Hatten einfach keine Gemeinsamkeiten. Gut daß wir die Wohnung nicht genommen haben.

Bodo hat ja wieder 'ne heiße Story erzählt. Frau Bohner und Rudi Mentzen. Und dieser Yuppie, wie hieß der noch? Das ist bestimmt eins von diesen Arschlöchern, die ihre Porsche-Cabrios auf dem Fahrradweg parken, wenn ich vom Dienst komm. Wenn dieser schwarze nächstes Mal wieder da steht, wenn ich da beim Winterhuder Fährhaus um die Ecke gekachelt komm, rotz ich dem auf'n Beifahrersitz. Oder diesen

Pissern beim Italiener da, wenn sie draußen sitzen, in ihre Canelloni.

Kolk grinst.

Vielleicht kommt Rudi ja noch. Möcht ja echt mal wissen – sieh an, der Übersetzer. Ob der wohl wieder einen ausgibt wie neulich?

Er zeigt kein Zeichen des Erkennens. Dieser Blues... Uh baby baby... Ah, ist erst zwölf. Zwölf? Tatsächlich, zwölf. Scheiße, zehn Mark achtzig verloren. Vielleicht hat Satsche ja recht, nicht so viel saufen. Ah, scheißegal, äy... Ob Rudi noch kommt? Möcht ja mal wissen, diese Frau Bohner... ein tannengrüner Minirock, Mann Mann Mann.

Der Übersetzer mit seinem grauen Bart. Seine Halbbrille trägt er heute nicht. Yvonne reicht eine Handtasche über die Theke. *»Fohrsichd – daß daß nich auf die Glehsa fälld...«* Muß pinkeln. Scheiße äy, lästig. Kaum hat man 'nen Platz ergattert, muß man schon wieder Hocker Zigaretten Bier im Stich lassen.

Die Blonde, der Ohrring pendelt, erzählt der Braunhaarigen was von einem auslaufenden Auge.

Kolk grinst. Über den Übersetzer. Links von dem unterhalten sich zwei, rechts unterhalten sich zwei, er geradeaus, stumm. Ohne Halbbrille. Leicht vor, leicht zurückschwankend. Sieht hin und wieder zu der stark geschminkten Blonden rüber, die neben ihm sitzt und sich mit ihrem Nebenmann unterhält. Er stützt den Kopf in die Hand. Klopft filterlose Stummel aus dem Mundstück, das er immer benutzt.

Kolk trinkt. Jemand beugt sich über seine Schulter. *»Zwei Abbflsaffd...«* – *»Zahln?«* – *»Ja.«* Sabrina, Sabrina, ein Briefschlitz in der Tür, im Erdgeschoß, kühle Fliesen, kein Laut hinter der Tür, eine schwarze Tür, Sabrina Hausmann, Amselallee... dein weißer

Schleim, dein Stöhnen und Schrein... Ihre Fußmatte hatte eine Inschrift: Come in.

Die Blonde faßt die Braune an den Oberarm, die Stiefel, der schwarze Rock, sagt was, die Braune, nur der kurzwuschelige Hinterkopf, tappt auf – steht, die Blonde nimmt die Jacke, auf der sie gesessen hat. Die beiden gehn, die Leute im Anzug hinter ihnen. Die Männer klopfen sich auf die Schultern – *»Wolld ihr schohn gehn?«* Die Blonde trägt eine Wildlederjacke –

Es knallt. Ein Glas ist runtergefallen. Ein Typ mit Brille und Trenchcoat beteuert zweimal, *»ich hab daß nich gemachd«*, nickt einem jüngeren zu, der gerät dadurch in Verdacht. Der Übersetzer mit dem grauen Bart, er hat die Augen geschlossen. Er sitzt fast still. Neben Kolk sitzen jetzt zwei andere, ein Pärchen... Vielleicht kommt Rudi ja noch...

»Iwonn! – !!?...« Tequila, Bier, rrrrhm. Rauch noch eine. Uuuuh, baby baby... Das Pärchen neben ihm, Hand auf Hand, Kopf an Kopf. Die Abstände, in denen der Übersetzer zu seinem Glas greift, werden immer größer... *»Grühß dich Willi«*, gleichzeitig kommt Kolks Bier ohne Blick, mit Tequila, die beiden neben ihm – Hand auf Hand, Schulter an Schulter... *»Schnuggipudd-ßüi – ich tring doch gannich so fiehl...«* Kopf an Kopf, wieder zurück...

Sabrina, Sa-bri-na, ßabrina... schon wie das klingt... Trink 'n Schluck, tief tief, rauch noch. Reib die Augen, schnief, aber schönes Summen im Kopf. Pinkeln muß ich. *»Peter! Eine Kohla?«* Streift sein Lieblingshemd beim Rüberlangen aus der zweiten Reihe – mach das nich nochmal, mein lieber Freund.

Hand auf Hand, Kopf an Kopf. Sehn glücklich aus. Tief tief tief inhalieren. Einer schmeißt 'n Bier um. Ein tannengrüner Minirock, dein weißer Schleim, dein Stöhnen und Schrein... Alles da? Bier? Zigaretten? Musik? Blues, uuuuh, der Blues. Tequila... *»Iwonn??-!*

Iw-« Tequila. Schöne Fraun. Ah, und jetzt »One of these nights«... Scheiße. Schluck. Tief. Rauchen. Ach scheißegal äy. Nacken ruhig. Mhm. Trink. Zieh durch. Warm hier. Bißchen klebrig. *»Ich hab hier noch ma n niedlicheß Bierchn, ühbungßhalba...«* Salz, Gläschen, Zitrone, rums. Uuuuh. Kipp wech. Noch, 'n Schluck Bier. Tief. *»Also irngwie kommd bei dir noch dazu daß irngwie... ich weiß auch nich aso... du biß hald auch n Mann nech... wie jehda...«* Kleine Analysen. Ein Typ umarmt Yvonne, er kriegt sofort sein Bier. Pustet den Schaum wie einen Handkuß in ihre Richtung. Der Typ auf dem Nebenhocker singt mit. *»Ännänänänänä, änänänä...«* Der andere, links, *»Iwonn, **Iwonn**, I-... – ... Iwonn, hab-. **Iwohonn!!** – ... Habhab, habb'ch ahs bsahl-?« – »Ein Pillß und eine Ziehgarre sind noch offm Heinßi.«* Hand auf Knie, Kopf an Kopf. *»Schnugipussi wi könn unß ja aufm Heimwehch noch üalehng wo wa noch hingehn...« – »Ännänänänä, änänä...«* Der ganze Laden hat nen Gelbstich. Rauch. Trink. Urg. Der Übersetzer geht. Alles Scheiße, Sabrina. Schnauf. Lärm hier. Asche. Oh –! Hoppla. Rotstich. Rums, aua. Au Mann. Graues hartes Telefon. Leere gelbe Plastikkästen. Bunter Flipper. Flipper ist uuuuunser behester Freund, lustich wirds iiiiiimma wenn er... Treppen. Hoppla. Wand! Tür. Tür. – – –

Der Magen zog sich jählings schmerzhaft zusammen. Kolk kauerte vor der Keramikschüssel, umarmte die Klobrille: Gurgelnd schossen halbverdaute Würstchenreste, Fischbrei, gelbe Maiströpfchen und grüne Paprikaschlieren in einem cremefarbenen, körnigen Strahl durch seine Kehle aus dem Mund, ergossen sich mit hallendem Klatschen ins Becken. Tränen schwappten in die Augen. Er keuchte. Wieder zog sich der Magen jäh und schmerzhaft zusammen: Eine saftgelbe Fontäne spritzte heraus. In einer knappen Atempause sah Kolk das Mosaik der Fliesen auf dem Boden, mit schmutzigweißem und -blauem Schmierfilm, der im Takt des Herzens seitlich wegrutschte.

Wieder zog sich der Magen schmerzhaft und plötzlich zusammen: Prasselnd flatschte ein halber Liter bröcklige Suppe ins Becken. Er keuchte, setzte die Stirn aufs Plastik, Sabrina. Er lachte höhnisch, er hob abrupt den Kopf. Ein Speichelfaden federte an seinem roten Schnauzer. Er stierte nach links. Die Wandfliesen waren beigebraun. Einige hatten Maiglöckchenstauden oder etwas ähnliches als Motiv. Maiglöckchen, dachte Kolk. Er lachte.

Und wieder zog sich der Magen schmerzhaft zusammen: Weiche fasrige Brocken ergossen sich in einem lauwarmen Schleimstrom über seine Lippen, erbrach sich im vorigen ein anderer, Angst zu ersticken. Kalter Schweiß auf der breiten Stirn. Er keuchte.

Wieder zog sich der Magen schmerzhaft zusammen, Kolk röchelte, noch einmal zog sich der Magen zusammen: Einige plätschernde Wellen blutdicker, glatter saurer Lauge schwappten in den leicht dampfenden, süßlich riechenden Sud des Toilettenbeckens. Kolk sackte zusammen. Sabrina, mit dem grünen Lederrock. Nein, das war Frau Bohner. Er keuchte. Frau Bohner. Grüner Minirock, zarte Haut und Busen. Zwei Tränen tropften auf sein Knie. Er lehnte sich an die Wand. Die rechte Hand stützte sich auf eine kalte schwarze Waffelstahlplatte. Die Klobürste stak in einem Plastikhalter. Ein schwarzer Hebel am Spülkasten. Kolk keuchte. Ihm fielen die Augen zu. Er riß sie auf. Der Papierspender – »die reine Lösung« – tanzte.

Und wieder zog sich der Magen plötzlich schmerzhaft zusammen. Er stürzte nach vorn: Nur noch ein fahler Rotz, saurer, beißender Geschmack im Hals. Er keuchte. Die Kacheln. Die kalte Eisenwaffel. Die Frau aus der »Bürste«. Sabrina. Sie heißen alle Sabrina, basta. Die Indianerfrau... kann einen fast krank machen. Wundervoll, aber ihre unbeteiligten Blicke.

Kolk keuchte. Sein Hals schmerzte. Ein Muskel, im Nacken, zuckte. Lange Haare, eine Jeans an, eng!, und einen Pullover, perfekt. Sie erinnerte ihn an eine, die er mal in... da, wo Volker wohnte... Sie war sechzehn, er siebzehn. Die Frau hinterm Tresen. Sie weckte Gefühle. Sie hatte etwas Indianerhaftes einerseits, andererseits leicht Debiles. Ihre Oberlippe war wulstig, er kriegte das Wort »lüstern« nicht aus dem Kopf. Ihr Körper schlank. Ihr Hintern, ihre Hüften. Sie, am Cassettenrecorder oder Telefon... Wie früher... eine helle Jeans, dirty faded ol' jeans. Er beginnt, jede Äußerung von ihr einzuordnen. Er bestellt noch ein Bier. Ist das ein Lächeln? Er wünscht sich immer mehr, sie möge den Wunsch hegen, ihn kennenzulernen. Einmal eine Barfrau abschleppen – »abschleppen«, ph! Diese Sehnsucht, bäh, Sehnsucht. Sie schleudert ihre Haare auf eine Seite, wenn sie die Bestellungen auf ihren Blöcken notiert. Verflucht. Diese Gestalt. Sieht sie sich wirklich nicht mit seinen Augen zu? Doch. Eigens deshalb ihre Posen – oder ist das schon Trotz, daß sie sie trotzdem zeigt, obwohl sie um seine Blicke weiß? Sie hält den Mund fast immer leicht geöffnet. Sie hat einen leichten Bart. Und eine Warze auf der Oberlippe. Oder? Ich liebe sie. Oh – im Profil... na ja... Ach was. Diese Oberlippe, von der man glaubt, sie sei rot geschwollen, aber sie ist nur nach oben gewölbt, daß es so aussieht. Der Widerschein des Inneren der Lippen macht das. Ein paar Schritte, schnelle von links nach rechts, gerades Kreuz, vom Scheitel bis zur Sohle eine vertikale Linie, phantastisch. Die langen Haare wehen. Im Profil wirkt der Hintern irre. Wieso? Wegen dem Bier. Oder? Alles Erinnerung. Dieses Mädchen, in das er sich damals verliebte, weil ihre Jeans optimal auf die Schnürturnschuhe stießen. Und das Blonde. Und sie war echt in Ordnung. So eine wie Rieke, die alte Zicke, bis sie mit der Studiererei anfing und diesen Typen da... Aber lieb war sie. Wie diese hier, die Indianerfrau. Ihre Wimpern werfen kleine Schatten aufs Jochbein. Sie trägt zwei Ringe um Mittel- und Ringfinger ihrer Linken. Es kann sein, daß sie häßlich ist. Ab und zu geht sie die Holztreppe hoch, zu den Dartwerfern, und bringt Bier. Er sieht ständig hin, wenn sie raufstiefelt. Er kann gar nicht anders. Wenn er nicht hinsieht, sieht man ihm seine Verlegenheit an. Er trinkt. Im nächsten Moment verzweifelt er fast, daß er sie nicht ansprechen kann. Warum eigentlich nicht? Warum nicht? Weiße Fliesen, blaue Fliesen, schmieriger Film, kleine Quadrate, kaltes Waffeleisen. Ein eckiger Blechkorb – »losetta – für Ihre Sicherheit. toilet hygiene by paper protection, beidhändig ziehen – pull with both hands« ...

Rudi der Arsch. Er greift einer rothaarigen Frau ans Knie. Der Minirock aus grünem Leder spannt über den prallen Oberschenkeln. Sie lacht ihn an. Bodo sitzt daneben und gibt Anweisungen. Auf der anderen Seite berichtet ein Yuppie von seinen Erfolgen. Die Grünrote lacht Rudi an. Kolk ist nicht dabei. Wo bin ich? »Bitte melden Sie dem Personal wenn Spender leer ist!« Mann, komm mal hoch jetzt...

Bodo spricht mit Frau Bohner – ah ja, so heißt sie –, die Kneipe ist als Ort der Begegnung ideal, eigentlich. Es kommen Leute, die es zu Hause nicht aushalten, die einen neutralen Platz suchen, um sich zu unterhalten. Die Grünrote nickt, lacht Rudi an, der seine Hand hin und her über ihren braungebrannten Oberschenkel wischt – bis zum Knie, zurück bis fast an den Saum des tannengrünen Minirocks. Er grinst. Seine silberblonden fettigen Haare leuchten. Yvonne stellt ihm fünf schwarze Biere hin. Leute, sagt Bodo, die sich in Ruhe vollsaufen wollen, bis sie die Ruhe satt haben und Zoff machen, oder auch solche, die immer ruhiger werden, ihre vernebelten Augen an jedermanns Kopf werfen und jeder Frau in die Haare stippen. Rudi grinst. Er schweigt, was er sonst nie tut. Er greift unter den weiten ärmellosen Träger der Frau Bohner und faßt an ihre zarte Brust. Frau Bohner lacht ihn an. Die Indianerfrau, sie stiefelt die hölzernen Stufen hinauf – die Darter sind nur einer! Der Darter, von gestern abend, denkt Kolk und wälzt sich... weiße und blaue Quadrate, kleine, schmutzigschmierig und kühl, die Frauen, sagt Bodo, und seine Halbglatze glänzt im Licht der »Glucke«, wissen, daß sie auf heißen Stühlen sitzen und hüten ihren Arsch. Es gibt Leute, die einen ausgeben, um dir ein Ohr abzulutschen... Die Indianerfrau lächelt! Sie geht mit großen leisen Schritten an seinem Tisch vorbei... Er sieht ihren Scheitel. Weg ist sie. An der Wand hängen alte Bilder mit Goldrahmen, Hirsche und Rehe. Ein Wildschweinkopf hängt an der Wand. Plakate und Bilder der zwanziger und dreißiger Jahre, Väter und Mütter als Kinder, Großväter und Großmütter als Mütter und Väter. »Bitte melden Sie dem Personal wenn Spender leer ist!« »Ein Schutz vor Bakterien.« Mann, komm mal hoch jetzt...

Kolk wackelt hoch, rafft sich am Klo auf. Der Hals tut weh, saurer Geschmack am trockenen Gaumen, die Zunge ein klebriger Filzlappen. Die braunen Kacheln stacheln ihn an, ich will raus hier, rauf zur Indianerfrau, noch n Bier trinken und ab aufs Fahrrad, in die Koje, muß arbeiten, schließt die Tür auf...

»Niggß Indijahnafrau«, nuschelte Kolk, *»Glugge Glugge hier iß Glugge... niggß ahbeidtn...«*, patschte sich kaltes Wasser ins Gesicht. Mann hab ich gekotzt äy. Er spuckte ein paarmal aus, rotzte mit Kehle und Hals giftigen Schleim hoch und spuckte aus, ging noch mal ins Klo, spülte, die Spritzer verschwanden, er ging

die Treppe hinauf, sah auf die Uhr: zwanzig vor zwei. Er lief an der Küche vorbei, vorbei am bunten blinkenden Flipper, den leeren Bierkästen, ruhige Musik scholl ihm entgegen, das Telefon, der Tresen. Yvonne lächelte ihm erschöpft zu. *»Du biß ja noch daaa...! – ...«*

Sein falbes Bier stand dort, seine Zigarettenschachtel, bündig abgeschlossen mit dem Filzdeckel, das orangefarbene Feuerzeug parallel dazu ausgerichtet. Kolk grinste. *»Giebß mir n Bier und n Tekila«*, sagte er und hockte sich auf den Hocker. Es war leerer geworden, aber nicht leer. Das Pärchen war weg. Der Übersetzer war weg. Einige nüchtern aussehende Typen saßen gerader als die anderen. Der Panzerknacker pennte in der Nische. Kolk trank, steckte sich eine Zigarette an und trank. Er sah auf die Uhr. Erst viertel vor zwei.

Die Papierrosette um den Fuß seines Bierglases hatte ein Brandloch.

*

Kolk zwirbelte seinen angegrauten Schnauzer; wir hatten ein paar Minuten geschwiegen, als Manu stöhnend in die Stube trat: *»Die Göhrn bring mich noch inß Grabb.«*

»Hadd Heinß (Heinz!) *wieda rumgekaßbadd oda wadd«*, erkundigte sich Kolk, aus seiner Meditation erwachend, und strich sich über den Schnauz. Mir fiel auf, daß er weitaus weniger rauchte als früher, und seine Augen waren klarer.

Als er mir erzählte, daß er damals, vor dreizehn Jahren, nach dem bewußten Skatabend noch in der »Glucke« geblieben war, konnte ich mich sogar noch entsinnen, daß ich mir das damals schon gedacht hatte, und zwar deshalb, weil es der Abend war, an dem Satschesatsche ihm zum ersten Mal den Marsch geblasen hatte. Er hatte ihm in seiner direkten Art empfohlen, lieber nicht so viel zu saufen. Er fand es ätzend, wenn Kolk die letzten Spiele nur deshalb vergeigte, weil er zu breit war. (Und das sollte was heißen: Satsche hatte an und für sich nichts gegen Gewinne jeglicher Art.)

In der Tat war das immer häufiger vorgekommen. Heiner hatte den Eindruck ernsthaft bestätigt, ich mich rausgehalten, weil selbst besoffen.

Kolk hatte kein Wort dazu gesagt. Er hatte, als leidenschaftlicher Zocker durchaus über sich selbst verärgert, während er den letzten Ramsch auch noch verlor – und zwar völlig idiotisch, er machte mich ohne Not zur Jungfrau, Heiner bekam einen Nullstich und Kolk mithin, weil ich zudem geschoben und contra gegeben hatte, satte 960 Miese angekreidet –; währenddessen hatte er einen weiteren Halben bestellt, obwohl wir anderen bereits seit einiger Zeit die leeren Gläser drehten – Aufbruchstimmung lag in der dunstigen Luft. Es war noch relativ früh, und doch waren die Klönschnacks zwischen den Spielen schon flau geworden. Wir wollten nach Hause, zu unseren Frauen in Sicherheit, oder wenigstens auf sie warten. Nur Kolk zog natürlich nichts in seine graue, verstaubte Bude. Er saß, schniefte und rauchte und blickte mit roten Augen auf sein frisches Bier. Es gab einen steifen Abschied. Wir gingen, und Kolk saß noch. *»Yawyaw, schühß«*, hatte er genuschelt und kurz das Kinn gehoben.

»Huhßdn hadda«, gähnte Manu und ließ sich neben mich aufs Sofa fallen, *»Heinßi hadd Huhßdn. Nichma der Kinna'ahdßd weiß wieso…«*

»Auch n Bier?« fragte Kolk sie, sich schon erhebend.

»Wenn ihr nich schohn alleß außgesoffm habbd…«

Kolk schlurfte in die Küche. Manu stupste mich mit

der Schulter an. *»Na, wadd machd Hambuich, meine kalte Heimahd...«*

»Niggß. Wenn mann nich alleß selba machd.«

Sie schnaubte kurz. Ihre strenge Kerbe zwischen den Augen war tiefer geworden in letzter Zeit, schien mir. Sie hat Angst um ihre Lütten, dachte ich.

Kolk kam zurück, mit drei Flaschen Warsteiner, und stellte die alte Symmetrie wieder her. Er goß ein. Während Manu mir von Heinz' Husten erzählte, schob Kolk die Kronkorken hin und her, ordnete sie zu einer gewundenen Schlange, reihte sie zu einer Geraden; schließlich bildete er ein Quadrat, je vier Flaschendeckel pro Kante, und ein Kronkorken blieb übrig. Manus.

»Weiba brieng alleß durchn'anda«, sagte er unvermittelt. Manu verstummte verdutzt. Kolk grinste mich an. Ich sah, was er meinte.

»Und Menna«, sagte Manu und fischte gelangweilt eine Zigarette aus Kolks Schachtel, *»sind sohwieso tohtahl bescheuad.«*

»Aba orndlich«, sagte Kolk zweideutig, da er die Betonung aufs »Aber« legte. Manu winkte ab, lehnte sich ebenfalls grienend zurück und gönnte uns unsere verschwörerischen Gesichter.

»Haß du einglich Katoffln eingekaufd?« Kolk nickte. Es entspann sich ein kurzes Gespräch über diejenigen Einkaufsquellen, deren Erzeugnisse am wenigsten vergiftet waren.

Ich ließ meinen Blick durchs Kolksche Wohnzimmer schweifen. Was für ein Unterschied zu Kolks alter Dreckbude in Eimsbüttel. Dort hatte der Teppich nicht selten Schmutzwerte erreicht, die einen Waldboden vor Neid hätten sauer werden lassen. Im Wohnzimmer hatte immer derart trübes Licht geherrscht, daß etwaige Gitter die Illusion einer Gefängniszelle mit Milchglasscheiben hervorgerufen hätten. Wie das

Fenster im Schlafzimmer aussah, wußte Kolk wohl selbst nicht, weil das Rollo von Oktober bis September runtergezogen blieb. Und wenn er morgens aus seinem Alkoven ins Duschbad getorkelt war, hatte er das Gefühl gehabt, sich statt im Flur über die Hauptstraße einer Geisterstadt zu bewegen – derart waren Wollmäuse und Staubfontänen dem Sog seiner Schritte gefolgt.

Damals, das sagte er selbst einmal, hauste er wie in einem Zelt – jederzeit bereit abzubrechen. Er tat es bloß lange Zeit nicht. Mehr als fünfzehn Jahre hatte er jeden Tag seine gelbgestrichene Tür wieder aufgesucht, um dahinter zu schlafen, fernzusehen und seine Kater zu pflegen. Bis er Manuela – und zwar außerhalb der »Glucke«, auf einem Flohmarkt im Lehmweg – näher kennengelernt hatte* und kurze Zeit später, zusammen mit ihr, zurück in unser Nest gezogen war. Damit hatten fast zwanzig Jahre *»Schdreßsaufm«* (um einen Ausdruck Rudis-des-Arschs zu bemühen) ein Ende gefunden. Das war schlicht Manus Bedingung gewesen. Kolk lebte drei Jahre strikt abstinent, und seit Jans Geburt trank er sein Bier zwar wieder, aber nur zu besonderen Gelegenheiten. Auf Schützenfesten, Polterabenden, Hochzeiten, beim Kegeln und nach dem Tischtennis zwei bis drei Gläser – nicht mehr, nicht weniger. (Außer wenn alte Freunde zu Besuch kamen, natürlich.)

Am meisten hatte er wohl damals gesoffen, vor, während und nach dieser Sabrina-Geschichte.

Ich hatte mich in den letzten Jahren des öfteren gefragt, weshalb Kolk an jenem Skatabend nichts von der Schwanzpostkarte erzählt hatte, als ich meine Frau-Bohner-Story zum Besten gegeben hatte. Aber Kolk ging eben sparsam mit seinen Anekdoten um – so erklärte ich mir das. Außerdem war er verkatert gewesen, und immerhin gab es ein Postgeheimnis, das von den Postlern nicht nur administrativ ernstgenommen wurde, sondern darüberhinaus durch eine Art Ehrenkodex geregelt war. (Allerdings hatte er mir ja ein Jahr später, in der »Boile«, alles erzählt. Nun, jede Geschichte zu ihrer Zeit. So erklärte ich mir das. Jedenfalls, um noch mal etwas auszuholen...)

*

Satschesatsche hatte, als er mit Geben dran war, unvermittelt *»Rudi der aldte **Wiggßa**«* und nochmals *»Noadsehrobbe«* gemurmelt, nachdem ich Rudis galante Attacke auf Frau Bohners Herz referiert hatte.

Auch Kolk hatte noch über meinen Bericht gegrübelt und zustimmend grinsend durch die fleischige Nase geschnauft. Anschließend schniefte er, rieb sich die Augendeckel und zündete sich eine Zigarette an. Dann nieste er dreimal.

Satsche mischte und mischte und murmelte, tief erschüttert vor Neid: *»Die **Sau**.«* Er habe sich *»auf dehn ehrßdn Bliggk«* in Frau Bohner verliebt, hatte er zum erheblichen Amüsement seiner Skatbrüder anfangs gestanden. Beinah fühlte ich mich ob meiner bildhaften Berichterstattung geschmeichelt. Es war das einzige Mal währenddessen gewesen, daß Heiner seine verschränkten, blaubekleideten Arme auf die dunkelblauen Oberschenkel sausen ließ und inbrünstig fragte: »Und^{h}? Liebt^{h} sie dich auch^{hhh}?« Jetzt aber mahnte er lakonisch: »Hat^{h} sich schon mal jemand^{h}, tot^{h}gemischt^{hh}.«

Satsche aber, Stoiker, sofern es sich nicht lohnte, cholerisch zu werden – Satschesatsche mischte nochmal durch. *Er* hatte ein beruhigendes Polster auf Kolks

Notizblock. Im ersten Spiel hatte er seinen Grand ohne Vieren tatsächlich blendend durchgebracht und Heiner und mich zu Schneidern erklärt. Kein Wunder, hatten doch genau die Asse im Stock gelegen, die den Bock fett machten. Zu allem Überfluß waren Heiner und ich je zweifach besetzt gewesen. Typisch, wenn schon mal mit solchen Karten eröffnet wurde, sahnte unter Garantie Satschesatsche ab. Die drei nächsten Spiele hatte Kolk gewonnen: zwei je einfache Karos, ein Pik. Es sollten seine einzigen bleiben.

Er machte wieder seine typische Handbewegung zu Yvonne hinüber. Dann trank er sein Bier aus.

Wir alle, außer Heiner, kannten Rudi schon länger. Insbesondere jedoch Kolk und Satsche hatten Rudis Weibergeschichten in den buntesten Variationen ertragen müssen, ihn bisher allerdings nicht ernstzunehmen brauchen. Nun warf mein Tatsachenbericht ein plötzlich anderes Licht auf den Arsch Rudi. Was zum Kukkuck war denn dran an diesem größten Zwerg der Welt?

Kolk und Satsche hatten Rudi auf dem Postamt in der City Nord kennengelernt, als er dort für vier Wochen jobbte. Das war schon einige Zeit her (kurz darauf hatte Satschesatsche den Aufstieg in den Mittleren Dienst geprobt und bestanden). Rudi erlangte rasch Berühmtheit, als er beim sogenannten Verteilen wegen wiederholter Verballhornung des Terminus »Postbeutel« als »Postsack« – ein verpönter Ausdruck unter Postlern (obwohl es durchaus auch »Versackbeutelung« u. ä. gibt) – von Kolk vor versammelter Mannschaft kopfüber in einen solchen verfrachtet wurde. *»Jeddß isseß n Müllsagg«*, soll Kolk genuschelt, und als Rudis hochrote Rübe daraus wieder auftauchte, diese ein selbstkritisches *»Lasseß sein Ruhdi«* von sich gegeben haben.

Ich indessen war mit Rudi durch Satsche und Kolk in der »Glucke« bekannt gemacht worden, als er beim Versuch, sich im Stehen am Sack zu kratzen, mit der flachen Stirn gegen die Theke stieß und anschließend zum Beweis wahrer Größe ungerührt eine Salve von Fürzen entließ, ohne äußerlich sichtbare Anstrengung, ja bei – wie es schien – geregelter Atmung. Und was für Dinger! Ein unglaubliches Spektrum – drei kurze in verschiedenen Tönen – zwei davon in dur, einer in moll – sowie ein längerer, der in etwa klang, wie wenn aus dem defekten Ventil eines Traktorreifens Luft entwiche, und nahtlos in das Geräusch eines kalkuliert entknebelten Luftballons überging. Ein pestilenzialischer Gestank von Katzenkadavern strömte aus Rudis Hosenbeinen und verursachte einen mittleren Aufruhr bei uns Gästen. Ein Außenstehender echauffierte sich leidenschaftlich, so daß Rudi ihn nur frech auslachen konnte. Fast hätte es Keile gegeben.

Rudi war schwer blähsüchtig. Es wäre falsch zu sagen, daß er unter seiner Flatulenz *gelitten* hätte; im Gegenteil: er genoß und kultivierte sie. Einmal, einige Monate vor den Geschehnissen, um die es sich hier dreht, traf ich ihn in der »Glucke«. Er hatte gerade André Hellers »Luna Luna« besucht*, auf der Moorweide, und sich entsetzlich über den dort aufgestellten »Palast der Winde« erregt. *»**Beschiß** sohwaß, aufa gannßn Lienje«*, moserte er. *»**Sohwaß** dahf sich **Kunnßdfurdßa** nenn'n, dassich nich **gannß** doll lache, hh!, hh!, hh!... Sündedaw...«* Er entfaltete eine ausführliche Kritik des Spektakels. Es sei eine, so das Fazit, billig theatralisierte Version des guten alten Furzkissens, in jedem Scherzartikelgeschäft erhältlich, gewesen, wetterte er. In gutem Glauben, wenn nicht dazulernen, so doch sinnlichem Vergnügen beiwohnen zu dürfen, habe er, Rudi, eine geschlagene halbe Stunde in kapitalistischer Wartegemeinschaft dort angestanden – was freilich geboten worden, sei bodenlos und unverschämt gewesen. Seinem Verriß kontrapunktisch eingebettet, zitierte er begeistert aus dem Standardwerk »Der Furz«* und Serge Gainsbourgs »Kunst des Furzens«** abwechselnd und ging schließlich zu einem engagierten Bericht seiner höchst persönlichen Anstrengungen über. Zum Beispiel habe er eigens ein hochempfindliches Diktaphon, ständig am Mann zu tragen, erstanden, um, mithin jederzeit flexibel, Objekte sammeln zu können, die er für einen entsprechenden Rap*** verwerten wolle. *»Waaaahnsinn«*, schwärmte er und schilderte präzis, wie sich eine pausenlose Serie von Bauchwinden, optimal justiert, auf voller Lautstärke auf seiner Stereoanlage anhöre. Die Nachbarin habe sich bereits beschwert, als er sein Meisterstück abspielte. Es handele sich um den 22sekündigen »Drachenfurz«, kreiert anhand filigraner Darmdrosselung nach geschickt kalkuliertem Verzehr von braunen Bohnen auf Porree *»sowie, und daß wissn die wehnichßdn, jehde Menge Zucka!«* Die Geräuschkulisse ähnele einer startenden Harley mit Umschaltung in den zweiten Gang, wobei gerade die stufenlos aufstrebende Tönung höchste Konzentration erfordert habe, so etwas gelinge einem nur einmal pro Jahrhundert. Jedenfalls, *»sachd Görlie, meine Nachbarin, sind ihr die Schdriggnahdln fomm Ferni gerolld und die Glehsa hahm im Schrang gekliengld daw… Hh!«*

Und jetzt das.

Es herrschte immer noch Zwielicht in der »Glucke«. Für die erste Runde hatten wir fast eine Stunde gebraucht; Musik und Leute waren lauter geworden. Satsche mischte kniewackelnd, Heiner räusperte sich, die Arme verschränkt, und ich stahl Kolk eine Zigarette.

Kolk bekam sein Bier.

Wir schwiegen.

Kolk trank einen Schluck und rieb sich die Augen.

»Sat^{h}sche«, ließ sich schließlich tiefatmend Heiner vernehmen, »ich^{ch}, wäre dir, t-zu außerordent^{h}lichem Dank^{h}, verpflichtet wenn du –«

»Jajajajajajajaaaa…«, konterte Satsche und ›teilte aus‹, wie er zu sagen pflegte, was Kolk jeweils als Stilbruch empfand und mit *»Gehbm heiß daß«* korrigierte.

*»Waß wahn der **andre** fürn Tühb«*, fragte Satsche, ›teilte‹ sich selbst prompt auch drei Karten ›aus‹ und mußte *»neu gehbm«*, wie Kolk umgehend forderte. Kolk hatte drei Neunen erhalten. Heiner fluchte – »Ich **danke** recht^{h} hert-z^{ßßß}lich!« – und deckelte empört Kreuz-As, -Zehn und -Bube um.

Satsche faltete ihn zusammen. *»Ich hab dir doch schohn tausndma gesachd daß du ehrß aufnehm sollß wenn **alle** Kahdtn liegn! Schon auß Abaglaubmßgründn!«* Dann harkte er mit seinen großen Fingern alles wieder zusammen, wobei er durch seine unwirsche Weise hier ein Eselsohr und dort eine Zinke verursachte.* Unterdessen pfiff er mich an. *»Mordtn du Wiggßa!«*

»Ja Massa?« Ich schrak auf. *»Achso. Tscha waß wah daß fürn Tühb. N Ahschloch. Schickimicki. Wiggßa ehbm. N Pissa ehrßda Gühte.«*

»Wiesohdn übahaubd.«

Ich sagte es ihm. *»Schohn wie der sich fohrge'schdelld hadd«*, sagte ich, wäre in unseren Jugendzeiten unbedingt Grund für standrechtliche Enteichelung gewesen. Sein Name wäre Werner F. Dierbach, habe er gesagt, nachdem Frau Bohner sich als Frau Bohner vorgestellt und Rudi Werners Namen mit dem Vierzeiler *»Dieß iß Bohni und ich bin Ruhdi, daß iß Bohdi und wer biß duhdi?«* zu erfahren geheischen habe. Werner *F.* Dierbach. Schon diese Initialitis bringe meinen endogenen Morphinhaushalt durcheinander. Könne sich dieser Mensch nicht Werner Dierbach heißen wie andere Leute auch? »Es^{sss}, heißt^{hhh}, ja nicht jeder –«, wollte Heiner aus meiner ungenauen Redeweise witzmäßiges Kapital schlagen, ich aber unterbrach ihn: Nenne sich Heiner vielleicht Heiner J. Wedel oder Kolk vielleicht Alfred Z. Kolk?

»Zedd?« fragte Satschesatsche.

»Für Zachariaß«, sagte ich.

»Mein Fadda wah nich gannß dichd«, erläuterte Kolk.

Und außerdem sei diese *Stimme* nachgerade unerträglich gewesen. Der Kerl habe die Frechheit besessen, mich implizit zu beleidigen, und zwar indem er meine profunde Menschenkenntnis in Abrede gestellt habe, weil er vermeinte, mich über seine wahre Stimme täuschen zu können, wenn er permanent Stimmbänderrisse riskierte, um sein Artikulationsorgan tiefer erklingen zu lassen, was jedoch lediglich einen arrogant knarrenden Unter- plus einen Sirenenton im Ultraschallbereich produziert habe sowie – besonders peinlich – diverse Überschläge, die beispielsweise ich, Bodo, bereits seit dem dreizehnten Lebensjahr hinter mir gelassen hätte.

»Nun«, schaltete sich Heiner erneut in meinen Monolog ein. »Unterschiedliche Artikulations^{sss}gebaren sind^{h} meiner Meinung nach noch kein Grund jemandem –«

»Nehneh, nich nur daß, klah, aba«, redete ich mich zunehmend in die Nähe von Tobsucht, am absolut unaushaltbarsten sei die besinnungslose Beweisführung seiner lächerlichen Inkompetenz in der Popmusik gewesen, einfach abscheulich, wie er diese exzeptionelle Frau Bohner mit Pseudo-Insideranekdötchen belästigt habe, die noch nicht einmal welche seien, sondern gerade mal eben die Funktion erfüllten, so zu tun als ob ... So etwa, daß Herwig Mitteregger sich von der Musik zurückgezogen, weil er genug Kohle gescheffelt

hätte. Daß Paul Botter, von Elephant, von Helgoland stammte. Daß Rio Reiser einer der wenigen Deutschsänger in der Popmusik wäre, die nie peinliche Texte machten. Was er, Werner F., denn damit beweisen wolle? *Das* wisse ich, Bodo, auch. Und als er, Werner F., die Information absondern zu müssen meinte, Ian Cussick und Richard T. (sic!) Bear seien sich, obwohl kürzlich gemeinsam auf Tour gewesen, spinnefeind – worauf ich, Bodo, bekanntlich alter Cussick-Fan, schon aus den Tagen, da dieser noch als »Kentucky«-Voice über die Dörfer tingelte, mich ins Gespräch hätte einschalten wollen –, sei er, Werner F., umgehend auf Peter Maffay umgestiegen, dessen Texter – als ob der über nur einen verfügte! – er kennengelernt hätte, und zwar auf den Malediven. Malediven! Dies offen auszusprechen, sei doch selbst schon als Satire überholt! Das wisse doch inzwischen jeder, daß es die Malediven überhaupt nicht gebe!

»*Wieso dadd denn nich*«, warf Kolk verdattert ein. »*Ach hör auf*«, schnitt ich ihm die fruchtlose Einmischung ab. Ich, Bodo, hätte ihn schließlich entnervt gefragt, ob er, Werner F. – »*–Habbich gesachd! Du, Werna Eff, habbich gesachd!*« –, denn aus der Branche komme, was durchaus ironisch gemeint gewesen sei, und da habe dieses Hirn geschmeichelt grinsend geantwortet: »*Non Missjöh – Eggßpord*«, und dieser französische Scheiß habe mir, Bodo, den Rest gegeben. Fortan hätte ich mich nur noch aufs Zuhören verlegt, sagte ich.

Um meinen Adrenalinspiegel wieder etwas zu dämpfen, goß ich ein paar Schlucke Bier drauf.

»*Waß heißdn einglich: implizied beleidichd*«, fragte Kolk.

»Ich denke Rudi der Arsch hat die ganze Zeit gequatscht[hh]«, sagte Heiner.

»*Yaw*«, sagte Satschesatsche, »*ich dengk* ***der*** *hadd die Miedße midd seina* ***Hewwimäddlkacke*** *follgesülldßd.*«

»Jaja«, sagte ich, etwas ruhiger, und zwar skrupellos habe Rudi auf der emphatischen Exposition seiner Hard'n'heavy-Qualitäten gegenüber Frau Bohner bestanden, obwohl Frau Bohner – so redete auch Werner F. Dierbach sie ständig an, wenngleich er ihren Vornamen zu kennen vorgab, wie er bei Rudis Nachfrage beteuert habe, als dessen heftiges Duzbegehren von derselben zwar belustigt, aber klar abschlägig beschieden worden sei –; obwohl Frau Bohner also ihm, Rudi, von vornherein bedeutet habe, Speedmetal- und Punk-Labels würden von ihrer Company nicht verlegt, so sorry. Anschließend habe sie gekichert, vermutlich, weil sie sich Rudis achtzig Pfund in schwerem Leder, mit martialischem Stachelarmband und Kette aus Grizzlyzähnen sowie extrafeiner Helmut-Kohl*-Tätowierung auf den Arschbacken vorgestellt habe. – Und, so schloß ich, was nun Werner F. Dierbach, diese Attrappe, eigentlich von der zauberischen Rotgrünen genau gewollt habe, hätte ich nicht herausbringen können, *»wahscheinlich blohß anfassn«*, zürnte ich und trank befriedigt Bier.

Satschesatsche begann erneut, mit dem Schlüsselbund seine Bahnen zu ziehen. Kolk wackelte mit dem Kopf. Er war schon nach der ersten Runde ziemlich dun. Satsche warf ihm einen verächtlichen Blick zu.

»Warum bin ***ich*** *einglich nich ma derjehniege welcha...«*, nuschelte Kolk. Er versuchte, sich an Satsches Neid auf Rudi oder Dierbach anzubiedern, aber Satsche merkte das.

»Weil du zu den untan Zehntausnd gehöhrß«, pöbelte Satsche. *»Weil du blohß* ***Pladd*** *fa' schdehß...«*

Kolk grinste halbseiden. *Satsche* durfte sowas sagen.

»Wie lange bißn da gebliebm – hier, mein ich«, fragte er mich, indem er sich barsch von Kolk abwandte.

»Biß zwei? Yaw, biß zwei...«

»Meine Fresse.«

»Yaw, wah reichlich duhn. Mein bessareß Dreifirdtl lahch schohn im Bedtt. Lohgisch.«

Kolk stieß mich an. *»Lllaß mich ma duich. Muß pissn.«*

Er schob sich vorbei.

Heiner klopfte mit der flachen Hand auf den Tisch. **»Nun!«**

»Jajaa…« Satsche ›teilte‹ neu ›aus‹.

*»**Ruhdi** wah noch dahgebliehbm – obwohl –«*, fuhr ich fort zu berichten, *»genau: irngwann wah Frau Bohna gegang, um einß oda wadd, und dann hadda sich an Werna Eff rangemacht und den follgelahbad, hadd ihm dauand erklehrd er würde **auch** ne Menge Eggßpordfirm kenn und ach legg mich am Ahsch…«*

*»Der iß so **bescheuad**, echd…«*

*»Achso, und allß der Jubbipissa aufm Kloh wah, hadda sich fonna Zigareddnschachdl – Dahwiedoff ühbriengß – ne **Tehlefohnnumma** abgeschriebm. Dachde wohl ich merg daß nich weil ich grahde midd Mahnu schnaggde.«*

»Ich deng daß sind russische Ziehgahn…«

»Schweit^{h}zerische, du Ignorant^{h}…«

»Und nu ruhfda dauand bei der sühßn Mauß an und fasuhchd se zu nöhgkn oda wadd…« Satsche grinste. *»Diesa Ahsch.«*

»Iß anzunehm. Triengß auch noch n Bier?« Satsche nickte. *»Heina?«* »Einen Tee, kann ich^{hh}, noch vertragen.«

Ich übernahm die Bestellung. Satschesatsche verteilte die restlichen Karten und mogelte, da er sich selbst wiederum beim ersten Durchgang mit drei Karten bedacht hatte, diese blitzschnell Heiner unter.

Kolk kam vom Klo zurück, bestellte sich bei Yvonne ein neues Bier und rutschte wieder auf die Stirnseite des Tisches. Er zischelte schmerzlich und hielt sich das Handgelenk.

»Scheise irngwie habbich mier dehn Ahm faschdauchd...«

Satsche, mitunter durchaus sensibel, faßte das als Beschwichtigungs- oder Ablenkungsversuch in bezug auf Kolks frühen Schwips auf und knurrte: *»Wadd. Beim Ahschabwischn oda wadd.«*

Heiner und ich lachten. Kolk nicht.

*

Oft genug hatte ich in dem zurückliegenden, lärmend und lähmend leeren Jahrdutzend überlegt – insbesondere immer dann, wenn ich Leute traf, die ohne Kneipen, ja ohne Saufen auskamen – und, offen gesagt, nichtsdestoweniger auch nicht unbedingt alles Schweine waren –; oft genug hatte ich überlegt, was Kolk damals zum zwanghaften Saufen anhielt (er soff ja auch schon nicht wenig, *bevor* Sabrina ihm den garstigen Schädel verdrehte). Sicher war es auch die erregende Empfindung, aus einem Füllhorn ewigen Abenteuers zu schlürfen. Solange das Glas voll war, war was los. Er hatte eine leichte Aufgabe zu erledigen – immer wieder trinken, bis es leer war. Ständig rotierendes Blut in seinen Adern war ihm zu langweilig. Irgendwann hatte Bier die Funktion des Blutes übernommen, und das konnte nicht gutgehen. Irgendwann wollte er die Sensation des ersten Schlucks – *»Der ehrßde Schlugg iß imma der geijlßde!«* – immer wieder haben. Er wollte den ersten Schluck *und* das letzte Wort, auch wenn er es nicht mehr aussprechen konnte – ja, weder konnte noch wollte noch tatsächlich je aussprach! Und doch ging es ihm, dessen war ich gewiß geworden, als er einmal sagte *»Ich geh meine blonde Braudt besuchn...«* – ein zwar von Rudi, dem Arsch, adaptierter Spruch, der

Ein-paar-kühle-Blonde-zischen meinte –, war ich gewiß geworden, daß es ihm in der Tat um Das Letzte Wort ging, das unaussprechliche, nach welchem die Dichter großspurig zu fahnden vorgeben. Insofern war Kolk simpel klüger als sie.

Als Kolk und Manuela gesprächsweise von Kartoffeln zu ihrem tüvfälligen Sayonara übergingen, ließ ich meine Gedanken in dem so geschenkten Freiraum um diese Frage kreisen. Ich kam zu einem vagen Ergebnis. Mir fielen zwei Dinge ein, die ich in diesen Zusammenhang nicht schlüssig einzuordnen vermochte – obwohl ich sicher war, daß sie dabei eine Rolle spielten.

Einmal hatte mir Kolk erzählt, wie er, wie immer vom Dienst gekommen, mit seinem Fahrrad die Lutterothstraße entlang und schon an der dortigen Schule vorbei gefahren war, als er bremste, ohne genau zu wissen, weshalb. Das heißt, er hatte es in dem Moment vergessen, als er stand. Er blickte sich um wie manchmal in seiner Wohnung, wenn er seinen Zinken rubbelte und überlegte, was zum Kuckuck er jetzt in der Küche vorhatte...

Und dann sah er die Litfaßsäule, und es fiel ihm wieder ein. Nichts als grauer schrundiger Beton. Sämtliche Plakate waren abgerissen worden, nur hier und da klebten noch ein paar blasse Fetzen. *»Ich habb richdich Schiß gekrichd«*, hatte Kolk damals grinsend zu mir gesagt.

»Schiß?« fragte ich.

»Yaw«, nuschelte Kolk. *»Weiß auch nich. Schiß vor mir selba«*, nuschelte er und riß sich eine Dose auf. Er grinste mich an, und als ich erneut nachfragte, winkte er nur ab. Dämlich wie ich war, verdächtigte ich *ihn* einer poetischen Mystifikation...

Und eine weitere Begebenheit fiel mir ein. Wie Kolk, Heiner, Satschesatsche und ich einmal im »Billardterassen« 'ne anständige Kugel gestoßen hatten. Die Bedingungen waren *»obtiemahl«* (Bodo), das Bier lief *»guhd«* (Kolk) – manchmal läuft's einfach nicht richtig, selten, aber doch hin und wieder –, Heiner hätte »schon wieder Unfug anschdellen« können, und Satsche grunzte brünstig: *»Aw Mann daw. In soichn Mohmendtn könnd ich wieda mibm Rauchn anfang.«* Unsere Lieblingsbarfrauen versorgten uns halbstündlich mit frischem Faßbier; wir hatten Geld und Zeit genug, der Abend war noch jung; wir hatten gut gegessen; wir hatten einen der großen Tische erwischt.

Beim ersten Einzel gegen Heiner hatte Kolk ständig vor sich hingeflucht, wenn er nicht korrekt traf und die 13, die letzte Kugel, von der Kante der Zieltasche zurückprallte.

»Ich^{hh}, weiß gar nicht^{hh}, worüber du dich so erregst^{hh}«, beschwerte sich Heiner. Er empfand es als geradezu degoutant, mit einem Vorsprung von sechs Bällen Unmut zu äußern.

»Mir gehd daß umß Schbiehl«, brummte Kolk, und das stimmte. Wenn er verlor, obwohl er gut gespielt hatte, haderte er mit dem Schicksal. Wenn er gewann, obwohl der andere gut oder gar besser gespielt hatte, grinste er verlegen. Wenn er nach gutem Spiel gewann oder nach schlechtem verlor, schritt er mit ernstem Gesicht zu seinem Bier, nahm zweieinhalb Schlucke und baute mit in beiden Fällen sonderbar ähnlicher Befriedigung den neuen Triangel auf. Es ging ihm *auch* um den Sieg – Kolk war keineswegs altruistisch oder auf verquast geheuchelte Weise großmütig –, aber in erster Linie um die Ästhetik des Spiels. Obwohl durchaus in der Lage, mit gespielt geprahlter Häme beim neuen Stand von 5:2 seinem Gegner ein *»Dumm fengd an«* zuzunuscheln, bestand sein Spielziel bei jedem neuen Ball wieder in der bestmöglichen Ausführung des Stoßes – ob er führte oder zurücklag,

war somit unerheblich dafür, so oder so herzhaft zu fluchen.

Heiner gewann, weil Kolk die schwarze 8 versehentlich im falschen Loch versenkte.

»Määänsch«, zischte Kolk. *»Irngwie binnich so **un-ruich** heude...«*

»Kenn ich«, tröstete ich ihn. *»Da giebß drei probbahdte Aldtanatiewm. Bummßn, Schbord oda Saufm.«* Kolk schnaufte. *»Ohda waß kaufm«*, sagte Satsche. Kolk schnaufte.

Kolk wollte hauptsächlich eins davon, tat aber das andere. Mag sein, daß er Satsche manchmal sogar um dessen Fähigkeit zum lustorientierten Konsum beneidete. Es mangelte ihm nicht an Geld, nachdem er nach Vater Kolks Tod Haus, Hof und fast alles Land verkauft und Karin, seine Schwester, ausgezahlt hatte. Seine Mutter war ein bißchen tütelig und hatte ihm sämtliche Vollmachten erteilt. Vielleicht war er sogar wohlhabend (manchmal spekulierten Satsche und ich über sein Sparbuch; er aber sagte nie etwas, wenn wir ihn mal fragten – vielleicht aus Angst, nicht mehr zu uns zu gehören). Aber er wußte nicht, was zum Kuckuck er sich kaufen sollte (was Satsche regelrecht empörend fand). Die Dinge, die er in seiner Wohnung hatte, reichten ihm. Er warf nie etwas weg, es sei denn, es funktionierte nicht mehr. Er lebte nicht *bewußt* spartanisch, was Gegenstände anging – er konnte nur nichts damit anfangen. Nein, Kolk war auf Umgebung angewiesen. Er, Kind eines allgemeinen Wohlstands, hatte nichts gegen frühzeitige Vergreisung, wenn es um Wohlbefinden ging – gar nicht mal, weil er wollte, sondern weil er nicht anders konnte. Er hatte es nie gelernt. Manchmal kaufte er sich dennoch einen Haufen Zeug, auch teures – einen CD-Player zum Beispiel –, was dann allerdings nie benutzt wurde. Es war ihm zu anstrengend, CDs auszusuchen, sich mit Hifi-Freaks zu drängeln in der

Stadt, und sich dann auch noch von Satsche anhören zu müssen, er habe zu teuer eingekauft. Er kam sich dann als Versager vor, und das kränkte ihn, weil er ohnehin nur irgendwem einen Gefallen tun wollte – aber wem?

»Warum weggßld die Bedienung dauand«, murmelte er, als unsere Lieblingsbarfrauen wegen Schichtwechsels die erste Runde abkassierten. *»Dauand muß man sich umschdelln.«*

Wenn Kolk soff, fühlte er sich zuhaus. Selbst in Griechenland. Seine Heimat war das Bier.

Ich kann nicht verhehlen, daß ich Kolk recht gab. Ich erinnere mich an eines der ersten Semester. Wir hatten eine Gruppensitzung, abends, in einem der Uni-Gruppenräume, die schon damals ungefähr so anheimelnd wie, sagen wir mal, der Erholungsraum in der Gesundheitsbehörde waren. Zwei von uns tranken warmes Holsten, die letzten Büchsen. Es herrschte Neonlicht. Die Stühle waren aus Plastik. Musik gab es nicht. Als ich fragte, wer noch mit in die »Glucke« käme, sagte einer: *»Wir könn doch auch hier siddßn du.«* Was zum Kuckuck war los mit dieser verschissenen Generation?

»Die konndtn sich doch blohß noch Gehl inne Hahre schmiern«, nuschelte Kolk.

»Waß Jann und Elgke und Pehtra sich wohl bald inne Hahre schmiern«, grinste ich. Manuela winkte mit verzweifeltem Gesicht ab. Kolk grinste versonnen vor sich hin.

Gleichzeitig mit einem erschreckend nahen Martinshorn begann im ersten Stock eines der Kinder zu heulen. Manu verzog das Gesicht. Kolk sah sie an und stützte heuchlerisch die Hände auf die Lehne, die Ellbogen nach außen gewinkelt. Diese hohen Frequenzen konnte er hören ... *»Soll ich ma?«*

»Neh laß mann.« Sie sprang nach einem kurzen

Atemholen auf und lief mit flinken Schritten aus dem Wohnzimmer.

»Sach ma«, sagte ich, *»seid wann fehrd in unsam Neßd n* ***Bullnwahgn*** *midd* ***Mahtienßhorn****?«*

Kolk schnaufte. *»Kommd öffda fohr seid die Ah seggßnzwanzich ferdich iß.«*

Ich war erschüttert. *»Daß habbich noch* ***nie*** *erlehbd, solange ich lehbe«*, sagte ich.

Kolk schnaubte.

»Willß nich doch nach Griechnland außwandan?« fragte ich ihn.

»Wieso«, nuschelte Kolk. Ich zuckte ein wenig enttäuscht die Achseln. Nein. Neidisch. In unserem Nest hätte ihm, Kolk, nicht mal eine nackte Litfaßsäule etwas anhaben können. Denn bei GASTSTÄTTE HEITMANN wechselte die Bedienung nicht.

Ihr haltet mich für verrückt, böllerwerfende, SHIMMER-SHIRT- und schwarztragende Junge Heimat, stimmt's? Ihr versteht nicht, warum ich euch das alles erzähle, hä? Was eine nackte Litfaßsäule mit wechselnder Bedienung im »Billardterrassen« und beides mit Saufzwang zu tun hat? Ich auch nicht. Aber es *hat*, laßt euch das gesagt sein. Nein, fragt mich nicht. Ich trinke noch einen Whiskey. Was glaubt ihr wohl weshalb? Damit ich keine blöden Fragen zu beantworten brauch.

So. Hört zu.

Vielleicht möchtet ihr wissen, was Kolk weiterhin trieb, nachdem er sich in der »Glucke« ausgekotzt hatte. Nicht? Ich sag's euch trotzdem. Ich bin besoffen, und Kinder und Besoffene sagen die Wahrheit. Man muß sie nur zu deuten vermögen. Und es gehört einfach dazu. Jedenfalls ...

*

Kolk schob sich an der Garderobe vorbei nach draußen. Die Nacht war lau. Er stopfte die restlichen Geldscheine in die Geldbörse, stolperte auf der letzten Stufe der »Glucke« und fiel auf die Knie. *»Aw Mann äy...«* Rappelte sich wieder auf und schwankte zu seinem Fahrrad, das an einer großen Rohrkrampe angekettet war.

Schmackos, Schmaa-a-akos, Schmackos, zum Hundeglück gibt's Schmackos. Scheiße die Treterei. Wenn ich bloß bald meinen Lappen wiederhab. Schnauze voll vom Fahrradfahrn, jeden Morgen 'ne halbe Stunde, und jetzt auch noch nachts durch die Gegend trampeln... Mal kucken, was noch im »Reybach« läuft. Ein Bier noch und dann... naja, mal sehen...

Der Garten vorm »Reybach« war bereits geräumt. Kolk wischte sich die Finger am Hosenboden ab, reckte sich und stopfte das Hemd in den Bund. Er schauerte leicht vom Fahrtwind nach. Betrat die gleißende Kneipe und prallte mit einem Schwall von Dunst zusammen. Er fand einen Platz an einem der tragenden Pfeiler. Laute Musik klingelte und wummerte aus den Boxen. Eine kleine blonde Kellnerin kam auf ihn zu... *»N Bier...«*

»Tuhborg ohda Jehwa?«

»Jehwa.«

Kolk zündete sich eine Zigarette an und blickte auf eine Reihe Rücken vor dem hellen Tresen, das helle Holz, die Spiegel. Er beobachtete das Aquarium in der Wand hinter der Theke. Die schlammfarbenen bauchigen Fische waren Piranhas. Hin und wieder wedelten sie lässig mit ihren Schwanz- oder Kiemenflossen. Ihre

Schuppen blinkten manchmal golden auf im Licht wie Pailletten. Die langstieligen Blattpflanzen strahlten hellgrün und wankten sachte hin und her. Die Belüftungsanlage sprudelte beständig Bläschenschwärme in den Bottich. Grüne Dünung, leicht und warm, tauch, schnell hoch wie ein Delphin.

Die meisten Frauen laufen hier rum wie früher im Nest, wenn Sonntag war. Kostümchen. Feiner Zwirn. Oder wie auf Beerdigungen.

Nichts drin in diesen Null-drei-Pötten.

»Noch einß?«

»Yaw.«

Mann sieht die gut aus. Warum nich einfach fragen. Mann ist die schön... und ich in meinem karierten Hemd. Morgen – nee, übermorgen kauf ich mir mal n paar Klamotten. Soll ich mir auch 'n Zopf machen, wie der hinterm Tresen? Ach Scheiße... noch in die »Bürste«, zur Indianerfrau? Vielleicht kommt Rudi ja noch... manchmal ist der auch da...

Zu spät. Dann gleich ins »Shave«. Diese Punktstrahler, komm mir so dreckig vor hier. Arschlöcher.

Piranhas. Piranhas in 'ner Kneipe. Die riechen frisches Blut, und dann stürzen sie sich drauf und fressen alles auf.

Bloß weg hier. Die machen sowieso Schluß.

»Kannich ma abkassiern? Drei Jehwa?«

»Yaw.«

»Äh...«

»Schdimmd so.«

Mann Mann, ist doch ne ganze Ecke. Egal. Schmackos, Schma-a-akoos... Erbarmen.

Hin und wieder die gerade Asphaltlinie verlassen,

um dann mit unvermittelten Schlenkern in die Bahn zurückzukehren. Keuchen. Über den Lenker beugen. Die Naben quietschen. Die Kette knarzt über das eiernde Zahnrad, dessen Pedale nölen. Der Dynamo jault im zyklisch unterbrochenen Gummidiskant, und der Lichtkegel schwenkt von links – rechts – links – rechts KNALL! Oh, abgekommen... bremsen, die Übergänge, Kantsteine, Dosennippel auf den Wegen, Scherben, Steine, Dieselknötern an den Ampeln, gelbe Taxi-Schilder, laue Luft, lautes Lachen, nackte Beine... kurze Röcke... Scheiße, keuchen, trampeln, aufpassen...

So. Endlich. Anschließen, rein. Blinkt, glüht, glitzert, blondes Gift. Zehn Mark. Blauer Stempel. Wumm. Ta! Wumm-tatata! Um – Ta! Wumm-um-Ta! Uuuuh – düdüdüdüdüdüdüt, düdüdüdüdüdü-da. Ommadäo, ommadäo, om-madä-ä-o: don't look any further, o-o. O Baybäää, don't look any further. Drängt sich zwischen zwei furchtbar hübsche Mädchen, die am Tresen stehn, die am Tresen stehn. *»GIEBSS MA N EINBECKA?!?«*, die am Tresen stehn, die duften, omma-dä-o, ommadä-ei-o: don't look any further. Eng. Dicht. Blond. Locken. Blonde locken. Braune haut. Wumm-Ta! wumm-dada-Ta! Lächeln bewegen ernst blicken und trinken und nippen. Machen und reden und tun. Bewegen. *»SÄGGSS MAHG! FAZEHRBONG?«* – *»JA!«* Ah, Schluck, schluck, und nochmal halb. Grüne Blasen schwurbeln auf. Ommadä-o, ommadä-o. Kurze weiße Röcke, schwarze Strümpfe, Muskeln braune, freier platz, setz mal, kucknma, trinkma, schön kühl, blond und braun, grüne dünung, o, o-o-o, weich, nä scheiße noch n bier, die beiden da, o mann, weich, ohne schweiß, schulter kleine narbe flieg nach helgoland, schmackos, schmaa-akos... don't look any further, o-o, lippen, lippenstift, lippen und lippenstift, lippepippepappekappe, weiße röcke braune haut leck mich scheiße summ wumm. bier. grün. blond. haut. braun. rock. kurz. weiß. licht. blink. starr. blond. tanz. wumm. hont. zuck. lapp. lipp. zipp. schlupp. summ. sing. weich. aus. ein. auus. ein. auuus. eiiin. auuuus. eiiiiin. aauuuuus...

4. Dreimal schwarzer Kater

Streichelt braungebrannte Beine, erst links, dann rechts. Sabrina, sie hebt das rechte Bein an, der grüne Ledermini rutscht hoch, die Sonne strahlt dazwischen. Es ist warm, heiß geradezu, unheimlich heiß, so daß Kolk schwitzt. Sabrina schwitzt nicht. Ihr rotes Haar glüht. Rudi drängt sich dazwischen – »Rudi«, lächelt Sabrina und schlingt ihre braunen Arme um seinen fettigen Hals, »wo warst du denn«, und Kolk wendet sich gutmütig ab. Ihm wird immer heißer, bis ein kühler Wind über den Strand weht. Er trägt eine knappe schwarze Badehose, ist schlank, aber der Bauch ist geriffelt wie eine Waffel, wie eine Wärmflasche, die aber kalt ist wie eine Eisenplatte, mit salamiförmigen Buchtungen, und heiß ist es...

Domförmige Büroklammern, riesig, groß, er überreicht sie – schöne blaue, plastikbezogene – Sabrina, die sie an den Saum ihres ledernen Minirocks heftet... »Zieh dich doch aus«, sagt Kolk, »ist doch tierisch heiß hier«, aber Rudi lacht meckernd, legt sich auf Sabrina, in seiner braunen Kordhose und dem kleinkarierten Hemd und der Lederjacke... Die Piranhas springen im grünblauen Wasser. Es ist heiß. Die Wellen rauschen. Kolk liegt einen Meter neben ihnen. Sabrina macht ihre Brüste frei, schiebt nämlich das grüne T-Shirt hoch, und Rudi sagt »Schüüüßdaw«, stürzt sich darauf und lutscht und saugt, und Sabrina windet sich und seufzt leicht, hebt ihr rechtes Bein, daß Rudi nach links rutscht, saugt sich aber fest an ihrer Brust... Kolk bricht der Schweiß aus, in kleinen Striemen fließt er über seine Wangen. Die Augenlider werden rot. Dann blau. Dann weiß. Weißblaue Schlieren, schmierig, mosaikförmig.

Sein Schädel summte. Die Knochen schmerzten. Der Rücken war kalt.

Erhob sich. Stechender Schmerz im Nacken. Eine Coladose, kleine Löcher darin, wie von Luftgewehrpatronen zerschossen. Kaugummipapier. Graue Steinplatten, ein Scheißhaufen, braunkörnig, dreilagig, wie eine Wendeltreppe gewunden, mit Kuppe.

Kolk stand in einem Hauseingang. Sonnenstrahlen knallten auf sein Gesicht. Alles zog und spannte, dumpfe Schmerzen im Kopf, im Kreuz und in den Beinen, die Bronchien fiepten, und das Herz, das Herz hämmerte. Es war heller Tag, und kein Mensch. Kolk blickte auf. Washington Bar, El Paso, Hings Pub. Zur Scharfen Ecke. Fahrgeräusche von da unten, die Hafenstraße. Leutegewimmel. Der Fischmarkt. Kolk wankte vorwärts. Da war der Hafen. Blohm + Voss. Dock 11. Graues Wasser. Er ging ein paar Schritte. Ihn fröstelte. Wie ein springteuflischer Boxhandschuh punchte seine Pumpe von innen gegen die Rippen, und die Erschütterungen pflanzten sich bis in die entlegensten Körperteile und Nervenenden fort. Blieb stehen. Mein Fahrrad! Drehte sich um, versuchte, geradeaus zu sehen. Alles schien gleißendrot gerastert. Er faßte zitternd in die Hosentaschen, zog einen Schlüsselbund heraus. Kolk atmete tief ein und aus. Dreißig Pfennig. Die Sonne überwölkte sich. Er blickte auf sein linkes Handgelenk. Nur ein blasser Streifen Haut. Los. Stechender Durst. Der Magen sauer. Schnell. Da, eine Uhr: zehn. Da, ein Taxi. Schnell. Vorsichtig.

*

Obwohl meine Nase schon rosa schraffiert war, damals in der »Boile«, als Kolk mit seinem Hundekackfleck auf der Schulter neben mir saß, brachte ich im Laufe des Abends, der nach dem späteren Ortswechsel ja in einem kleinen Desaster enden würde, dann doch noch die richtige Gedankenverbindung von Sabrina Hausmann zu Rudi, dem Arsch, zustande. Ich kam bloß nicht so schnell darauf, weshalb. Zwölf Jahre später wußte ich es wieder, nämlich als Manu und Kolk darüber debattierten, ob der TÜV den angegammelten Kotflügel bemängeln würde oder nicht. Da hatte ich Zeit, über Kolks Hinweis nachzudenken, er sei damals nach dem Skatabend in der »Glucke« noch weitergezogen, und in dem Moment fiel mir auch ein, daß Satsche mich an jenem Sonntag, an dem Kolk am Hafen erwachte, angerufen hatte – ob ich ihm helfen könne, *»Ruhdieß Außpuff zu rebbpariern«*.

»Ruhdieß Außpuff?« Ich lachte zu impulsiv für den Anlaß (eigentlich weil ich froh war, trotz sieben Halben und fünf Tequilas von einem schwereren Kater verschont geblieben zu sein), aber immerhin war es ein Anlaß.

Das war nämlich so. Rudi war *ernsthaft* darmkrank gewesen. Er litt unter Morbus Crohn, einer »typischen Zivilisationskrankheit«, wie fortschrittliche Mediziner behaupteten.* In diesem Zusammenhang pflegte Rudi-der-Arsch von dem künstlichen Darmausgang, den ihm der Arzt bei Fortsetzung seines exzessiven Lebenswandels prophezeit hatte, als *»zweidtn Außpuff«* zu sprechen …

»Waß soll ich?«, wieherte ich deshalb, und dann ging Satsche auf, warum. *»Achso«*, sagte er und lachte selbst. Nee, es geht um den Auspuff an Rudis Kadett. Rudi hat

ihn angerufen und ihm fürstliche Entlohnung versprochen, da er am Montag, also morgen, die Karre intakt bei der Bullenwache vorzuführen hat. *»Und ich habb echd kein Bogg dehn gannßn Sonntachnachmiddach midd dehm aldtn Kwaddschkobb allein zu fahrieng«*, jammerte Satsche.

»Tschä«, sagte ich, *»meine Geliebde und ich fahn gleich inß Grühne. Feßd fa'schbrochn.«*

»Aw scheiße neh…«

»Frahch doch Kollgki ma, der hadd doch sohwieso mehr Ahnung von sohwadd.«

»Der iß ja nich ***dah!****«*

» ***Wadd?*** *Sonntachß iß der* ***imma*** *dah!«*

»Nääääh! Ehbm ***nich!*** *Meinß ich bin zu blöhd zum Tehlefohniern oda wadd!«*

Und auch am Montagabend, im Übungsraum*, nachdem er immer wieder die Note der Silbe »wa« bei »water« (von Deep Purples »Smoke On The Water«) zwar knapp, aber eben doch verfehlt hatte, erwähnte Satsche, daß Kolk immer noch nicht erreichbar gewesen sei.

»Zum Dienßd«, sagte er, *»issa auch nich gekomm. Hadd mir Bonni erzehld. N Kohlehge.«*

Wir sahen uns stumm an. Satsche zuckte mit den Schultern.

»Ich fah morng ma hin«, sagte ich. Satsche nickte. Dann – *»Wir machn ne Pause, wa Jungß?«* – erzählte er vom gestrigen Nachmittag. *»Achja«*, grinste ich gespannt, *»erzehl…«*

Am liebsten, sagte er, hätte er ihm alle fünf Minuten was in die Fresse gehaun. Er, Satsche, lag drei Stunden, dreckig wie 'n schwarzes Schwein unter Rudis Pißkadett, und Rudi nutzte die Situation skrupellos aus. Während Satsche am Krümmer rumdokterte, wobei ihm dauernd Ölplacken in die Fresse flogen, saß Rudi gemütlich in der Sonne, reichte ihm ab und zu die dreizehner Nuß, winselte von einem Super-GAS* und quatschte die gesamte Zeit. Und zwar von seinem neuen Freund – halt dich fest! – Werner F. Dierbach.

*»Neua **Freund**?«*

*»Neua **Freund**.«*

Werner ist echt in Ordnung, sagte Rudi. Er, Satsche, hatte Rudi natürlich nicht auf die Nase gebunden, daß er von diesem Werner F. zuvor schon gehört hatte. Werner ist echt in Ordnung, sagte Rudi. Daß er ihn in der »Glucke« kennengelernt hat. Daß er bei einer der größten Exportfirmen Hamburgs arbeitet, Firma Dranstedt & Co., als Abteilungsleiter. Daß er sich aber verändern möchte, und zwar in die Musikbranche. Daß er deswegen auch schon Kontakt zu einer alten Freundin von ihm, Rudi, aufgenommen hat.

*»Meind der etwa Frau **Bohna**?«*

»Paß auf, daß kommd noch bessa.«

Einer alten Freundin von ihm, Rudi, aus alten Zeiten, wo er noch als Co-Texter, Roadie und Ersatzgitarrist bei den »Williwillis«**, Neue Deutsche Welle, fungierte. Und die will, so Rudi, connections zwischen Werner und ihrem Chef herstellen. Und Rudi und seine Heavy-Metal-Chaos-Truppe »Pet Cemetery«*** sollen auch bei »MusiCom« verlegt werden. Nächsten Samstag haben sie einen Auftritt im »logo«, und da würde sich seine alte Freundin Annette – *»**So** heißn die **alle** bei ihm: Annedde ohda Sonnja!«* – jaja, aber da würde Annette sich ihn dann mal ganz schön schwer genauer ansehen.

»Der hadd gelahbad, der hörde gahnich wieda auf...«

»Sach ich doch imma...«

Daß er Werner neulich mit dessen Porsche 911 nach Hause gefahrn hat. Daß Rudi gesagt hat, na gut, trag mich zum Wagen, ich fahr dich nach Hause. Hh! Daß Werner eine tierische Fabriketagenwohnung in Ottensen hat, mit einer megamäßigen CD-Anlage und Sammlung von Tausenden von CD-Platten.

»Giebß übahaubd schon so fiel?«

»Hadda jehndfallß gesachd.«

Und daß man sich mit Werner beim Whiskey echt easy über Frauen unterhalten kann. Werner ist nämlich sexualmanisch. Werner ist nämlich der absolute Frauentyp, zur Zeit hat er vier. *»Fier Schnebbfchen«*, so nennt Werner seine Freundinnen immer. Und wenn man ihn fragt, ob er keine Angst vor Verseuchung hat, sagt er thoelkemäßig *»Rüüisiko!«* und grinst nur. Und daß Werner total pervers ist, sextechnisch gesehen. Daß er die Tucken auf seinem Viermalviermeter-Futon*, unter einer abgesenkten genauso großen Spiegeldecke, in der Mitte von der Hundertfuffzich-Quadratmeter-Fabriketage, *»ornaniern«* läßt – *»Ruhdi sachd ja imma ornaniern!«* – und das mit einer Videokamera aufnimmt, um sich später gemeinsam dran aufzugeilen. Und daß Werner schon mal in dem gläsernen Außenfahrstuhl da, am Gänsemarkt oder Poststraße oder wo das ist, 'ne Nummer geschoben hat. Und daß Werner keine Latte kriegt, wenn seine Zippe dabei keine Stiefel oder Pumps trägt. Und daß in Liberia und Sierra Leone schon mehrere Mischlingsneger rumlaufen, die Dierbach heißen, weil er als Repräsentant seiner Firma lange Jahre draußen war. Und daß Werner am liebsten beidhändig wichst, vorher schön mit Spucke eingerieben, mindestens fünfmal am Tag. Daß Werner das einfach braucht, trotz seiner vier Freundinnen. Und daß Werners Schwanz sechsundzwanzig Zentimeter lang ist und ...

*»Seggß-un-zwanzich Zennimehda??!! So lang wiehn **Lienjahl**? Wohehr willa daßn übahaubd wissn!«*

»Vielleichd hadda ihm ein geblahsn, schöhn hewwimäddlmehßich.«

»Der schbinnd doch totahl.«

»Lohgisch. Erinna dich doch an die Schdorrie woa mich angerufm und erzehld hadd er iß fonne Bulln angeschossn wordn und die hahm sein Persohnahlaußweiß in'n Ihsebehkkanahl geschmissn und er iß inna Tehlefohnzelle und ich soll ihn abhohln weil se hinna ihm hehr sind weil er *eim Bulln waß fohrß Maul geklobbd hadd...«*

Satsche holte Atem, während wir anderen kicherten. *»***Der** *soll'n Bulln waß aufm Maul gehaun hahm? DER? Den lehgn die sich doch allß Lehsezeichn innß Bordbuhch.«*

Satschesatsche verzog angewidert das Gesicht. *»Saw, Schlußjeddß. Weida gehdß. Jungß: Tu ßiddieß in Tschäpähn! Uan. Tu. Uan tu ßri for...«*

Kann man schon ahnen, weshalb mir trotz mittelschweren Lollimanns die Triftigkeit einer Achse Rudi – Sabrina schließlich doch sinnfällig wurde?

Damals, in der »Boile«, als Kolk mich fragte: *»Habbich dir schohn von Sabrina erzehld? Sabrina Haußmann mein ich?«* – da, ohne diesen Namen jemals vorher gehört zu haben, fiel mir ja als erstes der Frau-Bohner-Abend in der »Glucke« ein, vordergründig rein intuitiv. Zu diesem Zeitpunkt hatten Kolk und ich drei Halbe vielleicht und ein oder zwei (er einen mehr) Tequilas reingelassen. Weitere zwei bis drei Halbe (plus Tequilas) später, wir hatten inzwischen die Hocker gewechselt, ich erregt, er lässig – zwei bis drei Halbe später (wer soll das noch genau wissen) also ging mir dann plötzlich ein schwaches Licht auf, weshalb Rudi mit dieser Sabrina – ja, damals dachte ich sogar: unter einer Decke steckte. Freilich wäre das schon ein seltsamer, ungewöhnlicher Zufall gewesen. Nun, die Welt ist klein, und man hat ja schon von den unmöglichsten

Zusammentreffen gehört. Aber daß Kolk sich in die Empfängerin einer Postkarte verlieben sollte, deren Text ausgerechnet von Rudi-dem-Arsch, den Kolk als Aushilfskollegen kennengelernt hatte, stammen würde – das war doch unglaublich bis unwahrscheinlich. Und dennoch – mir schwante da was.

Also. Die »Boile« wurde ein bißchen belebter – nicht sehr, denn die meisten saßen an Plastiktischen draußen, fachsimpelten über ihre Motorräder, die aufgebockt zwischen den Pollern und dem grünen Abfallcontainer standen, oder über unfaßliche Aktionen in Datennetzen.* Kolk und ich bildeten heute ein etwas jenseits der allgemeinen Atmosphäre von Sommerlichkeit und Easygoing sitzendes Pärchen, da wir bei Helligkeit, früh am Abend gegen neun, schon ziemlich lallig, als einzige am Tresen hockten. Der Rest, etwa vier bis fünf Leutchen, verteilt an den Tischen. Das Hinterzimmer war mit einer Portiere zugezogen. Einmal kam sogar die Susibesitzerin hereingestöckelt – diesmal auf gelben Pumps mit intakten Absätzen – und holte Zigaretten. *»Wo ith die Dthaidung«*, fragte ich sie grinsend, was sie im Hinausgehen mit der souveränen Gegenfrage *»Wo ith der Widdth«* beantwortete. Kolk grinste.

Damals hatte ich völlig vergessen, daß ich Kolk etwa ein Jahr zuvor, ein paar Tage nach dem bewußten Skatabend in der »Glucke«, in seiner Wohnung aufgesucht hatte, um mal nach dem Rechten zu sehen. Deswegen traute ich meiner vordergründigen Assoziation »Rudi plus Sabrina« noch nicht so recht, und doch hatte sie auf gewisse Weise Hand und Fuß. Denn da sagte Kolk, schniefend, rauchend und hin und wieder vorsichtig an dem Kackfleck kratzend, indem er einen tiefen Schluck aus dem Glaspokal nahm:

»Ruhdi hadde mich drauf gebrachd einfach schehrfa

rannzugehn. Ühbaß Rahdio hadda mich drauf gebrachd.«

»Wa? Ühbaß ***Radio****??«* Ich griff fahrig nach Kolks Zigaretten. Mit gerunzelter Stirn verfolgte er, wie ich die Revalschachtel nicht wieder parallel zu seinem Bierfilz ausrichtete, und nahm das einbehaltene orangefarbene Feuerzeug wieder an sich.

»Yaw«, nuschelte er, räusperte sich und schniefte, zündete sich ebenfalls eine an und sagte: *»Du kennß doch diese Rundfungsendunk. Radio hunnadßeggß nennd sich die.«*

»Jaja, midd diesm... diesm... Maijo Mahml? Ohda wie heiß der?«

»Fageß ich auch imma. Ehgahl«, winkte er mit der Linken. *»Jehdnfallß habbich die öffda gehörd, iß ja schon n bißchen hehr, jehdnfallß befohr ich midd Sabrina...«*, er grinste, *»...Kontaggd aufgenomm hadde...«*

Ich grinste. Pause. *»Weida, weida...!«* Ich winkte hastig nach einem Tequila.

»Yaw, aso... eineß Ah-bendß«, artikulierte er etwas angestrengt, *»summdte Ruhdieß deß Ahschß Schdimme zwansich Kielohmehda im Ummkreiß Hambuichß aso ühban Ehda, unna annamm auch duich mein – Alfrehd Kolg heisich – duich Al-frehd Kolgkß Raio aso. Unßwah zumm Tehma wie, un woh, un wann, treibm Sieß am liebßdn...«*

Pause. Kolk zog an der Zigarette. Pause.

»Kollgki«, sagte ich leise und trommelte, ziemlich unregelmäßig übrigens, auf den leeren Bierdeckel, bis Horst einmal mehr ein eisreifbeschlagenes Gläschen mit halber Zitronenscheibe darauf abstellte. Und dann erzählte Kolk, wie er Rudi im Radio hörte, am Abend jenes blauen Montags, was ihn dann zwei Tage später zu dem Frontalangriff auf Sabrina inspirierte. Am Dienstag hatte ich ihn, bei übelstem Scheißwetter, noch mit dem Fahrrad besucht, um mal nach dem

Rechten zu sehen und ihm geraten, sich »endlich ma ne Aldte anzuschaffm«, und einen Tag später…

Langsam. Eins nach dem anderen.

»Aso. Morgnß wah ich zum Ahdßd gegang…«

*

»Herr Kollg bitte…«

Fünf Frauen sahen ihn an. Er grinste, hob eine Hand, wie um sich zu rechtfertigen. Etwas seufzte aus ihm heraus. Was sitzen die denn da… ich wollte doch bloß…

Er räusperte sich und griff mit spitzen Fingern in die Augenwinkel, als wollte er Tesafilm von den Augäpfeln ziehen.

»Herr Kollgk??!«

Ach… Bin eingeschlafen…

Dr. Sieck erwartete ihn schon, in seinem obligaten T-Shirt, freundlich lächelnd. Wie immer…

»Na? Tach!«

Kolk setzte sich, schniefte und rieb sich das Genick. Sieck blickte ihn an, während er in einer Akte herumfingerte. *»Wie gehdß?«*

»Guhd.« Kolk grinste aufgeschreckt, lachte nuschelnd. *»Neh ich… ich hab so… Schmerdßn im Naggn. Und irngwie dauand Schnubfb. Und am Hallß – aso hier forne, da tuhdß weh, und wennich da drügg…«*

»Seddßn Sie sich mal hier hin…?« Sieck zog einen Hocker vor. Kolk setzte sich. Der Arzt tastete in seinem Genick. *»Ja. Ja.«* Er drehte Kolks Schädel nach links, nach rechts, nach vorn, zog daran herum und gab zwischendurch Anweisungen wie Lockerlassen, Gegendruck, und schließlich setzte er sich wieder an seinen Schreibtisch.

»Wir probiern mal Massajen. Wennß nich besser wird, müssn wir unß waß andreß überlehgn.« Er notierte etwas auf seinem Rezeptblock.

»Daß – iß echd äddßnd, auch, aso hier forne, wenn ich da drügg…«

Sieck sah nochmals auf und erhob sich. *»Da?«* Er tastete vorsichtig vorn an Kolks Hals, an der Sehne, am Muskel.

»Ja, wenn ich da drügg wird mit schwahdß foa Augn rehglrechd. Sinn daß Lümmfknohdtn ohda waß…«

»Da? Da drüggkn Sie drauf?«

»Ja…«

»Daß ißd die Halßschlach'ahder. Sie sind im Begriff sich selbßd zu erdrossln.« Sieck lachte. *»Nein – da solldtn Sie nich drüggkn. Midd den Lümfdrühsn ißd alleß in Ornung. Die Schmerzn im Naggkn schdrahlen wahscheinlich in dehn Bereich auß.«* Er kritzelte wieder auf seinen Block. Kolk räusperte sich, rieb sich die Nase und schniefte; schniefte einmal, und beim zweiten Mal lauter.

»Achso – und waß ißd mid Ihrer Nahse…? –«

Sieck schlug nach kurzer Untersuchung eine Überweisung an den Hals-Nasen-Ohren-Spezialisten vor. Er erwog die Möglichkeit einer Allergie, nach Kolks Beschreibung der Symptome.

Der Rückweg gelang etwas besser. Der Hinweg war wie der Gang auf einem in unruhiger See in Gegenrichtung treibenden Betonponton gewesen.

Auf der Kautsch begann sein Herz wieder zu rasen. Sämtliche Muskeln schienen verkrampft, im Nacken sirrte ein Schmerzstrang, und der Magen fühlte sich an wie ein mit einem schmutzigen, feuchten Feudel umwickelter Brocken Beton. Der Dickdarm benahm sich wie ein Schlauch aus dickem Gummi, durch den jemand Luft zu blasen versuchte. Viel zu selten entlud sich der Druck.

Einmal klingelte das Telefon. Kolk schrak zusammen, blieb liegen. Nach achtmaligem Schrillen war Stille.

Kolk atmete tief ein. Die Bronchien piepten, der Hals schmerzte. Und die Lungen.

Er schloß lange die Augen. Wälzte sich auf die linke Seite. Zurück auf den Rücken. Zog die Beine an. Streckte sie aus. Öffnete die Augen.

Ächzend schaltete er den Fernseher ein und sackte keuchend wieder zurück. Sein Herz hämmerte, unregelmäßig. Beim Einatmen flach und schneller, beim Ausatmen langsamer und heftig. Er griff nach der Schachtel Zigaretten, hielt sie minutenlang fest. Steckte die Hand wieder unter die Wolldecke.

Sein Gaumen schien mit irgendeiner übelriechenden, klebrig und dröge zugleich beschaffenen lackähnlichen Tinktur bestrichen zu sein, die Bläschen warf. Ab und zu würgte er trocken. Die Nervenstränge flatterten.

Auf dem Bildschirm wurde ein Lied für Dublin ausgewählt. Gerade stand sich – hin und her schunkelnd – ein durchschnittliches Ehepaar gegenüber, starrte sich mit haßerfülltem Grinsen in die gepuderten Gesichter. Zum Schluß küßte es sich angewidert. *»Ich, gehb, dir, mein, Herdß... – das DUO! HAHDWÄHR!!!«*

Gib mir lieber deine Leber... Er schniefte und legte vorsichtig eine Hand auf seinen Bauch. Er schloß wieder die Augen. Denk an schöne Sachen, dann kannst du am besten einschlafen, hat Vadder immer gesagt... Kolk zwirbelte an seinem Schnauzer und starrte knapp am Fernseher vorbei.

Rieke war 'ne schöne Sache. Gewesen. Aber wenn ich an die denke, kann ich erst recht nicht einschlafen. Warum mußte das alles so kommen. Jetzt fährt sie mit diesem Designer durch Bolivien, sowas Beknacktes. Bolivien! Sechs Monate sind kein Pappenstiel. Die geile Vier-Zimmer-Wohnung da, in Barmbek, ja wohl auch nicht. Lauter Mißverständnisse. Wäre sowieso nicht gutgegangen.

Kolk ließ von seinem Schnauzer und knibbelte an seinem Hosenbein. Kiek no boben un lot dien Büx in Ruh, hat Vadder immer gesagt. Kolk hob den Blick.

Als nächstes wurden »Maxi und Chris Garden« angekündigt. Angeblich Mutter und Tochter, die je ein Klavier befingerten und es zu seinen gemeinsten Tönen nötigten. Die Alte sah aus wie Hannelore Kohl.*

Dann zwang man vier verkleidete Leute unter dem Sammelbegriff »Rendezvous« vor die Kameras. Immerhin zwei Girls in kurzen Röcken dabei, die sich synchron bewegten. Kolk schaltete den Ton aus und lehnte sich zurück. Das Zimmer schwankte leicht. Er schloß die Augen.

Ich muß mein Fahrrad suchen... Und die Uhr, wo zum Teufel hab ich meine Uhr verloren... Hunger hab ich... kann nichts essen...

Der Weg zu Ruppmann würde mindestens hundert kurze Schritte erfordern, jeder zitternd, von Schwindel begleitet, unter ständiger Gefahr, von jemandem angesprochen zu werden, stehenbleiben zu müssen. Ruppmann würde ihn in ein Gespräch verwickeln. Wenn keine Schüler da waren, war sein Laden meistens leer.

Zassi klang genervt heut morgen. Naja, hab 'n bißchen spät angerufen... Kolk drehte an seinem Schnurrbart und hielt seine braunen Augen starr. Damit muß bald Schluß sein. So geht das nicht weiter...

Ist schon gut, hatte sie gesagt mit traurigen Augen und ihren Handrücken zweimal schnell und leicht hin und her über den Ärmel seines karierten Hemds gestrichen. Ihre Handtasche genommen. Hellblaues Licht, das vom Spielbudenplatz ins »Shave« strömt. Sie dreht sich noch einmal um und lächelt tapfer. *»Wiß echd nich midd äy...?«* Sie schüttelt den Kopf, schon im Fortgehen.

Kolk atmete tief ein und rutschte ein wenig höher in der Kautsch. Augenblicklich schwoll das Rauschen in den Ohren. Er legte die Hände aufs Gesicht. Ein schlimmes Gefühl drängte in die Brust.

Das muß kurz nach'm Aufwachen gewesen sein... Und dann? Nichts. Schwarzes Nichts. Steht das Fahrrad noch beim »Shave«? Wo ist die Uhr? Dieser ätzende Moment, als ich am Hafen aufgewacht bin... Wie bin ich dahin gekommen... Was hab ich in den vier Stunden gemacht...

Als er die Stufen im Treppenhaus erklommen hatte, war der Gedanke unerträglich, wieder hinuntergehen zu müssen, um das Taxi zu bezahlen. Erst auf der Fahrt von den Landungsbrücken hatte er einen ziehenden Schmerz im Unterleib gewahrt – da war ihm ein Bild gekommen, ein dunkles, verwischtes Aquarell: er, beim Pinkeln, wie ihm die schwere Schnalle seines Gürtels auf den Sack geknallt war... Erst im Taxi fiel ihm die ellenlange Rißwunde an seinem Unterarm auf, dünn verschorft. Wo war das gewesen... War er gestürzt, mit dem Fahrrad... In regelmäßigen Aufwallungen ergriff ihn Platzangst. Er hatte das Fenster der Wagentür einen Spalt geöffnet.

Ein Mensch mit dem Aussehen eines Modefrisörs machte auf dem Bildschirm den Mund auf und zu, freute sich über irgendetwas und gestikulierte vor sich hin. Kolk machte den Ton wieder lauter, um das Rauschen in seinem Schädel nicht mehr zu hören. *»Hättest dü, heut Zeit für mich... trallala...«*

Die zerknüllte Coladose, der Scheißhaufen...

Kolks Herz machte plötzlich ein-, zwei-, vier-, fünfmal stampfende Stolpersprünge. Kolk schoß hoch. Nochmal, zwei-, dreimal. Er keuchte, verharrte atemlos. Zwang sich zum Weiteratmen. Starrte auf den Fernseher, die Hand auf der Brust.

»Häagoddtnochmal«, murmelte Kolk und rappelte sich auf. Stakste durchs Zimmer und den Flur. Trat an den Kühlschrank und griff vorsichtig nach einem Magenbitter. Legte den Kopf in den schmerzenden Nacken, wobei er einen Ausfallschritt tun mußte. Wie Tinte in einem zylindrisch gerollten Löschblatt breitete sich das braune Kräuterzeugs aus, schuf eine brennende Säule im Leib und umspülte die Nerven. Noch einen. Trink mal 'n Bier. Kolk krächzte einige Male, schnaufte und horchte auf sein Herz, gebeugt über den Besteckkasten mit dem Flaschenöffner, eine grüne Flasche umklammernd. Nichts. Nichts besonderes. Bißchen schneller Schlag, aber kein Stolpern. *»Häagoddtnochmal«*, knurrte Kolk und schüttete Bier in sein Glas.

Bin ich vom Taubengurren wachgeworden diese Nacht...? Stumpfe Stille. Dann das Gurren. Fast gleichzeitig Drosselzwitschern. Blässe hinterm Rollo. Der Kühlschrank springt an. Wieder einschlafen, um Himmels willen wieder einschlafen. Die Knochen, das Fleisch, alles ist aus der Bewußtlosigkeit hervorgebrochen. Verrenkt, die Haltung des linken Arms, wie verdreht, wie zerschmettert am Fuß eines Hochhauses. Irgendetwas tropft im Hinterhof. Die Taube hört auf zu gurren. Unschlüssig singt die Drossel. Habe ich geatmet in der letzten Minute... Dieses schnaufende Geräusch, ist das Ein- oder Ausatmen. Der Hartgummiring, um die Brust gezurrt, scheint immer enger zu werden. Der Rippenkorb unförmig, unfest, wie eine Plastiktüte, aus der rhythmisch Luft herausgesogen und wenig wieder hineingeblasen wird.

Und auf einmal schießt eine giftig stechende Angst durch die Wirbelsäule, und er klammert sich an der Bettdecke fest. Er wird sterben. Dieser blutgetränkte pochende Muskel wird nicht mehr weitermachen.

Kolk goß sich ein neues Bier ein. Trank, als wäre es Rizinusöl. Lief mit gesenktem Kopf ins Wohnzimmer zurück. Stellte sich ans Balkonfenster. Die Blonde lag auf ihrem Balkon. Überall ging das Leben weiter.

Leg dich hin... Denk an was Schönes... Frau Bohner, Sabrina, ßabrina, ein kurzes schwarzes Unterkleid, braune schwere Schenkel, runder weicher Hintern, warm. Ein großer fester Busen, auf dem liegt sich's wie auf einem Daunenkissen. Oder Wolkenkissen. Weiße Wolkenkissen auf hellblauem Satin. Salzig, und Schaum. Grün.

Er lag schon fünf Minuten und starrte an die Decke, als er wieder den Tag gewahrte. Den Tag. Den riesigen, unwiderlegbaren Tag. Abrakadabra, dreimal schwarzer Kater. Vater der du bist im Himmel. Dein Wille... Dein Reich... Unser... Schmackos, Schmaa-a-akoos,

Schmackos, zum Hundeglück gibt's Schmackos. Schmackos sind die herzhaft fleischigen Snacks, die gibt man zwischendurch...

Gegen neun Uhr abends war er wieder betrunken, aber nur leiblich. Er hatte einen völlig klaren Kopf und ärgerte sich über die fahrigen Bewegungen seiner Hände, die das letzte halbe Bier über den Tisch vergossen.

Ich muß unter Leute... aber wohin...

Er schlief ein. Wachte wieder auf. Wütend auf Themen des Tages, mußte er zweimal mit dem Zeigefinger zustechen, um den Abschaltknopf zu treffen. Er stolperte auf und ab, malte das alte Friedenszeichen in den Staub auf die Plattenspielerabdeckung. Öffnete die Balkontür, stützte sich aufs Geländer neben den Blumenkästen; es war kälter geworden, Regenwolken.

Er ging zurück ins Zimmer. Wählte eine Telefonnummer.

»Yaw n Taggßi häddich gehrne. – Kollgk. Kah, oh, ell, kah. Schwengkeschdrahße hunnaddreindreißich. Yaw. Iß guhd. Schühß.«

Er schraubte einen Underberg auf und schüttelte den braunen Schnaps in den Hals.

Er wartete.

Es klingelte.

Er lief hinunter und stieg ein. *»Nahmd. Zur Tangschdelle.«*

»Tangschdelle? Nahmd.«

»Yaw. Die am nehchßdn dran iß.«

Sabrina. Sabrina Salerno. Der Star in allen Hitparaden. Savoir-vivre. Lifestyle. Lebensart. 10 DM. Aids: Die inszenierte Panik. 34 Lifestyle-Themen von Andrew Lloyd Webber über Degas, Henry Miller, Uli Knecht bis Pitigrilli.

Hä?

Der Star in allen Hitparaden: Sabrina Salerno.

Das Radio lief.

Lebensart... Kolk schnaubte.

Ein farbiges Foto von Sabrina ergab das Titelblatt. Sie blickt direkt in die Kamera. Dieses italienische Gesicht mit den aufgeworfenen, rotglänzenden Lippen. Fast mandelförmige braune Augen. Ein riesiger goldener Ohrring, ein feines enges Goldkettchen um den Hals. Dunkle Locken fallen bis auf den Ansatz der fast nackten Brüste, die zum Teil von einer schwarzen Lederjacke, zum Teil durch die Schrift verdeckt werden: Der Star in allen Hitparaden: Sabrina Salerno.

Im Radio liefen Nachrichten.

Kolk schenkte sich nach.

Er blätterte auf Seite 85. Sabrina Salerno glänzt zur Zeit als Star in allen internationalen Hitparaden. Hier sehen und lesen Sie, was dieses Phänomen ausmacht. Über das, was von ihr zuerst ins Auge springt, muß auch zuerst geredet werden: ihre Brüste. Zweifellos verdankt sie es fast allein ihrer Oberweite (99 cm), daß sie mit siebzehn Jahren –

Kolk sah sich das erste Bild an. Sabrina hockt auf dem Boden vor einem aufgeschlagenen Bett und blickt in die Kamera. Dieses italienische Gesicht mit den aufgeworfenen, rotglänzenden Lippen. Fast mandelförmige braune Augen. Zwei riesige goldene Ohrringe, ein feines Goldkettchen mit Anhänger um den Hals. Dunkle Locken fallen bis auf den Ansatz ihrer rechten Brust, die durch ihren rechten Arm verdeckt wird, dessen Hand über ihrer linken, voll sichtbaren Brust liegt. Ihr keulenförmiger, prächtig geschwungener linker Schenkel, rötlich-bräunlich, makellos, mit dem gebogenen Knie ragt in die linke Bildmitte. Ein weißes Kleid mit dünnen Trägern, die über die Oberarme in Richtung Ellbogenkehle rutschen, mit spitzenbesetzter Borte.

Kolk trank einen Schluck Bier und stellte das Radio etwas leiser. »... erklärte er, man müsse ... ... auch die Arbeit an einem System abgesicherter Kontrollen und Garantien ... ... wenn diese nicht auch von Fortschritten im konventionellen Bereich ...«

Kolk setzte das Glas ab. So verwundert es nicht, daß Sabrina schon als Teenie alle ›Kerle für Schweine‹ hielt. Im Prinzip hat sich bis heute an dieser Einstellung noch nicht viel geändert. Italiens neuestes internationales Sexsymbol ist mit seinen mittlerweile neunzehn Jahren immer noch Jungfrau!

Kolk grinste. *»Sind die nich mehr gannß dichd oda wadd...«* Er blätterte um. Warf einen Blick auf vier verschiedene Fotos von Sabrina und griff zum Glas. Wenn er den Kopf zurücklegte, wurde ihm ein bißchen schlecht. Mit Mühe zwang er den Schluck runter. Sein Nacken war frei. »Angesichts der sterbenden Fische und Robben in Nord- und Ostsee wird der Ruf...«

Sabrina blickte direkt in die Kamera. Dieses italienische Gesicht mit den aufgeworfenen, rotglänzenden Lippen. Fast mandelförmige braune Augen. Zwei riesige goldene Ohrringe, ein feines Goldkettchen mit einem Kreuz als Anhänger daran um den Hals. Dunkle Locken fallen bis auf den Ansatz der Brüste, die von einem schwarzen Büstenhalter geborgen werden. Die tiefe dunkle Schlucht dazwischen. Sabrina steht vor einer Wand, drückt die rechte Hüfte raus, auf der kleine Kratzer, wie von einer Katze, zu sehen sind. Sie trägt einen weiten schwarzen Slip, den sie an den Hüften hochzieht. »... eindringlichen Appell forderte die deutsche Fischwirtschaft gestern ein umgehendes Ende der Verschmutzung der Meere. In Bonn fand eine

Sondersitzung des Umweltausschusses...« An der Spitze der Lebensart-Pyramide befinden sich dort die letzten sagenhaft reichen Engländer, die an der Seite ihrer schmuckbehängten Fregatten langsam, aber sicher stockschwul geworden sind, und ein hübsches junges Mädchen aus Dekorationsgründen –

Kolk schenkte sich nach und trank aus. »Das Wetter. Nachts wechselnd bewölkt und weitere Schauer bei Tiefsttemperaturen um acht Grad.« Kolk blättert um. Sabrina blickt direkt in die Kamera. Dieses italienische Gesicht mit den aufgeworfenen, rotglänzenden Lippen. Zwei riesige goldfarbene Ohrringe. Jeder kann nur das verkaufen, was er hat. Wenn es bei mir der Busen ist, okay, dann setze ich ihn ein. Nacktheit ist die natürlichste Sache der Welt... Inzwischen bemüht sich Sabrina, denn dumm ist sie ja wirklich nicht, ernsthaft um die Ausbildung ihrer Stimme –

Kolk gähnte und schwankte zum Kühlschrank. Holte sich ein Bier aus dem Kühlfach, stellte die übrigen zwei zu den übrigen zwei in die Kühlschranktür.

Lief zurück ins Wohnzimmer. Stellte das Radio lauter und legte das Heft aufgeschlagen neben das Bierglas. Schenkte sich ein. Trank unter den Schaum hindurch. Schniefte. Zündete sich eine Zigarette an. Blickte hin und wieder auf die Fotos von Sabrina. Rülpste. Preßte einen brummenden Furz hinterher. Endlich summte es auch wieder im Kopf.

»Radio Hunn-derd-ßeggß«, ertönte eine sonore, um erotische Ausstrahlung bemühte männliche Stimme.

5. Magenbitter

Kolk, übrigens, war im Grunde genommen ein ordentlicher Mensch, geradezu pedantisch. Das war auch damals in Hamburg nicht anders. Seit Satschesatsche und ich ihn kannten, nahm er fast alles im Leben genau, sogar seine Arbeit; sein Dienststellenleiter, wußte Satsche zu berichten, sei mit Kolks Leistungen mehr als zufrieden. Er hatte die wenigsten Beschwerden zu verzeichnen, seine Abschlüsse zählten zu den korrektesten zwei Prozent, und schon damals, als er und Satsche noch zusammen Nachtleerungen und Eilzustellung fuhren, wiesen Kolks Fahrzeuge in drei Jahren nicht die geringste Schramme auf, während Satsche im selben Zeitraum für zwei Totalschäden nebst fünf oder sechs erheblichen Karambolagen verantwortlich und ständig vom »Flensburger Kollaps« respektive Disziplinarverfahren bedroht war.

Wischiwaschi, Quatschköpfe, Kraut & Rüben, Fragezeichen waren Kolk ein Greuel. Obschon er manchmal – etwa beim Skat anläßlich einer spielästhetischen Verletzung, gleich ob seinerseits oder fremdverschuldet – scheinbar zusammenhanglos murmelte, er würde seinen Job am liebsten hinschmeißen und höchstens noch bei der Kinderpost den Kartoffelstempel bedienen, war er doch prinzipiell der ideale Beamte.*

Bis diese Sabrina-Geschichte passierte, war selbst Kolks privates Leben einigermaßen in Ordnung gehalten. Seine Wohnung zum Beispiel war zwar eigentlich ständig, gelinde gesagt: verschmutzt – aber aufgeräumt. Keine Socke – oder wie Kolk sagen würde: kein Socke** lag anarchisch auf dem verstaubten Fernseher, keine Zeitung störte das Gesamtbild der von Kaffeeflecken übersäten Tischdecke, nie hing seine Jacke anderswo wild herum, sondern ordentlich über dem verrosteten und verbogenen Kleiderhaken. So war es jedenfalls, bis diese Sabrina-Geschichte begann.

Daran mußte ich denken, als Kolk großzügig grinsend mit den Schultern zuckte, weil mir peinlich war, daß Asche von meiner mittlerweile dritten Zigarre auf den Teppich gefallen war. Manu hatte nichts gemerkt; sie schlief schon halbwegs. Kolk und ich indes waren reichlich dun. Wir gestanden es uns nicht ein, aber wir waren's. Es war immer noch schwül, die offene Terrassentür gewährte Blicke in die schwere warme Dunkelheit des Gartens. Joe, der Cocker, atmete schwer. Wie geimpft lag er unterm Tisch.

Seit sich Manu zu uns gesellt hatte, war unsere Vergangenheitsbeschwörung arg ins Stocken geraten (obschon sowohl Kolk und mir als auch etwa Satschesatsche die von manchen Leuten gepflegte Verpönung der begeistert-sentimentalen Erweckung alter Zeiten grundsätzlich fremd war). Die ganze Geschichte schien plötzlich eine Peinlichkeit zu zeitigen, die sie vorher nie gehabt hatte. Lag das an Manus Anwesenheit? Oder an uns? Hatten wir auf einmal unser Alter gespürt? Ich ertappte mich bei dem Gedanken, eigentlich schon die richtige Bettschwere zu haben. Ich bildete mir ein, daß seine Kronkorkensymmetrie dem alten Kolk auch nicht mehr *die* Genugtuung verschaffte. Auf einmal hatte ich Angst, daß wir uns fremd werden könnten – fremd geworden *waren*. Vielleicht hatte ich gar nicht bemerkt, daß er inzwischen Leute tolerierte, die mit Apfelsaft abgemixtes Bier tranken – und das ganze auch noch als »Apfelbier« bezeichneten? (*»Abbflbier«*, hatte Kolk früher erschüttert gestöhnt. *»Abbflbier!«*) Vielleicht legte er gar keinen Wert mehr auf seine innere Statistik. Immerhin ließ er inzwischen widerspruchslos zu, daß Manu sich aus seiner Flasche bediente. Damals hatte er mir noch das von Mißliebigkeit und heroischer Begrüßung einer neuen Erfahrung gleichermaßen bestimmte Erlebnis der griechischen Trinksitte geschildert, die erfordere, jedem Tischgenossen von seinem georderten Bier abzugeben. Nicht aus Geiz oder sogenannter Berührungsangst hatte Kolk diesem Gebaren kritisch gegenübergestanden, sondern weil er als Formalist nach der protokollierten Menge entschied, wann er genug hatte. Damals konnte ihm noch ein lieblos geschenktes Bier die gute Laune verderben, ein herzhaft gezapftes schlechte tilgen. Es konnte seine ganze Grantigkeit auf die Spitze treiben, wenn das blonde Pils, auf das er sich den ganzen Tag gefreut hatte, um die Nuance eines Grads zu »warm«, wenn die Papierrosette schaumgetränkt war, Jever in einem Weißbier-Glas serviert wurde oder seine Trinkgenossen die gesamte historische Braukunst beleidigten, wenn sie an einem bildschönen frischen Bierchen nippten wie an einem Capuccino. Bier war für Kolk ein leicht verderbliches Gut. Es mußte zügig getrunken werden, sonst konnte man gleich Wasser saufen. Ein nicht unbeträchtlicher Grund, weshalb er öfter betrunken war, als eigentlich beabsichtigt, davon war ich überzeugt, lag darin, daß Kolk den Augenblick verabscheute, in dem das Bier den Grad seiner optimalen Temperierung verließ, schal und fahl wurde, ganz zu schweigen vom jämmerlichen Festhalten am Rest des edlen Getränks, dessen – denn das Auge trinkt mit – optische Qualität bereits an seine eigene Verdauung gemahnte. Er haßte Tische, an denen Leute stundenlang vor ihren *»Uhrienprohbm«* saßen, wie Kolk die noch halb mit ausgelaugter, kaum noch perlender Flüssigkeit gefüllten Gläser bezeichnete.

Und jetzt?

Vor uns beiden stand je eine solche Urinprobe, und

sie hatte zudem gewiß nicht weniger als Außentemperatur. Manu schnarchte leise, und Kolk zwirbelte seinen Schnauzer. Ich warf meinen Zigarrenstumpen in den Aschenbecher.

Plötzlich fielen mir immer mehr Dinge ein, die nicht so recht zu dem furiosen, anekdotischen, junggeselligen Schwank des Kolkschen Geheimnisses um sein fast taubes linkes Ohr paßten. Und je mehr ich mich auf *diese* eigenartig schwer zu fassenden Erinnerungen einließ, desto alberner erschien mir trotz meiner Trunkenheit die ganze Chose. Aber auch dieses Getue überhaupt, um Sabrina, Frau Bohner und Rudi, den Arsch. Rudi war tot, halb erfroren, halb verblutet, als er im Winter vor viereinhalb Jahren im Treppeneingang seiner Altonaer Kellerwohnung volltrunken ausgerutscht war. Kein Aas hatte sich um ihn gekümmert, obwohl es morgens um halb neun passierte. Und weiß der Kukkuck, was Sabrina, Frau Bohner-Cohrs oder gar Werner F. trieben.

Mir fiel ein, was meine Geliebte einmal sagte, als ich ihr belustigt schilderte, wie schwer Kolk nach einer gemeinsamen Zechtour an seinem Kater laborierte. Sie sah mich an und fragte nüchtern: Was ist daran eigentlich so komisch?

Ja, was?

Die Antwort hatte übrigens wieder einmal Satsche aus dem Ärmel geschüttelt. Im Stil eines Proklamators rief er aus: *»Durßd iß billich – Suff iß Ahbmteua!«*, und amüsierte sich königlich darüber. Er war Meister im ansatzlosen Nonsensdichten und reflexionsfreier Denkspruchausschüttung, wobei die Produkte aber oft ein Gran Wahrheit enthielten oder doch einfach, von schlagender Spontaneität getragen, durch scheinbare Zusammenhanglosigkeit neue erfrischende Situationen schufen, welche schließlich den vorerst jeglicher Bedeutung baren Sprüchen im Nachhinein Sinn verliehen. Es waren Momente tiefsten Spaßes, wenn Satschesatsche aus heiterem Himmel, etwa beim Billard, Zweizeiler intonierte wie »Deine Brust zwischen meinen Zähnen / perverse Worte darfst du erwähnen«. Verblüfft über seine eigenen Fähigkeiten – denn diese Verse kamen ohne zu stocken, ohne Vorarbeit, er wälzte die ersten drei Vokabeln aus lauter Libido hervor, ohne zu wissen, was dabei herauskommen würde –, verdutzt vom Ergebnis brach er in Lachen aus, und wie oft lagen wir buchstäblich unterm Tisch, wenn er solche Anfälle hatte und Erkenntnisse von sich gab wie »Ich liebe dich / im Angesicht / meiner nicht« oder in seiner variablen Rockstimme Sätze einer fremden, noch zu schaffenden Welt vortrug, in der man sprach wie folgt: »Omma semme polgorni wotz kamaro onnene somi. Holparatemma, orno, sumpatschko offi.« Einmal hatten sogar Kolk *und* ich, gleichzeitig, zwei Stunden lang mit einem Schluckauf zu kämpfen, daß Hinni kurz davor war, einen Notarztwagen zu bestellen, nur weil Satsche, von Unbekannt am Telefon verlangt, freundlich fragend das Wort *»Gawlä?«* in die Muschel sprach.

Tja, kaum zu glauben, aber wahr.

»Wadd grinß duhdn«, sagte Kolk leise, um Manu nicht zu wecken. Ich kam wieder zu mir. *»Dachde grahd an Sadsche«*, murmelte ich grinsend.

Manu räkelte sich, seufzte tief, rappelte sich schließlich hoch, machte *»oh«*, und schlurfte mit kleinen Augen zu Kolk, küßte ihn, küßte mich und sagte: *»Nachd ihr Seufa.«*

Kolk erhob sich, schlappte in die Küche, kam wieder raus und sagte: *»Bei Hinni iß noch Lichd.«*

»Jeddß noch?«

»Iß ehrß zwölf.«

Als wir durchs stille Nest – nur die Autobahn brummte unregelmäßig – die paar Schritte zu Hinni gingen, sagte ich zu Kolk: *»Weißdu... ich wolld dir imma schon ma sahng... damallß wolld ich dich nich zusammscheißn, allß ich dich da morgnß ma... weiß daß noch? Wah nich so gemeind.«*

Kolk trabte schweigend neben mir her. Ich warf einen Seitenblick auf sein großes Profil. Einen Moment befürchtete ich, er hätte mir all die Jahre meine alberne Standpauke in seiner chaotischen Bude nachgetragen, als ich ihn besuchte, um nach dem Rechten zu sehen. Aber er überlegte nur, was ich meinte.

»Waß meinß du.«

»Na, fonn wehgn Frau suhchn und so... Alß dein Kasseddtnrekorda kapudd wah... Du wollß mir Rudieß Radioauftriddt fohrschbieln...«

Wieder Schweigen.

»Hää?« Er hatte es wirklich vergessen. Ich nicht. Nie.

Vorm Saal, vor der Schule und direkt vor der GASTSTÄTTE HEITMANN standen jede Menge Fahrzeuge. Vielleicht ein Umbüdelobend oder Preisskat – denn Hochzeitsmusik erklang keine. Außerdem war der Eingang nicht geschmückt – nichts von einem Tannenkranz mit silberner »25« oder so.

Als wir die Tür zu Hinnis Kneipe öffneten, schlug Kolk mir auf die Schulter und grinste: *»Ma sehn ob Hinni weiß wadd Tekila iß wa?«*

Ich schnaubte. Das war so wahrscheinlich wie ein Steinhäger in einem mexikanischen Dorf.

*

Bodo hieb abwechselnd keuchend und laut fluchend mit den feuchten Füßen in die Pedale seines Fahrrads, trieb es die flache Steigung zur Quickbornstraße hoch. Hamburgs Kuppel war grau, es regnete in ungleichmäßig prasselnden Strömen, vom Wind hin- und hergeschleudert. Klitschnaß am ganzen Körper, trat er hinter einem Range Rover her, der – ihn gleichzeitig abdrängend – eine einzige fürchterliche Fontänenschleife Pfützenwassers auf seinen Schoß geklatscht hatte, und kam dabei erheblich ins Schlingern. Die Brille war tropfenbesprenkelt, die Fahrradkette knackte, die Glatze fühlte sich an wie seine Füße, und es war Dienstagmorgen, zehn Uhr. Er bog in die ruhigere Lutterothstraße, versuchte, eine flugbehinderte Taube zu überfahren, und hielt schließlich vor dem großen, exkrementbraun gestrichenen Mietshaus von 1911 am Ende der Schwenckestraße. Das verrostete Fahrradschloß klemmte, und der schmale Schlüssel verbog. Bodo versetzte dem Rad einen Tritt und traf das Schutzblech. Während das Gefährt scheppernd zwischen den an der Baumkrampe aufgehäuften Mülltüten versank, stolperte sein Besitzer von der Wucht des Fußhiebs rückwärts. Der Boden unterm rechten Schuh fühlte sich weicher an als unter dem linken. Bevor er gefaßt den Blick nach unten wandte, schickte Bodo mit den Augen ein Stoßgebet durch die triefenden Brillengläser schräg nach oben, daß es sich um ein Stück Banane, eine Schlammspur, eine Kugel Stracciatella handeln möge. Anschließend versuchte er, unter sauertöpfischen Verwünschungen den breiigen Schmand auf Asphalt und Gras aus dem Profil zu scheuern. Ohne durchschlagenden Erfolg.

Schließlich winkte er ab, stierte haßerfüllt zu einem

Grüppchen Verwaltungsschülerinnen, die wie geklont an ihren Zigaretten zogen, stapfte mit hochgezogenen Schultern zur Haustür und klingelte. Fast im gleichen Moment hörte es auf zu regnen. Bodo stierte fluchend in den niedrigen Himmel. Klingelte nochmals. Nichts. Mit der flachen Hand fuhr er über beide Knopfleisten. Es summte, er drückte die Tür auf. Es stank nach Kohl, am frühen Morgen. Zwei bis drei Türen öffneten sich.

»*Yaw? Bid-täääää??!!*« Eine mißtrauische ältere Frauenstimme.

»*POSSD!*« brüllte Bodo und latschte die Stufen zur zweiten Etage hinauf.

»*Schohn wiedä? Waß denn jeddß schon wiedä füä Possd?!*«

»*KLIENGLPOSSD!*« brüllte Bodo rücksichtslos. Ein Schnipsel grüngeblümten Bademantels säumte das Geländer ein Stockwerk höher. Die anderen Türen schlugen zu.

»*Höän Sie mä, main Männ iß krängk!*« empörte sich die Stimme.

»*Nerfm?*« fragte Bodo und drückte die Klingel neben dem gelben Holz.

»*Däß gehd Ihn'n jä wohl gaw niggß än...*«

»*Ehbm*«, brummte Bodo und hämmerte gegen die Tür. Sie war offen. Bodo trat vorsichtig ein.

»*Kollgki?*«

Es war düster im Flur. Oben wurde unter hamburgischem Gemurmel abgeschlossen. »*Äh', nee, dadd schdiengd hier daw...*« Bodo warf einen Blick in die Küche. Auf dem Abtropf, in der Spüle Gläser verschiedener Formen mit schmutzigen Schaumrändern und Fingerabdrücken. Ebenso viele Bestecke, verschmiert mit Nahrungsresten, und Teller mit vergilbten Kartoffeln, verschrumpelten Erbsen und schwarzem Fett. Auf einigen schimmelte es pilzgrau. Ranziger Senf an einem Messer. Töpfe und eine Pfanne mit schmalzigem

Inhalt. Auf dem zweiflammigen Gasherd eine weitere, größere Pfanne mit einem Rest zäher Bratkartoffeln und ein Kochtopf, bis zum Rand gefüllt mit einer benzinähnlichen Flüssigkeit. In der Ecke ein Abfalleimer ohne Deckel, zuoberst porzellanharte Nudeln, verklebt von geronnenem Ketchup.

Bodo flüchtete in den schummrigen Flur, stolperte ins Wohnzimmer. Auf dem flachen Tisch war kaum noch Platz für eine Streichholzschachtel. Drei überquellende Aschenbecher, sechs oder sieben leere Revalschachteln, eine Unterhose mit ockerfarbenen Bremsspuren und zwei Socken, drei oder vier »Morgenpost«-Ausgaben, zwei Teller mit Milchrändern, eine Tüte Zwieback, zwei Dutzend leere Underberg-Fläschchen und die dazugehörige Verpackung, eine Anzahl geleerter Bierflaschen, grüne und braune, mit und ohne Bügelverschluß, weitere auf dem Fußboden, Gläser mit Rändern schmutzigen Schaums in der Nähe des Telefons. Eine angebrochene Packung Aspirin.

Die eine Vorhanghälfte war zu-, die andere aufgezogen. Am Balkongeländer hingen Blumenkästen mit verregneten Stiefmütterchen.

Im Fernseher liefen tonlos Nachrichten. Der Cassettenrecorder summte kaum hörbar, das Radio war ausgeschaltet. Das Sofa einen halben Meter von der Wand abgerückt, der Sessel stand mit der Sitzfläche zur Wand. Das große Bildfoto, eine Luftaufnahme unseres Nests, hing schief. Der einstmals helle, melierte Schlaufenteppich war fleckig, es roch immer stärker, und vor dem blinden, nicht verhängten Balkontürflügel kauerte das bleierne Tageslicht.

Bodo wandte sich um und schritt vorsichtig auf die geschlossene Schlafzimmertür zu. Ohne zu klopfen machte er auf. Tastete nach dem Lichtschalter. Das Bett war zerwühlt. Auf der schmalen Ablage stand eine halbvolle Flasche Kirschwasser, kein Glas, ein leerer, aber schmutziger Aschenbecher auf dem Rand einer »lui«-Ausgabe, graue Aschewürmchen und zerdrückte Kippen auf dem schmuddligen Kopfkissen, ein starres Taschentuch an die Wand gelehnt.

Bodo stand reglos.

Unten, im Parterre, knallte die Haustür. Gleichzeitig schlurfende Schritte, die schließlich langsam Stufe für Stufe raufrutschten. Dann dengelte der Schlüssel im Schloß. Bodo lehnte sich mit einer Schulter an die Wand. Das Klöppeln im unverriegelten Türschloß wurde fortgesetzt. Bodo verschränkte die Arme und atmete lange durch die Nase aus. Dann holte er tief Luft und brüllte: *»Eß Iß OFFM!«*

Das Klötern hörte auf. Ein Moment Stille. Dann wurde die Tür aufgedrückt. In der einen Hand einen größeren, in der anderen einen kleineren kartonhaften Schatten, schob sich die Kingkong-Silhouette Alfred Kolks in den düsteren Flur, am kleinen Finger baumelte der Schlüsselbund.

»Willß n Bröhdchn?« nuschelte Kolk.

»Neh.«

»Ein Glügg. Habb auch keinß.« Er schnaufte durch die Nase. Dann latschte er in die Küche, riß den Karton von den Flaschen, schraubte einen Magenbitter auf, goß ihn sich im Stehen in den Rachen und fing an, zwischen den scheppernden Geschirrtürmen herumzuwühlen.

Bodo war ihm langsam gefolgt.

Kolks großes Gesicht war teigig und unrasiert, die Augenlider und Tränensäcke rötlich geschwollen. Er trug eine hellblaue Pyjamahose, die ihm über die weißen Backen des Hinterns zu rutschen drohte. Er hielt die gewaltigen Schultern angezogen, so daß das eingelaufene gelbe T-Shirt über seinen blassen Bauch nach oben zog. Die Enden seines Schnauzers zitterten, die Nasenflügel flatterten, er schnaufte geräuschvoll. Sein feuchtes, fettiges Haar stand in alle Himmelsrichtungen, und an den Füßen trug er ausgefranste, durchgeweichte Hausschlappen. Am wadendicken Unterarm hatte er eine ellenlange verschorfte Rißwunde.

Nach einer Weile hörte er auf, im Abwaschberg zu wühlen. Er faßte sich bibbernd an die kastenförmige gerunzelte Stirn und brummte: *»Ow Mann.«* Klemmte sich zwei Bierflaschen unter den Arm, nahm die restlichen Underberge in die Linke und schlurfte mit gesenktem Schädel schwach grinsend an Bodo vorbei ins Wohnzimmer. Bodo hörte das ventilhafte Puffen und anschließendes Gluckern, grunzendes Keuchen. Er folgte ihm.

Kolk drehte am Verschluß eines neuen Magenbitters, träufelte die leise blubbernden Tropfen in den Hals.

Bodo lehnte mit verschränkten Armen am Türrahmen. Kolk räusperte sich brummend und starrte geradeaus auf das schief hängende Bild. Dann schnoberte er mit gerunzelter Stirn und erhobener Nase in Bodos Richtung: *»Schdiengß du hier so äddßnd nach –«*

»Daß könndte auch deine Buhde sein.«

»Machma Kaßeddnrehkorda an«, sagte Kolk unvermittelt und deutete auf das Gerät. *»Ich habb Schnubfb«*, fügte er hinzu. Bodo blieb stehen.

»Machma«, sagte Kolk und zeigte mit dem Flaschenhals, *»muß ehrß zurügg'schbuhln…«*

Bodo tat es schweigend. Blickte zu Kolk rüber, der immer noch schwach grinsend mit angezogenen Achseln in der Kautsch saß, in der Linken das leere Magenbitterfläschchen, in der Rechten die Bierflasche auf halber Höhe, und auf die Luftaufnahme stierte. Der Rücklauf summte, Kolk setzte die Flasche an und goß sich Bier durch die Kehle, setzte mit verzerrtem Gesicht ab und schluckte mehrmals heftig, rülpste knallend, während er das Kreuz durchdrückte, und sank erschöpft zusammen. Er wurde, langsam, knallrot im Gesicht.

Bodo zog geistesabwesend den Vorhang zurück. Es wurde kaum heller. Es begann wieder leise zu regnen. Er lehnte sich an die Wand. Er sah Kolk an. Der Recorder klackte.

»Mach ma an«, sagte Kolk.

Bodo drückte die Taste.

Musik von Eric Clapton.

Bodo begann zu frieren. Er wischte sich über die nassen Hosenbeine. Kolk blickte mit gerunzelter Stirn auf den Cassettenrecorder und nuschelte: *»Ißja eisch äy.«*

Bodo drückte sich von der Wand ab, stapfte in den nassen Schuhen zwischen den Bierflaschen durch, stolperte fast, murmelte mit angespannten Bauchmuskeln *»Du bißdoch tohtahl **bescheuad** Mann«*, ging zur Zimmertür, *»wenn du mich **fa'ahschn** willß suhch dir n annan«*, stapfte zur Wohnungstür, kehrte um, brüllte ins Wohnzimmer *»RÄUM MA DEIN MÜLLHAUFM AUF HIER UND SCHAFF DIR **ENDLICH** NE ALDTE AN! **PROHßD!**«*

Kolk hockte im Sofa, in der Linken den leeren Magenbitter, in der Rechten die Bierflasche, und stierte schwach grinsend auf die schiefhängende Luftaufnahme unseres Nests. Die Tür knallte.

Er wandte den Kopf ein wenig nach rechts, als er unten die Haustür klappen hörte. Einige zehn Sekunden verharrte er noch in derselben Haltung; schließlich setzte er beide Flaschen mit einem krampfhaften Ruck aus den Schultern auf dem Boden ab, erhob sich stolpernd und bewegte sich zu den Vorhängen. Zog sie wieder zu. Lehnte sich mit der Schulter an die Wand und plierte schniefend durch den Spalt zwischen Stoff und Tapete auf die Straße. Der Regen hatte wiederum aufgehört; Zweige und ein mayonnaiseverschmiertes Pappschälchen wurden von einer heftigen Bö in eine flache Lache auf dem mattglänzenden Asphalt geweht. Eric Clapton sang im Duett mit Tina Turner.

Kolk raffte seine Pyjamahose über die Taille; sie sank sofort wieder schlaff bis auf die Hüftknochen herab. Seine trübbraune Iris blickte starr. Er hob die klobige rechte Hand und steckte den nikotinversengten Zeigefinger ins rechte Loch seiner großporigen, roten, fleischigen Nase und drehte ihn darin leise ächzend herum. Er krümmte den Finger, daß die Nüster ausbuchtete und seine Zähne gefletscht wurden. *»Ahschloch«*, murmelte Kolk. Er betrachtete einen Popel von der Größe einer schwarzen Perle. *»Ahschloch«*, murmelte Kolk nochmals, setzte sich in die Hocke vor den Cassettenrecorder, versuchte die andere Seite, aber auch dort Musik. *»Kapuddt wa«*, murmelte Kolk.

Er stellte aus, schlurfte zur Kautsch hinüber. Ließ sich hineinfallen, schraubte einen Magenbitter auf, trank, trank auch vom Bier. Dann grinste er, schnaubte ein paarmal grinsend und brummte *»Ruhdi der Ahsch«*, und schüttelte den Kopf. Er drehte ein Ende seines Schnauzers und blickte schräg auf den Boden.

Sanfte jazzige Erkennungsmelodie, raunende Frauenstimme – *»Radio – Hundert – ßeggßßßß...«*, summt sie, *»wie imma midd – Mariooo! Mölla!!«*, swingende Gitarre, dubdidu-duldoingdidub, Musik Musik, und dann Möllers um erotisches Charisma bemühter Bariton: *»Essisst*^{hh}*, fiernzfanzich Uhr und*^{hh}*, drei Minuhdtn – wie imma an diesa, Schdelle die, Guhdenachdmuhsieg* *führ all diejehniegn die, midd der Ehrohtigg niggß am Huhd hahm, also – guhdnachd…«* Da, dada, dada, dada… Musik Musik…

»Raioh, Hundert^{h}*ßeggß, die ehrotische Middanachdß-tawkschoh, und dazu begrühßd Sie wie imma in der Zeid zwüschn zwölf und ein Uhr – Mario Mölla. Hallo. Daß Tehma deß heudiegn Ahmdß – woh, und wie, und wann – machn Sieß am liebßdn. Wenn Sie dazu waß sahgn möchdn ruhfm Sie an… Wo, und wie, und wann – tuhn Sieß am liebßdn. Bißgleich.«*

Musik, Musik.

Kolk klopft sich eine Zigarette aus der Schachtel, nimmt sie in die Linke, schiebt das Glas über die Unterlippe. Musik.

»So. Daß Tehma deß heudiegn Ahmdß: Wo, und wie, und wann – machn Sieß am liebßdn. So. Wehn habbich drann?«

»Ja hallo hier iß der Anndi.«

»Hallo…«

»Ja dazu äh mussich kurdß ma ne Geschichde zu erzehln…«

»M-m?!…«

»Aso ich bin in'n Buß ge'schdiegn nä…«

»M-m?!…«

»Fonn Niehndorf nach Fahmsn nä…«

»M-m?!…«

»Wolltich mir so Schu'e kaufm nä…«

»Mm!«

»…braune nä…«

»Braune Schu'e…«

»Ja…«

»Ähä?…«

»Yaw… die haddn aba keine schöhn'n braun'n…«

»Haddtn se nich…«

»Neh…«

»Und da wahß duhn bißchen endtäuschd Anndi...«

»Yaw und denn – habbich ehrßma waß gegessn nä...«

»Mm! – ...?! Äh...«

»...Bröhdchen. Nä? Und denn binnich weidagefahn –«

»'m.«

»– midda Uh einß.«

»'m. Midda Uh Anndi und du wollß mir eine Geschichde erzehln...«

»Yawyaw –«

*»...**wo** duhß am liebßdn machßd ohda **wie** duhß am liebßdn machßd ohda wollß du –«*

»Nehneh –«

*»– mir erzehln wo du dir deine **Schu'e** kaufßd...«*

»Nehneh... yaw, und denn binnich inne Schdadd gefahn midde Uh einß nä...«

»Aha.«

»Midd Fahkahte. Zweiachzich haddaß –«

»Aha. Zweiachzich. Aha. So Anndi ich glaube du kommß heude gahnich mehr zum Pungd –«

»Doch!!«

»Kommß du noch...?«

»Ja!!«

»Weil wir hahm fiele Höhra drann die sichalich, gaaaannß fiel zu erzehln hahm...«

»'m-m!«

»Ja?«

»Ja iß richdich...«

»Nä? Aso ich würd sahng da nehm wir ma n andan –«

»Neh!!«

»–dran weil midda Fahkahte und midda Uh einß daß... da komm wir –«

»Nehneh!!«

»– übahaubd nich aufm Pungd. Ich weiß heude iß Mohntach und da sind auch wahscheinlich wieda einige Lußdiege drauf und daß iß auch, guhd so, aba, wir wolln nich zufiel Zeid denkich dadran ... fatröhdln. So wehn

habbich jeddß drauf? Hallo? Hallo?? – …Haaaloo!! Hallo???– ?!…«

»Hallo?«

»Hallo!!«

»Hallo hier iß Fehliggß.«

»Fehliggß.«

»Ja.«

»Fehliggß. M-m?«

»Ja.«

»Fehliggß, ***wo****, und* ***wie*** *machß duhß – am liebßdn.«*

»Ja. Ja aso am liebßdn würdich sahng unta freim Himml. Wenn die … äh Föhgl zwidschan…«

»Aha?«

»… – …?!«

»Aha? Und da haßdu auch schon –«

»Ja.«

»Aha?«

»Ja. Daß iß mir schohn öffda passierd.«

Kolk gähnt, zieht an der Zigarette und trinkt einen Schluck Bier. Was für'n Idiot…

Draußen lärmt der Verrückte wieder vorbei: *»Oh-eeeh-o-e-o-e-o-eeeh, wi ah se schämjenß, ooh-eh. Ooh-eeeh-o-e-o-e-o-e…«* Kolk raucht und zwirbelt seinen Schnauz, blickt auf Sabrina Salernos Brüste, die auf dem Tisch liegen.

»Alleß klah Fehliggß. Schöhn Ahmd für dich noch…«

»Dange. Pffm. Äh…«

»Dange dir führ dein'n Anruhf…«

»Ja. Äh…?«

»Ja? Binnich ma noch ge'schbannd waß hier noch –«

»Äh dahfich noch n Gruhß lohßwerdn?«

»Grühßma gannß kurdß.«

»Ja. An-Andreaß Schehfa.«

»Ja. Awkeh… Andreaß Schehfa. Alleß klah haßde gemachd Fehliggß…«

»Ja. Und an Herbadd.«

»Und an Herbadd. Awkeh. Alleß klah. Tschüssduh, machß guhd – so ich bin ma ge'schbannd, waß hier, im Laufe, deß Ahmdß noch so, passierd – jeddß ehrßma die, Uhrzeid essiß nulluhrund, fümfzehn.«

Tröt, da-dammdamm, peng. *»Werbung.« »Warum ich meim Freund ein Sangpaulinachrichdn'abo geschengd habb? Gannß einfach. Weil ich ...«*

Kolk raucht und trinkt. Musik, Musik.

»... so wehn habbich jeddß drauf?« Dumdidu, dudeldidumdoi ...

»Ja die Walleri ma wieda?«

»Hallo Wallari.«

»Yaw?«

»Hehe. Na. Wie gehdß. Guhd.«

»Yaw? Irngwie yaw.«

»Irngwie yaw.«

»Yaw zu dehm Tehma sowieso?«

»Sowieso. Hehe.«

»Hä!«

»Hehe.«

»Hä!«

»Hehe.«

»Hä, hä, yaw zu dehm Tehma kannich aso du haßd daß leddßde Mahl zu mir gesahgd daßdaß ja gannß nedd wehre wenndaß imma so außgewohgn wehre wie bei mir aso bei mir kannich nuhr sahgn daß daß bei mir sohn Schdüggweid außgewohgn iß also ich kann so sahgn sohwohl allß auch sohwohl allß auch heißd also sohwohl schmuhsich allß auch seggßbediengd –«

»'m-m?«

»– also ich kann mir unheimlich nette Siddtuadßjohn'n fohr'schdelln –« Dumdiduldödeldibeldumm, didumm ... *»zum Bei'schbiehl kanneß im Bedd gannß nett soin eß kann auch mibm Pahdna untada Duhsche gannß nedd soin zum annan kannß aba auch gannß schmuhsich in den Dühn'n oda im Wald gannß nett soin –«*

»'m-m?«

»– und im Auto gannß nett soin aba ich habb auch duich'auß ehm so – yaw?! – Fanntasien und Eggßpehrimendte außprobierd wie waß weiß ich in irngdna Möhbl'-abtoilung oda –«

»Hehehe...«

»– wat woiß ich so –«

»Im Kaufhauß.«

»... – ... – ...«

Düdelhommeldiedeldumm, didoi...

»Im –«

»Waß?«

»Im Kaufhauß. Hh? Im...«

»Yaw zum Bei'schbiehl oda auch im Wald wo ehm sehr fiel Waldschbaddßiergenga daboi wahn –«

»Hm?«

»– oda eß giebd ehm auch wad woiß ich so...«

Kolk zwirbelt seinen Schnauz. Mann Mann Mann. Er steckt sich eine neue Zigarette an und starrt auf das »lui«-Heft. Sabrina Salernos Brüste.

»...sach ma Wallari wo sind denn so deine ehrogehn'n Zohn'n? – ? – ...Hhchh...«

»...Moinß du jeddß per Kobbf oda per Körpa.«

»Per Körpa?«

Wieso will er denn das jetzt wissen. Das Thema lautet doch ganz anders. Kolk starrt auf Sabrinas Brüste. Dieses italienische Gesicht...

»Och! Da giebdß mehrere. Willßdu die jeddß tahdsache alle hahm?«

»Ne, yaw, äh, aso wieduwillßwenndu – erzehl doch ma...«

»Yaw? Daß kannich? – Aso ich habb zum Boi'schbiehl die Libbe? Aso im Gesichd die Libbe? Hä! Hä!«

»Hehehe, hch'ch'ch...«

»Hä! Hä! Aso Ohba und Untalibbe? Hä! – ... Hintam Ohr zum Boi'schbiehl – am Hallß – im Naggkn – untam

Ahm, am Ahm – yaw Brußd iß gannß klah, im Rüggkn, im Rüggkn heufich im Schdoißboinberoich...«

Häufig?

Düdeldödeldümmdidui...

»– yaw der gesamte Gehnitahlberoich? Und – eß giebd unheimlich fiele Fraun die sich tohdlachn wenn sie an dehn Fußsohln gekiddßld werdn ich aba nich ich find daß toooooll!!«

»Ehehe, hehe, ch'ch'ch...«

»– und mich, mich ehrogierd daß...«

»Hehehe, mff, ch'ch'ch, aso du haß fiele Zohn'n – ...«

»Yaw!«

»Awkeh, danke dir führ dein Anruhf Wallari, awkeh?«

»Yaw?«

»Schöhn'n Ahmd führ dich noch, awkeh?«

»Yaw?«

»Hahahalleß klaahaha...«

»Tschüss. Hä!«

»Tschüssduh. – So. Uhrzeid? Ja klah. Null Uhr und siebnunzfanzich.«

Tröt, da-dammdamm, peng. *»Werbung. Warum ich meim Freund ein Sangpaulinachrichd'n'abo...«*

Kolk geht aufs Klo. Mann Mann Mann, die ganze Frau eine einzige erogene Zone... Kolk schüttelt ab, sein Schwanz wird ein bißchen unelastischer. Er schlurft zurück ins Wohnzimmer.

»...so. Wehn habbich jeddß drauf? Hallo?«

»Yaw hallo ***Maio*** *hier iß* ***Fiedi****. Wollde ma –«*

»Hallo Fiedi. Fiedi, wo, und wann, und –«

»Yaw aso ***ehrßma*** *wolldtich n pah* ***Grühße*** *lohßwern gehd daß?* ***Hallo!?****«*

»...? Ja aso Fiedo ... äh...«

»Fiedi!«

»Fiedi...«

»Neh ich mein kannich auch ***nachhehr*** *blohß dassich daß nich –«*

»Fiedi – wir machn daß ja gerne aba ja machma nachhehr … ch'ch'ch …«

»Neh aso ehrßma möchdich euch beglüggwünschn zu eura Sendung finnich echd ***schahf*** *irngwo aso* ***echd*** *ohne scheiß aso* ***dong*** *dong dong sach ich nuhr …«*

»Dange Fiede finnich, hör ich, hörnwa imma –«

Kolk beugt sich mit offenem Mund zum Radio, eine Reval trocken in der Linken.

»– neh weil finnich ***eiageil*** *im wahßdn Sinne deß Profehdtn* ***echd*** *zie'ich mir mid meine Mehdlß jehdn Ahmd rein die Kißde … –«*

Dideldomm, dideldu …

»… 'm-m? … ***Jaaa****, Fiede …«*

*»****Fiedi*** *aba machdniggß neh du willß jeddßma waß –«*

»Ja genau erzehl doch ma waß du so, ***wo*** *und* ***wie*** *und –«*

*»****Imma*** *und* ***ühba'all*** *Maio. Und midd waggßnda Begeißdrung. Ich mach dir daß fon* ***forne*** *fon* ***hindtn*** *fon –«*

»Mir? Hehehe, ch'ch'ch …«

»Neeeeeeh – ***Alda****! Niggßhier midd fon wehgn wer Schwennße luddschd und Ersche leggd dehm schmeggd auch Harribohkonnfeggd odawadd –«*

»Hehehe, aso Fiede, werß ***mahg****, der –«*

»– neh klah der soll ruich Harriboh luddschn klah neh ich mein aso …«

Kolk fingert hektisch in einem Haufen leerer Kassetten unter dem Regal, zerbricht die trockene Zigarette, als er eine einlegt und auf den Aufnahmeknopf drückt.

»… fier, yaw, aso zuhr Zeid fier, bißchen schdressich manchma klah aba daß kannich guhd ab, so nich, neh, ***wo*** *wollß duh wissn, am liebßdn, yaw ühba'all Maio, ühba'all, im Bedd, im Busch, im Buß –«*

»Im ***Buß****???!«*

»– ja nich ***hier*** *in Hambuich daß wah ma fohr'n* ***pah Jahn*** *in in in* ***Kölln*** *glaubich da gahbß noch so Dobbldegga und midd meina Annedde da ohbm denn ne schöne Numma abgezohgn zwischen zwei Halde'schdelln aso so halb unnam Rogg und ohbm wah ja keina blohß alß die Possd abging da schrie der Bußfahra fon undtn rauf wenn du da ohbm* ***koddßd*** *woll denn jibbed wadd anne* ***Schnüss****! Hh! Hh! Hh! –«*

»Hehehe …«

»– yaw aba auch ***annaßwo*** *aso beischbielßweise inna Kaffeteria vom Alßdahauß frü'a da gahbß sohn Tisch inna Egge wo du alleß iesi übabliggkn kannß ehrßma n schöhneß Glaß Allohohl Allohohl mussa beisein aso und so morgnß um halbzehn ißda noch nich fiel lohß und Sonnja weidtn Rogg an mid niggß drunta … yaw ohda im* ***Trebbmhauß*** *iß auch geil. Mussich ma –«*

»Sachma Fiedi und daß klabbd imma ohne –«

»– mussisch ma –«

»– ohne daßdu, äh, ge, ge, fahahffded wirß oda so, hehehe, ch'ch'ch …«

»Mußdu blohß ***kuhl*** *an'schdelln Alda echd. Zum Bei'schbiehl im Trebbmhauß zum Bei'schbiehl. Frü'a allß Eilzu'schdella beia Possd gejobbd – Alda, schüüßdaw!«*

»'m-m?«

»Sohfiel habbich nie wieda geföhgld wie beia ***Possd!****«*

»Fiedi –«

»Ächd. Du glaubß gah nich wiefiele heiße Fraun da auch dich waahdn und –«

»Fiedi du äh findich auch guhd wie –«

»Lohgo! Lohgo finnich auch guhd lohgo! Mussich ma ehbm erzehln aso ich ***ahmdß*** *ge'ahbeidet Tehlegramme zu'schdelln faschdehß du. Ich aso inne Karre und ab daführ. Ich da geklingld niggß passierd. Haußtühr offm, ich rein, klingl anna Wohnungßtühr, kommd sohne Middfirziegarin raus –* ***schüüßdaw****. Ich sach Tehlegramm, sachd sie* ***so*** *schbehd, ich sach eß iß* ***nie*** *zu schbehd, sachd*

***sie** ich habb meine Brille grahd drin, ich sach wolln Sie waß **andreß** reinhahm? sachd sie oh!, und raffd ihrn Seidnkihmohno zusamm faschdehß du – **und!** auf **eima!** Ich deng **jeddß** bißdu dran. **Die**, gannß heggdisch geworn, nach ringß un lechdß gepeild, ühbaß Gelända gekuggd, nimmd die ihre Hände vom Py äh Dingßkihmohno und waß **da** drunta wah kannßdu dir dengkn Maio, yaw und denn gleich da aufm Fußbohdn fohra Haußtühr, ich noch zum Eingang gerobbd, abba die blohß imma **schnell schnell** gekeuchd mir die Hohse aufgerissn und die imma Frau **Bonnßmann** Frau **Bonnßmann** **sehn** Sie mal Frau **Bonnßmann** zwei Minuhdtn könn gannß schöhn lang wern Maio glaubßdaß? Sündedaw. Maio? Biß noch dran?«*

*»... äh ... Fiedo ... **hah**, hah, hah ...«*

*»Glaubß nich? Frahch Ein'schdein. Rellatiwihtehdßteorie. Aba – **lauta** soiche Schohdtn erlehbd – **schüüßdaw**, eima aufm Balkong. Wah Somma und so, ich geklingld, n Mehdl dage'schdann ...! Schüüßdaw, blohß im Tanga'untateil. Wah in Ebbmdorf schulligung liech grahd aufm Balkong sachdse kommse doch rein zieh mir schnell waß ühba – aba **waß!** Daß **glaubß** du nich! Ich, nich faul, lohgo schdraggß aufm Balkong gelahdsch, die midd sohm dünn'n –«*

*»Du Fiede ich wir **müssn** hier gleich –«*

*»– na ichse jehdnfallß flachgelehchd lange Rehde kurdßa Sinn. Aba wassich **auch** geil find ich mein weil daß Tehma iß ja auch wie, wie machn Sieß am liebßdn, ich schreib aso ich find **unheimlich** geil so ehrodische Possdkahdtn zu schreibm, aso zu wissen, daß meine Kohlehgn daß denn –«*

*»Du **Fiede**, hehehe, hier meine Kohlehgin anna Technigg –«*

»Anna Technigg? Tschechin? Schohn rohd gewordn? Keine Pahnigg, meißdnß –«

*»Du, **FIEDE**, HEHEHE, wir **MÜSSN** jeddßma –«*

»Klah faschdeh ich doch, kannich noch ma n pah Grühße lohßwern ehbm schnell –«

»Aba, hehe, GANZ *schnell Fiede ... hehe...«*

»Yaw aso dehn aldtn Ehrohdohmahn'n Werna? Werna figg nich sohfiel! Und Bohna'chen, lehch doch nich imma gleich wieda auf!«

»...ääh, daß, äh wahß? Awkeh, Fiede, haßde gemachd, bin ma ge'schbannd waß hier heud ahmd noch so –«

»Alleß iesi Maio? Aso hald semdliche Orgahne schdeif besonnaß die zum Ornaniern, die –«

»So, Fiede, jeddß –«

»– die **Ohrn** *meinich.* **Ohrn**! *Ornaniern! Hh, hh, also Maio weida so und schühß.«* Klack. Dumdüdeldübeldudel...

»...äh, ja, tschüssdu Fiede, **gannß** *schnell n bißchen Werbung jeddß...«*

Tröt, da-dammdamm, peng. *»Werbung.« »Warum ich meim Freund ein Sangpaulinachrichdn'abo geschengd hab? Gannß einfach. Weil...«*

Kolk sitzt da, mit einer zerbrochenen Zigarette in der Linken, das eingeschenkte Bier wird schal. Er grinst. Er geht zum Telefon, schlägt das Telefonbuch auf, Mento, Mentor, Mentz, Mentz, Mentzen – da. Mentzen, Rudolph. Texter und Musiker. Kolk wählt. Es ist besetzt. Auch noch um zwei. Ständig.

6. Rote Rosen, rote Lippen, roter Sekt

Ich hätte schon damals ahnen müssen, daß Kolk aus dem Ruder gelaufen war, nachdem ich das Chaos in seiner Bude gesehen hatte. Kolk, der alte Pedant – das paßte nicht zu ihm... Als ich mich in der »Boile« an jenen Dienstag erinnerte, übersah ich, daß es, meinen Recherchen zufolge, noch vor der großen Verführung gewesen war, und hielt das Durcheinander für Kolks daraus folgende Verwirrung. Weitere zwölf Jahre danach allerdings, in Kolks Stube – spätestens da hätte es mir auffallen können. Nun, was die Kronkorkensymmetrie stört...

Und bei Hinni am Tresen schließlich dachte ich an anderes. Als wir dasaßen und geduldig auf unser Bier warteten, stellte sich ein Schweigen ein, eine gedenkenhafte Ruhe. Eine astronomische Zahl an Lebensbildern wirbelte im Gedächtnis, sie blitzten in harmlosem Stakkato, wie eine Handvoll lautloser Knallfrösche, und trotz der scheinbaren Vielfalt entzündeten sie sich an diesem Ort, wo wir saßen, Kolk und ich, angezecht, wie wir waren, und tatsächlich war Hinni da. Vielleicht konnte er nicht schlafen. Er stand allein hinter der Theke, eine Hand auf dem Zapfhahn, die andere auf dem säuberlich gewischten Schanktisch, und starrte zwischen unseren Köpfen hindurch auf die Fenster, wie er es jahrzehntelang getan – sobald er seinem Regelwerk eine Pause gegönnt hatte –, um zu sehen, was draußen auf der Straße vor sich ging. Nicht einmal die Vorhänge konnten seinen durch die kosmische Raumkrümmung altersscharfen Blick aufhalten. Es war, als müßte er schon nicht mehr atmen. Die Gaststube war leer bis auf uns drei, Geräusche kamen nur aus dem Saal, wo ein Preisskat seinem Ende zuging, und auch die Kegelbahn war noch in Betrieb. Hin und wieder betrat ein Kegel- oder Skatbruder die Kneipe, dem sich dann unsere drei Köpfe zuwandten, bis er gegrüßt und seine Bestellung – Kleingeld für Zigaretten, eine Zigarre oder ein Bier, eine Fanta und drei Jägermeister oder Ähnliches – aufgegeben hatte. Hinni wiederholte die Order – zwei-, dreimal falsch – und schlurfte dann los. Wir wußten nicht wie alt er war; er verriet es uns nicht, und es war uns nie gelungen, sein genaues Alter herauszufinden. Mußte hart auf die Neunzig zugehen.

In den letzten Jahren hatte er sich nicht mehr viel verändert, weil sich für ihn in dieser Zeit nichts geändert hatte. Mag sein, daß noch ein paar Falten hinzugekommen waren, noch ein paar Haare ausgefallen; ein Hörgerät, eine neue Brille, die stets aussah wie die vorige – mir aber kam es vor, als sei er immer noch der, der er gewesen war, als hier noch was los war, als wir Jungsüffel hier am Daddelautomaten standen, immer wieder Suzie Quatro und Grand Funk Railroad und John Lennon oder »Lover-lover-lover-lover-lover-lover-lo-ver come back, to me« in der Musikbox drückten, als wir kniffelten, maxten und knobelten, skatspielten, einmal sogar auf den Tischen tanzten und unsere Ausbildungsvergütung versoffen, Holsten-Esel, Holsten-Ekel, Holsten knallt am dollsten, Satschesatsche, Kolk und ich und all die andern versoffenen Gestalten, scheiße nochmal…

Kolk stieß mich mit dem Ellbogen an. *»Äy. Waß lohß äy.«* Parodie auf unsere Jugendsprache, und ich konnte sie in diesem Moment nicht gut vertragen. Unsere Jugend hatte lange gedauert, *zu* lange, und womöglich waren wir zu ewiger Jugend verdammt. Ich wollte

Kolk diesen Gedanken ausführen, riß mich aber zusammen. Ich hatte inzwischen gelernt, selbst in angetrunkenem Zustand möglichst keine philosophischen Betrachtungen mehr anzustellen, jedenfalls nicht Kolk gegenüber. Er würde sowieso alles schweigend abstreiten. Wieso ewige Jugend, wieso verdammt, würde sein grinsender Schnauzbart mit den aschgrauen Enden fragen, und ich würde mich in Rage reden, bis ich mir selbst widerspräche – und genau dann, nicht früher und nicht später, würde Kolk Prost sagen, unwiderlegbar wie ein Stein.

Ich zog eine Zigarre aus der Schatulle, und Kolk gab mir Feuer. Mir brannte schon der Gaumen, aber ich mußte jetzt rauchen, sonst würde ich Lippen, Zunge, Gaumen und Kehlkopf anderweitig gebrauchen – entweder indem ich redete oder indem ich sagte, bin müde. Dies Bier noch und dann...

Kolk seufzte auf und griff zum dritten Mal nach seiner Zigarettenschachtel, um nun eine anzustecken, anstatt sie wieder zurückzuschieben. Er inhalierte, räusperte sich und fing an, mit den Fingern zu trommeln.

Diesmal schwieg *ich*. Ich hatte das dumpfe Gefühl, daß Kolk unsere Vergangenheitsbeschwörung fortsetzen wollte. Mittlerweile war mir nicht mehr danach, sie hatte sich ein bißchen abgenutzt, diese Story, im Laufe des Abends, und der Ruch des Lächerlichen hatte sich in meiner empfindsamen Seele noch verstärkt, als Kolk sich nicht erinnern wollte, um meine Entschuldigung für die Standpauke damals in seiner Siffbude anzunehmen. Kolks Anlauf weiterzumachen löste meinen Unwillen aus, ich sah nicht mehr ein, weshalb er auf der erneuten Aufnahme dieser Säufernovelle bestand – eigentlich, ehrlich gesagt, wollte ich ins Bett. Ich war müde. Der Charme von Kolks taubem linkem Ohr wirkte nicht mehr. Mir wurde dieses Treffen allmählich lästig.

Aber ich hatte – das weiß ich heute – den Anlaß dazu mit dessen Folge verwechselt. Der Anlaß war simple Sehnsucht, Kolk wiederzusehen, die Folge das Mißverständnis gewesen, die Melancholie der Vergangenheit könne diese Sehnsucht zunichte machen. Kurzum, ich fürchtete, die Vergangenheit habe insofern nichts mit der Gegenwart zu tun, als sie lediglich den glorreichen und somit üblen Schatten des Gewesenen aufs Jetzt werfe. Dabei vergaß ich, daß der Augenblicksmoment nur festgehalten wird durch die Erinnerung, um Kraft für die Zukunft zu geben, die ja nichts anderes ist als die Hoffnung auf andauernd gute Gegenwart. Ich stritt mir ab, daß Kolk und ich noch eine gemeinsame Gegenwart hatten, die ohne unsere gemeinsame Vergangenheit überhaupt dagewesen wäre.

Mit anderen Worten, ich war inzwischen so besoffen, daß ich auf dem Gegenpol des strahlenden angelangt war.

Kolk indes ließ sich nicht beeindrucken und murmelte: *»Sabrina, Sabrina, tschatschatscha…«* Mir wurde so unwohl, als hätte Kolk in meiner Anwesenheit vorm Richterstuhl einen stinkenden Furz gelassen.

Hinni stellte uns die Biere hin; wunderschöne, mit Muße gezapfte Biere, die äußeren Glaswände trocken, kein Flöckchen des wohlgebauten Schaumpfropfens drohte am Rand hinabzulaufen, die Kohlensäure sprudelte gemächlich, die Papierrosette am Fuß blieb trokken wie am ersten Tag; unbehelligt würden wir unser Glas vom Deckel heben können, ohne daß er am Boden haftete und wir gezwungen wären, das Zeug wie Hampelmänner einzusaugen, und es war kühl, und wir tranken. Nach dem ersten Schluck fühlte ich mich wohler. Wir schleckten den Schaum vom Bart, und ich sagte spontan: *»Wir wolldtn doch –«*

»Hinni«, sagte Kolk prompt, *»häß du* ***Tekila****?«* Ich grinste.

»Wittn? Bruhn'n?« fragte Hinni, wie aus der Pistole geschossen, und legte dabei seine von vornehmen braunen Flecken gescheckte Hand auf Kolks Unterarm.

Wir mußten so fürchterlich lachen, daß uns die Tränen in die Augen stiegen, es war genauso schön, genauso ein Lebenswert, der der Höchste ist, den ich kenne, wie damals, als Hinni mit der Spielzeugpistole seines Enkels hereinkam – Satsche, Kolki und ich saßen dort drüben in der Ecke am Stammtisch, als der Durchgang zum Klo noch nicht zugemauert war –; Hinni kam herein, die Spielzeugpistole seines Enkels im Anschlag und sagte: *»Hende houch!«* Da lachten wir. Wir dachten, er mache einen Scherz. Als er aber die Knarre fester packte, auf unsere drei langhaarigen Köpfe zielte und nachdrücklich ruckartig hervorpreßte: *»Hende houch, heff, igg, sechd!«* –, da *schnellten* unsere Arme gleichzeitig – gleichzeitig! – in die Höhe...

»Weiß daß noch?« fragte ich Kolk, und wir bestellten einen Weißen. Wir fingen immer aufs neue an zu lachen, und es war wahrhaftig keines dieser Kunstgelächter, die den Schluß von Vorabendserien krönen, wo einer anfängt, der nächste einstimmt und der dritte erst kichernd, später die anderen überbietend auf die Schenkel sich klopft; so ein Gelächter gibt es nicht. Unser Gelächter speiste sich für diesmal nicht aus Situationen, aus faßbarem Witz oder sonstwoher. Es strafte jenes Gelächter Lügen, das wir anzustimmen pflegen, wenn wir erleichtert, neidisch oder schadenfroh sind, und das die gesellschaftlichen Übereinkünfte stützende Gelächter lachte es aus.

Wir konnten nicht wieder aufhören, Zwerchfell, Kehle, Kopf und Bauch- und Backenmuskeln schmerzten, und wir hielten schließlich nur aus Angst, hysterisch zu werden, inne. Als Kolk noch ein paar Krämpfe nachschickte, war mein Konterfei nur noch eine groteske Grimasse, ich konnte mich an den Ursprung schon nicht mehr erinnern. Ich war gänzlich leer, als hätte ich geheult, und so zufrieden war ich auch. Hinni blickte verlegen grinsend von einem zum andern, kicherte schließlich, nachdem wir verstummt waren, und tätschelte Kolks Unterarm, während er mich anblickte und murmelte, *»ji sünd gode Jungß«*, und murmelte, als er sich zur Gläservitrine wandte, *»gode Jungß, wi heffd Spohß hadd fröher – fröher wör noch wadd louß hier, oda mehnß dadd nich, wa?«*, und da packte mich eine solche Rührung darüber, daß meine Angst vor der Melancholie nicht nur kein persönlicher Makel war, sondern unbegründet, daß ich wirklich heulte. Kolk trank einen Schluck Bier und hielt mein zuckendes Schluchzen im Halbkarree der Unterarme auf dem Resopaltresen für einen neuerlichen Lachanfall. Ich wünschte mir alle meine Freundinnen und Freunde her, für die gesamte Menschheit erfüllte mich mein Glück mit Scham, und schließlich wurde ich so wütend auf die Macht der Nichtswürdigkeit, daß ich den Rest des Halben auf Ex soff und die ganze Welt zum Teufel wünschte. Ich verfluchte wortlos unsere Unfähigkeit, im Einklang zu leben, glaubte, an nichts mehr zu glauben, nichtmal ans Nichts, und verdammte Alles. Hinni schenkte uns sorgfältig weißen Tequila ein, und ich hob schließlich den roten Kopf, die Zigarre war ausgegangen, ich erblickte mein Gesicht im Spiegel der Glasvitrine. Ich will, daß es jeder will, dachte ich und wischte mir die Tränen hinter der Brille weg, ich war sowas von betrunken, daß ich vergaß, wie alt ich geworden war in all dieser Zeit. *»Wo iß die Zie-*

trohne«, nuschelte ich kolkhaft und hob das Gläschen. *»Heff igg nich«*, sagte Hinni, und: *»Solt heff igg ouk nich«*, und darüber konnte ich nur leise gnickern, weil es so weh tat. Kein Wunder, daß wir uns beide an dem Zeug verschluckten – wie damals in der »Boile«, dachte ich, während sich die Magenwände bewegten wie die Kiemen eines Piranhas, und ich schwöre bei allem was mir heilig ist, und das ist nicht viel, Kolk sagte hustend, *»wie dahmallß in der«*, hustete und kotzte fast, *»in deeeärr, in deeärr, inna Boilääää...«*, und dann rannte er raus aufs Klo, ich stolperte über den fallenden Barhokker, als ich ihm folgen wollte, und kotzte knieend einem Skatbruder vor die Füße, der sich gerade bei dem davontorkelnden Kolk über den Rempler beschweren wollte.

*

Damals in der »Boile« nämlich hatten wir uns ebenfalls fast synchron am Tequila verschluckt, und zwar als Kolk mir von Rudis Auftritt unter dem Pseudonym Fiedi im Radio Hundertsex berichtete. Und als Kolk Rudis-des-Arschs (der seinerseits schon die Stimme der Verführerin imitiert hatte) halblaute, durchdringende, unaufhaltsame Stimme täuschend echt nachahmte und *»Frau Bonnßmann Frau Bonnßmann sehn Sie mal Frau Bonnßmann«* fistelte; ausgerechnet in diesem Moment versuchte ich, den x-ten Tequila zu schlucken. Der unwiderstehliche Lachreiz kam zwar gerade so rechtzeitig, daß ich den Zugang zum Hals noch absperren konnte und der brennende Schnaps schwappend im Rachenraum verblieb. Kolk, der meistens und auch diesmal zu stolz war, die Wirkung seiner Scherze unmittelbar durch Augenkontakt zu überprüfen, wunderte sich über die Stille vonseiten seines Gesprächspartners, kippte seinen Tequila und wurde erst *da*bei meiner knallroten Visage und fruchtlosen Bemühungen ansichtig, mit der zitronenbewehrten Linken vorm Mund nachzuhelfen, daß der Schnaps nun irgendwo, und zwar möglichst – gegen die konvulsivischen Bewegungen meines Zwerchfells an – im Magen verschwände, während die Rechte mit dem leeren Glas verhältnismäßig sinnlos über meinem gebeugten Kopf in halber Höhe schwebte. Während Horst diese verzweifelte Geste als neuerliche Bestellung mißverstand und bereits mit der Flasche auf dem Weg zu uns war, befand sich Kolks Tequila just in Höhe der Speise-, oder besser: Getränkeröhre, und das war gar nicht gut. Kolks raketenhaft aufsteigendes Prusten quetschte eine Hälfte des mexikanischen Gesöffs wie durch eine Kanüle wieder dort hinaus, von wo es ungefähr gekommen war – auf Horsts Flasche und Ärmel nämlich. Die andere Hälfte richtete verheerenden Schaden an Kolks geregelter Atmung an.

Das war zuviel für mich. Ich brauchte sämtliche Organe, um meinem Lachanfall Raum zu geben. Anstatt jedoch einfach auf den Boden zu speien, schluckte ich und lachte und hustete und rang nach Atem, bis sämtliche Eingeweide in Aufruhr waren. Ich bildete mir bereits partielle Herzstillstände ein. Wir hingen gekrümmt auf unseren Hockern, versuchten, den Fluß von Massen an Hals- und Nasensekreten mit Ärmeln und einem Handtuch zu stoppen, das wir Horst aus den Händen gerissen, der sich damit zu säubern beabsichtigt hatte. Das gesamte Kneipenpublikum konnte schließlich mit gemischten Gefühlen beobachten, wie wir kurz nacheinander im Klo verschwanden – ein schnauzbärtiges Riesenroß mit langen Haaren sowie teilweise beschissenem blauem Jakket mit gelbem Posthorn und ein dünnbeiniger, bäuchiger Halbintellektueller mit ebensolcher Glatze, beide dun und im Gesicht ziegelrot, der Gang zwillingshaft torkelnd und vornübergebeugt, gleichwohl in derselben verzweifelten Hast.

Erheblich blasser kamen wir zurück, tranken einhellig eine Selter und erholten uns. *»Frau Bonnßmann Frau Bonnßmann«*, tuschelten wir, umgeben von einer verständnislosen Welt. Das letzte kühle Jahr, das zwischen uns gelegen hatte, lag jetzt hinter uns.

Allmählich waren wir hungrig und erschöpft. Wir bestellten bei Paul, dem Koch aus Sri Lanka, dessen wirklichen Namen niemand aussprechen geschweige denn sich merken konnte, gebratene Nudeln mit Rindfleisch, und zwei weitere Mineralwasser bei Horst.

Ich nahm mir vor, nach dem Essen nach Haus zu gehen. Der Abend war zuende, solche Abende haben ihr Ende irgendwann, man muß nur das Gespür dafür haben, wann genau. Kolk hatte es nicht, zu jener Zeit zumindest. In solchen Momenten galt für ihn: Alles, nur nicht in die Wohnung. Für ihn war damals ein Abend dann beschlossen, wenn er ins Koma-Bett fiel, ein anderweitiger Ablauf beziehungsweise Abbruch die bloße Willkür. Er war kein Säufer mehr, er war harter Alkoholiker. Zumindest gaben sämtliche Symptome, von Kolks Kollegen über Satschesatsche zu uns kolportiert, den guten Rat, in seinem Fall von der subtilen Differenzierung in Alkoholismus und Bibersismus Abstand zu nehmen. Jedenfalls konnten nicht mal wir mehr drüber lachen, wenn Kolk dem Hörensagen nach in seinem Zustellbezirk – in einem Wohnblock am Kolibriplatz, glaube ich – zufällig angetroffenen Bewohnern wiederholt einen Stapel Hauspost in die Hand drückte, mit der Bitte, sie in die richtigen Briefkästen zu verteilen. Immerhin paßte dies Gerücht zu dem etwas älteren, es habe Beschwerden aus dem »Vögelviertel« gehagelt wegen unkorrekter Zustellung, Unterlassung von Benachrichtigungen etc. Jenes Viertel bildete den Abschluß seiner Tour, und bezeichnenderweise gehörte nicht nur die Amselallee (wo, wie er mir ja an diesem Abend erzählte, Sabrina wohnte) dazu, sondern auch die Rabengasse, welche – so Satschesatsche auf einer unserer Krisensitzungen in der »Glucke« – kollegenintern nur noch »Kolkrabengasse« hieß. Zugegeben, ich war ohnedies nur noch bärbeißig auf Kolk zu sprechen damals, da ich ihm signalrot ankreidete, daß er mich nicht ein einziges Mal im Krankenhaus besucht hatte, wo ich mit Gedecktem Schädel-Hirn-Trauma inklusive retrograder Amnesie, stoisch vor mich hinkotzend und mit erheblichen Atem- und Kreislaufstörungen, von meinem Unfall nach dieser Supersonderfete wochenlang zu rehabilitieren versuchte. Irgendwann fiel mir zwar ein, daß er Krankenhäuser seit seinem Schulterbruch und mehr wohl noch seit den Besuchen seiner Schwester verabscheute, aber dennoch. Wenn ich nach ihm fragte, hieß es per Achselzucken: *»Er meindt er hadd keine Zeid. Schön'n Gruß.«*

Keine Zeit?! Klar, weil er nicht mehr zu saufen aufhören konnte, sobald er drei Bier getrunken hatte. Nächtelang zog er von einer Kneipe zur anderen, wie eine durchgeknallte Flipperkugel hin- und hergeboxt von einem beliebigen Umtrieb, bis er im Aus verschwand. Er redete nur noch Stuß, wenn überhaupt; spulte das typische Programm des versoffenen Sprüchekaspers ab, nur um uns zu provozieren, wenn wir ihn heimsuchten: Das war nicht mehr Kolk, der da von *»Seufa friern imma«* sabbelte, *»Wer saufm kann kann auch ahbeidtn«*, *»Halb besoffm iß raußgeschmissneß Geld«* etc. etc. Seinen Führerschein war er schon vor einem halben Jahr losgeworden, ertappt beim Versuch, die Stoßstange seines dicken 6-Zylinder-Fords aus der des hinter ihm parkenden PKW zu haken. Einmal, zum so ziemlich letzten Mal vor der großen Eiszeit, traf ich ihn auf einer Bank am Weiher sitzend an, er riß sich grad 'ne Büchse Bier auf – vier leere bildeten die Ecken eines Quadrats auf dem sandigen Boden vor ihm –; da setzte ich mich zu ihm, rauchte nicht und trank nicht und ging auch nicht auf seinen Gruß ein, sondern verlangte schlichtweg, er solle sich umgehend bei der postinternen Sucht-Kontaktstelle melden. Er schniefte, stellte vorgebeugt Trapeze, Parallelogramme und Quadrate aus den Bierdosen, und sagte: »*Ich kann niggß daführ. Daß iß daß Giffd der blondn Braudt*«, hob das Bier und schluckte. Da war eindeutig Rudis Einfluß zu hören, dieses Gelaber von der blonden Braut und so, das konnte nicht auf seinem Mist gewachsen sein, und Zeugenaussagen zufolge bildeten die beiden *das* ideale Biberpärchen auf Eimsbüttels Piste. Sie verzockten Unmengen von Geld – was insbesondere Satsche erboste –, kübelten hektoliterweise Bier und soffen sich Schritt für Schritt auf die Schwarze Liste der Barkeeper.

Als er dann, später, trocken lebte – sogar bei den berüchtigten Cognacbohnen sah er sich vor –, litt er nicht unter Entziehungserscheinungen körperlicher Art. Er hatte Schwein gehabt. »*Aba*«, sagte er, »*dassich nich n Bier triengkn **dahf** machd mich manchma wahnsinnich. Ganich dassich so unheimlich Bogg drauf hedde – klah, **auch**. Aba nich ... ich mein ... der Jiebba iß nich so schlimm wie der Frussd dassich daß nich dahf. Fa'schdehß du?*«

Sicher.

Damals hatten wir unsere Freundschaft beschworen, die Zukunft, Verderbnis und Tod – er aber hatte sich nicht einmal die Mühe gemacht, Ausreden oder Entschuldigungen zu erfinden. Wir bearbeiteten ihn einzeln oder zu dritt, mobilisierten darüber hinaus unsere Frauen – mit dem einzigen Resultat, daß er sich außer Rudi Zufallsbekanntschaften suchte, um wüste Zechereien zu veranstalten. Wir riefen Beratungsstellen an, befragten Ärzte und Psychologen und drohten schließlich, ihn bei der Post anzuschwärzen, wenn er wieder mal krankfeierte – er, Kolk, grinste im Höchstfall blöde, schniefte, rieb sich den verkaterten Schädel; meistens aber nuschelte er bloß *»yawyaw«* und machte sich ein neues Bier auf, das er dann stumm wie ein Kranker im 2,5-Schluck-Rhythmus vertilgte. Seine Augen begannen zu glotzen, sein Bauch schwoll, seine Haut verblaßte und verfettete, er ließ sich gehen und verkam mit zitternden Händen. Endlich ließen wir ihn in Ruhe, wir meldeten uns nicht mehr bei ihm, der Skatabend wurde in stillschweigendem Einverständnis gestrichen; wir spielten kein Billard mehr zusammen, telefonierten nicht mehr, unternahmen keinerlei gemeinsame Fahrten mehr in unser Nest, gingen nicht mehr ins Kino, nichts mehr. Einmal, am Ersten Weihnachtsfeiertag, morgens, trafen wir, Satsche und ich, ihn noch, bevor wir über vier Monate nichts voneinander hörten oder sahen. Er saß bei Hinni am Tresen und nahm seinen Frühschoppen. Wir hatten unsere Familien besucht, und er offenbar mit seiner Mutter gefeiert. Sein Vater hatte sich sechzehn Jahre zuvor im Gebälk des Heuschobers erhängt, er war schwermütig gewesen, wie die Leute aus dem Nest sagten. Kolk hatte ihn seinerzeit gefunden. Seine Mutter und Karin, seine Schwester, hatten ihn gebeten, den Alten zu suchen. Kolk war zielstrebig in den Heuschober gegangen, ins Fachwerk geklettert und hatte das Seil mit einem Fuchsschwanz durchgesägt, so jedenfalls hat mir Karin mal erzählt. Weder Satsche noch ich noch André haben darüber je direkt mit Kolk gesprochen. Kolk war danach monatelang noch wortkarger als gewöhnlich gewesen, hatte für seine Verhältnisse wenig getrunken, aber häufiger unsere Gesellschaft gesucht. Nach dem Dienst half er mit Karin seiner Mutter auf dem Hof und auf den Feldern, bis seine Schwester immer häufiger in die nahe Stadt ging und schließlich nicht mehr wiederkam. Sie zog irgendwann in ein anderes Bundesland, folgte einem Möchtegernloddel und ist jetzt aber clean und arbeitet in einem Büro. Kolk verkaufte den Hof, mietete seine Mutter bei Onkel Wilhelm ein und ging nach Hamburg. Satsche wohnte schon ein Weilchen dort, sie arbeiteten beide am Postamt 60, und auch ich hatte mein Studium in der Millionenstadt aufgenommen. Kolk blühte anfangs auf wie eine Sumpfpflanze, erhielt wie wir alle den Kontakt zu unserem Nest durch gelegentliche, anfangs noch häufigere, später seltenere Besuche aufrecht; schließlich kam er nur noch zu Ostern, Weihnachten und an Familientagen.

Er versuchte einige Zeit, dort, in Eimsbüttel, Fuß zu fassen, eine Nachbarschaft aufzubauen. Ich weiß, daß er in den ersten Monaten des öfteren in diesem Imbiß verkehrte, direkt neben seiner Haustür. Ein Grieche und seine deutsche Frau hatten ihn inne. Kolk hatte die beiden sogar mal besucht, im Urlaub, in Dimitris Heimatland. Auch in dieser Zeit hatte er viel geschluckt; nachmittags schon, nach dem Dienst, traf er sich mit den anderen Süffeln – Dock- und Schwarzarbeiter, arbeitslose Handwerker und Frührentner – und ließ sich beinah regelmäßig seine Nase schraffieren. Aber er fühlte sich trotzdem nie zuhaus. Ihm – das heißt: den anderen – fehlte der Stallgeruch. In unserem Nest war er wer, hier nur ein x-beliebiges Arschloch. Als die Imbißbewirtung wechselte, sprach er nur noch von Ruppmann, wenn wir Tagesanekdoten austauschten.

Und doch konnte er nicht von ihm lassen, diesem

»eischn Ungeheua« namens *»Hambuich«*, faszinierender Moloch, langarmiges Monster mit dem riesenhaften dunklen gnädigen Umhang fluoreszierender Nächte – wie auch ich nicht... Satsche hatte ein anderes Verhältnis zu seinem Wohnungs- und Arbeitgeber, weil...

Nun ja, egal. Wie ging's nun weiter an jenem Abend in der »Boile«...?

Ich ging *nicht* nach Haus. Wir aßen unsere gebratenen Nudeln, die uns Paul servierte, und als wir sie mit einer weiteren Portion Selterswasser hinuntergespült hatten, setzte – bei mir zumindest – um eine Nachtruhe verfrüht der Kater ein. Mit einem Kater schon halbwegs nüchtern ins Bett zu gehen, ist noch schlimmer, als mit einem Kater noch halbwegs besoffen aufzuwachen. Ich stimmte also zögernd zu, als Kolk *»zuhr Fadauung«* einen Underberg bei Horst bestellte, und fügte, ohne zu wissen, was ich tat, mechanisch hinzu: *»Und zwei goddfadammdte **Pillß** Horßd.«* Kolk, läßt sich denken, widersprach nicht.

Ich ging also nicht nach Haus, was ich wohl besser getan hätte, betrachtet man den weiteren Verlauf des Abends, der ja – wie ich schon andeutete – noch in ein Fiasko münden sollte, genauer gesagt: der uns noch ins »Reybach« führte, wo Kolk das Oberhemd eines gewissen Herrn mit Sekt einsaute.

Wir wußten eine ganze Weile nichts mehr zu reden, nachdem wir gegessen hatten; Kolk hatte mir erzählt, was es mit Sabrina auf sich hatte, und es blieb nichts mehr übrig, das zu besprechen sich nach dieser Säufernovelle gelohnt hätte. Dachte ich jedenfalls, als ich satt und vorzeitig verkatert am Tresen der »Boile« saß. Als wir vom Klo zurückgekommen waren, hatten wir unwillkürlich wieder die Plätze getauscht – auch das ein Zeichen dafür, daß der Abend seinen natürlichen Abschluß gefunden hatte. Kolks fast taubes linkes Ohr war mir zugewandt, und er konnte den Halben wieder ungehindert mit rechts stemmen.

Ich ging nicht nach Haus, weil ich nach dieser Geschichte Kolks nicht ins Bett wollte. Wir hatten zusammen gelacht, gekotzt und getrunken, er hatte mir von Sabrina erzählt, ein Jahr hatte er gewartet damit, weder ich noch Satschesatsche noch Heiner hatten von dieser fünf oder sechs Tage dauernden Affäre gewußt, obwohl wir ahnten, daß irgendetwas hatte vorgefallen sein müssen. Da wir jedoch keinen Ansatzpunkt für handfeste Fakten fanden, ging unsere Ratlosigkeit in allmählich eskalierenden Ärger und schließlich Achselzucken über. Bevor mir Kolk von Sabrina erzählte, verfügten wir ja über keinerlei einleuchtende Erklärung für Kolks Abrutschen, wenngleich wir von einem zeitlich festzulegenden Ereignis eine verschwommene Vorstellung hatten. Alles, was wir mitkriegten, war, daß Kolk vom Frühling jenes Jahres bis zum Sommer desselben seine Vollrauschfrequenz vervielfacht hatte. Wir *wußten* nicht, was los war, weil Kolk es uns nicht erzählte, aber *daß* etwas los war mit ihm, hatten wir, glaube ich, *geahnt*, denn beim nächsten Skatabend – der übrigens mit einer Überreizung meinerseits begann und gleichfalls endete, weil wir zu keinem weiteren Spiel mehr kamen –; unsere Ahnungen also wurden bei diesem Skatabend geweckt. Es wurde eine phantastische Spontanfete in der »Glucke«, von der wohl die meisten der Beteiligten noch lange schwärmten. An diesem Abend *sang* Kolk. Und zwar noch vor dem dritten Halben. Er sang Songs von Led Zeppelin und Ian Cussick mit, und ich hatte nie gewußt, daß er überhaupt so viel Englisch konnte. Und nicht nur, daß er sang – niemand, soweit ich weiß, außer vielleicht – vielleicht! – seiner Mutter oder Manu, hat ihn jemals vorher oder nachher wieder singen gehört –; aber nicht nur, daß er sang, er erzählte einen Witz nach dem anderen (»ja gut«, wie wir Fußballer sagen, das tat er öfter, aber einen zur Zeit), sprühte vor Charme, er hatte Parfum aufgelegt, seinen Schnauzer gestutzt, die Haare zu einem Pferdeschwanz zusammengebunden und trug eine neue schwarze Jeans, ein funkelnagelneues Jackett, ein ausgesprochen kleidsames grünes T-Shirt darunter, rauchte arschteure Zigarillos und sagte Sätze wie *»Saddsche! Ich bin begeißdadd dich zu erbliggkn!«* Und küßte ihn dazu auf die Stirn. Wir waren fassungslos, und als sich unsere Verblüffung gelegt hatte, kam Heiner herein und ... aber dazu später.

Ich wollte nur sagen: Wir ahnten durchaus, daß irgendetwas mit Kolk vorgegangen sein mußte, vermuteten auch durchaus u. a. eine Frau, konnten uns aber keinen Reim machen, um so weniger, je krasser der rapide Stimmungsumschwung Kolks in den folgenden Wochen und Monaten vonstatten ging.

So, und nun hatte Kolk mir diese Geschichte in der »Boile« erzählt, fertigerzählt. Wer hätte nicht das Gefühl gehabt, ihm, Kolk, ein Jahr lang unrecht getan zu haben? Das *Gefühl*, sage ich. Das *weiß* ich auch, daß ich mir nichts vorzuwerfen *brauchte*.

Einigen wir uns auf die Formel, daß ich wider alle *Vernunft* dablieb. Denn plötzlich, vielleicht durch die Selter, purzelten die Erinnerungen in Form von Puzzleteilchen durcheinander. Und nach und nach schwante mir, daß ich vielleicht mehr davon wußte, wie die ganze Geschichte *wirklich* zusammenhing, als Kolk.

Und zwar vielleicht in dem Augenblick, als ich mich

nochmals an Kolks Bericht von Rudis Auftritt in Radio Hundertsex erinnerte, als er dessen sexuelle Phantasien – mehr war's nicht, da war ich sicher, und zudem wahrscheinlich von Dierbach geklaut –, verbreitet über Hamburgs Äther, in unnachahmlicher Weise nachzuahmen verstand. Kolk sagte, er habe Rudis Post-Report einfach als Anregung genommen. Kolk sagte, er sei durch Rudi inspiriert worden, ähnlich draufgängerisch zu kommunizieren, nachdem an jenem Mittwochmorgen der guten Sabrina Hausmann ein Einschreiben zuzustellen gewesen war, und es sei durchaus gelungen.

In diesem Augenblick hatte ich das unabweisbare Gefühl, daß Rudis-des-Arschs Rolle nicht nur auf die eines Impulsgebers beschränkt war.

»Sachma«, sagte ich deshalb zu Kolk, der, an seinem beinah schon abgeschabten Fleck von Hundescheiße kratzend, nuschelte: *»Hmf?« –, »Sachma«,* sagte ich, *»hällß duhß für möhchlich, daß* ***Ruhdi*** *diese Schwannß-possdkahte geschriebm hadd?«*

Kolk hielt inne, drehte sich mit dem rechten Ohr zu mir und fragte, *»wa?«*, ich wiederholte, und er grinste und sagte: *»**Kwaddsch**. Wohehr soll* ***Ruhdi*** *die denn kenn?«* Und dann: *»Wie kommßn dadrauf.«*

»Wehgn sein'n kohmischn Schdorrieß da, auf Rahdio Hunnadseggß.«

Kolk schnaufte und schniefte, hob den neuen Halben an und sagte: *»Neh. Nehneh.«* Und dann trug er diesen Abschnitt nach.

*

Strapse! Schwarze *Strapse!!*

Sein Blick zuckte beinah blitzlichtschnell wieder

zurück auf den blaßgescheckten Fliesenboden. Eine dumpfe Schmerzdrohung des Nackenmuskels ließ ihn innehalten. Dann strich sich Kolk entschlossen über die noch regenfeuchte Stirn, stabilisierte seine Hocke mit einem ungelenken Hinterhüpfer auf der anderen Ferse und fuhr vorsichtig fort, weitere Briefe zusammenzufingern, die ihm aus der umgekippten Ledertasche gerutscht waren. Stieß die Kanten der Kuverts zehnmal, und zweimal zusätzlich, und sicherheitshalber nochmal auf die kühlen Bodenfliesen. Der Arterienlärm in seinen Gehörröhren schwoll auf und ab...

Kolk hatte nicht gehört, daß die Tür sich öffnete. Nur durch ein doppeltes Klacken – klack-klack –, ein Geräusch, das ihm, wenn er auf seinem Balkon oder anderswo saß, in die Hoden fuhr, hatte er eine Veränderung in der Ruhe dieses Parterreflurs in der Amselallee bemerkt.

Er hatte einen schweren Kater, und er war höllisch nervös, daß ausgerechnet heute... Deshalb hatte er besinnungslos die Ledertasche mit Post in den Flur getragen, die – gerade als er klingeln wollte – umkippte, weil er sie aufgrund eines Schwindelanfalls umgestoßen hatte. Er tat so, als hätte er dieses Doppelgeräusch nicht bemerkt, und fingerte die Briefe zusammen. Natürlich hatte er es sehr wohl bemerkt, allerdings erst später als seine Geschlechtsnerven und optischen Reflexe, er sah nur schwarze Strapse mit einem Seitenblick, die Ohren rauschten. Beide Schläfen schienen dickflüssige Ströme von Blut durch zu enge Adern zu drängen, und noch ehe die seltsame Furcht, jemand könne ihn bei seinem Ungeschick beobachten, sich mit der Aufregung, daß es ausgerechnet vor dieser Tür sich abspielte, hatte verbinden können, knallte dieses Doppelgeräusch in den Nebel in Kolks Kopf.

Sie tat nichts.

Ohne nochmals den Anblick der Strapse zu riskieren, blickte Kolk nach vorn, den Flur entlang, dessen gewachste Fläche bis an die Treppe und daran vorbeiführte, ein Treppenhaus, wie er es schon Tausende von Malen gesehen hatte. Es war ruhig, lediglich ein wohnungstürgedämpftes Staubsaugerbrummen von oben, aus dem ersten Stock. Er wartete, daß Sabrina – denn sie war es, das war so klar, daß er seine Zweifel sofort als Schutzbehauptung verwarf – ihm belustigt bedeutete, daß sie da war und auf das Einschreiben wartete, aber sie tat nichts. Sie wußte, daß man dieses Klacken nicht überhören konnte. Als Kolk klar wurde, daß Versteckspiel seinerseits nichts half, erinnerte er sich seines Zustands, er hatte drei Stunden geschlafen und bereits drei Stunden Arbeit hinter sich, und es war ihm egal, was Leute von ihm dachten, er beschloß den Wahnwitz auszukosten, dachte an Rudi und seine Erzählungen und spielte das Spiel mit. Er hantierte sinnlos mit den Briefen. Was hatte Rudi noch gesagt? Es fiel ihm nicht ein. Er blickte zur Seite.

Sie trug tiefschwarze Lackpumps, mit stilettförmigen Absätzen. Zwei schmale Riemchen über den Spann geschnallt. Die straffen und dann in bauchigen Kurven aufstrebenden Formen hauchdünnschwarz verhüllter Waden. Wohlgestaltete Wölbungen zweier Knie, woran sich das feinsinnliche Gewebe schmiegt wie ein kunstvoll sanft strukturierter Farbauftrag. Und schließlich wachsen unter jener befremdlich vertraulichen, synthetisch dunklen Zweithaut zwei Schenkel empor – und auf halbem Weg plötzlich dieser zutiefst private Beginn der *noch* dunkleren schmalzylindrischen Nylonzone, die das Ende der Bestrumpftheit verkündigt. Aufreizend nachthaftes Niemandsland bis an die wie gebördelten Säume, von silbrig blinkenden Häkchen über warzkleinen Knöpfen zu Golden-Gate-ähnlichen Spitzwinkeln gerafft, von wo aus endlich samtschwarz gerüschte Bänder zwei Scheitellinien über nunmehr nackte kräftige Oberschenkel ziehen, die mattseidig schimmern. Honigfarben. Zart. Verschwenderisch geschwungen die Bögen, immer runder schwerer üppiger das Fleisch unter der Weichhaut – bis dorthinaus, wo sich der pulsierende Biesenwurf eines schwarzen Dessousröckchens senkt und nur knapp das verwunschene, struppige kleine Nest verbirgt. Ein stoffliches Knistern kitzelt die Membranen des Mittelohrs. Und mit einem herben Luftzug weht in seichten Wellen eine organische Duftbrise herüber, welche Schmeck- und Riechpapillen wie eine aphrodisische Prise bestäuben...

Kolk grinst schräg nach oben. Sie ist blond. Langes gewelltes Haar um ein makelloses Gesicht mit vollen Wangen und Stubsnase. Am Ohrläppchen hängt eine bunte Feder. Lange dunkle Wimpern, die wie Fächer eines fremden Lilliputplaneten auf- und niederwedeln. Grüne Augen. Kinngrübchen. Schlanker, kräftiger Hals. Ein goldener Kreuzanhänger an dünner Kette bildet in kleinem Maßstab die Form eines halbverschütteten, sanften Reliefs nach, von dem nur die Schlüsselbeinflügel noch zu sehen sind. Fester, runder Busen mit schattiger Schlucht. Volle Schultern, über deren Kuppen rutschende Spaghettiträger. Vollblutrote, feuchte Lippen öffnen sich. Ein schwarzer Streifen Schminke von ihrer Schläfe bis zum Wangenknochen, verschmiert.

»Ach Mensch, mier iß hier, hahm Sie ma, ich habb hier –«, und dann, weil sie nicht lächelt oder ihre Miene ändert, mit einem aufgeräumt-postalischen Ton: *»Ein Ein-*

schreibän! Fonn Fehrma –« Er drehte das Kuvert. *»Drannschdedd un Ko.«*

Nun lächelt sie beinah verlegen, verschränkt die Arme und geht einen Schritt zurück und sagt: *»Ja, suhpa, äh ... komm doch rein«*, ein Ton, den Kolk kennt, von Frauen, die er kennt, eine antrainiert tiefe Stimme, etwas gedehnt in den Silben mit längeren Lauten, und doch weiß er diesen Tonfall nicht mit ihrer Erscheinung zusammenzubringen, meistens tragen sie Jeans und T-Shirts dazu.

»Mier iß hier –«, er rüttelt an seiner Ledertasche, sie geht noch einen Schritt zurück, löst die Arme, stützt sich mit einem auf den Rahmen und lächelt selbstbewußter und schließt die Augen, stolpert zur Seite – sie ist besoffen, denkt Kolk plötzlich erleichtert und zieht die Tasche einfach hinter sich her, die Tür geht zu, und sagt: *»– die Tasche umgefalln echd äddßnd äy, aw, Scheißwedda draußn. Hahm Sie ma n Hanntuhch?«*

Sein Schädel summt, der Puls rast, die Wohnung ist ein Wahnsinn. Hell, helle Wände, helle Fenster, helles Holz, heller Teppichboden, aber schwarzer Tisch, eine rote Rose in einem Glas darauf, schwarzes Sofa, Sessel, Stereoanlage – grüne Pflanzen, nur ein einziger großer Raum, und in der Mitte, direkt unter der verschnörkelten Stuckrosette an der Decke, ein großes quadratisches schwarzes Bett, aus Holz, mit schwarzer glänzender Bettwäsche aus Satin, riesig groß, vielleicht drei mal drei Meter. Spiegel spiegeln alles wider.

»Seddß dich«, sagt sie und bemüht sich um einen geraden Gang, schleudert die Mähne auf eine Seite und, Kolk sieht es, schwenkt ihre Hüften. Sein Schädel summt. Er grinst. Sie verschwindet in einer schwarzen Tür, ein Neonlicht flackert auf, das Bad. Auf dem Tisch stehen eine halbvolle Flasche roten Sekts und zwei benutzte Gläser. Jetzt bemerkt Kolk auch die leise Musik. Er steht vor diesem großen sauberen glänzen-

den Raum, hell und schwarz beißen sich, selbst noch im grauen Regenlicht, das durch die unbehängten Fenster quillt. Er hält sich am Riemen seiner Ledertasche fest, und sie kommt aus dem Bad zurück mit einem Handtuch in der Hand, das sie ihm entgegenstreckt. »*Yaw dange*«, nuschelt er und schlägt sich das Tuch sofort um die Ohren und vor die Augen. Nichts klackt mehr in diesem tiefen hellen Teppich, es summt in seinem Kopf, und er beschließt im Dunkel des Handtuchs abzuhauen, plötzlich aber packt ihn Lebenswut, und er rubbelt seinen Kopf mit dem Handtuch, daß die Haare abstehen, er grinst, macht sich gerade, sie hat sich ein langes seidenschwarzes Irgendwas umgelegt und lächelt mit ihren beiden Schneidezähnen, hält sich kurze Zeit zu mit den beiden Schößen, und läßt dann locker die Arme fallen, mit geballten Fingern, steht kurz auf beiden Beinen, dann hauptsächlich auf einem, und wechselt, und verschränkt die Arme, die beigebraunen Schenkelstreifen blitzen auf, und sagt »*Willßdn Glahß, äh, Seggd? – ? Seggd, hier, ich hahb noch Seggd von geßdan nachd – gefeiad n bißchen …*« Sie stöckelt durch den tiefen Teppich zum Tisch, hebt die Flasche an, Kolk läßt den Riemen seiner Tasche los und schnieft, räuspert sich sogleich, sie läßt die Flasche wieder los, dreht sich, das Haar auf die Kolk abgewandte Seite schleudernd, zur Seite und stöckelt mit geradem Kreuz auf den hellen leuchtenden Schrank zu, entnimmt ihm zwei Gläser und kommt zurück. Kolk geht ein paar Schritte nach vorn, zwei, dreht sich zur Seite und zur anderen, die linke Hand in der Hosentasche, die rechte um das geknüllte Handtuch geballt, und grinst. Sie sieht's mit einem grünen Seitenblick, lächelt, daß die spitzen Zähnchen neben ihren Schneidezähnen kurz zu sehen sind, schleudert das Haar zu Kolk herüber, der ihr rechtes vorgestrecktes Bein unterm schwarzen seidnen Morgenrock hervorlugen sieht und sich in einen der schwarzen tiefen Sessel setzt. Sie schiebt ihm wortlos lächelnd, ohne die spitzen Zähnchen, ein Glas hinüber, und lehnt sich über ihren Sessel zur Anlage, dreht etwas lauter, setzt sich, räuspert sich, die langen Morgenmantelschöße gleiten widerstandslos an der glatten Haut zurück und geben ihre Beine frei, ihre schwarzen dünnen Strümpfe, die Strapsbänder, das hellbraune Fleisch, sie stützt sich mit beiden Ellbogen auf die geschlossenen Knie und senkt ihren Kopf, sagt *»Prohßd«*, trinkt, beide Hände am Sektkelch, Kolk sagt *»Yaw Prohßd«*, und trinkt mit einem Schluck alles aus, etwas warm, der Sekt, er merkt es kaum, blickt auf ihr Glas, das halb von ihren Haaren verhüllt ist, und sagt *»iß ja eisch äy«*, und grinst, und sie, wirft ihr Haar zurück, daß einige Strähnchen über der Stirn ganz langsam wieder zurückfallen, sagt *»wahß? – ? ...«*, und lächelt, mit den spitzen Zähnchen, und er: *»Daß Glass. Man dengd da irngwie daß daß n Schdiehl iß aba daß iß hohl, weil da perld der Seggd ja richdich drin ...«* Sie, zusammengekauert, das Glas in beiden Händen, die Knie geschlossen, die Schultern vorgeschoben, das Haar halb vor ihrem Gesicht, blickt ihn aus halb geschlossenen grünen Augen an und lächelt mitsamt den spitzen Zähnchen, und plötzlich macht sich der fürchterliche Kater in Kolks Körper breit. Eine unbändige Unruhe brummt in allen Fasern, daß er auf einen Punkt des Tisches stieren mußte, mit ruckzuck aufschießender Panik nahm er die viel zu langsam pochenden Schläge seines Herzens wahr. Er atmete tief ein und wedelte fahrig mit der Hand durch die Luft und vergaß, daß er das Glas darin hielt. Die letzten Tröpfchen spritzten auf den Tisch, aufs »Cosmopolitan« und die »Bildzeitung« von gestern. Er schniefte, räusperte sich, und sein Grinsen erlosch, während er sich an die Brust griff, *»ja daß Einschreibm«*, er wuppte seinen Hintern abrupt aus dem Sessel, mit dem Glas in der Hand, schlurfte halbgebeugt zu seiner Ledertasche und nestelte in den Briefen herum, während ihm abwechselnd schwarz und rot vor Augen wurde und die Angst, die überproportional wachsende Furcht, einfach zu kollabieren, ihm die Atemluft abschnürte – und da spürt er ihren – Arm? auf der rechten Schulter? der Duft von links? Ihr rundes Gesicht, er hält den Brief davor, grinst kläglich, und sie küßt ihn auf den Mund. Er spürt einen ofenwarmen bibbernden schlanken runden weichen Körper durch seine nasse Postjacke hindurch, vibrierende feuchte Kußlippen auf seinen kalten, eine warme nasse muskulöse Zunge, fast rauh, stößt ihm in den Rachen, daß ihm fast übel wird vor Überraschung, halb ohnmächtig scheint er sie auf den Boden zu reißen, sein Kopf knallt, gedämpft aber härter als erwartet, auf den hellen Teppich, und sie kriecht auf ihn hinauf, mit klauenhaften Knien, stöhnt und ächzt, und zerrt ihren seidenen Mantel von den Schultern. Kolks Angst war plötzlich weg. Plötzlich überwucherte ihn ein altes Gefühl, und er umgriff diesen zitternden warmen Fleisch- und Muskelkörper, diese Frau, die auf ihm anfängt zu wimmern, und plötzlich raste wieder die Angst durchs Rückgrat, und er hatte Sehnsucht nach dem Underberg in seiner Innentasche. Er wälzte sich zur Seite, sie fiel mit einem Keuchen, er, bevor sie ihm zwischen die Beine faßte, griff in die Tasche und sah ihr verschleiertes Lächeln mit geschlossenen Augen, und er machte seine Stimme tief. Sie schob den Kimono von den Armen, setzte sich auf, fror, lächelte ihm mit spitzen Zähnen zu und murmelte etwas, er schraubte ein Fläschchen auf und setzte es hastig an den Hals – der Fluß stockt, sie macht mit einem heiseren Maunzen die Musik lauter. Kolk schluckt und schüttelt das Fläschchen, der Fluß stockt – und dann gluckert's. Plötzlich ist es warm im Raum, sie kennen sich, sie kennen sich nicht, sie kennen sich, sie kriecht auf Knien zum schwarzen satinseidenen Bett und muschelt sich hinein und flüstert *»komm hehr, komm hehr«*, und Kolk riß sich die Klamotten vom Leib und warf sich auf sie.

Sie jammerte, *»Oh, ooh«*, er war nackt. Er war riesig. Kolk keuchte. Egal, dachte er. Die Musik, herrgott die Musik. Wo bin ich denn, das kann nicht sein.

Es ist warm, aber nicht zu warm.

Er dreht sich von ihr. Sie klettert auf ihn.

Er legt die Hände auf ihren Po.

Es ist warm, schön warm.

Sie jammert leise, er wimmert.

Sie fängt an, leise Schreie auszustoßen, er hat ihren warmen Po in beiden Händen, der kleine weiße weiche seidne Slip ist viel zu klein. Die festen Wülste quellen drunter vor.

Die Musik ist viel zu schön.

Das Unterkleid viel zu seidig.

Er warf sie auf die Seite, und *lächelte*, seit langem, und ihre Augen sind geschlossen von grünen Lidern. Er wischt an ihrem schwarzen Strich an der Schläfe und nuschelt.

»Jeddß mach mich tohdt«, murmelt sie, und er bewegt seine Hüften, er ist so steif und reif, sie jammert laut und lacht fast oder schluchzt, *»mach mich t...«*, er streift behutsam, langsam, seicht und sanft das Höschen, das kleine weiße, mit Spitzen besetzte Höschen, Höschen, Höschen, und da, da! DA!, *»Jaa!«*, murmelt sie, *»Jaaa!«*, sagt sie, *»Jaaa!!!, Jaaaa!!!«*, schreit sie, *»JAAAAA!!!!!«*, brüllt sie, ihre Brustspitzen steil in sein Gesicht ragend, das seidene Kleid schwarz auf ihrem Bauch zusammengerollt streichelnd ihren Nabel, und hupp-hupp-hupp-hupp, *»geil aw geil«*, hupp-hupp-hupp, *»aw dassiss so guuud, guuuud, guuud, ja,* ***ja****, ja-ja-ja-ja, aw, aaw, aaaw, guuud, ja. Ja.* ***Ja****, ja.* ***Ja****. Ja. Ja. Ja. Ja, ja, ja, ja, jaa, jaaa, jaja, jaja, jajajaaaa.* ***Ja****, aw, Aw,*

*Aww, Aaaaaaw, AWW, GUUUD, JAAA, JAJAJA-*FICK*SIE*FICK*SIE*FICK*SIE, AU, JAAAA – JAAAAAAAAA – ...JAA, Ja, ja, ja, ow, hmmm, hm, hmmmm, hmmm...«*

Langsamer, langsamer, *»mmm«, »mmm«, »mm...«*

»Du, du, mm, mm...«

»O, o, o...«

Es zittert und summt in seinen Lenden. Sie stöhnt, sie wackelt in Wehen, er bleibt drin, plötzlich ist er kalt, wird weicher nachgiebiger, sie öffnet die grünen Augen... starrt an die Decke, lächelt, kann ihren Blick nicht von der Stuckrosette wenden...

»Mußdu nich, äh, arbeidtn...? Hm? – ?... Du?«

»Doch.«

Schlürfen vom Sekt, und dann tief tief schlucken, ah, wunderbar. Wo bin ich eigentlich? Da liegt sie... die Härchen, die Haut...

»Und? Warum gehßd du nich? – ? Hm?«... Sie legte einen ihrer lackierten Finger in ihre Mitte, übte sanften Druck aus, den er sogar spürt, greift mit der anderen an seinen Schwanz, der sofort dicker, gummiartiger wird, härter, hart wird.

»Warum gehßd du dann nich... hm?... hm?...« Sie drückt und knebelt, kneift und reibt, und er liegt da...

Er denkt und starrt. Und die Musik.

Sie greift und lockert, grabscht und tastet.

Er wird ernst.

Sie streichelt und schmeichelt, hebt ihr Bein, und atmet aus, tief und tiefer ein, aus und tiefer ein, und rauf und runter, greift so fest und stöhnt.

Ja, Kolk hatte sich verknallt.

7. Zwischen Koma und Amok

Nein, Kolk hat nie behauptet, er habe sich »verknallt«. Ich hab das behauptet. Damals hätte Kolk niemals solcherlei – wie sagt die Fakultät - »emotiv besetzte« Sachen gesagt. Man mußte schon einen Schimmer von Grammatik der Körper- und nonverbalen Sprache haben, um ihm bei seiner Erzählung zu folgen – wie ich, der ich seit zwanzig Jahren Kolkologie studierte. So sprach er von einer gewissen Ahnung, die ihn befallen, als Sabrina die Endphase ihrer 5-Tage-Liaison mit einer unbestimmten *»Genehrfdheid«* einleitete.

*»Wahrum **wah** se denn generfd«*, fragte ich Kolk. *»Weil se sich fom grohßn **Kollg** nich lohßreißn konndte oda wadd...«*

*»Wenn daß **Tehlefohn** kliengIde und diesa Nehrftühb wieda ma dran wah wah se imma tohtahl genehrfd«*, sagte Kolk. Das war's. Da blitzte diese perfide Idee in mir auf. Außerdem konnte ich mir nicht recht vorstellen, weshalb sich Sabrina, eine Frau wie sie, ausgerechnet einen Mann wie Kolk hätte aussuchen sollen. Es sei denn... »Telefon«, ja... Das war das Schlüsselwort...

Wer wie wir Mitte bis Ende der 50er Jahre geboren wurde, kennt eventuell noch die Mitrate-Krimi-Serie im Fernsehen, titels »Dem Täter auf der Spur«, glaube ich. Erinnert sich, wie Günther Neutze an einem bestimmten Punkt der Ermittlungen jeweils tief sinnend auf den Fußboden blickte, um zu murmeln: »Ja. Ja, so muß es gewesen sein.« Und dann, während er seinen Blick frontal in die Kamera richtete und sagte, »jetzt ist mir alles klar«, oder so ähnlich, gab es eine schwimmende Blende, sein vom Leben verwüstetes Gesicht versank sozusagen im Meer der kombinierenden Imagination, und ab ging es per Rückblick in die ausschlaggebenden Perioden der Vergangenheit... Ich liebte diese verschwimmenden Rückblenden, kann gar nicht sagen wie sehr.

Nun, und genauso wie Günther Neutze fühlte ich mich damals in der »Boile«, als Kolk mir seine erste Begegnung mit Sabrina schilderte (nicht sehr ausführlich, aber schließlich hat man Phantasie). So allmählich bahnte sich ein Aha-Erlebnis größeren Ausmaßes an. Während Kolk schon das zweite Bier nach unserem Selters-Intermezzo in Auftrag gab, bohrte ich tiefsinnende Blicke in den Fußboden und fragte:

»Sach ma«, fragte ich, *»**wie** hieß die Firma die dieseß Einschreibm da an Sabrina... **wie** hieß die...?«*

Kolk zwirbelte seinen Schnauzer, wackelte mit dem rechten Knie und schniefte, ohne zu antworten.

*»**Sach** ma. Weiß daß nich mehr?«*

»Wieso willßn daß wissn.«

»Waß schdanndn da drin? Wieda sohn –«

»Daß hadde sohn Tühb auß ihra Eggßfehrma... aso daß wah die Fehrma wo sie allß Seggretehrin ge'ahbeided hadde... und **der** *rief dauand bei ihr an und nehrfde sie un so. Der hadde auch die Schwannßpossdkahde geschriebm, un in diesm Einschreibm schdand auch sohwaß drin von wehgn kleine geile Mauß un so. Aba Sabrina wollde fon dehm gah niggß wissn.«*

Kolk redete ein bißchen schnell für seine Verhältnisse.

Das Bier kam. Kotzt nicht wieder alles voll, empfahl Horst freundlich und machte Notizen auf seinem Block.

Ich starrte wiederum auf den Boden.

*»Wie **hieß** die Firma.«*

»Weisich nich mehr Mensch. Iß doch ehgahl.« Kolk zog zweieinhalb Schlucke aus dem Glas und steckte sich eine Zigarette an.

Ich starrte weiter auf den Fußboden.

»Aso ***Ruhdi*** *hadd diese Dinga da jehdnfallß* ***nich*** *geschriebm«*, sagte Kolk abwinkend.

»Sach ma«, sagte ich, fortwährend blindlings auf den Fußboden starrend, *»wieso hadd Sabrina eingdlich midd dir Schluß gemachd. Ich mein waß hadse* ***gesachd.*** *Irgndne* ***Begründung*** *musse doch –«*

»Sie hadd«, sagte Kolk, schon schwer entnervt, denn wenn er Antworten gab, obwohl er sich ja ohne weiteres in seine *»innare Ehmigrazjohn«* (Manu) zurückziehen konnte, falls ihm Fragen unbequem wurden, dann war er wirklich sauer –; *»Sie hadd gesachd: Sie hadd kein* ***Bogg*** *mehr und* ***auß.«***

Dieses »und aus« galt mir, das war klar. Sie hatte gesagt, sie hätte keinen Bock mehr, und »und aus« hatte Kolk zu mir gesagt. Und das bedeutete: und aus.

Ich schwieg also stille. Und machte mir meine Gedanken. Ja, jetzt wurde *ich* einsilbig, aber weniger aus strategischen Gründen, sondern weil ich kombinierte. Wie Günther Neutze murmelte ich Satzfetzen und einzelne Wörter vor mich hin, *»Die Dahwidoffschachdl«*, *»Ruhdi der Ahsch, Ruhdi der Ahsch«*, *»Frau Bohna – Sabrina – Frau Bohna? – Sabrina!«*, *»Bohnachen lehch doch nich imma gleich auf…«*, murmelte ich, und *»…untam Wiedeo ornaniern… daß isseß…«*, und so weiter. Kolk sah mich verständnislos an, tippte sich an die Stirn und nuschelte *»biß nich gannß dichd, Mordtn?«* Und dabei fiel mir wiederum eine Begebenheit ein, die in meiner Erinnerung erst jetzt Bedeutung errang. *»Geile Numma«*, murmelte ich. *»Hadda gesachd: geile Numma…«* Und als ich Kolk fragte, welche Telefonnummer Sabrina habe, behauptete er erstens, sie vergessen zu haben, und fragte zweitens –

und jetzt schon unmißverständlichen Ärger signalisierend –, wieso zum Kuckuck ich *das* wissen wolle.

Ich sagte es ihm. Ausführlich.

*

An jenem Dienstagmorgen, als ich Kolks Behausung aufgesucht hatte, um mal nach dem Rechten zu sehen, wie ich es mit Satschesatsche am Vorabend beim Einüben von »Smoke on the Water« verabredet hatte, fuhr ich stinksauer nach Hause in meine Bude. Damals wohnte ich noch in der Bismarckstraße (später mußte ich ins Wohnheim am Weiher umziehen). Es regnete schon wieder, und kaum, daß ich mein Fahrrad angebunden hatte, hörte es wieder auf. Ich drohte Gott mit Selbstmord, falls er seine Schikanen fortsetzen sollte, zertrat zur Untermauerung des Ultimatums eine dicke Spinne vor der Haustür und stiefelte tropfnaß in meine Wohnung. Gerade war ich nackt, um unter die Dusche zu springen, da klingelte das Telefon. Ich hob ab, blökte etwas wie *»**Wenn** hier jehmand tehlefohnierd denn bin **ich** daß«* in die Muschel, konnte jedoch meine Neugier nicht bezähmen. *»Ohda wer sonßd?«* brüllte ich.

*»Äh, hengd dir n **Furdß** kwehr ohda wadd. Ohda soll ich dir deine Rosedde fa'ehdln? Ohda wadd? **Wa**? Nich gannß dichd? Ich **hau** –«*

»Jajaa«, unterbrach ich Satsche barschst. *»Ich schdeh hier kwahsi **naggd** fohr dir und daß habbich nich so ger–«*

»Ä', iegidd, du äddßnda Siddlichkeidß–«

*»Ißja guhd, ich will **duhschn**, biß gleich zu Haußß? Ich ruf wieda an in – zehn Mienuhdtn, Sühßa...«*

»Bäh.«

Ich legte auf und duschte. Duschte warm, anschließend kalt, frottierte mich ab, steckte mir eine Zigarette an, nahm noch heißen Tee vom Ofen, den ich in einem Anfall von Fröstelигkeit und in der Aussicht, am Schreibtisch sitzend mein Referat überarbeiten zu müssen, heut morgen angeheizt hatte und rief Satsche wieder an.

»Blibl, blibl, ***blibl.*** *«*

»Na?«

»Blb?«

»Wadd iß.«

»Paß auf Alda.«

»Jawoll Scheff.«

»Du weißd daß deine Buhde aussiehd wie ***Sau.*** *«*

»Neh. Wußtich nich.«

»Iß aba so. Und ***ich*** *kann dir helfm die zu faschöhnan.«*

»Ach waß.«

»Doch. ***Ich*** *biete dir nemmlich* ***meine*** *Kaudschgannituhr an. Zum Kummplpreiß fon hunnad Mahg.«*

»Ach.«

»Yaw.«

Ich war eigentlich mit meiner Kautsch ganz zufrieden gewesen. Ich hätte nie darüber nachgedacht, mir eine andere zu besorgen. Außerdem bedeutete es in erster Linie zusätzliche unbequeme Aktivitäten, um solche für Satsche typischen Geschäftchen abzuwickeln. Es verhielt sich so, daß er sie mit einer gewissen hobbyhaften Liebe vornahm, die er jedem seiner Zeitgenossen unterstellte. Er konnte sich nicht vorstellen, daß man so phlegmatisch war, derlei Gelegenheiten ungenutzt verstreichen zu lassen. Satsche ging davon aus, daß insbesondere gute alte Freunde sich geradezu geehrt fühlen sollten, wenn sie an einem seiner Deals Anteil nehmen dürften.

Ich bekämpfte also mein Phlegma, rief mir seine Kautschgarnitur ins Gedächtnis und gewann der Idee durchaus etwas ab. (Kapitalismustheoretisch gesprochen, hatte er ein neues Bedürfnis in mir geweckt.) Und doch ahnte ich Komplikationen – einfach aus Erfahrung.

»Hunnad Mahg?«

»Yaw.«

»Wo iß der Hahgkn?«

»Du mußdse selbß abhohln.«

*»**Wie** denn?! Mibm **Fahrradd**?«* Ich brauste künstlich auf, um meine Verhandlungsposition zu verbessern.

»Midd Ruhdieß Kommbi pluß Anhänga.«

*»**Ach** du scheiße.«* Erstmal so. *»Wieso willß du deine ühbahaubd fakaufm?«* faßte ich betont mißtrauisch nach.

»Alta«, hob Satsche feierlich an, *»Mahra hadd ne Kohlehgin, die hadd ne Freundin, die wechziehd, nach ßrie helanka ohda irgnd sohn Pißland. Und die hadd ne ein Jah alde Kaudschgannituhr. Tobbfidd. Für dreihunnad Mahg. Und die nehm wir.«*

»Aha.«

*»Ja. Und **unsre** krichß **du**.«*

»Ja?«

»Ja. Paß auf. Du...«

Und dann folgte die Planung.* Ich hatte demnach noch heute meine Kautschgarnitur mit Hilfe von Nachbarn bis zum nächsten Sperrmülltermin im Keller zu verstauen, anschließend Rudi um seinen Kadettkombi zu bitten, respektive seine Chauffage – *»wenna sich blöhd anschdelld sach ihm er iß mir auß Außpuffgründn noch waß schulldich!«* –, um morgen bis mittags zwölf Uhr Satsches alte Kautschgarnitur von Jenfeld nach Eimsbüttel zu überführen, die er heute abend gegen 20 Uhr bereits ins Nebenzimmer stapeln, da am nächsten Morgen um 9 Uhr 15 der Transport der einjährigen topfitten dreihundertmarkwerten Kautschgarnitur plus Glastisch vollzogen würde.

»Alleß klah, alleß klah.« Es schien, wie üblich, perfekt organisiert, und mein möbelmäßiges Schicksal war damit besiegelt. Selbst wenn, dachte ich, mir auf die Schnelle noch irgendein triftiges Argument gegen dieses Geschäft einfiele – ich hatte einfach Schiß vor einem besseren, das Satsche unter Garantie in petto hatte. *»Iß guhd«*, stöhnte ich.

*»Alleß **klah!**«* tönte Satsche begeistert, *»und jeddß ruhf den Ahsch an!«*

Wir quatschten noch ein bißchen. Ich erzählte ihm, was bei Kolk heut morgen geschehen war. Satsche schaltete sofort auf das neue Thema um. Er nahm eine weise, nämlich trauernde, aber feste Haltung ein. Er habe Kolk schon tausendmal und überhaupt wäre jetzt Kolk dran. Solle *er* doch mal, und ich gab Satsche recht. Ich war ohnedies überfordert mit dem heute anstehenden Referat über »Studentensprache«, der Möbellieferung und der Kümmerung um exzessiv saufende Freunde. Ich legte auf, drehte mir eine neue Zigarette und nahm einen Schluck Tee. Dann rief ich den Arsch an.

Mir war unwohl dabei, Rudi um einen Gefallen bitten zu müssen. So gut kannte ich ihn denn doch nicht. Aber ich fand, daß das kosmische Gesetz des Ausgleichs noch etwas schuldig war, was Rudis Beziehung zu mir anging. Wieviel Stunden hatte er mir bereits die Ohren abgekaut, während ich ihm kraft meiner analytisch-pädagogischen Fähigkeiten seine Löffel steifgerubbelt? Hä? Na, also.

*»**Mend**-ßen, **Ruh**-dollf«*, sang Rudi, *»gebohrn fümfda dridda dreiunfümfzich, zwounfirzich Kielo, ein Zen-*

nimehda gröhßa allß Prinnß«, schwoll es da heraus, *»wünschn Sie ßgedsche, Musiegteggßde die Ihn'n endlich auf die Endiwien fahelfm, wolln Sie n Hewwimäddl'schbehzjahlißdn liesn ohda einfach nuhr mid eim gebildedtn guhdaußsehndn – kurdßum:* ***waß*** *wolln Sie.«*

»Ruhdi du Ahsch«, sagte ich, *»laß daß. Ich habbe eine dangbahre Aufgabe für n Nichdßnuddß wie dich. Du findeß dich morng früh um zehn bei mir ein und fehrß midd mir nach Jennfeld um ne Kaudschgannituhr abzuhohln. Be'schdehtiegn. Ohwa.«*

»Wer iß denn da?! Sind ***Sieß*** *Herr Kroßpe?«*

»Hier iß Bohdo. Dein ***Menntohr*** *du* ***Klobbß****. Ohne dehn du im Djungl der Grohßschdadd hoffnungßlohß –«*

*»****Ballamann****! Wie komm ich zu der Ehre deß tehlefohnehtischn Kontagdß? Hhh!«*

»Ich gehb dir hiermid Gelehgnheid dich für meine praggdische Fielohsohfie duich die du dein bessareß Ich kenn'nlernteß zu rewangjiern. Haßdu mich faschdann. Ohwa.«

Rudi rülpste brüsk. Gerade noch rechtzeitig wechselte ich den Tonfall. Offenbar duldete er, der Arsch, Keine Anderen Komiker Neben Sich. Deshalb lachte ich falsch, als er meinen täuschend echten Kasinoton mit der schnippischen Replik parierte, sein besseres Ich sei genauso langweilig wie meine Philosophie. Verschlagen erkundigte ich mich nach dem Fortgang seiner Flatusforschung, ob der »Farting Rap« schon produziert sei etc. Darauf stieg er sofort begeistert ein.

Das, so sprach er, zwar nicht, aber inzwischen habe er eine interdisziplinäre Arbeit über Ursachen und Phänomenologie der gesellschaftlichen Sanktionierung öffentlich ausgelebter Blähungen begonnen. Arbeitstitel: »Flatulenz und Über-Ich«. Eine Klassifikation der Erscheinungsformen des Korpus sei bereits abgeschlossen.

Ich gratulierte ihm zu dieser dankbaren Aufgabe

und fragte nach den Dissertationschancen. Darüber mache er sich noch keine Gedanken, momentan schenke ihm das Beackern eines eher pragmatischen Experimentierfelds auf diesem Gebiet ohnehin mehr Freude. Er versuche sich nämlich, parallel zur trockenen Theorie, an der sogenannten *»Furdßfaggkl«*, die er zu einer Straßengauklernummer auszubauen beabsichtige. Dabei werde die Bauchwindbö vermittels eines Feuerzeugs (Gas sei Benzin vorzuziehen) im richtigen Moment in Anusnähe in Brand gesetzt. Am besten eigne sich dafür die Haltung empfangender Kopulation, d. s. gespreizt angewinkelte Beine. Voraussetzung sei bequeme, atmungsaktive Kleidung. Bisher verlaufe, so Rudi weiter – ich hatte das aufdringliche Gefühl, mit der Nase zuzuhören –, das Training allerdings verhältnismäßig unbefriedigend, da er mehr als eine Stichflamme noch nicht zu erzielen vermocht habe. Er, Rudi, der Arsch, aber strebe die Qualität eines Feuerspeiers an. Vielleicht, das jedoch sei freilich noch reines Gedankenspiel, könne man sogar – unter Verwendung von Stoffen wie Asbest oder so, was wußte Rudi – Flammen von längerer Dauer herstellen, die möglicherweise so lange auf dem Hintern loderten wie etwa, nur als Beispiel, ein flambierter Sambuca.

Bevor ich dazu kam, ihm nunmehr, nachdem ich ihn milde gestimmt hatte, nochmals mein Anliegen ans Herz zu legen, gestand er mir noch, daß er seine Flatus (merke: lat. Plural mit langem u) auch gerne sniffe, unter der Bettdecke zum Beispiel, und daß sich insbesondere in der Badewanne, bei einem Fingerbreit Wasser, recht gediegene Effekte ergäben, und daß *er* im Gegensatz zu den meisten zwar talentierten, aber intoleranten »Flateuren« nichts gegen fremde habe, und daß er sich mit *»Fagnühgn und Gewinn«* an der Wertung – *»süffich, würdßich, ehlegandt im Abgang«* und so weiter und so weiter…

Um ihn zu bremsen, spiegelte ich einem genialen Einfall zufolge dringenden Stuhlgang vor, wofür Rudi vollstes Verständnis bekundete. Rasch wiederholte ich meine Bitte.

»*Wennß morng nich rehchned ohkeh*«, willigte er ein. »*Um ölf?*«

»*Um zehn habbich gesachd du Torfnahse. Wieso rehchned.*«

»*Bei Rehgn schbringd Tschälläntscha Zwoh nich an.*«

»*Schohn ma midd Konntaggdschbreh fasuhchd?*«

»*Ja. Aba ich wußde nich daßdaß auch bei* **Audohß** *fungßjohnierd. Hh! Hh! Hh!*«

»*Gelbe Kahte Ruhdi. Noch sohn schiefm Scherdß und ich fapeddß dich beim Diereggß fonna Neun Frangfuhrta Schuhle. Ohda gehb Herrn Kroßpe ma n Tibb. Aso waß iß. Eß soll auch dein Schahde nich sein.*«

»*Höhrd sich schon annaß an. Alleß klah Morng um ölf.*«

»*Um* **ZEHN!**«

»*Ölf.*«

»*Fiddl* ***nach*** *zehn.*«

»*Fiddl fohr* ***ölf.***«

»*Ruhdi, Satsche muß um zwölf zum Dienßd.*«

»*Okeh okeh.* ***Halb*** *ölf. Sünde daw.*«

Ich atmete tief durch, drückte meine Zigarette aus, trank den Tee aus und begann, die Möbel zu rücken. Da meine Nachbarn entweder zur Arbeit, besoffen oder bettlägrig waren, schaffte ich die zwei Sessel, ein Zweier- und ein Dreiersofa sowie den Tisch eigenhändig in den Keller. Anschließend meldete ich mich beim Arzt an, weil ich mir den Arm ausgekugelt hatte. Im Moment des Schmerzes zog noch einmal mein Leben an mir vorüber. Ich duschte erneut – diesmal einarmig –, telefonierte einhändig mit dem Herrn Professor wegen des Referats und schließlich mit meiner Geliebten, die mich in der Mittagspause zu Dr. Sieck fahren sollte. Er renkte alles wieder ein. Abends sah ich mir im Fernsehn erstens »Was bin ich?«, zweitens »Monitor« und drittens »Dallas« an – die optimale Kulturmischung, um sich in eine heillose, ohnmächtige Wut hineinzusteigern. Ich fluchte ganz fürchterlich, lästerte Gott und regte mich unglaublich auf. Mein gesamter Bockbierbestand ging dabei drauf.

Am nächsten Morgen, als das Telefon klingelte, war mir plötzlich schlagartig klar, weshalb dieses Zeugs »Bockbier« heißt: Ich hatte ein Gefühl im Kopf, als wären mir über Nacht Hörner gewachsen. Ich kämpfte kurz mit meinem Digitalwecker. Beim Stand von 8:47 gab ich auf. (Ich haßte diese Geräte, »Uhr« konnte man sowas doch nicht nennen. Ich hatte die Uhrzeit bei dem von mir vergötterten Frl. Seiler, der Lehrerin unseres Nests, gelernt, und zwar nach Bildern und nicht nach Zahlen. Ich haßte Zahlen.)

Schon war ich von neuem von Haß auf diese Verbrecherwelt erfüllt. *»Faschißdtnpack«*, brummte ich, bevor ich brillenblind mit der Schulter gegen den Rahmen stieß, weil ich auf einen von den Stiefeln meiner Geliebten getreten war. *»Aw, au ferdammd, fer-**daaaaaaaammd**«*, schrie ich, aber das Telefon klingelte fortwährend. *»Haud doch alle **aaaaab**«*, schrie ich und taumelte, meine eingerenkte Schulter massierend, zum Telefon. Und *»Aa, aa«*, meldete ich mich. Offenbar hatte ich eine A-Phase.

»Na 'ndlich. Pa^{ng}*ß ma au*^{n}*f Alta*^{ng}*«*, tönte es irgendwie konspirativ aus dem Hörer. Es war Satschesatsche, der, ohne auf meine Schmerzenslaute einzugehen, in seiner für bestimmte Situationen charakteristischen Mischung aus Raunen und Näseln zu mir sprach. Es waren dies Situationen, in denen er, theatertheoretisch ausgedrückt, »beiseite« sprach. Da er jedoch aufgrund seines natürlichen Vokalvolumens sowie des Um-

stands, daß von seinem Stimmbandmuskel ein direkter Nervenstrang zu den emotionalen Gehirnkammern führen mußte, absolut unfähig war, *leise* zu sprechen, vermeinte er wohl, mithilfe seiner Nase geredete Sätze würden weniger gut verstanden von unliebsamen Zuhörern. Seine Rede klang dann so, als würde über den Vokalen je ein zwischen »n« und »g« changierender Beikonsonant summen.

»Ha^{ng}ß du die^{ng} Kaudschga^{ng}nituhr schohn^{g} in^{ng} Kella gebrachd?«

»Neh«, gab ich patzig zur Antwort – nur um mich für den frühen Morgen zu rächen und seiner Planungswut nebenbei einen anarchischen Dämpfer zu verpassen.

»Goddt sei dang«, raunte er, *»du^{ng} krichß meine wah^{ng}schein^{g}lich doch nich…«*

»W-www-…!? –« Ich griff unwillkürlich nach meiner Schulter und blickte mich hilflos im fast leeren Zimmer um.

»I^{ng}ch kann^{g} nich so^{n} lau^{ng}d rehdn^{g}«, grunzte er, *»der Tühb i^{n}ß noch da^{gn}. Aba Alda«*, jetzt vergaß er sich, *»ich bin* ***so*** *endteuschd daß glaubß du nich. Daß Ding iß* ***fiel*** *zu grohß. Außadehm sind da* ***Brand****löcha drin und daß gannße* ***Scheiß****sohfa siehd auß wie* ***Sau. Dreggich, schdien****kich,* ***miß****dich. Und denn die* ***Fahbe****, daß* ***Mußda****. Alß obß auß* ***Zemennd*** *wehr. Echd. Ich bin so… Ich bin föllich ferdich. Ich komm wahscheinlich auch nich zum ßgahd sonnahmd. Wenn* ***Mahra*** *nach Hause kommd«*, brauste er plötzlich auf, bezähmte sich wieder und knirschte: *»Die mach ich* ***kalt. Kalt*** *mach ich die.«*

Ich fror, ich war müde, und ich fühlte mich einsam. Ich streichelte meine Schulter.

»Ich muß jeddß pienkln«, sagte ich. Ich war zu schwach.

»Pa^{n}ß auf Alda^{ng}, dehn Tisch nehm wir wah^{ng}schein^{g}-lich. Kommd Ruhdi^{ng} nachhehr? Unsan aldtn Tisch kannß du hahm.«

Draußen, im Hinterhof – und mir schien, nur dort –, regnete es. Ich atmete schwer.

»I^{ng}ch mu^{ng}ß je^{ng}ddß Schlu^{ng}ß machn^{g}«, raunte Satschesatsche. Ich versuchte lustlos den Offiziellentrick.

»Wir hahm n mündlichn ***Fatrach*** *geschlossn«*, sagte ich, in strengem Tonfall, wie ich hoffte. *»Du schulldeß mir eure Kaudschgannituhr und ich dir hunnad Mahg.«*

»Mir iß nich nach Scherdßn«, raunzte Satsche erbost. *»Ich komm auch nich zum ßgahd. Ich bin föllich ferdich. Aso biß nachhehr. Um zwölf muß ich zum Dienßd. Schühß ehrßma.«*

Ich legte auf. Ich stand nackt und frierend im leeren Wohnzimmer und überlegte, vielleicht doch noch in den Untergrund zu gehen. 'ne 1000er Yamaha unterm Sockel und alle Arschlöcher dieser Welt voll Blei pumpen. Ich streichelte meine Schulter, rief meine Geliebte an und schärfte ihr in äußerst beherrschtem Tonfall ein, ihre Stiefel fortan gefälligst nebeneinander in eine Ecke zu stellen, wenn sie Wert auf die Fortsetzung unserer Beziehung legte.

Punkt »ölf« kam Rudi. Ich hatte just den Hörer aufgelegt, nachdem ich Satsche über Rudis Verspätung informiert hatte, als meine Türklingel rasselte. Noch bevor ich auf meine geschwollenen Stirnadern deuten konnte, schob sich Rudi, gutgelaunt wie ein junger Maimorgen, an mir vorbei und entbot mir einen Gruß.

»Gu-ten Moggen Duichlauchd. Ihr ergehbnßda Diena. Wo kanna sich die Hende waschn?«

Er legte grinsend den Kopf in den Nacken und hielt seine vorwitzigen Griffel in halber Höhe, als hätte er

Verbrennungen dritten Grades. Sie waren jedoch lediglich schwarzgefleckt und ölig. Passend dazu trug er einen blauen Kinderoverall, der ihm stand wie einer Marionette, und sein silberblondes halblanges Haar war mit einem Gummiband gezopft. Er roch nach Jägermeister oder Underberg, hatte schwarze Zähne und grinste mit seinen hohlen Wangen. Er sah aus wie eine Erscheinung. Seine Augen aber blitzten klar und ausgeschlafen. Die perfide, unterschwellige, halblaute Muzakstimme summte mir noch im Ohr, als er schon im Bad war und sich die Hände säuberte.

»Du biß zu schbehd«, sagte ich lahm, als wir zu seinem Wagen gingen, hinter dessen Anhänger – da zweite Reihe geparkt – sich bereits eine Schlange von etwa fünf bis sechs PKW gebildet hatte. Zwei von ihnen hupten, als sie an uns vorbeifuhren, während wir einstiegen. *»Gehd zur Hölle«*, murmelte Rudi und zeigte ihnen den Rücken seines frisch gewaschenen Mittelfingers.

Sein Kadett Kombi war orange, knallorange wie die Fahrzeuge von der Stadtreinigung, allerdings so drekkig, als wäre er gerade aus einem Schlammloch gezogen worden. Häßlich war gar kein Ausdruck. Auf der Heckklappe klebten zig Aufkleber, von denen ich nur die Texte »Lieber Sydney Rome als Paris Dakar« und »Ich bremse auch für Biere« behielt, bevor ich auf der Beifahrerseite einzusteigen versuchte. Zunächst stieß ich mir die andere Schulter am oberen Holm, weil mein linker Fuß, vielleicht zu voreilig in den Fahrgastraum gestreckt, auf irgendetwas ausrutschte. Es schepperte.

»Fohrsichtich«, mahnte Rudi-der-Arsch und startete schon mal. Ich saß und rieb mir beide Schultern, was gar nicht so einfach war. Der Innenraum des Fahrzeugs verstärkte den Eindruck eines Müllwagens noch. Der Boden vor dem Beifahrersitz war knöcheltief mit lee-

ren Kakao- und Brötchentüten, Underbergkartons, Zeitungen, zerdellten Faxedosen und Altbierflaschen, Zigarettenschachteln und Papiertaschentüchern überwuchert. Durch die Rostlöcher im Chassis zog es wie Hechtsuppe. Man hätte einen Nierengurt gebraucht.

»*Wirdß denn gehn*«, fragte Rudi und fuhr an, als zöge er eben doch Paris–Dakar vor. Ich nickte nur stumm und beeilte mich, den Sicherheitsriemen anzulegen.

»*Schaffm wir noch*«, plapperte Rudi. Offensichtlich hatte ich etwas von »*schbehteßtenß fiddl fohr zwölf*« gemurmelt. Er raste mit siebzig Sachen durch die Tempo-30-Zone der Bismarckstraße, um scharf hinter einem etwas zauderlichen Fräulein zum Stehen zu kommen, das, kaum daß das Grün der Ampel an der Kreuzung einen gelblichen Schimmer annahm, auf die Bremse ihres mit einem Frauenzeichen geschmückten Polos trat.

»*Alte Heggße*«, zischte Rudi, kerzengerade auf drei Kissen sitzend, »*Weiba daw*«, fuhr er fort, »*riechn alle nach Schwehfl...*« Seit dem Start hatte er sich in eine Viper verwandelt. Seine Stimme klang jetzt blechern und lauter.

Gelb. Grün. Pause.

»*WAß IßDENN!*« brüllte er. »*LIELA WIRDß NICH!*« Der Polo hopste unvermittelt vorwärts und bog, ohne zu blinken, rechts ab. Unsere Richtung.

»*Nein!*« schrie Rudi. »*NEIN! NEIN! Sünde daw...*«

Die Polodame fuhr in vorschriftsmäßigem Tempo vor uns her, bis ans Ende der Bogenstraße, und Rudi konnte nicht überholen, weil sie bei jeder sich bietenden Möglichkeit links anblinkte, um schließlich, links blinkend, rechts in Richtung Schlump zu verschwinden.

»*Sohwaß machd mich wahnsinnich*«, hechelte Rudi halberstickt und blaß vor Zorn. Die Knöchel seiner

Rechten, die das fellüberzogene Lenkrad knebelte, waren weiß. *»Deudsche!«* stieß er voller Abscheu hervor. *»Die könn ja nich ma* ***audo****fahn. Wie solln* ***die*** *denn fanümmfdich* ***lehbm*** *lern'n. Wenn ich nach Maschn inß Schduhdio fah, Alda, ich sach dir, die fahn die Auffahrd rauf, ordnen sich sohford auf die middlere Fahschbuhr ein und bleibm da biß zum jüngßdn Fakehrßgerichd, wie auf na Perlnschnuhr aufgereihd.* ***Ehrßma*** *inne Midde!* ***Dadd*** *iß dadd wichdichßde!* ***Rechdß*** *iß alleß frei biß zum Hohrizond, inna* ***Midde*** *klehbn se aufnanda alß ob eina dehn andan abschlebbd, und* ***liengß*** *knalln se mid hunnadachzich. Ich hasse Deudsche. Daß einzige Deudsche waß ich abzebtier iß daß Reinheidßgebohd. Sünde daw.«* *

»Gieb ma ne Ziegaredde«, sagte ich mit zitternder Stimme. Er wechselte auf der Grindelallee die Spur und beschleunigte an einem bereits vor gelber Ampel bremsenden Mercedes vorbei.

»Habb selbß keine.«

»Wir wir wir könn ja noch ma anna Tang'schdelle fohrbeifahn«, sagte ich, als er auch die nächste Kreuzung noch bei blaßrosa nahm. Neunzig.

»Fohrbeifahn briengd ja niggß. Da müssnwa schohn ***anhaldtn****. Hh!«*

»Hahaha«, lachte ich, um ihn zu beschwichtigen. Ich hatte das Gefühl, in die Fänge eines wahnsinnigen Achterbahnbesitzers geraten zu sein.

An der Alster war Rudi gezwungen, hinter einem großen Audi her zu fahren, dessen Geschwindigkeit zwischen 51 und 52 Stundenkilometern pendelte. Der Fahrer mußte von ähnlicher Statur wie Rudi sein, da durch dessen Heckscheibe außer einer Kopfstütze nichts zu sehen war. Rudi gab abwechselnd Gas und bremste, schwenkte hektisch den Blick zwischen Außenspiegel und Windschutzscheibe hin und her, und lief zur Abwechslung rot an: *»Iß der* ***fern****ge'-*

schdeuad ohda wadd? ***Mann****mannmann daß kann doch nich angehn. Waß ißn heude* ***lohß****? Alle* ***herdßkrang****?* ***Ach*** *du Scheiße, midd Huhd und Mandtl, daß sind die richdiegn. MÄÄÄÄNSCH, DU RIECHß DOCH SCHON NACH* ***MOHß****!«*

In Rudis Gefährt roch es anders. Als hockte ein Skunk im Handschuhfach. Rudi hatte vor lauter Streß gefurzt.

»Baw«, schnüffelte er verzückt, *»****geileß*** *Ding. Schdehd wie 'n Schirm.«* Ich kurbelte in Panik das Fenster runter. *»NIIIICH!«* schrie Rudi noch. Zu spät. Die Scheibe versank rappelnd im Hohlraum der Tür.

Auf der Wandsbecker Chaussee wurde er ruhiger und quatschte mir die ganze Zeit die Ohren voll (was für Rudi mitnichten einen Widerspruch bedeutete). Er fuhr wie ein junger Gott und sprach flüssig über dies und jenes. Ich begann ihn zu bewundern. Man spürte das Schalten kaum, weder im Getriebe von CHALLENGER II noch in Rudis Gedankengängen. Er saß wie mit den drei Kissen verwachsen in seinem riesigen Kadett, schwebte gottgelenkt durch Blech und Gase und summte unaufhörlich Sprache vor sich hin. Ich kam mir wie ein Fremdkörper vor, wie ein plumper blinder Passagier in einem von harmonischer Energie betriebenen abstrusen Raumschiff aus der Augsburger Puppenkiste. Rudis sonor-sanfte Stimme schlich sich mit der charakteristischen Verspätung in mein Gehirn, und als wir um viertel vor zwölf in Jenfeld ankamen, hatte ich dennoch fast alles vergessen, was er mir erzählt hatte. Weil ich beim Aussteigen mit dem einen Turnschuh auch noch in einen braunen breiigen Scheißhaufen trat, konnte ich beim Transport von Satsches altem Tisch an nichts anderes denken als daran, daß ich das nächste Viech, das ich beim Irgendwohinkacken erwischen würde, derartig gewaltig in den

Arsch träte, daß ihm das Männchenmachen auf Lebenszeit verginge. Ich textete im Geiste bereits Flugblätter, die zu massenhaften, machtvollen Demos für Tierversuche aufriefen, und – seltsam – an die Rückfahrt erinnere ich mich nur noch dunkel. Und doch: Irgendwann hatte Rudi von einer Telefonnummer gesprochen. Und zwar einer *»geiln Tehlefohnnumma«*.

Richtig. Eins weiß ich noch: daß ich ihm bedeutete, er möge nicht so angeben wie 'ne Tüte Mücken. *»Wieso«*, hatte er gesagt. *»Iß doch geil. Daß einziege wohraufß dabei ankommd iß Rollndißdannß.«* Er hatte tatsächlich zwei Semester Psychologie studiert.

*

»Un wieso«, nuschelte Kolk und tat tiefe Züge aus dem neuen Glas, *»erzehlsu mir daß?«*

Es war spät geworden. Horst und Paul wirbelten schon zwischen den Tischen und hinterm Tresen herum, um aufzuräumen. Ein vereinzeltes Pärchen saß noch in einer Nische und hatte sich offenbar mit den Nasen ineinander verhakt. Auch draußen war es merklich ruhiger geworden. Wenngleich hin und wieder ein kühler Hauch in die »Boile« wehte, war es doch immer noch warm. Kolk behielt trotzdem seine Postjacke an, vielleicht hatte er Löcher im Hemd oder was. Seit sechs oder sieben Stunden kauerten wir nun auf unseren Hockern; wir hatten uns endlich nüchtern gesoffen, und nun war mir die ganze Geschichte klar.

»Klah«, sagte ich und blickte Kolk ins Auge, *»jeddß iß mir alleß klah...«*

Kolk wurde unruhig. Er begann, mit den Augen zu blinzeln, schniefte immer häufiger, räusperte sich schließlich und holte Atem, während er die Asche seiner Reval so heftig abstreifte, daß der Glutklumpen nur noch an einem Tabakfaden hing.

Ich wußte nicht genau, wie anfangen.

»Dein Zu'schdellbezirg«, hob ich an, *»iß doch in Bahmbehg, richdich?«*

»Na und?«

»Also wohnd auch **Sabrina** *in Bahmbehg, richdich?«*

»Jaja.«

»Ruhdi kann Sabrina eingdlich nich kenn, wehr schohn n kohmischa Zufall, nä? Richdich?«

»Ja nu...«

»Alta«, sagte ich, *»sach mir jeddß ma Sabrinaß Tehlefohnnumma.«* Ich wartete. Kolk schniefte. Ich wartete. Kolk zündete sich eine neue Zigarette an und starrte kniewackelnd auf die Gläser- und Flaschenregale hinterm Tresen. *»Könndte midd seggß neun anfang, weil Bahmbehg«*, sagte ich. *»Horßd«*, sagte ich, *»daß Tehlefohnbuhch.«* Kolk schüttelte den Kopf. *»Ah biß kah«*, befahl ich. Horst knallte es auf den grauscheckigen Tresen. Ich blätterte, fortwährend das halbe Alphabet vor mich hin murmelnd, und las schließlich vor: *»Haußmann Haußmann Haußmann Haußhaußhaußhaußmann Rolf, Haußmnann Rohsa, Haußmann* **Sabrina***. Seggß neun zwoh seggß neun seggß neun.«* Ich blickte triumphierend auf.

»Yaw«, nuschelte Kolk und kratzte an seinem Kackfleck. *»Kann schdimm. Und?«*

»Mann kann«, sagte ich, *»auch so sahng: neununsechzich zwo neununsechzich neununsechzich. Richtich?«*

Diesmal grinste Kolk und schnaufte einmal kurz durch die Nase.

»Nuhn«, sagte ich, *»weißdu«*, sagte ich, *»allß Ruhdi und ich Saddscheß aldtn Tisch abgehohld hahm, nä?«*, sagte ich, *»weißdu fon waß Ruhdi der Ahsch da die gannße Fahd geschwahfld hadd?«*

»Ich deng daß haßdu selbß fagessn.«

»Jaja, aba ehbm isseß mir wieda eingefalln«, sagte ich und machte eine Pause. Kolk aber machte keine Anstalten nachzufragen. Noch nicht. Er hatte, wie so oft, seine Sprechfähigkeit nach innen gewölbt und hob das Glas immer öfter. Ruckzuck war's leer.

»Wie lange hadd eure Affehre noch ma gedauad?«, fragte ich. Keine Antwort. Nichts. Schniefen, Trinken. Starren, Inhalieren. Ich grübelte, preßte mir die Fäuste an die Stirn. Wie hieß diese Scheißfirma noch mal...?! Ich wußte, ich hatte den Namen schon mal gehört ... Aber in gänzlich anderem Zusammenhang! Wie kam ich darauf, daß...

So kam ich nicht weiter.

»Und, äh, und allß du«, sagte ich, *»bei Sabrina zuleddßd angeruhfm haß«*, sagte ich, *»da, äh, wah zuehrßd n Mann drann?... – Wa? Nä? Hadßdu doch fohrhin gesachd ohda nich?«*

Schweigen. Schluck Bier. Starren. Kniewackeln.

Wenn ich aus dem heute noch was rauskriegen wollte, mußte ich schon Tricks anwenden.

»Horßd«, sagte ich, *»zwei Tekila.«*

»Daß sind aba die ***leddßdn****«*, sagte Horst und wischte mit einem Lappen an der Zapfanlange herum.

»Dann fier«, sagte ich.

Kolk rührte sich nicht. Die Tequilas kamen, vier Stück in einer Reihe. Forsch griff ich nach dem ersten. Streute mir Salz auf den Handrücken, der inzwischen genauso zitterte wie Kolks zu Beginn des denk- und fragwürdigen Abends, lutschte das Zeug ab, schob den Schnaps hinterher und gnaulte schließlich auf der Zitrone. *»Ah, geil«*, flunkerte ich, *»****Tekila****, geil...«*

Kolk war auch nur ein Mensch. Er folgte meinem Beispiel, und dann wischte er sich mit seiner riesigen rosigen Flosse übers Maul und sagte überraschend klar:

»Waß willß du jeddß einglich sahng.«

Ich weiß, es ist alles ein wenig verworren. Aber das bringt die Natur dieser Geschichte eben so mit sich.

Ich mach's kurz: Ich wollte Kolk sagen, daß er einem fürchterlichen Schwindel aufgesessen war. Einer Sexualverschwörung. Das ist alles.

Es war folgendermaßen.

Nach dieser fünf, sechs Tage dauernden Affäre Kolks und Sabrinas hatte Kolk eines Abends bei Sabrina angerufen. Am Tag zuvor, dem Montag nach dem Sonntag nach der gigantischen Spontanfete in der »Glucke«, hatte Sabrina ihm jedoch zu verstehen gegeben, daß es wohl nichts werden würde mit ihnen. So war Kolk doppelt betreten, als ein Mann am Telefon war. Der dann, kaum daß Kolk Sabrina zu sprechen verlangt hatte, offenbar eine Art Gasdrucktrompete, wie sie auf Fußballplätzen üblich sind, an die Sprechmuschel hielt und volles Rohr abdrückte. Kolk hatte von der »Bürste« aus angerufen und war beinahe vom Barhocker gefallen. Er hatte augenblicklich den Hörer – im Reflex, natürlich – hinter den Tresen, der Indianerfrau an den hübschen Kopf geworfen, sich das taube linke Ohr gehalten und war stöhnend über die Theke gesunken. Die Kneipe war gerammelt voll zu dem Zeitpunkt – es war ein Dienstagabend, gegen 11 Uhr –, und alles starrte Kolk und die Indianerfrau an, die sich je ein Ohr hielten. Begreiflicherweise sah es so aus, als hätten sie sich aus irgendwelchen Gründen geohrfeigt, und schon gab es cliquenweise kleine Tumulte. Bis die Indianerfrau den Hergang aus ihrer Sicht schildern konnte, hatte sich bereits ein männerbewegter Karatekämpfer Kolk gegenüber in Positur gestellt. Ein anderer, kräftiger Bärtiger – aber längst nicht Kolks fünfundneunzig Kilopond gewachsen –, hatte sich seinen Arm gegriffen, während einige Frauen sich um die Indianerfrau kümmerten und haßerfüllte Blicke zu Kolk hinüber schickten. Als sich das Mißverständnis aufzuklären begann und Kolk, völlig unbeeindruckt von den beiden Helden zu seiner Seite, mit einigen Grimassen versuchte, den Summton aus der linken Hälfte des Schädels zu holen – wie auch immer –, wurde endlich das Telefon wiederhergestellt, ein Notarzt gerufen – der Indianerfrau wuchs ein ziemliches Horn oberhalb des Ohres – und endlich auch Kolk befragt. Der Abend endete friedlich.

Das war's, was Kolk wußte.

Das ist das Geheimnis um Kolks fast taubes linkes Ohr.

Nun, darum geht es ja auch gar nicht, ehrlich gesagt.

Also...

Kolk war einem gigantischen Schwindel aufgesessen, hatte ich gesagt. Einem Sexualkomplott. Einer Sauerei ersten Grades, dessen war ich mir sicher, damals in der »Boile«. Die Mosaikstückchen paßten noch nicht ganz, das heißt, von einigen wußte ich noch nicht genau, wo einordnen. Mir war irgendwie – frag mich keiner wie – klar, daß Rudi die Schuld an Kolks taubem linken Ohr trug, aber unwissentlich. Und mir war klar, daß Werner F. Dierbach die Schuld an dem *gesamten* Dilemma trug. Sabrina ... nun ja, Sabrina war nur doof, blond, nymphoman, bestenfalls Mitläuferin. Und im Grunde, dachte ich, hat Kolki, der blöde Hund, selber schuld. Das alles dachte ich, damals in der »Boile«, als ich auf den Fußboden starrte und kombinierte.

Nur beweisen konnte ich's nicht.

»Paß auf«, sagte ich deshalb, als Kolk wieder zu sprechen begonnen hatte, *»Kolgki, alta Kumpl, paß auf. Ich sach dir jeddßma waß, waß ich noch nich, äh,*

beweisn kann. Aba ich glaub dassaß so gelaufm iß. Paß auf.«

Ich trank einen Schluck von dem Bier, das ich noch nicht angerührt hatte. Kolks hingegen war leer, und er pickte, zu Horst hinüberblickend, ständig mit dem Finger drauf. Horst jedoch ignorierte ihn. Kolk rutschte unruhig auf seinem Hocker hin und her, zottelte sinnlos an einem Hosenbein und schniefte. Nur ganz kurz, wenn ich's mir heute überlege, ließ ich Mitleid insoweit zu, daß es meiner großen Enthüllung gefährlich werden konnte. *»Mein grohßa Puhdl«*, hatte sie ihn genannt, hatte Kolk erzählt. Ab und zu ginge sie mit Jeans und schwarzem BH bekleidet ins »Shave«, um zu tanzen. Er habe, hatte Kolk erzählt, sich in dem Moment endgültig in sie *»fahkuggd«* – das äußerste an gefühlsäußernder Vokabel, was sich Kolk leistete –, als sie nach ihrem zweiten Treffen sich die Augen rieb und sagte: *»Uuuuh ... kann nich mehr kucken ... brauch ne Brille. Ohda n Kaffee ...«*

»Paß auf«, sagte ich, solche Gedanken abschüttelnd, und meine große Stunde nahte. *»Kolgki. Sabrina hadd beim Figgkn imma genau anne* **Degge** *gegloddßd nä? Haßdu gesachd! Da wo die Schduggrohsedde und die Lampe hieng schdimmdß? Haßdu gesacht! Und sie hadd imma geschrien Figgsie Figgsie alß ob sieß gahnich selbß wehr. Schdimmdß?«*

Kolk blieb ruhig.

»Yaw.« Er präparierte den letzten Tequila.

»Und Sabrina hadd gesachd, sie krichd dauand Anruhfe fonn sohm Tühb auß ihra Eggßfirma schdimmdß? Plöddßlich wieda, obwohl der doch so lange außgeseddßd hadde. Schdimmdß?« Ich tippte ihm auf die Schulter.

»Yaw.« Er leckte das Salz.

»Jehdn Tach, richdich?«

»Yabb.«

»Aba sie gehd nich mehr rann, richdich?«

»Yabb.«

»Und sie hadd gesachd, sie hadd kein Freund, und doch wah n Mann am Tehlefohn, der dir dein Ohr fasaud hadd. Richdich?«

»Ja. Ja.« Er kippte den Tequila.

»Und daß Einschreibm wah fon na Firma. Fonn ihra Eggßfirma. Fonn diesm Tühb da, richdich? Wieda midd dein weißer Schleim, dein Schdöhn und Schrein und so, richdich?«

»Yaw. Yaw, yaw.« Er grunzte und griff nach der Zitrone.

»Paß auf Kollgki«, sagte ich. *»Folgndamahßn. Werna Eff Bierschwannß und Sabrina hahm sich dich allß Föhgl'objeggd außgekuggd, alleß mid na Wiedeokammara gefilmd und sich dran aufgegeijld. Und Ruhdi –«*

»Wer ißn ***daß****?«* Kolk stutzte.

»Du kennß doch wohl –«

»Werna Eff Dingßbummß mein ich. Wer iß daß.«

»Fonn dehm habbich dir fohr eim Jah erzehld. Der midd Frau Bohna.«

»Wer iß –«

»Un Ruhdi dachde imma er ruhfd Frau Bohna an.«

»Wer zum Teufl iß –«

»Geile Numma, hadda imma gesachd, geile Numma im wahßdn Sinne deß Prohfehdtn, neununsechzich zwo neununsechzich neununsechzich. Hadda imma gesachd allß wir zu Saddsche fuhrn. Hadd mir erzehld dassa in Frau Bohna ***faliebd*** *iß. Und dasse imma blohß auflehchd. Und daß hadda auch in Radio Hunnadseggß gesachd.«*

»Aba –«

»Die Numma gehöhrd Sabrina, genau.«

Schweigen.

»Und weil sich Ruhdi die Numma damallß, am Frei-

tach fohrm ßgahdahmd, fonn Werna Effs Dahwidoff-schachdl abgeschriebm hadd, iß Werna Eff der Anfassa fonn Sabrina. Daß iß der ***Beweiß.****«*

Schweigen.

»Fa'schdehß du?«

Schweigen. Horst stand, den Putzlappen in der Hand, und sah uns nur zu.

Schweigen.

»Diese Schweine«, sagte ich. Inzwischen wurde Kolk mir unheimlich. Oder ich mir selbst. Auf einmal hatte ich mir selbst gegenüber dieses ungute Gefühl, das ich jenen gegenüber immer aufbrachte, die sich an ihren eigenen verschwörungstheoretischen Wirklichkeits-enthüllungen aufgeilten.

Schweigen.

»Du haddeß daß dahmallß nich middgekrichd«, sagte ich, etwas forsch, um meine blödsinnige Forschheit zuvor sowohl zu rechtfertigen als auch zu verleugnen, *»weil du auf'm Kloh wahß allß ich daß beim ßgahdahmd erzehld hab – midd der Dawidoffschachdl und der Numma und Ruhdi und so. Weiß noch? Allß du dir dehn Ahm fa'schdauchd haß und Saddsche sachde beim Ahschabwischn ohda wadd.«*

Schweigen.

Als ob ich ihn dadurch beschwichtigen könnte, sagte ich: *»Na Haubdsache du haß dein Schbahß gehabd oda?«* Peinlicherweise schlug ich ihm dazu auf die Schulter.

Schweigen.

»Diese Schweine«, murmelte ich.

Schweigen.

Schweigen.

Schweigen.

Dann steckte sich Kolk eine Zigarette an, räusperte sich, schniefte und rieb sich die dicken Augen, starrte geradeaus auf den vielen Alkohol in den Flaschen und sagte mit – ich hab's genau gehört und werd's nie vergessen – zitternder Stimme: *»Iß ja eisch äy«*, sagte er, er räusperte sich, als habe er einen Frosch im Hals, grinste schließlich mühsam, sah mich mit einem ganzen braunen Auge an und sagte nochmals: *»Iß ja eisch äy.«*

Einige fünf Minuten später verließen Kolk und ich die »Boile«. Horst verweigerte uns ein weiteres Bier, er schaltete das ungemütliche Licht ein, putzte hier und wienerte dort, und schließlich hauten wir ab. Vielleicht hätte ich *jetzt* nach Haus gehen sollen, aber Kolk lud mich noch ins »Reybach« ein. *»Liehchd doch sowieso auf deim Wehch«*, nuschelte er.

Stimmt, das »Reybach« lag auf meinem Heimweg. Also was soll's, dachte ich, oder etwas ähnliches.

Unsere Seelen waren eigenartig leer, unsere Köpfe voll von Schnaps und blödsinnigen Gedanken; irgendwie schämte ich mich. Wir gingen gerade; wir waren motorisch nüchtern, zu kaputt, um uns einem neuerlichen Rausch innerlich hingeben zu können. Ein eigentümliches Zwischenstadium, das freilich nicht lange andauern konnte. Zwei Bier, und wir wären endgültig fertig für diesen Abend.

So trotteten wir den Stellinger Weg entlang. Kolk schräg vor mir her; er war bedrückt, wenn nicht gar wütend. Klar, nach dem, was ich Idiot ihm da eben vorgeschwatzt hatte. Er sah grotesk groß und breit aus in der Nacht, diese Postjacke, diese schmutzigen Jeans, sein riesiger blonder Schädel. Es war noch unglaublich warm; ständig flitzten gebeugte Gestalten auf ihren leichten Rennrädern über den Asphalt; wie böse Riesenhummeln dröhnten mal näher, mal ferner schwere Motorräder durch die Stadt. Einmal kamen uns junge

Mädchen entgegen, eins in einem dünnen kurzen Kleid mit dunklen Strümpfen bis über die Knie, das andere hellblond im Jeans-Minirock und T-Shirt. Kolk ließ sich nichts anmerken, aber irgendwie hatte ich das Gefühl, er wäre in diesem Augenblick am liebsten weggelaufen. Mir gab sowas auch immer einen Stich. *»Wo ith die Dthaidung«*, murmelte ich vor mich hin, aber es half nichts.

Ein starker Fliederduft schwappte kurz von einem Garten zu uns herüber, und der Himmel über Hamburg wurde weit. Alles ist weitläufiger und großzügiger in solchen Nächten.

Plötzlich stoppte Kolk ab, kehrte sich der Flanke eines in einer nachtglänzenden, schrägen Staffel parkenden großen Benz' zu und nestelte an seiner Hose. Ich wurde nervös, denn es liefen doch noch einige Leute herum. Er pinkelte in einem prasselnden Strahl gegen die Radkappen, schwenkte ihn über den Wagenschlag und Türgriff und schließlich über die getönten Scheiben, bis er tröpfelnd versiegte. Dann, ohne sich um ein gaffendes Passantenpärchen zu kümmern, schüttelte er ab, zog die Schultern hoch, vollführte ein paar Beckenschwünge und zerrte an seinem Reißverschluß. Schließlich schlenderte er wieder auf den Gehsteig und riß – im Vorbeigehen, mit einer einzigen, wohldosierten, kräftigen Bewegung – den Stern von der Kühlerhaube, ohne sich umzusehen.

Ich blickte rasch in alle Himmelsrichtungen. Ich hatte Angst, daß dieses Idiotenpärchen von eben was mitbekommen hätte. Kolk schniefte und steckte sich den kurzen Schaft des Stahlemblems in die Brusttasche seiner Postjacke.

»Siehd doch eisch auß ohda?« nuschelte er.

Ich sagte nichts. Mir stand feiner Schweiß auf der Stirn, wahrscheinlich glänzten meine Augen.

Kolk ging etwas schneller, und ich hinterher. Kurz bevor ich ihn eingeholt hätte, bog er wieder in eine Parkbucht ein, ergriff stumm mit beiden Händen den Deckenholm einer Ente und begann, sie zu schaukeln. Er stand nur da, vornübergebeugt, ohne ein Wort, und wackelte keuchend den alten 2 CV hin und her. Es quietschte, und die Radlager ächzten, die Karre neigte sich immer mehr und bedrohlich dem ziemlich dicht daneben parkenden Range Rover zu. Ich schrie ihn an, ging schließlich zu ihm und faßte ihn am Revers. Doch das war so, als wollte ich zwei Zentner Granit mit einer Hand bewegen. Er gab der wackelnden Ente noch einen letzten Schubs und wandte sich ab, ohne auf mich zu achten. Die Karre schwankte noch zwei-, dreimal hin und her und blieb dann stehen.

Kolk lief jetzt fast, und über die Schulter rief er mir irgendwas zu.

»*Waß?*« fragte ich und versuchte, ihn einzuholen. Meine Stimme klingt immer so albern weich bei solchen Gelegenheiten.

Wir überquerten den Heussweg und sahen schon, daß im »Reybach« noch das donnernde Leben tobte, im Garten und auch drinnen.

»*Waß?*« fragte ich nochmals, und Kolk sagte: »*Ich mußde Sabrina heude wieda ne Kahte zu'schdelln*«, sagte er.

»*Wieso*«, sagte ich ausweichend und etwas atemlos, »*und daß gannße leddßde Jah gahniggß?*«

»*Keine* ***Kahdtn***«, sagte er und, etwas hastiger sprechend und gleichzeitig langsamer gehend, da wir schon angelangt waren, »*keine* ***Kahdtn****. Niggß waß mann* ***lehsn*** *konnte.*«

Er blieb scharrend stehen und sah mich an. Er hechelte ein wenig.

»*Und ... waß schdand drin?*« fragte ich.

»*Possdgeheimniß*«, sagte Kolk. Seine Augen flackerten. Er schniefte und kratzte sich die Brust. Was war los, warum ging er nicht rein? Und plötzlich wußte ich's. Und plötzlich wußte ich auch, weshalb Kolk sich schon kurz nach dem Dienst hatte vollaufen lassen, bis er am Weiher zu liegen kam. Und in dem Moment drehte er sich um und betrat die gleißende Kneipe.

Drinnen herrschte eine schwüle Atmosphäre. Die Musik, irgendwelcher Soulfunk, wummerte ziemlich laut aus den Boxen. Zwei Mädchen, bei deren Anblick mir der Atem stockte, stöckelten über den Holzfußboden, einen Gürtel mit der Geldtasche umgeschnallt. Die eine war blond, klein, mit buntem T-Shirt, schwarzem Ultramini, so eng, daß er scharfe Falten warf, und schwarzen Nylons; die andere dunkel, größer, in einem schneeschattenblauen kurzen Kleid, die kräftigen Schenkel nackt, mit einem wunderrunden Hintern. Sie schwirrten an uns vorbei, beide gutgelaunt lächelnd; Kolk ignorierte sie.

Am hellen Tresen, direkt vor dem in die grottenhaft gestaltete Rückwand eingelassenen Aquarium mit den Piranhas, hockten zwei Männer in schwarzen Jacketts, die Ärmel hochgekrempelt; zwischen ihnen eine kurzhaarige platinblonde Frau, die nichts als ein Jeanshemd mit einer Kordel um die Hüften zu tragen schien. Sie war barfuß, hatte die ersten drei und die letzten zwei Knöpfe geöffnet und den einen Fuß auf die Querstrebe des Barhockers gesetzt, auf dem einer der beiden Typen saß. Sie hielt ein Sektglas in der einen, eine Zigarette in der anderen Hand. Alle zwanzig Nägel waren blau lackiert, ihre Lider bläulich schattiert. Ich mußte an eine ähnliche Tucke denken, die ich mal auf einer blöden Feier in der Besenkammer gebumst hatte. Paar Tage später rief ich sie im Suff an und gestand ihr meine Liebe. Das Miststück spielte das gesamte Telefonat lang mit, und irgendwann hörte ich vielfach brüllendes

Gelächter. Es hatte auf Zimmerlautstärke geschaltet, das Aas, und die gesamte Gesellschaft mit meinen Schwüren unterhalten.

Kolk lehnte an der Theke, zwei Hocker von der illustren Gruppe entfernt, und starrte unverwandt hinüber. Ich trat in der Nähe der Eingangstür von einem Fuß auf den andern. Kolk drehte sich zu mir um.

»KOMMEHR!!«, schrie er.

Ich kam hin. Ich hatte ihn noch nie – nie! –, in zwanzig Jahren *nie* schreien hören.

»ZWEI BIER!!« brüllte er zu dem Keeper mit Zopf rüber, der ein paar Meter entfernt zu einem Schwarzen mit Kochmütze sprach.

Wir lehnten nebeneinander; ich wußte nicht mehr, was ich sagen sollte.

Unser Bier kam. Kolk orderte zwei Zigarren und zwei Tequilas dazu.

Wir tranken.

Nun hatte ich das unabweisbare Gefühl, daß dieser Abend nicht gut enden würde. (Solch ein Gefühl hatte ich allerdings öfter, *ohne* daß irgend etwas passierte – sicher. Manchmal, wenn ein Glas zerbrach oder es in einer Ecke lauter wurde, verkrampfte ich mich, und mein Puls schlug sofort schneller. Ich lief sowieso immer mit eingezogenem Kopf durch die Stadt; Martinshörner und kreischende Reifen auf Asphalt; eine fremde Tragetasche in den Kniekehlen vor der Kasse des Supermarkts, Autos und Busse, das Rattern der U-Bahn, das du spürst, wenn du auf der Fruchtallee stehst, unter der sie unhörbar entlangjagt...)

Kolk rammte mir den Ellbogen in die Seite und kippte den Schnaps.

»Mensch höhr auf«, sagte ich ärgerlich, setzte an, er grinste. Jetzt fing das Zeug an zu brennen.

»NOCH ZWEI!!«, brüllte Kolk. Durch die laute Musik allein war das nicht zu rechtfertigen. Der schicke Drilling neben uns guckte schon. Kolk lehnte auf der Theke und starrte zu den Piranhas hinüber. *»UND ZWEI BIER!«* schrie er und goß das Drittel Jever, abgestanden, mit zu wenig Druck gezapft, in seinen tiefen Hals. Anschließend steckte er sich die Zigarre an. Ließ seinen Blick durch die Kneipe schweifen. Es war heiß, stickig und laut, und ich beschloß, nach Haus zu gehen.

»Hör mal Kolg«, sagte ich mit fester Stimme.

Er sah mich an und schüttelte den Kopf.

»Du bleibß hier«, sagte er und legte eine Hand auf meinen Unterarm. *»Wir gehn gleich rauß«*, sagte er grinsend, *»in'n Gahdtn.«* Er sah mich an, nahm die Hand weg und lehnte sich mit dem Rücken an die Theke. Er versuchte, alles zu erfassen, bis durch die Scheiben in den Garten zu sehen, aber wir saßen vor dem großen Pfeiler, um den herum Frauen saßen, mit Männern, Frauen mit engen dünnen Hosen, geschminkt, leicht bekleidet, eine mit kurzem Rock, allmählich kotzte mich das an.

Ich hatte keine Lust mehr, aber auch nicht die Kraft, Kolk auseinanderzusetzen, daß ich nach Hause wollte. Ihn zu fragen, was *er* nun eigentlich vorhatte, wagte ich nicht. Ich fürchtete, daß in dieser Karte an Sabrina irgendwas gestanden hatte... Und richtig, Kolk schluppte den zweiten Tequila weg, ohne Salz, die Zitrone schmiß er in den Aschenbecher, das Bier nahm er in die Hand, er stand auf und ging auf die Gartentür zu, verschwand hinterm Pfeiler. Ich blieb sitzen. Ich hatte Kopfschmerzen. Ich trank widerwillig den Tequila und spielte mit der Zigarre. Ich war besoffen. Ich trank einen Schluck Bier. Die Musik hämmerte. Alles war hell, die Frauen trugen kurze Röcke, egal. Scheißegal alles.

Kolk tauchte wieder hinter dem Pfeiler auf. Er grinste, blieb stehen und winkte mich her.

Ich starrte ihn nur müde an.

Kolk winkte.

Ich stand auf, steckte mir die trockene Zigarre in den Mund und griff nach meinem Bier.

Wir gingen raus.

Kolk ging vor mir her, über die Holzterrasse auf den knirschenden Kieselteppich. Er schwankte kurz. Ich stolperte, machte einen Ausfallschritt und fing mich wieder. Es roch gut im Garten. Die Dröhnung ließ nach. Der Verkehr rauschte von weiter weg, Sommerlachen und Gläserklingeln. Es war schummrig, ein Springbrunnen plätscherte. Kolk blieb vor einer der Holzbänke stehen, und noch ehe er reden konnte, sah ich mit eigenen Augen, was ich schon geahnt hatte – wußte ich, daß dort, diese Blonde mit den spitzen Zähnen im Lächeln, Sabrina Hausmann war.

»Dahf ich fohr'schdelln«, sagte Kolk, *»ßabrina Haußmann... Bohdo Mordtn, Schduhdendt...«* Er machte grinsend zwei Handbewegungen.

Ich stand unbehaglich. Sie sah geil aus, klar. Blondes langes Haar, Dauerwelle oder so, jedenfalls Locken, herzförmiges Gesicht, leicht gepudert, und lächelte mit spitzen Zähnchen in den Mundwinkeln. Sie hatte eine schwarze Jacke über ihr schwarzes T-Shirt geworfen. Hinter dem Tisch blitzte ein Stück helles Schenkelfleisch – ein kurzer, schwarzer Rock. Sie sah aus wie eine aus den Tausenden von Videoclips dieses Jahres. Ich war begeistert und dachte, na gut. Mal sehen, was noch so passiert heut abend.

Und dann erkannte ich Werner F.

Genau in dem Moment, als Kolk grinsend sagte: *»Dürfm wa unß zu euch seddßn«*, und gar nicht erst die Antwort abwartete, sondern sich auf die den beiden gegenüberliegende Bank fläzte. Was blieb mir übrig.

Noch im Setzen sagte ich, Kolks Vorstellung parodierend: »*Dahf ich fohr'schdelln: Werna Eff Dierbach – Alfrehd Kollg…*«

Unsere beiden Tischpartner lächelten stumpfsinnig und wünschten sich sehnlichst, so tun zu können, als ob sie uns nicht kennten. Sie blickten sich fragend an, und dann wandte sich Dierbach, der seine Frisur verändert hatte, an mich.

»*En … un … sahgen Sie –* ***müssn*** *wir unß kennen?*«

Er hatte seine vorhautfaltigen Lider vergeblich versucht anzuheben, alles was geschah, war, daß seine blanke Stirn ein paar müde Dackelfalten warf. Und, natürlich, das widerwärtige Ernst-Albrecht-Grinsen blühte kurzfristig auf.

»*Nuuuuuhn*«, sagte ich und fühlte mich auf einmal furchtbar überlegen, »***schderbm*** *müssn wir – sonnß ganiggß*«, und hob extravulgär mein Glas, um es in einem Zug zu leeren. »*Ja*^{h}*, a*^{h}*, a*^{h}*, a*^{h}«, lachte Dierbach, »*herr-ävohr-ärrah-ägendt…*«, während Sabrina zu Kolk sagte: »*Aso irngwie denkich kennich dich doch… weißnich…? – ?*«

Kolk grinste. Anders als sonst. Man sah sein Zahnfleisch. Die rechte Wange zitterte.

Plötzlich gefiel mir die Situation. Aber ich brauchte Bier. Natürlich war keins von den beiden Girls in der Nähe, weder die blonde noch die dunkle.

Ich zündete mir mit Dierbachs goldenem Feuerzeug, das auf dem klebrigen Holztisch neben einer fast vollen Flasche Champagner lag, die Zigarre an.

Kolk antwortete nicht. Ich paffte dicke Wolken zu dem Pärchen rüber, das verzweifelt versuchte, seine Blödheit mit Haltung in Einklang zu bringen.

»*En… ja nein, un… jeddßd kommdß mir*«, sagte Dierbach. Seine Nasenflügel flatterten. »*On… wenn mich nicht alleß… en… täuschd, sind wir unß mahl in der Glucke begehchned – reit?*« Er sah Sabrina an.

»Schdimmdß, Schnebbfchen?« Sabrina machte ein Froschmündchen, um Zweifel oder Unkenntnis zu demonstrieren. Jetzt verwechselte sogar er sie mit Frau Bohner, und die dumme Schnepfe ließ sich sogar verwechseln.

Ich blickte Kolk an, der sein Glas drehte und eine Zigarette aus der Schachtel klopfte, immer noch gefährlich grinsend.

»Yäh mäi bie«, sagte ich und paffte dicke Wolken in Dierbachs Richtung.

»Daß iß Dierbach«, sagte Kolk, mit einem Punkt am Schluß.

»Yabb«, sagte ich.

Unsere Tischpartner wurden nervös. Dierbach blickte, um Fassung ringend, zu Sabrina hinüber. Die lächelte immer noch und sagte plötzlich: *»Der Possdbohte! Jeddß weiß ichß – suhpa! Daß findich ja widdßich irngwie...! Willß du auch... n Schlugg?«* Sie hob die Schampuspulle an.

Dierbach griff nach der Davidoff-Schachtel, mit einem Gesicht, als versuchte er vergeblich, seine Hausnummer auswendig zu lernen.

»Daß iß Bierschwannß«, sagte Kolk, ohne mich anzusehen, und ohne auf Sabrinas Angebot einzugehen. Dierbach wünschte, sich verhört zu haben.

»Yabb«, sagte ich brutal.

Spannend das alles. Ich freute mich auf eine wohlgeschliffene Auseinandersetzung, etwas nach dem Muster, das Satschesatsche früher zur Meisterschaft gebracht hatte. Während ich bereits an gezielt ordinären Anspielungen arbeitete, nahm ich Sabrina dankend die Pulle aus der schmalen Hand mit den rotlackierten kleinen Klauen und goß mein Bierglas damit voll. Satschesatsche war früher unübertrefflich in solchen Situationen. Vielleicht hätte er sich Sabrina auf den

Schoß gesetzt oder eine seiner sonstigen Shows abgezogen – solche von der Art, wie er sie auf dieser irrwitzigen Superfete in der »Glucke«, vor etwa einem Jahr, zuletzt inszeniert hatte.

Aber Satsche war nicht da, und ich konnte sowas nicht so gut.

Und Kolk schon gar nicht.

Kolk nahm mir die Flasche aus der Hand und goß den Inhalt auf Dierbachs Hemd. Sie gluckerte, und es schäumte. Dierbach sprang sofort nach dem ersten Schwall auf. Sabrina auch. Ich erhaschte einen kurzen Blick von ihrem Hintern im Profil. Phantastische Figur. *»ÄÄÄÄI«*, schrie Dierbach. Kolk sprang auch auf. Er schüttelte den Kopf. Dierbachs Kopf. Er drückte Dierbach fast mühelos wieder auf die Bank – die war fest im Boden verankert, wie der Tisch, es war nicht leicht, so schnell da herauszukommen. Dierbach ergriff Kolks linkes Handgelenk und schnappte nach der Flasche in seiner Rechten. Kolk hielt sie höher und goß weiter. *»IIIIIH«*, schrie Sabrina und rutschte aus der Bank heraus. Dierbachs Frisur wurde naß. *»Ääh«*, stöhnte er und ließ sich schließlich hintenüber kippen. Kolk setzte nach und landete mit den Knien auf Dierbachs Brust. *»Aw«*, knurrte Dierbach. *»HÖHR AUFFFF!«* schrie Sabrina. Ich faßte Kolk bei den Schultern. Zwecklos.

Die Musik lief. Der Springbrunnen plätscherte. Es war stiller im Garten. Dann wurden ein paar Stimmen laut. Dierbach hatte sich befreit und aufgerappelt, gleichzeitig mit Kolk, der brüllte, *»KOMMEHR DU AHSCHLOCH«*, brüllte wie ein Stier. Ich sah ihm ins Gesicht, er mich nicht. Seine Augen schienen rot zu sein, er grinste so stark, daß man das Weiße seines Zahnfleischs sehen konnte. Er war riesig und breit. Dierbach stakste rückwärts in den Kieseln. *»Biß du totahl bescheuärd oda waß!«* keuchte Dierbach. Kolk holte weit aus mit der Rechten, machte einen Schritt auf ihn zu, Dierbach wich aus, strauchelte. Kolk landete einen Volltreffer. Direkt in Dierbachs braune Fresse. Es knackte, wie wenn man einen Hähnchenschenkel vom Torso reißt. *»Ump«*, machte Dierbach, riß die Arme hoch und fiel auf den Rücken. Kolk war der Mercedesstern aus der Hemdtasche und vor Sabrinas Stöckelschuhe geflogen. Er hatte unglaublicherweise immer noch die Schampusbuddel in der Linken. *»IHR SCHWEINE«*, brüllte er, drehte sich um, *»IHR DREGGSÄGGE, IHR WIGGßA«*, schrie er. Ich faßte ihn an die Schulter. *»Äy Kolgki, komm, laß uns –«*

»SCHWEINEPRIEßDA!!«, brüllte er. Der ganze Garten war stumm. Sabrina stand neben Dierbach und starrte Kolk an. Dierbach blutete. Er schien ohnmächtig zu sein. Seine Goldkette war gerissen und lag über seiner Nase. Ich blickte mich um. Ich sah eine blonde Frau, die den Mund weit offen hielt. Aus der Kneipe kam ein breitschultriger Typ im Jeanshemd geeilt, der Besitzer, erinnerte ich mich. Er stoppte jäh fünf Schritte vor Kolk ab.

»Faß mich nich an«, gurgelte Kolk. Seine Postjacke war an der Schulter eingerissen. Er schwang die Schampuspulle.

»Ruf ma eina die Bulln«, sagte jemand ruhig. Ich sah aus den Augenwinkeln ein schneeschattenblaues Kleid über einem runden Hintern fälteln. Kolk stand immer noch da. Sabrina warf einen Blick auf Dierbach, der am Mund blutete. *»Ihr Wiggßa«*, flüsterte Kolk. Ich rüttelte seinen Arm. *»Hau ab«*, murmelte er. *»Komm«*, sagte ich und faßte ihn am Arm, *»laß uns abhaun.«*

»Ihr Wiggßa, ihr Pissa«, murmelte Kolk mit roten Augen und gebleckten Zahnfleisch. Er stand gebückt und stierte auf den Typen mit dem Jeanshemd, der ihm in ähnlicher Haltung gegenüberstand. Wir gingen rückwärts. *»Alleß klah«*, grinste ich dem Typen mit

dem Jeanshemd zu. Wir stiegen über den Zaun, der von einer Hecke verdeckt war, ich riß mir fast die Eier auf dabei. Wir gingen mit schnellen Schritten. *»Diese Wiggßa«*, schnaubte Kolk. In seiner Linken hielt er die Champagnerflasche. *»Kommkomm«*, sagte ich, *»die Bulln komm gleich«*, ich sagte, *»kenn die dich da, im Reybach?«* Wir überquerten die Straße. Ich blickte zurück. Niemand folgte uns. *»Weiß Sabrina wo du wohnß?«* Kolk sagte nichts. *»Wiggßa«*, keuchte er und setzte im Gehen die Flasche an. Es war noch was drin.

Wir gingen zu ihm nach Haus und besoffen uns mit einer Flasche Kirschwasser. Kolk sagte nichts anderes mehr als *»Wiggßa«*, manchmal dreimal hintereinander. Er schaltete den Fernseher ein, rauchte, schluckte Kirschwasser und sprach nicht mit mir. Irgendwann schlief er ein.

Seitdem sind wir nie wieder ins »Reybach« gegangen. Es hatte kein Nachspiel. Ein paar Wochen fuhr Kolk nicht mehr durch den Heussweg und lebte mit einem Unwohlsein während der Postsortierung morgens, weil er erwartete, daß sein Dienststellenleiter ihn ins Büro zitieren würde, wo zwei Bullen auf ihn warteten. Aber Sabrina und Dierbach waren anscheinend selbst dazu zu fein, zu blöd oder beides.

8. Rausch der Gegenwart

Es war immer noch warm, unheimlich warm in unserem Nest, als Hinni die Tür hinter uns abschloß. Wir schwankten ein paar Schritte voran. Ich versuchte in den Himmel zu blicken, um Sterne zu finden, aber er war zu stark bedeckt. Eine beinah tropische Feuchtigkeit waberte durch die dunklen Straßen, so dunkel wie sie früher waren, als die einzige Laterne am Spritzenhaus hing. Nicht einmal Bürgersteige gab es bis vor zwanzig Jahren, und bis vor dreißig nicht mal überall Kopfsteinpflaster- oder Teerstraßen. Ich blieb stehen und umkreiste suchend einen bestimmten Fleck zwischen der Straße und Hinnis Festsaal.

»*Wadd iß*«, murmelte Kolk, ein paar Meter entfernt. Ich konnte es sogar hören, so ruhig war es. Nur die langgezogene Schleppe eines Motorengeräuschs von der Autobahn.

Ich beugte mich, die Handflächen auf meinen Knien, zum Boden nieder. »*Wie ald biß du eingdlich*«, fragte ich Kolk.

Er kam ein paar Schritte zurück, zu mir.

»*Haß waß falohrn?*«

»*Guhde Frahge.*« Ich wiegte mich ein wenig vor und zurück. Kolk starrte auf den Boden, dorthin, wohin ich starrte.

»*Fiernfirsisch*«, sagte er, »*du auch.*«

»*Und zusamm sinn wir achnachzich schdimmdß?*«

»*Schdimmd.*«

»*Un waß iß neunzinnhunnad'achnachzich passierd?*«

Kolk grinste vermutlich, wie ich an seiner Antwort hörte. »*Gah niggß*«, sagte er und starrte weiterhin ebenso versonnen wie ich auf den Boden. Da war nichts Besonderes. Nur schwärzlichrote Verbundsteine vom Trottoir.

»*Gah niggß?!*« fuhr ich auf, verblieb aber in der labilen Hocke, die ich manchmal mit einem Seitenschritt wiederherstellen mußte. »*Waß meinß du midd* **gah** *niggß. Da wah gannß* **schöhn** *waß lohß.*«

Kolk schwieg.

»*Un* **heude** *hahm wir daß Jah einß*«, sagte ich. »*Einß*«, sagte ich. »*Un fohr dreizinn Jahn iseß passierd, un fohr zwölf Jahn haseß mir erzehld*«, sagte ich. »*Fiernfirsich pluß fiernfirsisch bezie'ungsweise fiernfirsisch mahl zwei gleich achn'achzich pluß Klamma auf zwölf pluß einß Klamma zu gleich einß mienuß dreizinn gleich achn'achzich*«, sagte ich.

Kolk lachte stoßweise durch die Nase. »*Komm Mordtn, du biß duhn.*«

»**Mooooh**-*mend*«, sagte ich und erhob mich, den Zeigefinger erhoben. »*Daß sind alleß mühßdische Zahln Alda*«, sagte ich. »*Un ich möchde weddtn*«, sagte ich, indem ich mich wieder auf die Knie stützte und auf den Boden starrte, »*dasseß zweimahl dreizinn Jahre hehr ißt*«, sagte ich, »*daß unsa geliebda Freund und Neßdflüchdling Sadschesadschesadsche –*«

»*Sadschesadsche.*«

»*Richdich. Sadsche***sadsche** *– daß unsa alla Sadsche***sadsche** *hier...*«, ich deutete vor mich auf den Boden, »*...genau hier seinazeid kurdßfrißdich außgeraßded iß.*«

»*Nemmlich wie?*« fragte Kolk und fächelte sich Luft zu.

Ich kam wieder gerade zu stehen – fast –, ging zwei Schritte vorwärts und wäre beinahe über eine wadenhohe Holzbalustrade gefallen, die die Blumenbeete schützen sollte.

Ich beschrieb Kolk einen etwas größeren Kreis um diesen Fleck herum, indem ich mit den Händen fuchtelte, und sagte: »*Hier, mein Lieba, iß der Ord, an dehm sich Sadschesadsche dahmaß«*, ich schluckte einmal und leckte mir die Lippen und fuhr fort, große Kreise um diesen Fleck zu beschreiben, *»– ich korrigiere: ... den sich Sadschesadsche da-***malllß** *zweggß Einlösung eineß zwüschn dehn Härn Andreh Bolling, Johanneß Bahdtlß ahliaß Sadschesadsche, sowie meina unglaublichn Wehnichkeid... äh...«* Ich hielt mir eine Hand an die Stirn, die andere fingerte geradezu selbständig in der Luft umher.

»...geschlossn'n Konntraggdß...«, half Kolk aus. Ich sah ihn verständnislos an. Dann begriff ich. *»RICHDICH!«*, brüllte ich. Es begann zu regnen. Ganz fein. *»Geschlossn'n Kontraggdß... aso...«*

So kam ich nicht weiter. Es regnete stärker, die Tropfen blieben fein. Binnen kurzem war meine Brille so dicht besprenkelt, daß ich kaum noch was sah.

»Komm«, sagte Kolk und hakte mich unter, *»dadd kannß mir auch zu Hause erzehln. Wier triengkn noch n Bier... und denn wird gepohfd.«*

»Iß guhd«, sagte ich. Wir torkelten durch unser Nest. Die grüne Scheune, der Spritzenplatz, das alte Kühlhaus waren noch da.

»Guhdeß alteß ***Kühlhauß«***, murmelte ich.

»Yaw«, sagte Kolk.

Wir bogen unter die großen Kastanien ab.

Ich grübelte vor mich hin.

»Du häddßma diesm Aasch da eine fapassn solln wie dahmallß Werna Eff...«

»Wehm.«

»Diesm...«, ich versuchte verächtlich zu klingen, *»***ßgahd***bruhda dehm ich fohre Fühßße gekoddßd habb bei Hinni ehm grahde. Sie solldtn sich Ihr Kindagelld wiedagehm lassn! Pah! Daß mir, eim fa'öffndlichdn Freund deß Papierß un Führendna! Daß iß* ***unsa*** *Neßd hier! Hä? Iß doch* ***wah****! Waß bildedt sich dieses Ahschloch einglich ein! Wa? ICH bin hier gebohrn, HIER! Nich in*

*irngdnem **Scheißkrangknhauß**! **Hier! Hier**, in **diesm** Neßd fadammdnochma binnich gebohrn! **DER** machd mich an! **MICH!** Der! n Zugereißda! n sohgenanndta Neubürga! Ha! Ha! Ha!, kannich da nuhr sahng! **Un**faschehmdheid! Ich koddß fohre Führße wehm **ich** führ richdich halld!«* Ich hatte mich von Kolk losgerissen und trat und boxte in der Nacht umher. *»Iß **der** schohn ma inne Schwinga Wiesn gewehsn allß die Audobahn noch nich alleß **fasaud** hadde? Hä? Allß unsre Schüddßnfeßde hier noch bei Hinni fohra Tühr… äh… wa? Ohda waß? Hä? Hadd der vielleichd noch die alldtn **Mehchbögge** gesehn? Wo wir imma draufgesessn hahm im Somma? Der held doch Mehchbögge führ ne **Gehn**züchdung diesa Trehn'nsagg! Waß fa'schdehd der ühbahaubd fonn sohßjahla Ihdieden… Indi… Ihdehti… ach legg mich…«*

Ich stapfte voran. Es regnete. Kolk kam hinterher.

»Du kommß jeddß ehrßma unnare Duhsche«, sagte er von hinten.

*»**Duhsche!**«*, höhnte ich nach rückwärts, *»mann soll nich mehr so fiel duhschn! Weiß du doch! Die **Heid**schnuggnaffehre! Mann soll auch nicht mehr sohfiel **essn**! Und **triengkn** aunich! Wehgn dem **Hobbfm**schogg Anno –«*

Kolk hatte mich eingeholt und hakte mich wieder ein.

»Iß ja guhd Alda«, sagte er.

Ich beruhigte mich und ließ mich willenlos von ihm führen.

»Wah geijl dahmaß in Hambuich, o'a nich«, sagte ich.

»Yaw«, nuschelte Kolk.

*»Irngwie wahß **geijl**, da giebß niggß«*, sagte ich.

»Yaw«, nuschelte Kolk.

»Weiß noch«, sagte ich, *»die gieganndische Schbontahnfehte inna Glugge dahmaß'– da-malllß, lll!, Ll-ll-ll! **Lll!**«*

»Yaw«, nuschelte Kolk. Wir waren bei ihm zuhaus. Es goß in Strömen. Es wurde kälter. Ich ging leise in die Stube, so leise wie möglich. *»Brieng ma n Hanntuhch midd«*, flüsterte ich. Ich hörte aus der Küche die Kühlschranktür, es klickerte gläsern, dann klingelten zwei dünnwandige Gläser, und Kolk kam auf Puschen grinsend in die Stube geschlurft, stellte das Bier ab und warf mir ein Handtuch zu.

*

Diese Spontanfete in der »Glucke«. Ich weiß heute, daß sie zu den – jawoll, ich schäme mich nicht, ein solches Wort auszusprechen: schönsten Erfahrungen meines Lebens gehört. Jawohl. Da braucht man gar nicht viel drumrumzuphilosophieren. Damals – und auch einige Jahre danach – war es mir noch nicht *so* klar gewesen. Viele redeten noch oft davon – auf anderen Feten, anläßlich verschiedener Treffen – und gingen den Unbeteiligten damit erheblich auf die Nerven. Zum Beispiel Satsche und ich unseren Frauen. *»Nich schohn wieda Gluggknschdorrie«*, pflegte meine Geliebte zu stöhnen, wenn ich das Stichwort »Pinocchio« in die langweilige Runde warf. *»O nein, nich schohn wieda«*, jammerte Mara, wenn Satsche »Schönes Haar ist dir gegeben« anstimmte. Heiner hielt sich aus Gründen der Zurückhaltung zurück, und Kolk grinste nur.

Eigentlich hatte aber auch überhaupt gar nichts an jenem Samstag darauf hingedeutet, daß er in einem solchen Rausch der Gegenwart enden sollte. Im Gegenteil. Es fing damit an, daß ich noch den gesamten Tag über darüber nachgrübelte, weshalb mein am Freitagnachmittag nachgeholtes Referat über »Studentensprache« so unglaublich flott in die Hose gegangen war. Ich hatte, logischerweise, von einer theoretischen Betrachtung dieses Themas weitgehend Abstand genommen und statt dessen lediglich die materialistische Position der einzigen Dissertation zu diesem Thema kurz skizziert sowie anschließend einen stark verdichteten autobiographischen Anderthalbseitentext, in ironischem Ton gehalten, um ja Distanz zu demonstrieren, zu den Erfahrungen meiner ersten achtzehn Semester verlesen. Alles was aus dem ziemlich dünnen – wie gesagt, wir hatten Freitagnachmittag – Plenum kam, war einsilbige Zustimmung. Zweimal Kopfnicken. Vier »Genau«-Zwischenrufe. Irgendwann fand ich mich in der Situation wieder, daß ich meinen eigenen versteckten Thesen unaufgefordert, aber vehement widersprach, ja sie sogar höhnisch verlachte, damit die Auseinandersetzung mit meiner Theorie der Studentensprache etwas lebhafter ausfiel. Inzwischen hatte ich meine Aussagen zum Thema jedoch vergessen und wußte nun gar nicht mehr, was los war. Bis gottseidank ein sonderbarer Streit zwischen dem Seminarleiter und einem studentischen Exegeten des französischen Strukturalismus' ausbrach, von dem ich kein Wort verstanden noch behalten hatte.

Ich wanderte also den geschlagenen Samstag, während es im Hinterhof regnete, in meinem immer noch leeren Wohnzimmer – ich hatte einfach noch keine Zeit gefunden, die Möbel wieder aus dem Keller heraufzuschleppen – auf und ab und schaltete schließlich den Kassettenrekorder ein, um die Aufzeichnung abzuhören, die ich von der Seminarsitzung zwecks Verwertung für die schriftliche Ausarbeitung des Referats gemacht hatte. Hatte machen wollen, besser gesagt, denn alles, was ich hörte, war dumpfes Gebrabbel, völlig unverständlich, und viel zu leise. Als dann noch Satsche anrief und mich nach Kolk und dem heutigen Skatabend fragte, war ich vollends entnervt.

»*Midd dehm rehdich nich mehr*«, sagte ich.

»*Ich auch nich. Pißpiß.*«

»*Aba Heina*«

»*Dann ruhf ich Heina an dassa Kollg anruhfd*«, sagte Satsche. So geschah es. Heiner rief mich an, daß er Kolk angerufen habe; Kolk würde Satsche anrufen, daß es klar ginge, so daß wir also heut abend in der »Glucke« unseren Skat dreschen würden. Lust hatte ich keine. Ich hatte seit jenem Dienstag in Kolks Müllwohnung keine große Meinung, mit ihm Skat zu spielen. Er würde tun, als wäre nichts gewesen, und ich würde grübeln, ob er recht hatte.

Nun, gegen sechs Uhr abends klarte der Himmel auf. Die Drosseln im Hinterhof überboten sich gegenseitig an Brillanz, ein bis zwei Sonnenstrahlen erinnerten mich ans Staubwischen... ach was, gelogen. Meine Laune stieg. Ich riß die Fenster auf, milde, fast warme Luft strömte herein, ich rannte raus in den Garten, schnüffelte in den Geranien herum, warf einen feuchten Stein nach einer Kanalratte und ging wieder ins Haus, summend. Ich beschloß, die Sportschau ausfallen zu lassen und statt dessen zu duschen. Ich duschte, striegelte meinen Bart, rieb meinen Ohrring wie Aladins Wunderlampe und ging gemessenen Schrittes unter den tropfenden Erlen am Kaifu entlang zur »Glucke«. Es war sieben. Noch Zeit, um in Ruhe etwas zu essen.

*

Kolk pfiff vor sich hin, als er sein Fahrrad an einer der Baumkrampen ankettete. Er richtete sich auf, verstaute den Schlüsselbund in der Hosentasche und schnaufte kurz ein und aus. Er blinzelte in die Sonne, sah einer jungen Frau mit kurzem Rock hinterher, die auf ihrem Fahrrad gemächlich unter der U-Bahn-Brücke hindurch in Richtung Eppendorf radelte und ihm von weitem zulächelte. Kolks Schnauzer wurde zu einem geraden buschigen Haarbalken. Pfeifend steckte er die Hände in die Hosentaschen, blickte pfeifend umher und betrachtete schließlich das weiße Emailleschild, das an einem Stahlarm rechtwinklig in die Luft über dem Trottoir ragte, aufgehängt an zwei silbernen Ketten. Es hatte die Form eines liegendes Eies und trug den in quasi gefiederten Buchstaben gestalteten Schriftzug der »Glucke«.

Kolk stieg an den regenfeuchten, verwaisten Plastikmöbeln vorbei die Stufen zur Kneipe hinauf.

Es lief keine Musik, und noch niemand saß am Tresen. Yvonne lehnte an der Wand, rauchte und blinzelte Kolk freundlich zu. Kolk grinste, pfiff seine Melodie weiter und warf einen Blick in die Skatnische. Auf dem Tisch lagen ein Päcken Tabak und Streichhölzer.

»Ißn daß?« fragte Kolk mit einer schrägen Kopfbewegung.

»Dein ßgahdbruhda«, sagte Yvonne.

Von der Treppe zu den Toiletten her ertönten kurz darauf scharrende Schritte und wieherndes Gelächter aus zwei männlichen Kehlen. Kolk grinste, schniefte und klopfte sich eine Zigarette aus seiner Revalschachtel. Er schlug nach einer Fliege, die ihr summendes Luftknäuel zweimal auf seiner Nase unterbrach.

»Nehneh«, verlautete die fremde Stimme, *»ich geh schohn gah nich mehr* ***rauß*** *bei sohm Wedda. Krichß ja n* ***Hormohn****schogg bei dehn gannßn kurdßn Röggkn.«*

»Aba echd«, blökte Bodo, als er vom Flur her den

Gastraum betrat. Ein Mann in karierter Hose und Windjacke, unrasiert und mit starkem Nußknackerkinn folgte ihm und blieb an der Stirnseite der Theke, knapp neben Yvonne, stehen.

Bodo stutzte und starrte Kolk mit offenem Mund an.

»Kollgki?«, fistelte er, *»Kollgki, biß duhß?«*

Kolk grinste, zündete sich die Zigarette an und lehnte sich an die Theke. Schniefend inhalierte er, während er auf den Boden blickte.

Wie ein Pate mit ausgebreiteten Armen ging Bodo auf ihn zu, faßte ihn mit gestreckten Gelenken an die Schultern und flüsterte: *»Grühneß Tieschörd? Schwahdßa Blehsa? Schwahdße Tschienß? Und –«*, er schlug die Hände über der Glatze zusammen, *» –n* ***Zobbf??!!«*** Er setzte sich auf den Barhocker neben Kolk. Dann machte er den Mund wieder zu, schnüffelte, leicht vorgebeugt, mit halbgeschlossenen Augen in Kolks Richtung und entließ ein brünstiges Brummen.

»Aaww, Kollgki, ich könndte dich auf der ***Schdelle*** *…–«*, er blickte vom Panzerknacker zu Yvonne und zurück und sagte: *»Fadammnochma, Kollgki siehd auß wien fadammdta* ***Heiraddß****schwindla ohda?«* Kolk grinste, 761–617 lachte hustend, und Yvonne lächelte, während sie begann, im Kassettenregal herumzuwühlen.

»Echdaw, du siehß ja sohwaß fonn ***geijl*** *auß Alda – waßn* ***lohß****? Willßdu hier alle* ***Fraun*** *farüggd machn ohda waß? Wir wolln ßgahd schbiehln äy!!«* Bodo knuffte Kolk in die Seite.

»Nehneh iß richdich«, nuschelte Kolk und sagte zu Yvonne: *»Sachma, liechd daß im Bereich deß Möhchlichn daß du mir ma na Ginneß anzabbfß und unß n ßgahdbladd und n –«*

»– Blogg und n Schreiba ich weiß Bescheid.«

»Weiß Bescheid?«

»Ich weiß Bescheid.«

»Sie weiß Bescheid.«

»Yaw.«

»Yaw.«

»Yaw, yaw«, sagte 167-671.

»Und mier machß auch noch ma n fanümfdiegeß Bier wa?« sagte Bodo. Musik erklang. Harte Gitarrenriffs.

»Aw«, murmelte Kolk *»Hahdbrehka. Kennß daß noch?«*

»Na lohgo Alda!« Bodo verzog gitarristenmäßig sein rotbärtiges Gesicht und krümmte die Finger der beiden Hände in Höhe seiner rechten Hüfte.

Kolk sang mit. Sein Text deckte sich ziemlich genau mit dem Robert Plants. Bodo unterbrach sein Spiel, staunte, und spielte weiter. Er grinste breit. Panzerknacker trat gleichfalls grinsend von einem Fuß auf den andern. Yvonne sah ihnen kopfschüttelnd zu. *»Seid ihr nich n bißchen zu alld führ sohwaß?«* Sie legte Skatblatt, Block und Schreiber auf die Theke.

Bodo hielt mit seinem Spiel inne und öffnete bereits den Mund, als – genau in die Taktpause vor Jimmy Pages Solo – ein kurzer, trockener, aber vollvolumiger Furz knallte. Kolk und Bodo brachen nach der Schocksekunde in grölendes Gelächter aus, blickten zum Panzerknacker hinüber, der stolz grinsend die Brust straffte und sagte: *»Habbich lange führ ge'ühbd.«*

*»Faßd so guhd wie **Ruhdi!**«* grölte Bodo.

»Waß ißn heude lohß midda Kundschaffd«, seufzte Yvonne in gespielter Verzweiflung und drehte die Musik leiser.

Kaum war das Gelächter zu blühendem Grienen abgeklungen, fragte Kolk:

»Waß iß daß. Siddßd inna Eggke und klappat.«

Bodo und der Panzerknacker grinsten. Yvonne blickte skeptisch.

»Keine Ahnung.«

»Pinnockio beim Ohnaniern.«

Der Panzerknacker lachte, als hätte er den Verstand verloren. *»Pi-nock-ki-o-beim-Ohn-na-«* Yvonne tippte sich an die Stirn und sagte mit glucksend tiefer Stimme: *»Ihr seid ja tohtahl bescheuad…«* Sie stellte dem befriedigt grienenden Erzähler sein Guinness hin, ein dickbauchiges Glas mit schwarzem Bier und sahniger Haube, in deren konzentrischen Schaumdünen unhörbar Bläschen platzten. In der Mitte war ein kleiner Krater vom letzten Schuß des Zapfhahns.

Kolk blickte hinein, schob das Bier zurück und sagte:

»Daß nehmich nich. Iß kapudd. Da iß n Loch drinn.«

Während Yvonne schmunzelnden Auges mit zwei Fingern auf dem Schanktisch trommelte und den Kopf schief legte, fiel 712-217 prustend in sich zusammen. Bodo gackerte vor sich hin, wandte sich zum Skattisch, um seinen Tabak zu holen und rief plötzlich:

*»**O Goddt!**«*

Alles drehte sich zu ihm – und dann in seine Blickrichtung.

»Kenn wir unß?«, sagte eine halblaute Stimme, die ein heiseres *»Hh! Hh!«* hinterherschickte.

»Ruhdi der Ahsch«, sagte Kolk.

»Ruhdi der Ahsch«, sagte Bodo.

»Ruhdi mein Hahse«, sagte Yvonne und ging auf ihn zu. *»Waß kann ich führ dich tuhn?«*

*»Willß daß **wirglich** wissn mein Engl?«* sumselte Rudi.

Er sah brutal aus. Er trug eine nietenbeschlagene Lederjacke, eine mit einem bluttriefenden Zombie bestickte Kutte darüber sowie eine knallenge Lederhose, so daß seine Beine wie Gummiknüppel wirkten. Von seinem Rücken baumelte eine E-Gitarre, deren Griffbrett fast den Boden berührte. Sein ehemals silberblondes Haar glänzte schwarz wie ein Ölteppich.

»Waß iß hier heude blohß lohß«, murmelte Bodo und drehte sich eine Zigarette. Er gesellte sich wieder zu den anderen, die ihre Blicke parallel auf Rudis flache Stirn ausrichteten, wohin Yvonne soeben einen Kuß placierte. Es schmatzte geradezu.

»Mmmmmmm«, sagte Rudi, *»daß gehd ja schohma guhd lohß. Hh!«*

Yvonne lächelte liebreizend.

»Sachma«, hub Rudi an, *»Bluhme deß Nordnß«*, sagte Rudi, *»ob du mir wohl n schöhneß Ald einschengß?«*

»Aba midd dehm endzüggdeßdn Fagnühgn!«

»Iwonn!« schrien Kolk und Bodo fast gleichzeitig. *»Ühbatreib nich!«*

»Ihr lahbadd doch auch schohn dehn gannßn Ahmd Scheiße«, rechtfertigte sie sich.

»Wie dahfich n daß fa'schdehn«, fragte Rudi, während sich Yvonne hinter den Zapfhahn verfügte.

Im Hintergrund lief Musik. Von draußen hörte man das Geräusch eines vorbeifahrenden Wagens.

Rudi kletterte auf einen Barhocker. Er grinste zur Gruppe der anderen rüber. Er holte tief Atem, atmete lange aus und sprach dann, ohne jemanden anzusehen, wobei er bei jeder betonten Silbe nickte: *»Foddße, Pimml, Eia, Sagg, morgn, ißd ein, Feia, tagg.«* Dann grinste er. Kolk, Bodo und 721-172 grinsten zurück. *»Dß-dß-dß»*, schnalzte Yvonne, *»Ruuuhdi ...«*

Rudi rückte seine Klampfe auf dem Rücken zurecht.

»Waß machd der Tisch?« fragte Rudi.

Bodo zuckte die Schultern.

»Niggß. Waß soll der ohne mich schohn machn.«

Kolk schnaufte durch die Nase. Der Panzerknakker fing schon wieder an zu wiehern. Anschließend hustete er.

Musik von Ian Cussick spielte – aus seiner ersten LP, der zweitbesten.* Kolk sang schon wieder mit. *»Johr si* *ownli wummen in mei leif sedd ei kudd ewwa rieli törn aw-hawn tuuu-huhu – äind se neiß …«*

»Sach ma ***Kollgki****«*, staunte Bodo.

»Iwonn?«, sagte Rudi.

»Ja Hahse?«

»Sachßma inna Küche Bescheid dassich ne Jehgaschwannßsubbe will?«

»Hachhachhach«, lachte der Panzerknacker und hustete, *»ne Jeeeehga-schwannß-subbe«*, skandierte er, *»hachhach, hachhachhach …«*

Rudi grinste.

»Hahmwa nich Hahse«, sagte Yvonne und steckte sich vergnügt eine Zigarette an. Dann wühlte sie in ihrer Zettelwirtschaft.

»Ühbriegnß – du haß hier noch«, sagte sie und beugte sich mit gerunzelter Stirn über einen Block, während sie ihre Zigarette weit von sich streckte, *»du haß hier noch seggß Halbe schdehn. Fonn Middwoch. Wahß wohl n bißchen ühba'ahbeided wa?«*

»Fonn Middwoch?« sagte Rudi. *»Die kibb mann wech, die schmeggn sohwieso nich mehr.«*

»Hachhachhachhachhach, hachhachhachhach, ähach, ähä, öhähä, rhm, achem …«, der Panzerknacker trat lachend und hustend von einem Fuß auf den anderen. Allmählich wurde er rot und röter. Sogar seine Bartstoppeln schienen zu glühen.

Auch Bodo räkelte sich wohlig. Kolk schniefte hin und wieder, grinste ständig und steckte sich einen Zigarillo an. Schwarz und halblang. Er duftete vorzüglich.

»Ich muß schohn sahng«, sagte Bodo.

»Wie siehß du eingdlich auß«, grinste Rudi Kolk an.

»Daß muß ***du*** *grahde sahng«*, sagte Kolk.

Bodo und der Panzerknacker keckerten. Rudi ließ sich nicht aus der Ruhe bringen. *»Iß mein Bühn'n'audfidd. Wir trehdtn nachhehr im Lohgo auf.«*

»Achja!« sagte Bodo. *»Hadd mir Sadsche erzehld. Wie heißd eure Trubbe ma noch?«*

»Pedd ßemmeterri«, sagte Rudi. *»Iwonn?«*

»Ja Hahse?«

»Fier Jubi bidde. Fümf, wenn du ein mid –«

»Nehneh, muß ahbeidtn.«

»Um zehn«, sagte Rudi zu den andern drei gewandt. *»Hier«*, sagte er und sprang vom Hocker, wühlte in der Innentasche seiner Kutte und überreichte Bodo, Kolk und dem Panzerknacker je eine Eintrittskarte. *»Freikahdtn. Herdßlich willkomm. Sünde-daw.«*

»Wir hahm ßgahd'ahmd Rudi. Troddßdehm, mann dangd.«

Rudi zuckte die Schultern und setzte sich auf den Hocker neben Kolk.

»Rudi?«, sagte Kolk und zog an seinem Zigarillo.

»Yaw?«

»Kennß dehn schohn?«

»Neh«, sagte Rudi. Der Panzerknacker räusperte sich, und Bodo griff nach seinem Tabak.

Kolk schniefte zweimal und zurrte am Kragen seines Jacketts.

»Ach«, sagte Kolk mit hoher Stimme. *»**Daß** iß aba n hübscheß Kind! Wie soll eß denn heißn?«* Kolk schniefte. *»Wir wollen eß«*, sagte er mit veränderter Stimme, *»wir wollen eß Klähr nennen.«*

»Wie?« sagte der Panzerknacker.

»Klähr«, half Rudi aus und zottelte an seiner Gitarre, *»zeh, ell, ah, ih, err, eh. Richdich?«*

»Richdich«, sagte Kolk. *»Wie soll es denn heißen?«* wiederholte er mit hoher Stimme. *»Wir wollen eß Klähr nennen«*, sagte er mit veränderter Stimme. *»So?«*, sagte er mit hellerer Stimme, *»**daß** würdich mir aba nochma übalehng, Frau Gruhbe.«*

»Hh! Hh! Hh! Hh! Hh!...«

»Hachhachhach«, hustete der Panzerknacker. Kolk

grinste. Yvonne stellte die Schnäpse hin, die Rudi bestellt hatte. Und das Bier für Bodo und Rudi.

»Proßtata!«, sagte Rudi.

»Assehjehwuh«, sagte der Panzerknacker. Darüber mußte Bodo lachen.

Kolk sah Yvonne an. Sein Schnauzer blieb gebogen. Rudi soff. Bodo auch. Yvonne lächelte. Der Panzerknacker hustete und kippte den Schnaps gleichfalls, mit Kolk zusammen. Die Musik spielte. Draußen fuhr ein Auto vorbei, zugleich mit der heulenden und ratternden U-Bahn.

In diesem Moment betrat Satschesatsche den Raum. Ohne Begrüßung schritt er in unsere Ecke, mit finsterer Miene. Er stand hinter uns. Kolk grinste Yvonne an.

»Hallo«, sagte Yvonne. Rudi und Bodo wandten sich um, schwach lächelnd.

»Ahmasahma«, grollte Satsche und stierte auf Kolks Zopf. *»**Tschummpoddgorrni**«*, murmelte er und zupfte an Rudis Kutte. *»BAAAAAAAH!«*, grölte er, während seine Stirnadern schwollen, seine Augen fischig weit aufgerissen, sein langes Gesicht wurde kantig, er hob seine riesigen Finger wie ein Vampir und verkrallte sich in Kolks Hals. Kolk hob ruckartig die Schultern. *»Hilfe!«* winselte Kolk. Der Panzerknacker lachte hustend. Yvonne lächelte.

»Nimm deine Ohnahnierzangn wech«, jammerte Kolk. *»Mach mir blohß kein Knuhdschflegg...«*

*»Mann hadd der riesiege **Griffl**«*, staunte Rudi grinsend. Satschesatsche kriegte sich wieder ein und sagte: *»die **müssn** so grohß sein damidd ich mein Glied auch richdich **anfassn** kann.«* Dann lachte er heiser, bestellte ein Bier und einen Cognac – *»Der gehd auf mich«*, sagte Rudi –, und legte Kolk eine Hand auf die Schulter. *»Sind Sie«*, sagte er, *»die Frau midd der jungn Haud? Ohda«*, sagte er, *»Kahl Lahgafeld?«*

Kolk lächelte süßlich, gab Satsche blitzschnell ein Küßchen auf die Stirn und sagte: *»Saddsche! Ich binn begeißdadd dich zu erbliggkn!«*

Satsche rieb sich angeekelt über die Stirn und drängelte sich zwischen Rudi und Kolk. Er taxierte Rudis Aufmachung. *»Biß nich gannß* ***dichd*** *Mendßn?«*

»Sünde daw«, murmelte Rudi und grinste. Während Yvonne Satsche den Cognac hinstellte, bestellte er noch vier Jubis, schwang seine Gitarre herum auf den Schoß und probte ein paar tonlose Akkorde. Satschesatsche warf einen fachkundigen Blick darauf.

»Iwonn«, sagte Rudi, *»ich muß waß* ***fressn.«***

»Waß ***ißn*** *daß für eine«*, fragte Satsche. *»Ne* ***ßdradd*** *ohda wadd.«*

»Ne ***ßdradd!«***, stöhnte Rudi. *»Ich krich ne* ***Kriese!«***

*»****Waß*** *denn Hahse?«* fragte Yvonne.

»Äh, Sünde daw... am liebßdn n Dobblwoppa.«

»Nuhma ***echd*** *Kollgki«*, zupfte Bodo an Kolks Revers. *»Waß iß heude midd dir lohß? Hä?«* Kolk schniefte und grinste. Bodo schob sich ein Löckchen hinters beringte Ohr. *»****Sachma!*** *Ne* ***Frau*** *eddwa? Haßne neue* ***Alde****? Wa? Du biß* ***faliebd*** *du Ahschloch richdich?«*

»Ach Kwaddsch«, wehrte Kolk grinsend ab und schlug an der Fliege vorbei, die just von seiner Stirn aus gestartet war.

»Ruhdi Hahse«, tadelte Yvonne, *»sohwaß hahm wir doch nich...«*

»Waß ißn daß ***sonnß****?«* beharrte Satsche und patschte einmal über die tonlosen Saiten. Prompt riß eine. *»Oh«*, sagte Satsche.

»NAAAIN!«, schrie Rudi und hopste vom Hocker. Yvonne baute seufzend die Jubis auf.

»Schulligung«, murmelte Satsche zerknirscht, *»bezahl ich... aw Scheiße echd... iß mir außa'orndlich...«*

»Sünde-daw, ich krich ne Kriese, in zwei Schdunn hab-

hich n Gigg äy...« Rudi drehte fahrig an der Wirbelschraube.

Kolk schnaufte durch die Nase. *»Tüpisch Saddsche.«*

»Haß keine Ersaddßsaidte?«

»Schüüß daw, ich krich ne...« Rudi kippte den Jubi und stürmte aus der Tür, vermutlich zu seinem stadtreinigungsfarbenen Kombi.

»Jeddß issa saua«, stellte Satsche ungerührt fest.

»Du biß aba auch n seldtn tollpaddschiegeß Riesnroß«, grinste Bodo.

»Und du«, sagte Satsche, *»haß ne Glahdße.«* Er wandte sich, um sein Gesicht zu wahren, an Kolk.

»Und ***du****? Wo wahß* ***duhdn*** *die gannße Zeid! Besoffm?«*

»Krang«, sagte Kolk. *»Naggknschmerdßn.«*

Satsche wurde etwas freundlicher.

»Aw Mann, habbich auch offd. Wahß beim Ornitolohgn? – äh«, begann er sich, selbst lachend, als der Panzerknacker krachend hustete, zu korrigieren: *»– beim, beim, äh Ordopehdn?«*

»Nehneh«, grinste Kolk.

Rudi kam wieder rein, ohne Gitarre, grinsend. Satsche lief sofort auf ihn zu, fiel vor ihm auf die Knie – selbst in dieser Pose war er noch fast so groß wie der –, umschlang Rudis schmale Brust und bettete sein Haupt daran. *»Fagehb mir«*, schluchzte er.

»Teh absollwoh«, murmelte Rudi mit tiefer Stimme. *»Schdeh auf Bruhda. Sünde daw.«*

Satsche sprang sofort auf. *»Niggß Teh, n* ***Juhbi*** *absollwiern wir jeddß. Iwonn? n Juhbi!«*

»Öi, öi, öi, öi, öi...«

»Waaaaaaa...«

»Hachhachhach, hachhach...«

»Iß guhd iß guhd, ***fier*** *Jubbi. Fümf?«* Er blickte Yvonne an. *»Scheiße daw...«* Er kramte bereits in seiner Geldbörse.

Die Musik spielte, Yvonne riß erneut die Kühlschranktür auf, der Panzerknacker hüstelte und räusperte, Kolk grinste. Bodo und Rudi drehten sich Zigaretten. Satsche stöberte klimpernd im Kleingeldfach. Alle atmeten.

»*Außadehm*«, sagte Kolk – und das war selten genug, daß *er* ein Gespräch über sich selbst begann –, »*wah ich geßdan beim Hallßnahsn'ohrnahdßd.*«

»*Und?*« klimperte Satsche.

»*Ich habb ne Allagie gehng Haußschdaub.*« Bodo brach in schallendes Gelächter aus. »***Oh**, oh, oh*«, heulte er, »***üble** Falle! Un **jeddß**? Muß dir ne **Perle** angaschiern oda wadd? Hehehehehe...*«

»*Waß willß denn nu*«, fragte Yvonne Rudi.

»*Ach ehgal, gieb mir n **Schniddßl**, ferdich. Und n **Bier**. Und fier **Juhbi**. Fümf?*« Yvonne lehnte ab.

»*Sachma*«, sagte Bodo, »*haßdu schon wieda ßgeddsche an Harrald und Eddi fakaufd ohda wieso schbiehlß du hier den Kröhsuß...*«

»*Harrald?*« fragte Satsche.

»*Eddi?*« fragte Kolk.

»*Middnichdtn*«, versetzte Rudi mit Würde. »*Ich hab ne Schweßda beim Film.*« Kolk winkte ab, *den* kannte er schon. »*Bei Tehsafilm*«, sagte Rudi. »*Hh!*«

»*Hachhachhach*«, lachte der Panzerknacker. »*Bei **Teh**-sah-film... hachhachhach...*«

Um Rudis Lacherfolg umgehend zu schmälern und sich somit ausgleichende Befriedigung für seine Schmach zu verschaffen, unterbrach Satsche dessen Gelächter und fragte, den rechten Daumen über seine Schulter in Rudis Körperpufferzone stippend: »*Wissn Sie einglich wieso der so klein iß?*«

Der Panzerknacker grinste. Satsche kostete die Pointenverzögerung zu gierig aus. Rudi schaltete schnell.

»Weil meine Mamma«, sagte Rudi, *»imma gesachd hadd: wenn du grohß biß mußdu ahbeidtn!«*

»Hach!, hach!, hach!«, lachte der Panzerknacker, *»wenn – du –* ***grohß*** *– biß... hachhachhach...«*

Yvonne stellte uns eine Runde Bier hin. Die leichte Irritation – niemand hatte bemerkt, daß sie neues angezapft hatte – wurde vom Panzerknacker aufgelöst, indem er *»Prowßd«* sagte. Kolk schluckte ein frisches Guinness, Rudi sein Alt, Satsche schlürfte und Bodo trank sein Pils.

Sie alle kippten die Jubis drauf.

»Uoörbpß«, machte Rudi.

»Du äddßnde Sau«, rügte ihn Satsche halbherzig.

»Daß wah ***Körpabeherrschung****«*, behauptete Rudi. *»Jehda andre hädde* ***gekoddßd****«*, sprachen Satsche, Bodo und Kolk im Chor. *»Genau«*, sagte Rudi einzeln. *»Außadehm«*, sagte er, schlug sich leicht auf die rechte Wange und legte anschließend die erhobene Hand mit abgewinkeltem Daumen und kleinem Finger im rechten Winkel an die Stirn, *»außadehm machd daß niggß wenn man dehn* ***ableidted****.«*

»Du biß doch sohwaß fonn bescheuadt«, gackerte Bodo.

Yvonne drehte die Musik lauter.

»Aw geil«, sagten Satschesatsche und Bodo und Kolk beinah gleichzeitig. Die Doors, »Love Her Madly«. Der Übersetzer mit dem grauen Bart kam herein und setzte sich in die rechte äußere Ecke, auf meinen Lieblingsplatz. Er setzte seine Halbbrille auf und las die »taz«. Gleich anschließend betraten zwei Damen das Lokal. *»Guhten Ahbend«*, dichtete Kolk und deutete eine Verbeugung an. Während Satschesatsche und ich ihn wie vom Donner gerührt anstarrten, erwiderten die schönen Frauen lächelnd den Gruß und machten Anstalten, sich in der Skatnische niederzulassen. Noch

ehe wir reagieren konnten, ging Kolk einen Schritt auf sie zu, machte eine einladende Handbewegung zur anderen Ecke und eine zum Tresen und nuschelte galante Nichtigkeiten. Satsche geriet in diese gewisse nervöse Verzückung, die er früher oft genug auf Feten durchzustehen gehabt hatte. Die Damen setzten sich zuvorkommend lächelnd auf einen anderen Platz. Kolk kam grinsend in unsere Runde zurück. Er war ein bißchen rot geworden.

»Ich glaub ich schbinne«, murmelte ich und trank Bier.

»Kollg du alte Holldß'eule«, sagte Rudi, *»gahnich gewußd daß du sohn alta Schamör biß... hh!... Sünde daw...«*

Kolk zündete sich mit Grandezza einen Zigarillo an, winkte kurz zu den nickenden Damen hinüber, genoß und schwieg. Satsche war völlig aus dem Häuschen und kippte seinen Cognac vor lauter Aufregung auf Ex.

»Einen, wunderschönen guten, Abend[h]«, erscholl da plötzlich eine wertvolle Telefonstimme.

»Aaah, Herr ***Wehdl*** *höchßper-... nein.«* Ich erstarrte zum soundsovielten Male an diesem Abend. Satsche fiel noch nichts auf, Kolk beäugte Heiner und gnikkerte in sich hinein.

»Ein, Kännchen Tee, hätt[h] ich gern«, intonierte Heiner. Er trug eine hellbeige, leichte Sommerhose, Sandalen, und ein grellgelbes Sweatshirt.

»Wie leufß du denn rumm?! Wie n ***Pabbagei!*** *«* raunzte ihn Satsche begeistert an. Jetzt hatte er's auch gemerkt. Heiner lächelte smart.

»Tscha«, sagte er und rieb sich die gepflegten Pfoten, »immerhin haben wir fast[h] Sommer und –«

»Ich ***hald*** *daß einfach nich* ***auß*** *heude«*, sagte ich. *»Habb ich die* ***Weld****rewoluzjohn fapassd ohda waß?«*

Kolk haschte wieder nach der Fliege. Diesmal hatte er sie offensichtlich gefangen. Er quetschte die Hand zusammen und ließ los, um zu sehen, ob sie wirklich drin gewesen war. Die Leiche pitschte in Satsches Bier.

»Äi du Sau…«

»Jeddß isseß n Fliegnpilß«, sagte Kolk.

»Hachhachhach, n **Flie**-*gn-pilß… hachhach…«*

»Ich geh ehrßma pissn«, verkündete ich.

»Ahba wieda lohßlassn«, raunte Rudi. *»Hh!«*

Als ich wiederkam, saßen meine drei Brüder in der Skatnische. Eine neue runde Bier stand dort. Der Panzerknacker zwang Rudi eine Diskussion über die Sinnlosigkeit der Heavy-Metal- im Gegensatz zur Musik von Howard Carpendale und Rita Pavone – jawohl: Rita Pavone! – auf und Rudi dem Panzerknacker eine über das exakte Gegenteil. »Acht^{h}zinn!« rief mir Heiner entgegen und *»ahba imma«* log ich. Ich nahm die Karten auf und verlor.

»Ahschlöcha«, sagte ich.

»Abpropo Ahschlöcha«, sagte Kolk und bestellte per Handheben ein frisches Guinness. *»Kennd ihr* ***dehn****?«*

»Neh«, sagte ich. Die »Glucke« füllte sich. Ein schlanker Blonder betrat den Raum, setzte sich an die Theke und bestellte *»einen Rohten«*. Yvonne wirbelte hinterm Tresen.

»Sallambo«, sagte Kolk klangvoll. *»Nachdschoh.«* Wir lauschten. *»Auf der Bühne schdehd der Schdah deß Ahmdß, Mannfrehdo del Schdendo.«* Satsche zog Bahnen mit dem Schlüsselbund. Heiner verschränkte die Arme. *»Nohmen eßd Ohmen«*, sagte Kolk – weiß der Teufel, woher er das nun wieder hatte. *»Mannfrehdo iß schblittanaggd biß auf weiße Handschu'e, und hadd n Schdeifm. Ihm gehng'ühba, aufm langn sammdbedeggdtn Tisch, liechd n Krohgodiel.«*

»N Krohgodiel?«

»Yaw.« Kolk richtete sich auf. *»Meine Dahmun-*

härn«, ließ er verlauten. Die Damen, in der Ecke unter dem Bild mit dem versinkenden Segelschiff, horchten auf. Ebenso der Übersetzer, der blonde Rotweintrinker, Rudi und der Panzerknacker. *»Ich wärde jeddß«*, rief Kolk, *»meinen Schuannß in daß Maul dieseß Untierß schdeggkn, ihn wieda herausßziehn und eß wird ihm –«*, Kolk breitete die Arme aus und blickte im voraus triumphierend in die Runde, *»– niggß passiern!«*

»Dehm Krohgodiel be'schdimmd nich daw!«, quasselte Rudi dazwischen. *»Hh! Hh!«*

Kolk ignorierte ihn. Andrea stellte die Musik leiser. *»Wohl'an«*, rief Kolk aus und fuhr, etwas leiser, fort: *»Donn Mannfrehdo schiebt sein'n Schuannß biß anß Heffd in daß weidge'öffnedde Maul deß Untierß, daß Untier schließd die mehtalangn, runnßliegn, dolchzahnbewehrdtn Kiefa und…«* Kolk blickte sich im Saal um, die Hände hoch erhoben. *»Gelehmdte Schdille. Mann kann die Schdeggnahdl im Heuhaufm höhrn. Das Puhblikumm held dehn Ahtem an.«* Kolk blickte sich um. *»Und plöddßlich haud Mannfrehdo dehm Krohgodiel kurdß un troggkn zwüschne Augn daß Maul gehd auf der Schuannß kommd unfasehrd und in folla Prachd zumm Fohrschein.«* Kolk hielt inne und schwenkte sein Zigarillo. Wir lauschten.

»Undundund?« fragte Satsche.

»Prasslnda Abplauß – doch Mannfrehdo wehrd bescheidn ab«, sagte Kolk. *»Nuhn«*, Kolk hob die Arme und paffte freihändig, *»wer fonn Ihn'n, hochfapuhbteß Ehrlikumm, sachd der Grohße Mannfrehdo, möchde denn daß auch ma prohbieren?!«* Schweigen in der »Glucke«. *»Betrehdneß Schweign«*, sagte Kolk. *»Die Härn der Schöbfung kaun aufn Finganehgln, feifm unauffellich und teuschn Miegrehne fohr, die Dahm schdohßn schbiddße Schreie auß. DA!«*, rief Kolk, *»melded sich gannß hindtn, inna Egge, n kleineß aldeß Frollein. Tschä«*, fistelte Kolk hamburgisch, *»ich würd däß*

yaw mächn junga Männ. Awbä nich so doll zwüschne Augn haun!«

Zu einem zweiten Spiel sollten wir an diesem Abend nicht mehr kommen. Die Sonne ging unter, es wurde wärmer. Es war, als würde ein beschwipster Engel durch die »Glucke« flattern, bis wir bei Sonnenaufgang alle bei Rosi im Bett landeten.

*

Kolk schloß leise und vorsichtig die Terrassentür, obwohl die Lütten und auch Manuela oben schliefen und ohnehin nichts hören würden. Ein kühler Luftschwall schwappte noch herein.

»Brr«, schüttelte ich mich. Ich rubbelte mir den Kopf mit Kolks Handtuch, während er uns ein letztes Bier einschenkte. Kolk räusperte sich und sagte *»Prohßd«*.

Er harkte die Kronkorken zusammen und fing an, symmetrische Figuren herzustellen. Er schniefte, fummelte an seinem Hosenbein und steckte sich schließlich doch eine Zigarette an. Ich hatte nur noch eine Zigarre und kämpfte mit mir, ob ich sie morgen nach dem Frühstück oder jetzt noch rauchen sollte. Allerdings machte Kolk einen etwas nervösen Eindruck. Wollte er ins Bett? Vielleicht täuschte ich mich auch. Ich war betrunken.

»Iß dir daß peinlich dassich diesm Tühb da fohre Fühße gekoddßd hab?«

»Kwaddsch.«

Kolk schob die Flaschendeckel, ohne aufzublikken.

»Waß wah'n daß jeddß, fohrhin, mid Saddsche. Wieso

haß du imma auf diesn Flegg ge'schdierd«, fragte er mich schließlich grinsend.

Ohne daß es mir auffiel, nahm ich die letzte Zigarre aus der Hardbox und zündete sie an.

Wahrscheinlich hatte er damals noch gar nicht Satschesatsche geheißen, sondern noch »Hannes« von »Johannes«. Wenn mich nicht alles täuscht, hatte Boston diese LP mit der Jahrhundert-Single »More Than A Feeling« erst später auf den Markt gebracht. Auf dieser LP gab es ein Stück mit dem Titel »Long Time«, glaube ich, dessen Refrain »It's Been Such A Long Time« lautete. Wenn Hannes damals Refrains zu kompliziert waren, um sie auf Feten reibungslos mitzusingen – und das tat er schon damals mit Vorliebe; erst viel später, zur freudigen Verblüffung seines Freundeskreises, sang er richtig in einer Band –; wenn also etwaige Refrains zu unverständlich waren, wurden sie von Hannes individuell eingeschliffen. *»Saddschesaddsche long teim«*, brüllte Hannes, auf irgendeiner Feier, und, ich glaube, André war derjenige, der ihn fortan »Satschesatsche«* rief, bis es alle taten. Ich möchte wetten, er weiß heute selbst nicht mehr genau, warum er so heißt.

Jedenfalls, glaube ich, war das erst nach diesem speziellen Ausraster vor Hinnis Tür. André, Hannes alias Satschesatsche und ich hatten vor der Musicbox an unserem Stammtisch gesessen, in dieser besonderen kollektiven pubertären Befindlichkeitsmischung aus Langeweile, Spaßhaben und Pläneschmieden, hatten Hinnis Holsten getrunken – Faßbier wurde erst später eingeführt, als Peter, sein Sohn, mehr und mehr das Heft in die Hand nahm –, hatten vielleicht geknobelt oder Skat gespielt und anschließend über Autos, das Frumpy-Konzert in Bremervörde, die Alternative Pernod/Cola Pernod/Wasser sowie Ficken und Wichsen diskutiert. Plötzlich fragte uns Hannes: *»Waß krich ich wenn ich mein Hemd zerreiß, inne Füddße schmeiß, und drauf rumtrampl?«* Satschesatsche ist ein anspruchsvoller Plauderer und noch anspruchsvollerer Zuhörer und war es auch damals schon. Solchen Einfällen ging bei ihm zumeist ein Gelangweiltheitsanfall voraus.

»Fuffzich Fennich«, sagte ich.

»Und fuffzich Fennich drauf«, sagte André, *»wenn du dabei Huhrah schreißd...«*

Hannes überlegte kurz, kaute auf seinen nikotingelben Fingern – damals rauchte er noch seine *»Tschahlie Riwwl«*, die auch Kolk zwanzig Jahre geraucht hatte – und sagte: *»Iß guhd.«*

Wir zahlten unser Bier bei Hinni und gingen raus. Wir suchten eine Pfütze vor Hinnis Tür. Hannes begann, sein Hemd zu zerreißen, es ratschte und knarrte, warf es schließlich in die Pfütze und trampelte darauf herum, wobei er halblaut *»Huhrah, Huhrah«* sagte. Während ich mir in die Hosen pinkelte, drückte ihm André tränenblind fünf Mark in die Hand. Souverän steckte Hannes sie ein und ging mit nacktem Oberkörper nach Haus.

»Warum machd der imma solche Sachn«, fragte mich einmal jemand aus Buxtehude, bei dem wir Silvester gefeiert hatten. *»Warum rehded der imma sofiel Scheiß?«* Satsche war auf dem Fest von einem zum andern gegangen und hatte ihnen immer wieder offenbart, er sei *»Wlahdimier Wäsälloffßgi, daß mundhahmohnikaschbielnde Embrio«*.

Ja, warum tat er das? Warum bot er uns – *»Nimm noch eine, lohß, hier, komm...«* – *»Drei?«* – *»Neh, niggßda, fier, kommehr hier...«* – aus einer neuen Schachtel Charlie Rivel an, entzündete selbst eine und warf den Rest, die Hälfte etwa, in den Stader Burggraben? Warum setzte er sich bei MacDonalds auf ein Schaukelpferd und schrie *»Wäääh, rabääääh«*, bis sogar uns das unangenehm wurde? »*Die Frahge*«, sagte ich zu dem Buxtehuder, »*iß fallsch ge'schdelld.*« Und auf solche darf man mit Gegenfragen antworten.

Einen der letzten dieser kleinen grandiosen Auftritte hatte Satschesatsche auf diesem Supersonderfest in der »Glucke«, bevor er endgültig ruhiger wurde: das Ding mit der Rose.

»*Daß muß aba*«, sagte Kolk und machte nun ein allerletztes Bier auf, »*gewehsn sein nachdehm Ruhdi schon wech wah. Der mußde doch zu seim Auftriddt im Lohgo.*«

»*Genau*«, sagte ich und zog an meiner Zigarre.

Vorher hatte Satsche nämlich Rudi erklärt, weshalb *er* dieses Schnitzel da *nicht* essen würde. Rudi hatte munter drauflosgekaut. »*Ehgklich*«, schüttelte sich Satsche. »*Schweineschniddßl! Sollich dier ma sahng wie die hehrge'schdelld wern?*«

»*Meinedwehng. Mier kannß fohrn Tella scheißn. Haubdsache daß schbriddßd nich. Hh!*«

Satschesatsche schilderte Rudi in aller Ruhe, wie seiner Ansicht nach dieses Schnitzel zustandegekommen sei. In seiner unvergleichlichen nasal-gutturalen Raun-Tonlage berichtete er von einem »*persöhnlichn Informandtn*«, welcher die Existenz von sogenannten Animalkopulateuren behauptete, die eigens von deutschen Großmästereien eingestellt würden, um »*die Schweine kurdß fohrm Bolldßnschuß nochma richdich duichzudühbln*«, damit die moribunden Kreaturen zum Wohle des Endverbrauchers »*schdaddt Schdreßhormohne Seggßuahlhormone*« ausschütteten. Während Rudi-der-Arsch es sich ungerührt schmecken ließ, belegte Satsche die gewagte These mit der empirisch abgesicherten Tatsache, daß die meisten Bundesbürger doch wohl eine eher rosige bis rosa Hautfarbe hätten. Übrigens solle Rudi darüber hinaus auch seine Vorliebe für

»Mäggdonnlßprohduggde« überprüfen. Insbesondere die *»Tschiggknmägnaggedß«* kämen auf ähnliche Art und Weise zustande. In bestimmten fernen Ländern, die er aus politischen Gründen nicht näher bezeichnen wolle, sei es von jeher *»Sidde«*, daß Hühner gevögelt würden, erstens weil die unverschleiert herumlaufen dürften, und zweitens weil man denen kurz vorm Klingeln den Hals umdrehen könne, um die im Todeskampf entstehenden Kontraktionen mit Gewinn zu nutzen. Satsche wisse ebenfalls von seinem Informanten, daß – neben dem Export von Rohsemmeln – die Ware Huhn *der* Faktor der Außenhandelsbilanz jener fernen Länder sei, die er aus politischen Gründen nicht näher bezeichnen wolle. Jeder Haushalt dort habe drei verschiedene Mülleimer – einen für Papier, einen für Glas und einen für Naßmüll und Hühner (damit das Fleisch saftig bliebe). Mit sogenannten *»Tschiggnkontehnaß – abgekürdßd Zeh Zeh«* hätten sich schon diverse Reedereien gesundgestoßen, deren Lobby seit Jahren mit entsprechenden Aufklebern auf ihren dikken Schlitten herumführe. Kaum aus dem Zoll, würden als Zementtransporter getarnte LKWs, die in Wahrheit jedoch Paniermehl geladen hätten, die Hühnerkadaver in ihren Trommeln aufnehmen, die diese auf der Fahrt zu den Kettenrestaurants bereits durch Rotation häckselten und mittels einer speziellen Öleinspritzanlage für die anschließende Panade vorbereiteten. An Ort und Stelle würden die *»Tschiggnmägnaggedß«* dann von ausbeuterisch bezahlten *»Kohlonn'n fonn Fridtöhsn zusammgebaddschd«*.

»Wie kahm daß einglich daß wir alle so schwehr in Form wahn«, grinste Kolk und zwirbelte an seinem Schnauzer. Er blickte starr auf die leeren Warsteiner-Flaschen. *»Na«*, sagte ich, *»bei dier wah daß doch klah...«*

Kolk zottelte plötzlich wieder an seinem Hosenbein, nahm die Zigarettenschachtel in die Hand, legte sie wieder weg und nuschelte grinsend *»ach komm höhr auf«* oder so ähnlich.

Wir waren wirklich alle schwer in Form gewesen. Die »Glucke« hatte sich mehr und mehr gefüllt, schon als Rudi noch da war, der um viertel nach zehn hinaus zu CHALLENGER II schwankte, um seinen Auftritt nicht gänzlich zu verpassen.

*»**Ich** würd ja **niggß** tringkn wenn ich **fahn** muß«*, warnte der Panzerknacker ihn.

*»Wennich **fah** tringich auch niggs«*, säuselte Rudi. *»Aba **fohrhehr** un **nachher.** Hh! **Hupp!** Hh! Hh! **Hupp!**«*

Inzwischen hatte Kolk den Damen am Nebentisch ein paar Witze erzählt, indem er sich über die Lehne der Nische beugte. Während Heiner, in seinem schrillen Sweatshirt, Rudi »Gute Besserung!« nachrief, traktierte Satsche mich mit polnischen Gesängen, die so authentisch klangen, daß ich sie ihm beinahe abnahm. Kolk indessen bestätigte einer der aufgeräumten Frauen seine von ihr vermutete Vorliebe für *»schlübbfriege Widdße und widdßiege Schlübbfa«*. Unsere Sitzordnung lockerte sich auf – das Skatblatt lag verwaist auf dem rohen Tisch, der von leeren Schnaps- und Biergläsern starrte. Heiner bestellte »eine Kleinigkeit[h] zu futtern«. Jeder neue Gast, der den Kopf um die Ecke hielt, wurde mit lautem Hallo, Applaus, Füßetrampeln und frenetischen Pfiffen begrüßt. Es ergab sich einfach so. Die Frauen von nebenan machten mit und begannen, Männerwitze zu sammeln und vorzutragen.

»BIER!« brüllten wir.

Yvonne und ihre Kollegin strahlten.

Ab und zu rief ich: *»Achzinn!«*, aber niemand hörte auf mich, bis auf Kolk, der mit *»neunzinn«* antwortete, was sich jedoch auf seine Schwanzlänge bezog.

Wir wogten im Sog der magischen Pole.

»In die Ehrde eingekauad«, rief ich sinnlos vor mich hin, *»hoggd daß Huhn und lehchd ein Ei…«*

»BIER!« brüllten wir.

»Und^{h}, einen Krock Missjöh, Madamm«, sagte Heiner zu Yvonne.

»Wadd denn nu, Missjöh ohda Madamm«, fragte Kolk dazwischen.

»Miss**jöh**, Missjöh«, sagte Heiner.

»Bei ***unnß*** *heißn die Grohße und Kleine Flöhte«*, sagte Yvonne.

Der Übersetzer mit dem grauen Bart dirigierte einen Männerchor, der *»Schöhneß Hah iß dir ge-geehbm, lasseß leeehbm, midd Gaaaaahd«* sang. Der blonde Rotweintrinker poussierte mit einer blonden Rotweintrinkerin und unterhielt sich offenbar über Literatur mit ihr. Jedenfalls schnappte ich drei Buchtitel auf – alle vom selben Hamburger Autor, wie ich wußte.

»Auf der Schdange ißdß gemühdlich«, leierte ich, *»langsahm kommd der Schdall zuhr Ruh…«*

Das paßte nun gar nicht.

»Gieb ihm Liebe gieb ihm Fleeehge», sang der Männerchor, *»dadadamm-damm, midd Ga-haaaaad…«*

Unser Bier kam.

*»***Kugg** *dir daß an«*, sagte Kolk erschüttert. *»Bier ohne Schaum wahchd Iwonn mir anzubiedtn.«*

»Gleich Rühbe ab.« Satsche, kaltschnäuzig.

Wir brannten lichterloh. Moleküle spritzten uns aus Augen, Mund und Ohren, verbanden sich in der dunstigen Fruchtblase der »Glucke« miteinander. Körpereigene Amphetamine und Adrenalin schwappten in uns.

Der dritte Rosenverkäufer dieses Abends kam eigens aus Pakistan, drängte sich durch Schweißfleisch und

Parfum zu unserem Tisch. *»Säddßn Sä säch«*, sagte Satsche. *»Äch nähm allä!«*

»Hohooooo…«

»Öi, öi, öi, öi…«

»Waß?« sagte der Rosenverkäufer. Er machte Augen wie ein Märchenprinz.

»Na guhd, denn ehm nich«, sagte Satsche und nahm *eine.*

»Triengß ein midd?« fragte Kolk.

»Waß?« sagte der Rosenverkäufer.

»Weiß ***ich*** *doch nich«*, sagte Kolk.

»Schmackoooß, Schmaa-a-akooooß, Schmackoooß«, sang der Männerchor, *»zum Hundeglügg giebß Schmackohß…«*

Yvonnes Kollegin kam, mit einem duftenden Baguette auf einem Holzteller. *»Hadd hier eina ne grohße Flöhte?«* fragte sie.

»Sach ich nich!« rief Kolk und grinste.

»Du Trottel!«, sagte Heiner zu Satsche, der irgendwie an seiner Rose manipulierte. *»Oh«*, sagte der.

»SCHNABBß!« schrie ich. *»Und BIER!«*

»Erst^{hh} komm ich«, sagte Heiner. »Dann kommt^{hh} ne gant^{h}ze Weile **gar nichts**^{ßßß}**. Dann**«, sagte Heiner und legte mir den Arm um die Schulter, »kommt^{hh} n grohßer **Mißt**^{hh}haufen. Anschließend kommt wieder ne gant^{h}ze Zeit^{hh} lang null. Und dann. **Dann** kommst^{hh} **du.**«

»Heina!« beschwerte ich mich weinerlich. Heiner nahm ritterlich seine große Flöte in Empfang und genoß seine ungewohnt saloppe Rede.

»Haich ahs b'sahl? – ?« fragte der Panzerknacker Yvonne.

»Die gehd runta wie Öhl, die Pisse«, zitierte der blonde Rotweintrinker. *»Trannß, zenn, dendt!«*, skandierte die blonde Rotweintrinkerin.

Die Damen am Nebentisch blickten auf, als Satsche

an ihren Tisch trat. Zwischen Daumen und Zeigefinger hielt er seine Rose, verbeugte sich vor einem der Mädels und hielt sie ihr hin. *»Garlannnnnt«*, raunte sie mit tiefer Stimme.

»Sahg mir dein'n Nahm, und ich sahg dir wie du heißd«, sagte Satsche.

»Rohsi«, sagte sie.

»Angenehm«, sagte Satsche. *»Saddsche«*, sagte Satsche. *»Meine Freunde nenn'n mich Saddsche.«*

»Danke Saddsche«, sagte Rosi und klimperte mit den Wimpern und griff nach der Rose.

Plötzlich brüllendes Gelächter vom Damen- wie vom Herrentisch. Würdevoll stakste Satsche zurück, die Blüte zwischen den Fingern. Die Dame hielt den stacheligen Stengel.

»Trannß, zenn, ***dendt!«***, schrie ich eins ums andere Mal und stieß mir den Musikantenknochen am Pistazienautomaten, der umfiel und Tausende von über den Boden rollenden Pistazien freigab.

»Freiheid führ Pißdazijen«, brüllte Kolk, *»und führ seine Haubdschdadd Piesa!«* Er schwang sich auf den Tisch und reckte die Faust.

Wenn ich an diesen Abend zurückdenke, habe ich als erstes immer dieses Bild vor Augen. Kolk auf dem Nischentisch, wie eine Freiheitsstatue, den schon damals jahrealten Graffittispruch »Freiheit für Gummibärchen« und ähnliche paraphrasierend, die Faust bis fast unter die hohe Decke gereckt, knapp neben dem Wahrzeichen der »Glucke«, dem ausgestopften, an einer Galgenschlinge baumelnden Huhn; sein grünes T-Shirt gab einen schmalen Streifen des blassen Bauchs frei, sein Blazer glänzte matt, er lachte unter der kämpferisch gerunzelten Stirn. Satschesatsche hatte sich die Rosenblüte ins Knopfloch seiner Hemdtasche gesteckt und brüllte etwas wie *»Kahmasuhtra!«*

Heiner lachte aus vollem Hals, sich mit einer Hand an den Kopf greifend, mit der anderen die Teekanne schützend. Die Frauen vom Nebentisch, eine schrak vor den rollenden Pistazien zurück, den stacheligen Stengel von Satsches Gag noch in der Hand, die andere hielt sich die Hand vor den lachenden Mund und blickte auf Kolk. Der Übersetzer hielt mit Dirigieren inne, den würdigen Kopf über die Schulter zu unserem Tisch gedreht. Die blonden Rotweintrinker grinsten. Yvonne hatte die Hand halb gehoben, ihre Miene teils von Schrecken, teils von Unwillen und Amüsement bestimmt.

Wir hatten es geschafft. Die Zeit blieb stehen. Wir tanzten auf einem stillen Globus.

9. Ausgenüchtert, eingeschüchtert

Der Morgen graute, als Kolk und ich durch die Terrassentür in den Garten gingen. Drosseln, Finken und Meisen machten einen Heidenlärm. Bis auf ein paar verwischte Wolkenstreifen war der Himmel klar. Es war kühl. Der Regen hatte aufgehört, schon seit längerem. Der Bahndamm dampfte. Wir gingen über den tropfnassen Rasen in die Spielecke, die Kolk seinen Kindern gebaut hatte. Schaukel, Wippe, Holzhaus. Sogar eine unterirdische Höhle hatte er mit Jan, seinem Ältesten, in den Damm gegraben.

Er schien sich sehr wohl zu fühlen, und ich spielte zum x-ten Mal mit dem Gedanken, ebenfalls in unser Nest zurückzukehren. Aber es war für mich schon lange zu spät.

Genau dieser Moment war es, in dem Kolk dann den schrecklichen Satz sagte.

»Höhrma«, sagte Kolk, trat einen Plastikball in die Sandkiste und zottelte an seinem Hosenbein, *»waß ich dir schohn dehn gannßn Ahmd endlich ma sahng wolldte...«* Er steckte die Hände in die Hosentaschen. Er wandte sich grinsend zu mir um. *»Iß dier wirglich nie klah gewehsn daß daß gannße, diese gannße Schdorrie midd Sabrina und so, daß daß gah nich schdimmd? Daß schdimmd gah nich waß du da dehn gannßn Ahmd erzehlß. Damidd muß endlich ma Schluß sein.«*

Ich hatte plötzlich so ein Gefühl, das mich immer überkommt, wenn mich ein Mitglied meiner Familie aus unserem Nest in Hamburg anruft. Wir telefonieren eigentlich nur, wenn irgendetwas Dringendes anliegt, oder wegen Feierlichkeiten oder ähnlichem. Seit Jahren, eigentlich seit ich in Hamburg lebe, habe ich in regelmäßigen Abständen Träume, in denen meinen Neffen und meiner Nichte, meinen Schwestern, meinen Eltern irgendetwas zustößt. Als das Atomkraftwerk in Bützfleth noch am Netz war, hatte ich von einer Sturmkatastrophe geträumt, infolge derer der GAU ausgelöst wurde. Ich träumte, mit dem Technischen Hilfswerk, bei dem ich Zivildienst geleistet hatte, mein eingeschlossenes Nest befreien zu müssen. Ich träumte, meine Eltern und meine Schwestern, unser ganzes Nest, wir wären in Gefahr, von der verseuchten Flut erstickt zu werden. Immer wenn mich jemand von meiner Familie anrief – mir war das nie aufgefallen, bis meine Mutter es mir einmal sagte –, antwortete ich nach dem *»Hier auch«* mit *»Waß iß lohß?!«*, weil ich ständig aufs Schlimmste gefaßt war. Ich interpretierte die seltsam aufgeräumte, normale Wie-immer-Stimme als liebevolle Vorbereitung auf eine schlimme Nachricht. Ich konnte nicht anders.

»Waß iß lohß?«, sagte ich. Mir wurde schlecht. Ich war müde und betrunken. Wir hatten seit langem mal wieder den Zeitpunkt zum Schlafengehen verpaßt; seit Jahren war mir das nicht mehr passiert. Seit zwölf Jahren, um genau zu sein.

»Wolldt ich dir schohn lange ma sahng«, sagte Kolk. Seine Stimme klang ungewöhnlich sanft. Mich packte eine verzweifelte Wut. *»Waß meinß du, ich kann dir nich gannß folgn.«*

Kolk schwenkte einen Fuß durchs feuchte Gras. Er hatte sich wieder von mir abgewandt. *»Ja Mensch Alta«*, sagte er. Er machte mich rasend. Ich bekam Kopfschmerzen.

»Jamensch'alta waß.«

Kolk blieb so ruhig. *»Ich dachde dier wehr imma klah gewehsn daß daß ehm blohß ne Schdorrie wah die ich mier außgedachd hadde. Midd der Affehre midd Sabrina un* so. *Aba heude ahmd«*, er hielt inne und sah in den Himmel. *»Ich mein bißhehr dachd ich imma daß daß nuhr n Schbahß wah wenn wir daß ma wieda aufgerolld haddtn, aba heude ahmd...«*

Ich setzte mich auf den Rand der Sandkiste.

»Niggß gelaufm midd Sabrina – ohda wie dahf ich daß faschdehn...«

»Richdich.«

»Und die Tehlefonnumma? Und Ruhdi? Und diesa Werna Eff Bierschwannß? Alleß gah nich wah? Gahbß nich? Hirngeschbinnßde? Und die Schbonntahnfehte inna Glugge? Schdimmd die fielleichd auch nich? Wie kommß du einglich darauf daß mir daß imma klah gewehsn wehre daß du dir daß AUßGEDACHD HAß...???«

»Pßßßßd«, machte Kolk und deutete auf das Giebelfenster. *»Ja Mensch«*, fuhr er fort, *»du haß mier doch selbß ma gesachd wenn wier ma wieda rumge'schbonn hahm daß du Ruhdi ma getroffm haß und der dier erzehld hadd dassich dehm im Suff aufm Fischmahgd, daß muß gewehsn sein allß ich da am Hahfm aufgewachd bin und mier fier Schdundn fehldn – dassich Ruhdi aufm Fischmahgd ne gannß andre Schdorrie erzehld hab. Dassich ne Affehre midd Frau* **Bohna** *hedde und so.«*

Was erzählte der mir da. *Natürlich* hatte es diese Wahnsinns-Stegreif-Feier in der »Glucke«, dieses legendäre Ereignis gegeben. Schließlich war ich nicht wahnsinnig.

Bevor wir in den Garten gegangen waren, hatten Kolk und ich noch die restlichen Bruchstücke unserer Erinnerung zusammengetragen. Das konnte er mir nicht nehmen. Das stand fest. Daß Rudi, spät in der Nacht, nach seinem Logo-Gig noch wieder auftauchte, vom Schlagzeuger, der ein Hähnchen wie Rudi viermal hätte vertilgen können, unterm Arm getragen wie ein schlaffes Saxophon. Daß irgendwann, noch bevor Rudi wiedergekommen war, nach dem Männerchor der *gesamte* Gluckenvorraum Melodien sang, vom Übersetzter dirigiert: *»Hohl dir daß Ämmunämmßfieling«*, *»Schnehkoppe«*, *»Ich nuddß meinen nuhr zum Auftaun«* und immer wieder *»Schmackohß«*. Und daß irgendwann alles durcheinander geriet: *»Ich halte mich fidd, und lehbe gesundt, nehme auch immaaa, mein Müüüßli midd«*, soweit richtig, und dann: *»Midd Mühßli gehd die Sache klah, und du biß foll wieda dahaaa...!«*, hatte Satsche nämlich gebrüllt, obwohl das, wie die blonden Rotweintrinker vom Tresen her riefen, doch *»die Kadennß fonn ßniggkaß«* sei. *»Dekadennß hin, Dekadennß hehr«*, schrie Satsche und sang *»ßniggkaß tehk mi hohm«*, nach der *»Mellodie fonn Guddjiehr«*, wie Kolk richtigstellte.

Und ich hatte sogar spontane Umdichtungen vorgenommen, die ich immer wieder zum Mitsingen anbot, eine weiß ich noch heute: *»Ich triengke waß der Tahg mier briengd, wennß nich schdiengd, ich bin so frei, Algohoooooohl iß dabei...«*

Das wußte ich doch noch ganz genau.

In einem schimmernden Dunkel allerdings würde ewig mein Gespräch mit den rotweintrinkenden Blonden bleiben. Zwischen Kolks Schrei nach Freiheit und dem gekonnten Striptease-Duell zwischen Heiner und Rosi, Heiner, der nach drei »Kännchen Tee« seit langer Zeit mal wieder zwei Bier getrunken hatte – angesteckt vom giftigschönen Nachtfieber –, und Rosi, die sich wirklich als der Goldschatz des Abends herausstellte; irgendwo dazwischen mußte es gewesen sein, daß ich zunächst natürlich die blonde Rotweintrinkerin anquatschte:

»Jehrofejeff wa?«, sagte ich und plinkerte ihr zu. Sie

hatte nämlich just wieder *»Trannß, zenn, dendt«* geächzt, nachdem sie einen tiefen Schluck genommen hatte.

»Hä?« machte sie.

»Wehnediggd, nä?«, lallte ich. *»Jehrofejeff, ohda nich?«*

Sie verstand mich nicht, aber ihr Begleiter hatte die Lage sofort erfaßt. Ich kannte zufällig die »Reise nach Petuschki« von Wenedikt Jerofejew, aus dem er – *»Frehd Schdeinmann«*, hatte er sich vorgestellt, als ich eine Runde Jubi schmiß, *»genannd Feua'schdein«*, was mir irgendwie bekannt vorkam –; aus dem Feuerstein sowie seine busige Begleiterin (diese aber offensichtlich unwissentlich) also vorhin zitiert hatten: *»Die geht runter wie Öl, die Pisse.« – »Tranß-zenn-dendt!«*

Was lag näher als ein verwegenes Gespräch über Literatur. Denn Feuerstein, so stellte sich heraus, war versoffener Dichter, der seine Statements jeweils geschickt mit literarischen Zitaten spickte. Ich gestand ihm, an einem *»Teggßd«* zu arbeiten. Übers Saufen. *»Mach daß«*, sagte er. *»Hatte ich auch schohn mahl fohr.«*

»Und«, klopfte ich ihm plump auf die Schulter, *»warum machßdeß nich?«*

»Ich weiß einfach zuviel von Literatur«, sagte er auf Hochdeutsch. »Wenn ich einen Satz hinschreibe, guckt mir immer gleich die gesamte Literaturgeschichte über die Schulter und schreit: Alles schon mal dagewesen.«

Ich stutzte. *»Kommd mir irngwie bekannd fohr«*, murmelte ich.

»Schdimmd«, sagte Feuerstein. *»Modigg. Inß Blaue.«*

»Aaach«, ich schlug mir auf den Scheitel, daß ich beinahe das Gleichgewicht verlor. *»Feuaschdein?! Daß biß du??!! Ich dachde dich giebß nuhr allß* ***Romahnfiguhr***...*?! – ...«*

»Seh ich so auß?«

»...?! – Dann haß du dich selbß zitierd?«

»Neh. Daß habbich nich gesachd. Ich habb mich allß Figuhr zitierd.«

Mir wurde schwindlig. Ich bestellte eine neue Runde, um solche Spitzfindigkeiten durch einen steten Tropfen abzuschleifen.

»Dahrauf laß unß triengkn«, sagte ich.

»Jawoll«, sagte Feuerstein, *»dehn Kobbf nach hindtn geworfm...«*, zitierte er, *»... wie ein Pianißd...«*, vollendete ich.

»Auf Jehrofejeff.«

»Auf Jehrofejeff.«

Wir warfen die Köpfe nach hinten wie Pianisten und tranken.

»Der Mensch iß schderblich – daß iß meine Meinung«, zitierte ich Jerofejew.

»Ehbm«, sagte Feuerstein. *»Prohßd.«* Er winkte Yvonne.

»Weshalb«, sinnierte ich, soweit es mir möglich war, *»saufm Dichda imma sofiel...«*

»Hanndge«, sagte Feuerstein, *»hadd ma auf ne gleichlaudnde Frahge eineß Reportaß gesachd: Göhte hadd mahl gesachd, hadda gesachd, Daß Lehbm iß kurdß, aba n Tach iß lang, vielleichd, hadd Hanndge gesacht, triengkich deßhalb sofiel.«*

»Aha«, sagte ich, und, um auch mal wieder was zu zitieren, sagte ich: *»Ein Tach iß fiernzfanzich Schduńdn lang aba faschiedn breid.«*

»Fonn wehm?«

»Bernadd Lassahn.«

»Ah. Der Käßdna der Gehngwahd.«

*»Genau. Der Käßd***nollßgi** *der Gehngwahd grahdezu. Prohßd.«*

»Prohßd.«

»Einglich«, sagte ich, *»sollde man aß Dichda nich so*

fiel saufm, um den Kontaggd zur Wirglichkeid nich zu faliern.«

»Wirglichkeid Schnirglichkeid«, zitierte Feuerstein nicht ganz korrekt, *»mich trennd mein Rausch nich fonn der Wirglichkeid, sondan fonn dehn'n, die sie immaford behaubdn.«*

»Fonn wehm?«

»Ehrßdareß Gernhahdt, leddßdareß Fausa.«

»Nuhn«, sagte ich listig, *»und wenn unß beim Saufm der Schlach triffd?«*

Feuerstein nahm einen feierlichen Schluck und sagte: *»Gehbe Godd unnß alln, unß Triengkann«*, sagte er, und ich fiel ein: *»…einen so leichdn und so schöhn'n Tohd!«*

»Prohßd!« sagte die Blonde.

»Auf Johseff!« sagten wir.

Wir warfen die Köpfe nach hinten, wie Pianisten.

»Wehn jeddß?« fragte ich.

»Fallada?« sagte Feuerstein.

»Zu lahmoiand«, sagte ich.

»Buhkoffßgi?«

»Da müßde mann alleß zitiern.«

»Hennscheid?«

»Ja, Hennscheid«, rief ich, *»Laß unnß Hennscheid zietiern!«*

*»**Henn**-scheid, **Henn**-scheid, **Henn**-scheid«*, skandierte Feuerstein. Die Blonde und ich machten mit. *»**Henn**-scheid, **Henn**-scheid«*, zitierte die »Glucke«, ohne zu wissen, worum es ging.

Kurz bevor Heiner auf die Bank stieg und sein kanariengelbes Sweatshirt in die Blätter des mächtigen Frischluftrotors warf, Rosi ihm mit ihrem Jackett folgte und somit das legendäre Gluckenstripduell eröffnet war, fragte ich Feuerstein noch, weshalb er seinen Roten heute in der »Glucke« schlürfe statt in der

»Alten Mühle«, wo er hingehöre. Die »Alte Mühle« werde renoviert, antwortete Feuerstein.

Ich weiß noch, daß ich vollidiotisch vor mich hingrinste, in mich versunken, wie ich meinte, und durchaus gewillt war, diesen Satz mit seiner tiefgründigen Symbolik auf mich zu beziehen.

Kolk schwieg sein nervenaufreibendes Schweigen. Er wanderte über den Rasen, hob hier ein Holzauto auf, dort einen Federball. Dort hinten, hinter den kleinen Birken, auf der anderen Seite des Bahndamms, kündigte sich der Sonnenaufgang an. Der stille Dunst über dem niedrigen Böschungsbewuchs färbte sich orangerosa.

Ich war ziemlich erschöpft. Meine Herzphobie keimte für einen Moment heftig auf, mir schossen Hitzestäbchen durch den Kopf, ich machte mich gerade, um freier atmen zu können. Ich seufzte schwer. Plötzlich hatte ich die Vision, den Alkohohl nicht nur dieser Nacht, sondern meines ganzen Lebens *jetzt* verarbeiten zu müssen. Ein schweres, taubes Gefühl, alt und schal, zwang meinen Kopf in die Hände. Ich riß ihn wieder hoch, sah, daß Kolk mich musterte, und schaute zur Seite. Es zuckte in meinen Beinen, ich stand auf und ging über die Terrasse zurück ins Haus. Trotz des Durchlüftens stank es im Wohnzimmer nach Hopfen und kalter Zigarre. Ich stakste an die Hausbar und schenkte mir einen doppelten Weinbrand ein.

Ich hörte, wie Kolk hereinkam und sich ins Sofa fallen ließ.

»Fa'schdehß daß nich?« fragte Kolk leise. Klar verstand ich. Mich ärgerte nur sein Tonfall.

»Neh«, sagte ich deshalb eine Spur kräftiger. Ich

setzte mich mit dem Schwenker in den Sessel, der im rechten Winkel zu Kolk stand. Ich hatte das Gefühl, daß er mich ständig ansah. Ich schraubte mir das Glas in die Hand. Schließlich griff ich nach Kolks Zigaretten. Seit sechs Jahren die erste. Meine Augen waren geschwollen, aufgequollen wie Eiernudeln.

Kolk saß reglos, ohne Glas, ohne zu rauchen.

»Allß wier unnß inna Boile ma wieda getroffm haddtn, dahmallß«, sagte Kolk, immer noch gekünstelt leise, *»da wußde ich, daß du mich nachmiddachß am Weia schohn gefundn haddeß. Ich habb dich wechgehn sehn, wah aba wieda eingepennd. Wir haddtn ja ühba n Jah nich mehr fiel midtnanda zu tuhn gehabd. Wahscheinlich wah ich folles Rohr Algohohlicka dahmallß. Und weil wir unnß fa'abrehded haddtn und ich … ich weiß nich aso … Ich hadde das Gefühl … ich mein ich hadde mich drauf gefreud und…«*

Ich wollte es von *ihm* hören, obwohl mir schon klar war, wie Kolks Säufernovelle entstanden war. *»Und?«* sagte ich.

Kolk seufzte. *»Kannß dier daß nich dengkn? Du biß doch nicht blöhde ohda?«* Doch, war ich. Ich ließ ihn hängen. Wenn er mir die letzte Sensation meiner späten Jugendjahre vermiesen wollte, dann sollte er sich gefälligst anstrengen.

Wir schwiegen minutenlang. Der Weinbrand nagte wie Säure an meinen Magenwänden, aber den Nerven tat er gut. Die Vögel hatten Ruhe gegeben.

Als ich schon beigeben, beilegen wollte, beschlossen hatte, irgendetwas Versöhnliches auf Kolks Schulter zu klopfen, und im Bett, im Schlaf, im Traum damit fertig zu werden, daß ich zwölf Jahre lang wie ein Idiot an einer falschen Erfahrung festgehalten hatte, die ich nicht mal selber gemacht hatte – mit der Scham über die Wut fertigzuwerden, daß ich mich damals in der

»Boile« geschämt hatte, Kolk fast begeistert diese absurde Sexualverschwörung aufzudrängen –; da fing Kolk doch noch mal an zu reden.

»Diese Sabrina da«, schniefte er, *»schbuhgde mier dahmallß dauand im Kobbf rum, ich mein, du haßdse ja gesehn, im Reibach, daß schdimmd auch alleß mid der Schwannßpossdkahte un so, blohß ich hadde nie ne Affehre midd der. Und allß du mich da am Weia und ahmß inna Boile und Mensch wier haddtn unnß ja lange nich gesehn ... Ich dachde fielleichd wehr daß ne Erklehrung. Ne Fraungeschichde. Iß doch bessa allß wenn mann dauand grundlohß besoffm duich die Gehngd torkld. Fa'schdehß du?«*

»Ja. Ja.« Davon wollte ich nichts mehr hören. Ich sah vor mir, wie Kolk mit glänzenden Augen *»Iß ja eisch äy«* gemurmelt hatte. Er hätte *mir* eins in die Fresse hauen sollen, als ich den Bären, den er mir aufgebunden hatte, nun meinerseits auf ihn hetzte.

»Ich mein...« Kolk hob die Schultern.

»Und dein taubeß Ohr?« fiel mir plötzlich ein. Und: *»Und wieso haß du denn dehm Dierbach da, wieso haß du dehm ein fohrß Maul gehaun?«*

Kolk grinste. *»Weilß n Ahschloch wah. Kannich nich ab sohne Tühbm.«* Ich mußte lachen. Es tat in den Bronchien weh. Kolk pflegte seine Feind- wie Katholiken ihre Heiligenbildchen. *»Aba ich mein...«*

»Naja«, unterbrach Kolk, *»irngwie haddich daß ja schohn faßd selbß geglaubd waß du mier da in dehdegtiewischa Kleinahbeid da ... nech, daß paßde ja fablüffmd zusamm alleß. Und irngwie konntich da nich mehr zurügg. Außdehm haddich irngwie Bamml daß die gannße Schdorrie die ich dier aufgebundn hadde, daß die da auffliegn würde...«*

»Klah», sagte ich, gelöster. Allmählich wurde es mir wirklich klar. Kolk wurde eifriger. *»Ich hadde so daß Gefühl allß ob du an dehm Ahmd da im Gahdtn fomm*

Reibach da … aso daß du da fohrhaddeß so Andeutungn zu machen und …«

»Klah«, sagte ich. *»Und dein taubeß Ohr?«* beharrte ich.

»Hahm wir nich alle n taubeß Ohr?« grinste Kolk gespielt pathetisch. *»Ohda n blindeß Auge?«* Oder 'nen gebrochenen Schädel – das sagte er nicht. *»Neh«*, sagte er, *»im Ernßd. Da hadd mier eina ma einß draufgehaun. Wah besoffm. Ich auch. Kleine Schlehgarei im Schehf. Auch midd sohm Abziehbild wie Dierbach.«*

Er grinste.

»Und auf die Schdorrie midd dehm Tehlefohn«, sagte er, sei er durch eine Kollegin gekommen, die ihm erzählt hatte, daß sie sich mit so einer Gasdrucktrompete gegen einen anonymen Telefonanisten gewehrt habe. *»Daß soll tahdsechlich fungßjoniern«*, schloß er. *»Da fliehchd dier der halbe Schehdl wech.«*

Das Gefühl konnte ich mir vorstellen.

»Daß dahf doch alleß nich wah sein«, stöhnte ich.

Nach und nach, wir tranken das definitiv letzte Bier, hat mir Kolk dann alles erzählt. Warum er überhaupt noch unbedingt ins »Reybach« hatte gehen wollen, wenn er doch damit rechnen mußte – wegen der neuerlichen Erotikpost –, Sabrina und ihren Lover zu treffen? Weil er ihn mal sehen wollte. Und sie mal wiedersehen wollte (einmal, bei Zustellung eines Einschreibens, hatte er sie gesehen und war hin und weg gewesen). Und weil er besoffen war. Und außerdem war ihm die Postkarte erst wieder eingefallen, als wir schon auf dem Weg waren. Daraufhin hatte er vor Wut auf seine eigene Flunkerei erstmal den Mercedes angepißt und zum Ausgleich den Stern mitgenommen.

Warum er denn überhaupt so gut drauf war, auf dieser Spontanfete? Dieser Aufzug mit Zopf und Zigarillo? Weil er sich *vorgestellt* hatte, daß etwas mit Sabrina gelaufen wäre. Weil er nach meiner Standpauke in seiner versifften Bude den Eindruck erwecken wollte, daß er irgendetwas Frauenmäßiges laufen hätte.

Und trotzdem. Diese vielen Zufälle. Rudi, der arme Arsch, hatte er nicht tatsächlich ständig Sabrinas *»geile Numma«* erwähnt? 6926969? *Das* hatte ich mir doch *nicht* eingebildet – und Sabrina Hausmann hatte doch tatsächlich unter dieser Nummer im Telefonbuch gestanden! Das hatte Kolk doch selbst gesehen! Ich überlegte. Diese Zufälle! Rudi und ich lernten Herrn Dierbach kennen, der zufällig offenbar tatsächlich der Liebhaber von Sabrina war, deren Zusteller zufällig Kolk war.

»Daß wah n Ding«, räumte Kolk ein. *»Nachdem du mier daß erzehld haddeß midd der Numma und Ruhdi und Sabrina und so, da dachd ich wirglich ich hedde mein'n eignen Film fapassd.«* Er lachte. Und doch waren das gar nicht so unwahrscheinliche Zufälle. Rudi kannte Sabrina schon lange. Von Firma Dranstedt, wo sie als Sekretärin und Empfangsdame und Dierbach als Exportkaufmann arbeitete. Rudi war nämlich Kurierfahrer, bevor er bei der Post jobbte. Bevor Kolk und Satsche ihn überhaupt kennengelernt hatten. Und daß Dierbach und Sabrina ein Verhältnis hatten und Rudi als Kurierfahrer ständig die Empfangsdame eines Kunden, nämlich Dranstedt & Co., angemacht hatte und sie, Sabrina, ständig in die »Glucke« eingeladen hatte und Sabrina Dierbach vielleicht mal von der »Glucke« erzählt hatte und der daraufhin dort mal einkehrte – all das konnte man wohl kaum mit Fug und Recht als Zufälle bezeichnen. Und wahrscheinlich hatte Rudi mir auf der Fahrt nach Jenfeld also dauernd von *Sabrinas* Nummer erzählt (und nicht von Frau Bohners). Das mußte ich verwechselt haben. Wer Rudi richtig hatte zuhören wollen, wenn er buchstäblich in Fahrt war, der machte einen schweren Fehler oder hatte Tampen statt Nerven.

»Ruhdi iß tohd«, sagte Kolk. Genau das hatte auch ich gerade gedacht.

»Ruhdi«, sagte ich versonnen, *»Ruhdi der alte Ahsch...«* Und plötzlich liefen mir schon wieder die Tränensäcke über. Zum zweiten Mal in dieser Nacht. *»Sohne Tühbm«*, sagte ich gepreßt, *»giebß doch heude gahnich mehr...«*

Ich wischte mir die Tränen ab. Ich konnte nicht aufhören, und immer wieder kamen Tropfen dieses Wasser-Schleim-Gemischs nach. Schluß mit der verschwimmenden Rückblende, dachte ich, und wo war denn jetzt noch der Zufall? Es gab keinen. Rudi war einer derjenigen gewesen, die Zufälle einfach ausschalteten, nichtig machten und ad absurdum führten – indem er sie transparent machte, durch hemmungslose Quatscherei, Torpedos in die geheimniskrämerischen Konventionen, indem er jedes Abenteuer der menschlichen Begegnung bestanden hatte. Vielleicht hatte ihm *das* das Genick gebrochen.

»Ruhdi du Ahsch«, heulte ich. Kolk stand auf und schenkte mir einen großen Cognac ein. Ich befürchtete, er würde mich in den Arm nehmen. Er sagte nur prost. Ich verschluckte mich, aber schlecht wurde mir nicht. Ich heulte Rotz und Wasser, konnte einfach nicht aufhören. Kolk fing heiser an zu lachen. Ich lachte auch, während mir Pfützchen von Tränen in den Schwenker tropften.

»Waß hadda noch imma gesachd?« wimmerte ich.

»Schüüüß daw«, sagte Kolk. Ich lachte und weinte durcheinander. *»Und ich hab«*, flennte ich, *»ich hab ... hab ihm nie ein ausgegehbm, wehgn dehm Tisch ... Sünde daw...«*

Wieso waren wir nicht ins Logo gegangen. Nichts schien mir plötzlich wichtiger, als Rudi auf der Bühne Gitarrespielen gesehen zu haben. Ein unersetzlicher

Verlust. Nie würde dieser Verlust ersetzt werden können. Durch nichts.

»*Waß issn midd euch lohß…*« Wir drehten uns um. Im ersten Sonnenlicht, das durch den Flur hereinfiel, stand Manu, die gute alte Manu, ihr langes dunkles Haar verstrubbelt über Schultern, Hals und schlafverhangenen blauen Augen, im langen geblümten Nachthemd. Sie war wunderschön.

»*Manu*«, heulte ich, stand auf und legte meinen Kopf auf ihre Schulter. »*Kannß du dich noch an Ruhdi erinnan? Ruhdi, dehn Ahsch?*«

»*Mensch Jungenß*«, sagte Manu, »*seid ihr breid…*« Sie koste ein bißchen meinen Rücken. »*Wißd ihr einglich waß heude alleß anliechd… Wie ald seid ihr einglich…? O Mann…*«

Bevor ich befangen und betreten, noch in Manus Armen, Kolks Hilfe beim Bettbeziehen ablehnte, wußte ich, daß ich schwer einschlafen würde. Daß mir immer und nochmals Szenen von der Fete einfallen sollten – als wäre mir nicht längst klargeworden, daß die Natur dieser unwillkürlichen Bildchen nicht *nur* Stärkung des Immunsystems bewirkte. Sie würden zu zerbrechlich sein, als daß sie sich zu Antikörpern verdichteten. Heiner, wie er verdrießlich sagte, »Ich möchte aber gefragt werden…«, als ich seinen Croque- beziehungsweise Flötenteller requirierte, um darauf das Skelett des Bratherings, den ich mir zu vorgerückter Stunde bestellt hatte, von den Bratkartoffeln zu sondern.

»*Habbich doch!*«, protestierte ich.

»Da hattest^{hh} du den Schwant-z^{ßßß}, ja schon in der Hand…«

»*Waß hadde ich…?*«

Oder Yvonnes exakt placiertes Willi-Wacker-Zitat, als Rudi, noch vor seinem Logo-Gig, zu einem wunderschönen Lamento über die schwierige Gefühlsdialektik hinsichtlich Durst und gleichzeitiger Einsicht in die 7-Minuten-Zapf-Notwendigkeit anhob: *»Der benimmd sich allß hedde die gannße Weld fümf Bier Fohr'schbrung.«*

Ich zog die Vorhänge in Jans Zimmer zu und legte mich ins Bett. Ohne es zu beziehen. Ich konnte nicht mehr. Mein Herz schlug wie ein Türklopfer.

Oder Kolks Dudelsackpfeiferwitz, abgewandelt angebracht, als der umfangreiche »Pet-Cemetery«-Drummer von Rudis choreographischen Exzessen beim Auftritt berichtete – wir saßen inzwischen auf den Schößen der Damenriege –: *»Be –* ***hupp!*** *– Bewehch –* ***hupp!*** *– Bewehchliche Ziele triffd mann schwehra!«*

Arme und Beine sind ganz schwer und warm ... ganz schwer und warm ...

Oder Satsches umgehend bereuter Einwurf auf Rosis Antwort an Kolk, Reiki, die Methode, Kolks Nackenschmerzen zu beheben, sei eine Art Handauflegen und werde von ihrer Schwägerin ausgeübt –: *»Der sach ich ma dassich waß am Schwannß habb!«*

Atmung ganz ruhig und gleichmäßig ... ruhig und gleichmäßig ... Ruuuu-he. Ruuuu-he ...

Oder dieses bizarre Gespräch zwischen Rosis Freundin und Kolk, als wir alle bei Rosi im Bett lagen, teils nackt, teils angezogen – der Übersetzer, Feuerstein, dessen Begleiterin – namens Lollo übrigens –, Satsche, Rudi (schlafend), der Panzerknacker (schlafend), der Drummer, Yvonne und Heiner, ich, Kolk, Rosi und ihre Freundin –: *»Dochdoch, da giebß sohn Fischlahdn.«*

»Fischlahdn?«

»Yaw. Neh. Sohne ... Z-Z- – ***Örrrpppb!*** – *Zierfische...«*

»Hahahahaha-aaa, hahahahahaaa, Zier ... haHA-HAHAHAHAHAAhaaagg-, g, g, gmmmm ... Rollmöbbße führß Akuarjum ... Hahahah'h'h'h ... Uuuh ... Midd Gurke...«

»Yaw. Sehgurke.«

»Seh- ... h, h, h...«

Das Herz schlägt langsam und gleichmäßig, langsam und gleichmäßig, gleichmäßig...

Und als ich Satsche mittags weckte, kurz bevor ich vom Auto überfahren wurde, weil ich es vorbeigewinkt und nichtsdestoweniger losgetorkelt und, vielleicht auf einem Kackhaufen, ausgerutscht, war – und mir den Schädel dabei brach, weswegen ich später schließlich amtlicher Frührentner wurde –; als ich Satsche weckte, und er fragte, auf die unverständlicherweise laufende CD-Anlage in Rosis Schlafzimmer deutend: *»Fonn wehm iß daß noch? Fonne Hoddtdoggß?«*

»Ehrßdnß hießn die Hoddtleggß, un ßweidtnß sin daß die Tennßießie...«

Drei Stunden vorher, als Rosi weinte, weil ihre große Liebe sie einmal als aseptische Sirene bezeichnet hatte, und Satsche nicht verstand, daß sie sich über seinen Gag mit der Rose beschwerte, hatte Satsche nach fünf Minuten geheuchelten Mitleids auf mein erkennend zur Musik gemurmeltes *»Ach Wiktohr Laßloh«* geantwortet: *»Schbiddße der Mann.«* Er hatte sie für einen Handballer gehalten, weil er mit einem Ohr Kolks Unterhaltung mit Rosis Freundin, die Handball der 1. Division spielte, gelauscht hatte. Lollo indes erfuhr von Heiner harsche Abfuhr, nachdem ihrem Geständnis der Lust an haarigen Männerbrüsten der Wunsch folgte: *»Dahf ich ma in deim Außschniddt eruiehrn ob du –«*

»Du eruiehrß nich – ehruierßdt^{hh}, nich-t^{hh}, in meinen Aufschnitt – äh –«

»Fraun«, sagte Kolk, die fortwährende Küssung von Rosis Fingerfältchen kurz unterbrechend, *»Fraun könn sowieso nicht ehruiern.«* Und der Übersetzer, der scheinbar unbeteiligt den obskuren Gesprächen folgte, war offenbar lange Zeit der Nüchternste von uns gewesen. Als Yvonne jammerte, *»hoffmlich habbich den Lahdn...«*, sagte er, *»Abgeschlossn.«* Als Feuerstein ihr sagte: *»Nehneh, da bißdu...«*, sagte er: *»...aufm Hollßwehch.«* Und als Yvonne ihm sagte: *»Fadammdnochma, ich kann mein Krahm auch ... äh...«*, sagte er: *»Selbß zu Ende schbrechn.«*

Mein Sonnengeflecht ist angenehm durchblutet. Mein Sonnengeflecht ist angenehm durch...

Irgendjemand von den Frauen war Krankenschwester, hatte vom sogenannten *»Huhwasündrohm«* gesprochen, das bei den Patienten der Urologie an der Tagesordnung sei.

»Huhwa?« lallte Rudi – es muß in seiner kurzen Wachphase gewesen sein, als er ziemlich brutal Rosis Bonsais streichelte.

»JAWOLL!« hatte Kolk gebrüllt. *»HUHWA!«*

»HUHWAAA!« schrie Satsche in den anbrechenden Tag zurück, der durch Rosis glasklare Fenster schrillte.

»Waß haß du führn Schdaubsauga«, erkundigte sich der dicke Drummer bei Rosi, indem er versuchte, auf einem modernen Stuhl Platz zu nehmen.

»Huhwa?« fragte Rudi und wandelte den Vorwärtssturz in die Bonsais in genialischer Manier in eine Pirouette in den Miniaturspringbrunnen um. *»Huhwa, huhwa, Kokomiko, Mahsupielami...«*

»Ich will dein'n Schdaubsauga figgkn«, begehrte der Heavy-Metal-Drummer traurig. *»Ehrßde liengß«*, wies ihm Rosi den Weg, versonnen, weil Kolk ihre Armbeuge mit der Zunge kitzelte.

»Rechdß?« fragte der Drummer.

»Liiii-hiiiingß«, rief Rosi melodisch.

»Jaja«, sagte der Drummer, *»ich mein, liengß rechdß, oda liengß liengß, weil…«*

Und dauernd kriegten wir von Rudi, solange er noch halbwegs wach war, die Hand vor die Stirn geklatscht, wenn wir rülpsten, ohne abzuleiten. *»Daum'm un klein'n Finga abschbreidßn – so – un denn Daum'm im rechdtn Wingkl anne Schdirn – so – … Klah? Schüüüß-daw … Midd* **rechdß**, *du Liengßwiggßa!«*

Ich bin ganz ruhig. Ich bin ganz ruhig. Ich bin … ganz … ruhig…

Ja, ich war Rudi noch zweimal begegnet, bevor er starb. Einmal traf ich ihn in der »Glucke«. Er trug wieder seine braunen Kordhosen und sein hohl geblähtes Hemd, er saß allein am Tresen vor einem frischen Glas Altbier.

»Ballamann«, sagte er halblaut, als ich mich dem Zapfhahn gegenüber setzte. Es war halb drei Uhr nachts. Ich war schwer betrunken. Yvonne bediente. Sie kannte mich nicht mehr. Es war Winter. Kaum jemand da.

»Ruuudi«, lallte ich, *»laseß sein Ruhdiii…«*

»Wadd machß duhdn hier.«

»Böhde Fahge.«

»Haßn Tschobb? Allß Kumpl im Buttabergwerg? Augnaußdrügga inna Fischfabrieg? Pullßmessa im Altaßheim?«

Ich feixte.

»Unduh?«

Rudi knarzte mit Gaumen und Nase. *»Glaubß ich seddß mir den Huhd midna Gahbl auf? Habbich n Knobbf anna Bagge ohda wadd? Nehneh«*, warf er weg, *»hier:«* Er deutete auf sein Glas und schluckte. *»Lieba inna dunklßdn Kneibe allß am hellßdn Ahbeidßpladdß«*, summte er und grinste. Er wirkte, als wären die letzten Jahre spurlos an ihm vorbeigegangen.

Ich wußte nicht viel, über das ich mit ihm hätte sprechen können. Ich war auf einen Depressionsdrink losgezogen, in einer als zwischen panisch und manisch oszillierend beschreibbaren Gemütsverfassung durch Eimsbüttel und Eppendorf gestreunt, und hatte mich zur abschließenden Einkehr an die »Glucke« erinnert. Meine Geliebte war verreist, und mein »Verhältnis« hatte ich zusammengebrüllt, als wir nach gelungenem Cunnilingus und phantasieloser Fellatio unterm Küchentisch lagen. Ich hatte die Kiste alkoholfreien Biers, auf der meine zerfransten Schuhe lagen, fixiert, an meine Jugendliebe im Heuschober gedacht und auf verkannter Dichter gemacht, als sie mir die Birne streichelte und sagte: *»Du dengßd zu fiel.«* Sie tat so, als lächelte sie zärtlich. *»UND DU ZU WEHNICH!«* schrie ich, zog mir die Hosen hoch und vergaß meinen Schal.

Und dann hatte ich mich besoffen, hier und da. Ich war überzeugt gewesen, zufällig auf eine alleinstehende, verständnisvolle, gutaussehende und intelligente Frau – sexy überdies – zu treffen. Ich wollte mich rächen. Nein, nicht an den Frauen. Auch nicht an den Männern. An mir selbst wollte ich mich rächen, für das ganze Durcheinander der Welt, für die zwölf Bedrohungen meiner Liebe zu stimmigen, noch in ihrer Häßlichkeit schönen Geflechten von Wesen und Erscheinungen.

»Tscha scheiße«, sagte stattdessen Rudi. Er winkte

Yvonne, murmelte *»Jubi«*, wedelte mit dem Zeigefinger vage zwischen seinem und meinem Glas hin und her und sagte: *»Wo treibd sich einglich Saddsche rum. Ehwich nich mehr gesehn. Und Kolgk.«*

Ich grunzte unwillig. *»Aufm Dachbohdn. Schdriggn Schnehkeddtn.«*

Ich hatte schon immer mal auf die Gelegenheit gewartet, ihm – Rudi – mal *so* antworten zu können. Ich meinte, damit sicher seinen Humor zu treffen, was mir, zum Kuckuck, Spaß gemacht hätte. Rudi aber schnaufte nur. Hätte *er* diesen Spruch gebracht – es war eigentlich ein Rudispruch –, er hätte wieder einen seiner heiseren Lacher von sich gegeben.

Ich hatte mein Bier und den Jubi hastig ausgetrunken und war – nickend einen Mundwinkel hochziehend, ohne einen Revancheschnaps zu bestellen – nach draußen gewankt.

Ein anderes Mal – danach, vielleicht ein viertel Jahr vor seiner Beerdigung – sah ich ihn im »Schrottboss«. Ich kam mit einigen Kollegen von einer Lesung (ich hatte aus meinem zweiten Buch, »Die Fontanelle«, gelesen, in einer Kneipe auf St. Pauli) und war guter Stimmung, weil ich einen anwesenden Kritiker, der meine »Texte zu beliebig« fand, mit einer Schlagfertigkeit hatte verblüffen können, die ich leider vergessen habe. Rudi hockte an einem Tisch links vom Eingang, und zwar in einem grauen Anzug – Fischgrät, was wieder schwer im Kommen war –, seine Haare waren kurz und fast weiß, sein Gesicht ebenfalls, und er trank Altbier. Neben ihm saß Frau Bohner. Auch sie erkannte ich sofort, obwohl ich sie acht Jahre zuvor zum ersten und bis dahin einzigen Mal gesehen hatte. Obwohl sich, im Gegensatz zu Rudis, ihre Statur frappant verändert hatte. Sie war dick und rund, sah aber freundlich aus. Ich lief mit meinen Kollegen an ihnen vorbei, blickte nochmals zurück, aber so, als erwartete ich noch einen Nachzügler an der Tür, und wir setzten uns unter die Palmen hinter der Balustrade. Später, ich hatte die ganze Zeit immer wieder nach vorne gespäht, während die literarische Diskussion heftigst tobte (*»Eß giebd dehn Romahn nich mehr – eß giebd auch keine Schmettalienge mehr«*, sagte Bernhard) –, später kam Rudi und setzte sich ohne Umschweife an unseren Tisch.

Er war Tontechniker und hatte Frau Bohner-Cohrs ausgeführt. Er sprach heiser und langsam, immer noch halblaut, aber anders. Keine Sprüche. Sein Blick war gebrochen. Er hatte eine entsetzliche Fahne, schien aber relativ nüchtern. Er erzählte mir eine wirre Story von Kolk. Daß er ihn vor *»Jahrenden«* mal sonntagmorgens auf dem Fischmarkt getroffen hätte, total besoffen, wo er, Kolk, ihm, Rudi, von Frau Bohner erzählt habe. Sie, Frau Bohner, sei in seinem, Kolks, Zustellbereich Kundin, der er ständig versaute Postkarten habe zustellen müssen. Und er, Kolk, habe ein Verhältnis mit ihr, Frau Bohner. Das müsse so ungefähr um die Zeit gewesen sein, als er, Rudi, noch mit »Pet Cemetery« auf der Piste gewesen sein. Frau Bohner allerdings, hh!, habe davon nie was gewußt. Sünde daw.

Mir ist heute noch unverständlich, weshalb ich diese Begegnung mit Rudi vergessen hatte, versäumt, sie bei der Geschichte des Geheimnisses um Kolks fast taubes linkes Ohr zu berücksichtigen. Ja: unverständlich. Was wäre so schwer daran gewesen? Weshalb ist zudem niemand von uns auf die Idee gekommen, daß Kolk auch noch nach zwei Jahren mit Riekes Abschied zu tun hatte? *Vielleicht*, weil wir ein halbes Jahr Zusammensein nicht ernst nahmen. *Bestimmt* aber, weil wir ihm dieses verdammt gutaussehende Girl eigentlich nicht richtig gönnten, obwohl oder weil wir mit ihr nie richtig warm geworden waren. Irgendwann verschwand sie mit einem Designer.

Zu Rudis Beerdigung ging ich nicht. Ich nehme nie an Beerdigungen teil. Ich werde auch an meiner eigenen nicht teilnehmen. Der Gedanke an die Hölle verursacht nur Durst.

Als ich am frühen Nachmittag erwachte – in Jans Zimmer, der bei seinen beiden nächstjüngeren Geschwistern geschlafen hatte, um mir sein Bett zu überlassen –, dachte ich an Butterblumen. An Butterblumenstengel, die wir als Kinder zu Ketten verarbeitet hatten. Wir steckten das verjüngte Ende, das kurz vor der gelben Blüte mit den Fingernägeln abgeknipst wurde, in das breitere hohle Wurzelende und hatten einen Ring. Den nächsten Ring flochten wir hinein. Bis wir meterlange Ketten hatten. Die Milch des Löwenzahns machte unsere Hände schwarz, klebrig wie von Harz. So fühlte ich mich beim Erwachen, wegen meiner Gedankenketten.

Ich war natürlich ziemlich schwer verkatert, andererseits aber auch eigenartig geläutert. Eingeschüchtert, aber ausgenüchtert. Ausgenüchtert, aber eingeschüchtert. Die Welt war wieder mal ein Stückchen wackliger und unwirtlicher geworden, als sie ohnehin schon war, aber. So war es richtig. Ja..., aber.

Ich blieb liegen, hielt die Augen jedoch tapfer geöffnet und versuchte, den faden Schmerz in meinem Leib an die Matratze abzugeben. Traumbilder blitzten kurz auf, waren nicht zu halten. Harndrang.

Jans Zimmer war so eingerichtet, wie Achtjährige es

nun mal gerne haben. Poster von Popgrößen – »Clippies« nannte man sie im heutigen Jargon – an den Wänden; alte Bücher von Enid Blyton, Märchenbücher, Comics in einem schmalen Regal; einige Stofftiere und Puppen; ein Aldicomputer auf dem von Kolk gezimmerten schmalen Schreibtisch, dessen Fläche über und über bekritzelt und zerschnitzt war; ein Fußball, Tischtennisschläger, Klamotten, Turnschuhe, eine kleine CD-Anlage, ein QV-Apparat, Tieralben und -lexika gestapelt auf dem Boden davor.

Ich versuchte, mich an mein eigenes Kinderzimmer zu erinnern, aber es gelang mir unzureichend. Das einzige, was mir einfiel, war mein Bücherbord, mit vielleicht dreißig, jedes einzelne heiß geliebten Büchern, eines davon »Mein großes Igelbuch« von 1961. Erstes Kapitel: »Eine Überraschung«. Es begann mit einem Gedicht: »Endlich ist die Schule aus. / Wir sind brav gewesen, / fleißig haben wir gelernt / rechnen, schreiben, lesen.« Ich erinnerte mich vage an bunte Zeichnungen von süßen Igelkindern, einer lieben Igelmutter und einem gutmütigen Igelvater mit Lesebrille. War da nicht ein Lehmhäuschen mit hölzernem Überdach über der hölzernen Tür? Blaue Glockenblumen so hoch, höher noch als die Igelkinder? Konrad und Polly hießen zwei. Und ein Bild zeigte einen Maulwurf, der sich die Pfote vor den Mund hielt, während er aus einem Haufen lugte, der Polly umgeworfen hatte. Ein Igeldorf...

Mürrisch raufte ich mir meine verbliebenen Haare und kämpfte kurz gegen die aufbrausende Wut an. Es war mir lästig, daß es in meinem Sonnengeflecht konvulsivisch zuckte. Es war nicht wegen meiner Kindheit, sondern wegen Jans. Nein, auch das nicht. Wegen der Notwendigkeit, der Unausweichlichkeit aufzuwachsen.

Ich wälzte mich aus dem viel zu kleinen Bett, überging stur meine Kopfschmerzen und ließ möglichst kein Körpergefühl zu. Ich zog die Vorhänge zurück, und mit einer Geschwindigkeit von dreihunderttausend Kilometern pro Sekunde prallte das Sonnenlicht auf meine Netzhäute, daß die Stäbchen klirrten.

Ich hatte das Frühstück ausgeschlagen, lediglich ein *»Bier und n Konjack absorbiert«*, wie Kolk vorschlug, getreu der althergebrachten Maxime, mit jenen Getränken am nächsten Tag wieder zu beginnen, mit denen man die Nacht zuvor beschlossen hatte. Ich hatte den Plan verworfen, meinen Eltern, Geschwistern, Neffen, Nichte Jessica und Großeltern noch einen Besuch abzustatten, und war – nach einigen belanglosen Worten und etwas verlegenen, aber schönen Umarmungen – über den unbeschrankten Bahnübergang an meinem Geburtshaus vorbei in Richtung Hamburg gefahren. Das Wetter war schön. Die Sonne schien. Plötzlich sah ich die Sonne, wie sie wirklich war. Mit einem Mal sah ich, daß sie ein Millionen Grad heißer Feuerball war, mit einem Umfang von *Millionen* von Kilometern. Mit einem Mal konnte ich sie mir vorstellen.

Ich hatte am Deich angehalten, war ausgestiegen und hatte mich ins Gras gelegt. Ich versuchte, ruhig zu atmen.

o. Üble Nachrede

Guckt euch das an, Puschen. Widerwärtig. Die gesamte Mischpoke müßte wegen bodenloser Dummheit verhaftet werden, das wäre nur gerecht. Pappnasen setzen die sich da jetzt auf, unglaublich. Äy, ihr Arschlöcher! Ihr macht mich ra-send! Ich könnt mir einen abhobeln, vor Wut, an Ort und Stelle...!

Ach hör auf, das wär eh verlorene Liebesmüh... Komm, Whissie-Liebling, 'nen kleinen noch. Nein? Auch nicht, wenn ich dich ein bißchen würgen würde, dein schlankes Hälschen ein bißchen wränge...?

O Mann...

Komisch, diese Doppelbelichtung krieg ich nicht mehr hin. Da sind nur mein spiegelkopiertes Zimmer und reale zwanzig Meter weiter die drei hellerleuchteten Fenster. Und da sage noch mal jemand, Alkohol vernebele den Blick.

ÄÄÄÄÄÄÄÄY, IHR WICHSER...! Savoir-vivre, eh?

Verdammt nochmal, hab ich nicht noch irgendwo... Vielleicht... Und sei's 'ne Buddel Industriesprit...? Irgend 'n Scheißfusel wird doch wohl noch...

ÄÄÄÄÄÄÄÄY...!

Schwarze Klamotten, weiße Wände, oder was. Nicht mit mir, Leute. Ich glaub nicht dran, und ihr *müßt* dran glauben. Ich nicht. Ihr könnt mich mal... (Jaja, ich weiß, »wenn der Eiter weg ist«...) Macht euern Scheiß alleine, zieht durch das Ding. Ihr wollt es ja nicht anders. Ihr werdet ahnungslos bleiben, aber es macht euch ja nichts aus. Es würd euch ja nicht mal was ausmachen, wenn ihr Ahnungen entwickeln *könntet*, dann wär's eh zu spät. »Hahaha...?!?« Genau! Scheißegal, genau! Aber immer! Aber hundert Zentner! Macht doch, macht doch, mir ist das schon lange egal. Bloß, mit euerm besinnungslosen Gehopse zu Geräuschen, gegen deren Bezeichnung als »Musik« sich selbst der greise Rex Dildo wohl verwahren würde, stampft ihr auch die armseligsten Wünsche weder aus dem noch in den Boden, nicht wahr, geschweige denn Erlösung, ihr... nihilistisches Gesindel. Ach. Macht doch, was ihr wollt, es gibt niemand, der euch dran hindert, man möchte sich wieder die Steinzeit des fortschrittlichen Bewußtseins daherwünschen, ihr habt nie erfahren, worum es geht, also macht doch was ihr wollt, da kann man doch nur heulen! Macht doch! So weit kommt das noch wieder! Macht, macht, macht! Belichtung statt Erleuchtung, eh? Wenn ich das schon seh, OT*tele* Stadtteil TV! Daß ausgerechnet ihr euch 'n ausgerottetes Wappentier... Ich würd mich schämen. Aber macht doch! Es braucht so polierte Visagen, die beim Verzehr von übelriechenden Käseecken Vaginalorgasmen heucheln, während sie gefilmt werden. Die Idiotie mit »Freizeit« verwechseln. Die 'nen feuchten Schlüpfer kriegen, wenn sie alles fehlerfrei nachplappern können...

Pfui Deibel, wenn ich 'n Brechmittel mixen dürfte, ich würd zwei Drittel von euch nehmen und den Rest mit Biberpisse aufgießen. Arschlöcher.

So.

Pffffff...

Tatsächlich, kein Tropfen mehr da. Bloß der Teller mit den Senfflecken. Alles hat ein Ende, nur die Wurst hat zwei, jawoll mein Schatz, es ist vorbei... Heino Bäcker, alter Schlachter! 1988 ist lange her! Außerdem hasse ich Blutwurst, und Thüringer schon aus Prinzip, und mit deinen schlappen Würstchen hast du schwerlich auch nur Bronze gewonnen, gib's zu.

Ha! Hehehe... Klosterfrau Melissengeist! Besser als gar nichts. Klosterfrau ist auch 'ne Frau. 'ne etwas blasse Braut zwar, geht nicht ganz so scharf ran wie blonde oder rotbrünette, hehehe... – aber dafür streng. Hat auch was.

O Mann...

So. Heizlüfter aus, Füße aufs Fensterbrett. So.

DA! *Der* hat mir grade noch gefehlt. Jetzt fängt der wieder mit seiner Böllerballerei an, dieser dicke kleine Idi. Heut nachmittag schon – zeihung, *gestern* nachmittag, letztes Jahr gewissermaßen –, da schon taperte dieser Depp, ne Zigarette schräg zwischen den stupiden Lippen, in Abständen von zehn Minuten auf diesen Riesenbalkon, hielt Lunten an die Glut und warf die Dinger in die giftwarme Winterluft. PAFF! Zwischendurch inhalierte er den Rauch seiner Zigarette. Diese unbestimmte Geste, diese Gebärde von Weltläufigkeit, Verdrossenheit, Verachtung zugleich, mit welcher er die Knallkörper von sich schleuderte; die unterdrückt wütende Enttäuschung, in der er jenen stupiden PAFF!-PAFF!-Geräuschen lauschte... – es deprimierte mich entsetzlich. Meine Galle fing zu gurgeln an, ich versuchte, den Knallkopf kraft mentaler Konzentration nur ein einziges Mal zu einer kurzfristigen motorischen Irritation zu bringen: Nur einmal hätte ich gern gesehen, wie er seine Lulle in die graugefransten Wolkenschiffwracks katapultierte und – sofern überhaupt möglich – versonnen mit dem Arschmund an einem Böller zöge...

Er trug natürlich ein nagelneues SHIMMER-SHIRT, der Laffe. € 200,–. Paff, paff... Paff, paff, paff...

Mein Gott, mein Gott...

Ich werde dann später noch mal rausgegangen und es wird neblig gewesen sein, zum nicht unbeträchtlichen Teil durch Knallkörper verursacht. Das noch regenfeuchte Kopfsteinpflaster übersät von zerfetztem Papier, geplatzten Pappstangen, glimmenden und qualmenden Feuerwerkszylindern. Die grünen Plastik-Müllkörbe brennend, und die kleine Nebengasse vollständig gesperrt von der Feuerwehr, die Leitern in den dritten Stock eines Hauses ausgefahren, das mir bis dahin nie aufgefallen war, aus dessen Fenstern schwarzgraue dicke, wabernde Rauchballen quollen. Kleine Cliquen torkelnder Leute johlten und brüllten, warfen Böller und schossen heulende Raketen ab, während sie der Gratisveranstaltung beiwohnten.

Ich muß, Erinnerungssplittern zufolge, von Grüppchen zu Grüppchen geschwankt sein, Prosit Neujahr wünschend und hier und da einen Schluck Sekt oder Bier abstaubend. Und dann werde ich ihn entdeckt haben, wie er auf jenem Verkehrspoller hockte. Am besten erinnere ich mich noch an das Gefühl, mit dem ich zu ihm gegangen sein muß: Eine absurde Versöhnungsbereitschaft paarte sich mit Papahaftigkeit. Ich stellte mich als *»freia Fielosohf«* vor und versuchte anhand trotz Trunkenheit wahrhaftiger Blicke meine Worte wirken zu lassen. Weißgott war ich an den Falschen geraten. Ich erzählte ihm, daß es zwölf Bedrohungen der Welt gäbe, nicht mehr und nicht weniger, genau zwölf, man könne sie auch unter dem Satsche-

satscheschen Terminus *»Plahnedtnpiß«* subsumieren, damit sie ins Faß paßten. Und zwar ins Litfaß. Und zwar, sagte ich, das Geheimnis um Alfred Kolks fast taubes linkes Ohr, ob ihm das ein Begriff sei. Essentiell. Für einen Doppelgeier sei ich bereit, ihm dieses zu erläutern, da es sich um ein äußerst wichtiges Prinzip des menschlichen Lebens handele. *»Ach«*, lallte er, *»du Scheiße«*, erfrechte er sich, *»n fliegnda Fielosohf, daß hadd mir grade noch gefehld«*, zückte einen nagelneuen Zweihunderter und grinste mich mit der jugendlichem Geldadel eigenen Arroganz so feist an und legte derart kalte Intelligenz in seinen Sprechakt – *»Nuhr kein Sohzjahlneid Alter, krichß auch so...«* –, daß ich ihm aus dem Handgelenk eine scheuerte. PAFF! Hehehe! Seine gedunsene Wange reibend, rief er nach einem *»Aggßllll!«*, den ich, befriedigt von meiner Spontaneität, gar nicht kommen sah – ein sportiver, mir Gleichaltriger, der diese Kanaille offenbar erzeugt hatte; ich wurde mitgenommen in diese Wohnung – unendlich lange Zeit wußte ich überhaupt nicht, weshalb –; Papierschlangen, Berliner, Salate, Sektflaschen, der ganze Silvesterscheiß inklusive entsprechender Gesellschaft –, bis ich, kurz vorm Einnicken in diesem schweren Ledersessel, eine Vision hatte: Ich blickte durch das mittlere der drei riesigen, zur Balkonterrasse geöffneten Panoramafenster über zwanzig Meter Dunkeltiefe in ein hellerleuchtetes Fenster im vierten Stock des gegenüberliegenden Hauses, und zwar genau in meine Augen, ich sah sogar den braunen Ring von etwa der Größe dessen, der mir goldfarben am Ohr hing, mein Gesicht, hinter wie Hasenlöffel in wackelnden Puschen gekreuzten Füßen traurig zu mir herüberstarrend... bis ein Paar überarbeiteter Bullen eintraf und eine Anzeige wegen Körperverletzung und Beleidigung aufnahm. Sie weckten mich, und ich begann erneut, das asoziale umstehende Pack herbst zu beschimpfen. Derbst lastete ich ihm nicht nur den Untergang des Abendlandes, sondern darüber hinaus, nicht ganz sauber, nicht ganz fair, den der Welt schlechthin an. Dieses, schwarzgekleidet, nach wie vor pappnasig, nahm es als willkommene Abwechslung und gelungenen Übergang ins neue Jahr. Teils feige kichernd, teils offen in mein vom Whiskey aufgeschwemmtes Gesicht lachend, hatten sie einhellig beschlossen, mich als Pausenclown willkommen zu heißen, was mich fast blind vor unbändiger Wut machte. Kleine rote Explosionen vor meinen Augen, gezündet in meinem armen Herz, zügelten mich jedoch. Bis dieses junge Ding, black das Kleid und white die Haut, sich auf die Lehne meines Sessels setzte und mir das schüttere fettige Resthaar kraulte. Ihre dämliche Bemerkung über meine Puschen habe ich ihr inzwischen, am 2. Januar, verziehen. Aber da schubste ich sie runter, sie landete auf dem Steiß, rang nach Atem, die Bullen legten mir Handschellen an, während ich in endlosen Tiraden von Hinni und Rudi, Satsche und Heiner, Kolk und einer gewissen dritten Person salbaderte, die seit jeher aber hundert Zentner besser drauf gewesen seien als diese Lebensstatisten; ich bezichtigte den Gastgeber der Sodomie mit seinem Sittich, verunglimpfte die Dame des Hauses als frigideste Schlampe mindestens Ottensens, wahrscheinlich aber der westlichen Hemisphäre und verleumdete seinen immer noch glühwangigen Sohn, indem ich ihm Impotenz unterstellte, die Schuld an meinen Kopfschmerzen zuwies und behauptete, er verkörpere alles was ich haßte, nämlich das, was mir – Zitat: *»dehn Begriff, daß Begreifm erleichdadd und daß Fa'schdehn, daß Fa'schdendniß erschwehrd«* ... Und das im Vollsuff! Wahrhaftig, das hab ich gesagt! Hugh! (Die mich am 2. Januar besuchende junge Dame, die mit dem Steiß, hat es mir bei Hering und HP 67 [Hansa Pils, Aldi,

67 Cent] bestätigt, als sie sich bei mir entschuldigte.) Aber wer kennt nicht das Phänomen, daß man vermeintliche Erkenntnisse im Lauf der Jahre auf eine Formel bringt und nur auf den richtigen Moment wartet, in welchem man diese dann daherbetet wie einen Werbeslogan?

Nachdem ich den Schutzmännern übel Doppelmoral und faschistoide Gesinnung nachgeredet hatte, verhafteten sie mich und führten mich ab, zu einem Peterwagen, dessen Fonds ich zügig von oben bis unten vollkotzte. Obwohl ich ihnen höhnisch ein frohes neues Jahr verwünschte, sagte der Fahrer lässig: Silvesterneurotiker. Er stieg schlagartig in meiner Achtung. Den Rest der Fahrt zur Wache verbrachten wir im Plauderton. Ich erkundigte mich interessiert, wie ich es manchmal mit Taxifahrern tat, wie die Nacht verlaufen sei, und bot ihnen das Du an. Ihre Namen werden Herbert und Ertekin gewesen sein, und meiner Bodo.

*

Im März starb Kolks Mutter. Kolk bot mir ihre Wohnung bei Onkel Wilhelm an, unten, beim Wiesenbett des Beecks, am Weg zum Mühlenteich, mietfrei. Ich zierte mich zwei Wochen lang, dann zog ich in unser Nest zurück, trank und rauchte wenig und änderte mein Leben. Hin und wieder treffen wir uns sogar mit Heiner und Satsche zum Skat. Ich spiele mit Heinz (Heinz!) und Herta (Herta!!) im Sandkasten, wenn Manu zum Turnen geht. Einmal mußte ich heulen, als ich so eine erschütternde Selbstgenügsamkeit in den Augen der Kleinen sah, gespeist von nichts als Neugier und Urliebe. Ich gehe viel spazieren, was meinem Kopf guttut. Ich laufe einfach, der Autobahn entgegengesetzt, in Richtung der Nachbardörfer auf der geliebten Geest, bis das letzte Quentchen Brummen verstummt. Ich kenne jede dünne Birke dort, und wenn ich je eine Tochter hätte, ich würde sie päppeln und Birke nennen.

Was soll ich mich noch aufregen wie ein junger Mann.

Ich fing sogar wieder an zu arbeiten. Ich begann mit kurzen Skizzen, machte einige Gedichte, unter anderen ein längeres, meinen Neffen gewidmetes – das ich mir in einem Schulbuch vorstellte und dessen letzte Strophe lautete:

> Wer sich, vermeintlich, all den Dreck
> der Welt aus seinen Wunden leckt,
> ist noch ein bißchen dumm.
> Denn die Welt ist eine Kugel,
> die, seit Geburt, im Herzen steckt.
> Darum.

Mittags ging ich zu GASTSTÄTTE HEITMANN, aß die beste Currywurst Norddeutschlands und klönte mit Hinni und Kolk, der dann meist schon dienstfrei hatte. Und schließlich war ich stark genug, mein Hauptwerk anzugehen. Bereits nach drei Monaten hatte ich einen Riesenpapierberg von Notizen, Exposés, Urkunden, Sekundärliteratur und Dossiers angehäuft. Alles in grünmarmorierten, mit dem Arbeitstitel »Die Quelle des Beecks« versehenen Aktendeckeln abgeheftet, die ich die nächsten fünf Jahre mindestens werde haßlieben müssen. Es wird ein dicker Roman in genau zehn Kapiteln. Das erste beginnt mit einem Selbstzitat aus der »Fontanelle«: »Die Zukunft, sagte Rudi, beginnt nicht gleich nach der Gegenwart, sondern bereits in der Vergangenheit...« Nun, also...

Nachher kommt Kolk zu Besuch. Ich werde eine Zigarre rauchen. Er wird mir irgendwas vom Tag erzählen. Neulich, an einem Abend bei Hinni – er möge hundertzwölf werden! –, versprach er mir, daß wir nächstes Jahr wieder gemeinsam Silvester feiern würden. Mit Satsche und Heiner und Frauen. Und Rudi als Geist aus der Flasche.

Hhhhhh!

So.

Parenthese

Seite 17
* Nun, in unserer Sprache und Aussprache blubbert noch Herzblut. Das offene O (wie in »Kontrollverlust«, »kostet« oder »kotzen«) zum Beispiel signalisiert – je nach Situation – brünstige Begeisterung, gediegene Gemütlichkeit oder auch schamhafte Schüchternheit. Für diesen breiten O-Laut steht im Englischen u. a. »aw« (wie in G. B. »Shaw«).

Seite 22
* Obwohl Kolk selbst genug Geld hatte, das er jedoch auf raffinierte Weise hatte weg- und festlegen lassen, so daß er in den Genuß der Zuwendungen kam. – Übrigens ist das gute alte Wörtchen »Bier« vermutlich von lat. bibere (= trinken) abgeleitet. Von daher wäre »Großer Biber« eigentlich der richtigere Spitzname für Kolk. – Passim: »Biberismus« in Abgrenzung zu Alkoholismus. Wir bezeichneten Kolk in seiner voralkoholischen Phase hin und wieder als Biberiker. Er war hauptsächlich trinkabhängig, weniger alkoholabhängig. Eine subtile Differenzierung.

Seite 25
* Der übrigens nicht nur wegen seiner Rasse so hieß, sondern auch, weil er offenbar ebenfalls mit Reißzwecken zu gurgeln pflegte, der Stimme nach zu urteilen.

Seite 27
* Aber was heißt schon »zufällig«. Wer weiß, vielleicht hatte Kolk sich gleich nach der Ankündigung meines Besuchs zum Getränkemarkt begeben und mit untrüglicher, intuitiver Sicherheit für diejenige Biermarke entschieden, die Zeugin jenes »Boile«-Abends war. Vielleicht war es so, ohne daß es Kolk beim Einkaufen bewußt geworden war und ihm erst jetzt dieses fortwährende Grinsen entlockte. Und vielleicht hatten sogar seine Lütten was von dem besonderen Geist verspürt, dem mein Besuch das Gepräge gab, so daß sie ihm mit der seltenen Frage nach seinem fast tauben linken Ohr kamen. Gören haben ein Gespür für außergewöhnliche Situationen und ungelüftete Geheimnisse. Vielleicht gar hatte Kolk ihnen einen Insbettgeh-Aufschub erteilt, da ihm die Ahnung von all dem Gelegenheit gab, ihre Neugier einmal mehr zu wecken, um

letztlich uns beiden den liebsten Anknüpfungspunkt an alte Zeiten zu ermöglichen. Wer weiß.

Seite 30
* Sowas passierte ihm selten. Kolk ist einer der begabtesten Witzeerzähler, die ich kenne. *»Dehn kenn ich einglich schohn!«*, kicherte ich oft.

Seite 48
* Die »Bangles« waren eine aus Princes Umkreis hervorgegangene Frauenband, die heute nicht mehr existiert.

Seite 49
* Satsche sprach bestimmte deutsche Wörter mitunter gerne mal mit amerikanischem Akzent aus.

Seite 53
* Hier ist der richtige Ort, etwas zu Heiners Aussprache zu sagen. Heiner war der einzige von uns, der nahezu Schriftdeutsch sprach. Er sprach ein »t« noch wie ein »t« – so deutlich, daß hinter dem »t« noch ein »h« mitzuschwingen schien. Er sprach bedächtig – »ein, Kännchen Tee, hätt^{h} ich gern« –, er sagte »Pferd« statt *»Fehrd«* und wehrte sich manchmal, wenn Satsche ihn mit *»Wehdl«* ansprach: »Für dich immer noch Heiner We*del*!«

Seite 60
* Was Kolk sicherlich nicht auffiel – wozu auch –, mir als Germanistikstudenten allerdings wie jede andere gewöhnliche Stillosigkeit sauer aufstieß. Das entsetzlichste, erschreckendste und unglaublichste auf dem Gebiet falscher Apostrophe fand ich mal auf dem Getränkezettel einer Kneipe, die ihre Musikveranstaltungen mit dem Slogan »Eintritt kostet nicht's« anpries.

Seite 66
* Genau. Die Kolk vier Jahre später in unserem Nest heiratete.

Seite 67
* Ich weiß, ich weiß. Ein Widerspruch zu dem, was ich meinen Skatbrüdern erzählte: *»schwahdße Schdrümfe«* und so. Das war nur, um Heiner zum Zuhören zu bewegen und seinen Unmut wegen der Unterbrechung zu dämpfen. Denn er hatte ein Faible für »farbige Strümpfe«. Wenn gut geformte Frauenbeine drin steckten.

Seite 68
* In den achtziger Jahren niedersächsischer Ministerpräsident, falls sich noch jemand erinnern möchte. Strauchelte ja bekanntlich doch noch über den dann sogenannten Spiel-und-Spaß-Skandal.

Seite 70
* »Rudi« hieß ein Stück Herwig Mitteregger (Ex-»Spliff«) Anno 1983: »Hör mal Rudi hör mal / Laß es sein / Du redest wieder wirres Zeug / ... / Und noch was Rudi hör mal / Laß es sein mit der Gitarre ...«

** Dieses Bild ist so abwegig nicht. Doch dazu weiter unten.

Seite 75
* »Vorstehen«: Begriff aus dem Jägerjargon, der das regungslose Verharren des Hundes vor einem gewitterten Stück Wild bezeichnet.

Seite 77
* Früher, als Jungtrinker, hatten wir oft und gern gebrochen. Es galt der Spruch »Kater killen: Knochen kotzen«. Meistens auf dem Heimweg, von Abenden bei Hinni oder von Discos oder von Feten. Wir holten einander ab, zum Frühschoppen, und erstellten eine knappe Analyse, interessiert über die sternförmig geplatzte, trockene Lache unter der Laterne gebeugt – *»Sauba!«*

»Echd sauba, mussich selbß sahng.«

»Waß ißn daß ***Braune*** *da?«*

»Daß ... daß müßde ... ja, dadd iß die ***Körriwurßd.*** *Und hier die* ***Erbßn*** *– die sind ja noch faßd* ***heil!*** *Sah, genn, haffd. Die müssn noch fomm Middachessn sein –«*

»Körriwurßd? Haßdu denn noch ne Körriwurßd gefressn?«

»Du doch ***auch!«***

»Äääächd?«

»Yow ...«

Wir bewerteten Form, Farbe, Menge, Konsistenz und tranken abschließend unsere drei Halben auf nüchternen Magen.

Außerdem wärmten wir ältere Geschichten durchaus mit Vergnügen wieder auf – z. B. wie Kolk, nach einer Brauereibesichtigung auf der gesamten Rückfahrt aus Lüneburg im Bus sich noch beherrschend, beim Aussteigen im Nest, vor Hinnis Tür, das Gedränge vor den Ausgängen aber nicht mehr ertragen konnte: Er hielt eine seiner Tatzen, zwischen deren Fingern bereits der wie Müllers Milchreis aussehende Brei hervorquoll, vor den Mund, während er zettelblaß mit der anderen seinem Vordermann höflich auf die Schulter tippte.

Früher machte Brechen uns nichts aus. Wir übergaben uns ständig. Wir erbrachen uns, und dann tranken wir weiter. Es kam vor, daß einer von uns vom Tisch aufstand, *»Pladdßschaffm«* murmelte und nach fünf Minuten papyrusfarben, aber grinsend wiederkehrte.

Seite 78
* Kolk hatte natürlich das Bier getestet, bevor er die Flaschen in seine Vitrinen stellte. Wohl an die hundert Sorten waren katalogisiert, mit Noten zwischen 1 und 6 bewertet und kurzen Kommentaren versehen wie »aus, vorbei«, »schmeckt wie Superbenzin«, »hopfig, deftig, würzig« oder »wird offenbar mit Seife gebraut«.

Die Prunkstücke seiner Sammlung, übrigens, waren »historische« 0,5-Liter-Flaschen, braun und grün, mit verrosteten Bügeln und ausgefransten Etiketten, kurz: mit auratischer Patina: Holsten Edel, Bavaria St. Pauli Astra, Elbschloß, Winterhuder Mai-Bock-Starkbier und Germania Club-Export aus Münster.

** André hatte gar eine Auffächerung dieser Statistik versucht, und zwar indem er die Kategorie *besoffen* darüberhinaus in *leichten Lollimann, mittelschweren Lollimann, schweren Lollimann* sowie *Koma* spezifizierte, was sich leider für die Praxis als undurchführbar erwies. Seither nahmen diese Kriterien lediglich den Rang volksmündlicher Hilfskriterien an. Hierbei entsprach der *leichte Lollimann* in der Terminologie der »Glucken«-Zeit in etwa *V* o (sprich: Vau null – die ballistische Bezeichnung für die Geschwindigkeit, die ein Projektil beim Austritt aus dem Lauf einer Schußwaffe erreicht hat). Der *mittelschwere Lollimann* korrelierte ungefähr mit der *schraffierten Nase* (nach Willi Wacker resp., im Original, Andy Cap), und zwischen *schwerem Lollimann* und *Koma* bestand kein Unterschied mehr: beide wurden unter *supersoft* geführt.

Der *leichte Lollimann* beschrieb in etwa einen Schwips. Die einen sagen in dieser Phase, halbbesoffen sei rausgeschmissenes Geld, die anderen sind froh, davongekommen zu sein. Kennzeichen: knapp fahruntüchtig, fahrige Bewegungen, erhöhte Kicher- resp. Aggressionsfrequenz, gesteigerte Sensibilität gegenüber eigener Libido – gestörte gegenüber fremder, Satzwiederholungen und -auslassungen etc. Der *mittelschwere Lollimann* umschreibt jenen Zustand, in dem man durchaus betrunken ist. Die einen befürchten, die anderen verleugnen, verdrängen den sicheren Katzenjammer bereits. Kennzeichen: völlig fahruntüchtig, slow motion, gelöste, aber schwere Zunge. Neigung zur Überschätzung eigener Fähigkeit zur Artikulation sowie fremder zur Rezeption, krasse Divergenz zwischen sexuellem Verlangen und objektiver Leistungsfähigkeit usw. usf. Der *schwere Lollimann* verkörpert gewissermaßen den Filmriß in concreto. Kennzeichen: völlige Beliebigkeit sensueller und mentaler Erscheinungsformen bis hin zur Alkoholvergiftung und Bewußtlosigkeit.

Seite 79
* In schiefer Abwandlung eines alten Indianerwitzes, der mir nicht mehr einfällt. Tut mir leid.

Seite 98
* Sie kannten sich ja vom Ansehen. Drei Tage zuvor hatte sie ihm bei einem Gluckenbesuch das fünfte Bier verweigert. Sowas machte sie sonst nie. Schließlich war sie ein Profi. Sie hatte mir später mal erzählt, daß sie ihn schon immer gemocht hätte, wegen seiner ruhigen Art, auch wenn er betrunken war. Am nächsten Tag habe sie sich über sich selbst geärgert, Gefühle einem Gast gegenüber aufzubringen. Kolk habe grinsend die Kneipe verlassen, nachdem er die vier Biere mit einem Zwanziger bezahlt habe. Als sie sich auf dem Flohmarkt trafen, habe sie, Manu, zum zweiten Mal etwas getan, was sie zuvor noch nie getan hatte: Sie begrüßte einen Gast – dazu noch außerhalb der Kneipe – wie einen Freund. Sie bat ihn, der einen Stapel Singles der frühen siebziger Jahre zwischen den Händen drehte, ihr den Korbsessel nach Haus zu tragen. Sie betranken sich ordnungsgemäß mit einer Flasche Ouzo und knutschten die ganze Nacht. *»Habbd ihr nich gebummßd?«* fragte ich sie. *»Neh.« »Wer hadd angefangn. Du?« »Klah!«* Sie lächelte. *»Ich mußde ihn noch drei ohda fierma anruhfm biß der Ihdjohd waß mergde.«* Bis er's *glaubte*, dachte ich.

Seite 101
* Auch lange her. Leider erinnere ich mich nur noch durch eben Rudis Erzählung daran, worum es ging. Noch mehr Furore machte Heller bekanntlich zur Jahrtausendwende. Schon vergessen? Ich sage nur »Fesselballon« und »Ozonloch«.

Seite 102
* Der Furz. Vom Urknall bis heute: Die seit Menschengedenken umfassendste Dokumentation des Furzens – zusammengestellt von Alfred Limbach. Illustriert von Tomi Ungerer; Köln 1980. Kaum zu empfehlen. Albern.

** Serge Gainsbourg: Die Kunst des Furzens; München 1985. Sehr zu empfehlen. Genialisch.

*** Das war gar nicht mal zu unklug, wurde doch damals ohnehin jeder Scheiß für diese versamplete Hip-Hop-House-Rap-Piff-Paff-Kacke verwertet – warum nicht buchstäblich umgekehrt-transzendental? *Wenn* jemand das packte, dann Rudi. Leider ist nie was draus geworden, obwohl ein Independent-Label bereits Interesse signalisiert hatte.

Seite 103
* So war er eben. »Ungluhbsch«, würde meine Oma unübersetzbar sagen. Als wir Jungs waren, bei Schattengefechten, hatte Satsche Kolk oder mir so manchen fahrlässigen Streich versetzt. Weniger lyrisch: eins in die Fresse gegeben. Er machte auch alles mögliche kaputt. Als die USA damals den iranischen Jumbo abschossen, sagte Kolk: *»Saddsche hedde gesachd: schulligung bezahlich.«* Das war ein geflügeltes Wort geworden.

Seite 106
* Berühmtester Bundeskanzler, als er noch unter den Essenden weilte.

Seite 120
* Typisch war auch der Ansatz der Schulmedizin im Verbund mit der Pharmaindustrie, den Kranken mit Cortison und anderen Mitteln zuleibe zu rücken. Es entwickelten sich Selbsthilfegruppen zuhauf, die sich wie üblich in zwei Lager spalteten: Das eine versuchte eine ganzheitliche Sicht auf ihr Krankheitsbild, das andere tauschte Rezepte untereinander aus. Das eine bezog Psychotherapie mit ein, das andere stellte bestenfalls die Ernährung um. Das eine versuchte, gesund zu werden, das andere entsorgte seinen Dünnschiß nur. Das eine löste, das andere verwaltete seine Probleme. Zu welchem Rudi gehörte, dürfte klar sein: zu keinem von beiden.

Seite 121
* Ich bemühte mich, den beurlaubten Drummer von »Frozen Fromm's« zu ersetzen, deren Frontman Satsche war.

Seite 122
* Größter Anzunehmender Schädel.

** Satschesatsche meinte die »Vivis«, Rudis zweite Gruppe (Abkürzung für »Virgils virile Viren«), mit der er tatsächlich einen kleinen Hit gehabt hatte, von dem er immer noch zehrte. Der Refrain lautete etwa »Ich heiß Fred / ich wohn im Videospielgerät / mir wird der Streß zuviel // Von den ew'gen Explosionen / krieg ich Halluzinationen« – Chorwiederholung: »Er heißt Fred / und wohnt im Videospielgerät / ihm wird der Streß zuviel // Von den Tele-Visionen / kriegt er nervöse Elektronen / in seinem Videospiel«. Die Strophen (»Das sind keine Strophen, das sind Katastrophen«, sagte Heiner) kriege ich nicht mehr genau zusammen. Jedenfalls geht Fred zum Arzt, der ihm 'ne Pause verschreibt, und »deshalb liegt, wenn's blinkt: ›game over‹, unser Fredi aufm Sofa...« etc.pp. – Später versuchten sich Virgils virile Viren an einer Coverversion von »Tarzan Boy«. Kostprobe: »Wenn sie so lacht / versteh ich nur Bananen / und häng durch wie an Lianen / dabei heißt sie auch noch Jane...« etc. etc. etc.

*** Als Bandnamen liehen sie sich den Originaltitel von Stephen Kings »Friedhof der Kuscheltiere«.

Seite 123
* Futons! – das war der Hit damals (japanische Matrazen). Jeder Idiot, der bis drei zählen konnte, handelte in Hamburg plötzlich mit Futons, und noch mehr Idioten kauften sich diese Dinger, bis sie merkten, daß man die mindestens dreimal die Woche wenden muß und sowieso zenmäßig behandeln, weil man sonst nach vier Wochen genauso gut auf dem Fußboden schlafen konnte – so hart wurden sie. Keiner wollte es zugeben, empfahl die gesundheits- und meditationsfördernde Wirkung rachsüchtig weiter, und deshalb existieren diese Geschäfte noch heute.

Seite 125
* Die »Boile« war das Stammlokal des legendären »Chaos Computer Clubs«, dessen Hauptquartier damals ein paar Häuser weiter als Kolks lag.

Seite 130
* Die Frau des berühmtesten Bundeskanzlers. Unvergessen das Interview mit Thomas MacGottschalk, der versuchte, Hannelore als humorvolle Frau wie Du und Ich darzustellen! Hätte den Großen Surrealisten-Preis verdient gehabt!

Seite 138
* »Der ideale Beamte«, hatte ich Kolk mal in ein Geburtstagsgeschenk (Bukowski: Der Mann mit der Ledertasche) als Widmung geschrieben, »ist beseelt von einer leidenschaftlichen Haßliebe zu symmetrischen Formen, glatten Normen, klaren Regeln und harmonischen Abläufen (derentwegen die Liebe), und sein täglicher Triumph besteht in der Kultivierung des Nichts (deswegen der Haß). Jede, auch sinnvolle Störung des tagtäglich neu zu vollziehenden filigranen Fassadenbaus weckt die Angst vor der eventuellen Sinnlosigkeit des Tuns und Machens, die ebenso aufflackert, wenn alles reibungslos läuft, weil man ja nie weiß, wie lange das wohl noch gutgeht. Deswegen ist der ideale Beamte unfähig zur Freude an seiner Tätigkeit, sondern angesichts eines korrekt ausgefüllten Formulars, einer exakten Bilanz, einer gleichmäßig beleckten Briefmarke eher von einer wachsamen Zufriedenheit mit dem Tagwerk erfüllt.«

»Schdimmd gennau«, grinste Kolk.

** Kolk weigerte sich einmal, eine verlorene Wette um fünf Halbe zu akzeptieren, nachdem ich ihm per Duden bewiesen hatte, daß es entweder »die Socke« oder – als landschaftliches Idiom – »der Socken«, nie aber *»der Sogge«* heißen könne. Mit der sinngemäßen Begründung, er würde sich auch von einem Herrn Duden nicht seine Muttersprache kaputtmachen lassen, lehnte er die Erfüllung seiner Wettschuld ab und spendierte mir mitleidig die fünf Biere, weil ich ein *»bluhd'ahma Schduhdend«* sei, der sein *»heimaddlicheß Neßd«* verrate.

Seite 192
* Satschesatsche und Heiner waren fanatische Planer. Wenn die beiden einen Squashtermin ausmachten – wobei kleinere Komplikationen wie Anschlußtermine, Schuhreparatur, günstige Einkaufsmöglichkeiten auf dem Hinweg etc. erst die richtige Würze bildeten –, hatte man den Eindruck, Generalstabsarbeit zu beobachten. Da wurden Faktoren wie Zeit, Raum und Geld auf ihre kleinstmöglichen Unwägbarkeiten abgeklopft, das kleinste gemeinschaftliche Vielfache ausgeklügelt und der Plan dennoch schließlich so unübersichtlich und umfangreich, daß sich die Squashpartner schließlich erschöpft darauf einigten, vorher *»noch ma zu tehlefoniern«*. Bis dahin hatte sich die Hälfte der Probleme und Vorhaben meist eh erledigt.

Seite 202
* Rudi liebte Autoallegorien. Er hatte schon öfters (wie ein Seemann, der in einer Kneipe »vor Anker geht« oder seiner Frau »das Heck tätschelt«) das Autofahren als Symbol für menschliches Verhalten erläutert. Auf langen Strecken treffe man immer wieder auf Leute, die man überholt habe – andere hätten einen selbst überholt –, alles gleiche sich am Schluß wieder aus. Dieser Drang zur mittleren Spur sei sowieso symptomatisch. Einmal fragte ich ihn, weshalb er denn beim Autofahren so cholerisch werde, wenn er doch um all das wisse? Weil Weisheit langweilig sei. Weil das Leben bis zum Ende von Stil geprägt sei und nicht von zielgerichtetem Denken. Das bedeute, man müsse das Leben heftiger gestalten, als es an sich sei.

Seite 235
* Die beste heißt »The Great Escape«. Genial. Sehr zu empfehlen.

Seite 247
* Satsche lispelte wahllos, wenn er Englisch sang, daher sprach er auch scharfe »ß« wie »s« aus, was André zu dessen Spitznamen inspirierte.

Bernhard und Klaus für Rat und Tat; dem Familienvorstand für erneute Bürgschaft etc.; Renate für finanziell-emotionale und Jens/HSFG für technische Unterstützung; Dr. Just sowie Marina für fachliche Beratung: besten Dank. Auch an die Hamburger Literaturförderung.

»Licht aus! Spot an! Hier kommen sie: ›Kolks blonde Bräute‹. Das Standardwerk über blonde Bräute, Kneipengespräche, Katzenjammer, Equalizer, Liebeskummer, überquellende Aschenbecher, asthmatisch brummende Fürze und fast alles, was man darüber hinaus zum Leben wissen muß. Formvollendet schlingern, schlabbern und schleifen die Erzählstränge um den G-Punkt dieses wunderwunderwundervollen, überhaupt nicht aufgeregt genug zu preisenden Romans. So hätte Arno Schmidt geschrieben, wenn er nicht bescheuert gewesen wäre.«

tip, Berlin

»Was authentisches Kneipenkolorit anbelangt, hat der Autor seinem süffelnden Erzähler eine Kraft des Erinnerns mitgegeben. Erzählerisch paart sich der Wille zum Rausch mit einer Assoziationsgabe, die pointensicher von Szene zu Szene torkelt, unterbrochen nur von Dialogen, die in ihrer idiomatischen Feinheit dem Leben selbst abgelauscht scheinen. Mitfühlender und kenntnisreicher ist der Sound des Tresens in all seinen Schattierungen seit Henscheids frühen Jahren nicht mehr registriert worden.« **Thomas Groß, taz Berlin**

»Frank Schulz weiß natürlich von dem langen Schatten, den Henscheid auf jeden neuen Versuch wirft, alkoholvernebeltes Sprechen zur Sprache zu bringen; dennoch steht sein Roman auf eigenen, sehr eigenwilligen Füßen ... Er wollte den ersten Schluck und das letzte Wort.« **Die Zeit**

»Eines der besten Debuts seit langem.«

Klaus Modick, Die Zeit, 1991

»Der hinreißende Debütroman.«

Michael Kohtes, Die Zeit, 2001

»Wenn Eckhard Henscheids ›Die Vollidioten‹ der Szeneroman der 70er Jahre war, dann kann ›Kolks blonde Bräute‹ einer für die 90er werden.« **Reutlinger Generalanzeiger**

»Nicht einfach nur eine witzige Säufer-geschichte. Die komplexe, aber gut überschaubare Erzählstruktur macht Schulz' Roman zu einem gelungenen Stück Literatur von hoher satirischer Qualität.« **Elio Pellin, Berner Zeitung**

»Ein komisches Buch, ohne Zweifel. Auf die nächsten beiden Teile der Trilogie kann man gespannt sein. Möglich, daß sich hier jemand auf die Suche nach der verlorenen Zeit macht.«
Jochen Schimmang, Süddeutsche Zeitung

Frank Schulz, geboren 1957 in Hagen bei Stade, war in Hamburg kaufmännischer Angestellter; studierte ebendort diverses Geisteswissenschaftliches; dennoch Abschluß. Sein erster Roman »Kolks blonde Bräute« erschien 1991 im Haffmans Verlag, sein zweiter »Morbus fonticuli oder Die Sehnsucht des Laien« folgte 2001 wiederum zuerst bei Haffmans in Zürich.

»Kolks blonde Bräute« auch als Hörbuch (auf 7 Audio-CDs oder 1 MP3-CD: 7 Stunden & 55 Minuten).
Vorgelesen von Harry Rowohlt, Fanny Müller, Marion von Stengel, dem Autor Frank Schulz und Gerd Haffmans bei Zweitausendeins.

Frank Schulz wurde ausgezeichnet mit dem Hamburger Literaturförderpreis 1989, dem Förderpreis des Kasseler Literaturpreises 1999, dem Förderpreis des Literaturpreises des Landes Niedersachsen 2001 und dem Hubert-Fichte-Preis 2005.
Er lebt und schreibt in Hamburg.